BASTEI
LÜBBE

Über die Autorin

Veronica Stallwood kam in London zu Welt, wurde im Ausland erzogen und lebte anschließend viele Jahre lang in Oxford. Während sie ihre Kinder aufzog, nahm sie zahlreiche unterschiedliche Jobs an und arbeitete danach in der berühmten Bodleian Library, der Oxforder Universitätsbibliothek, und in diversen College-Bibliotheken. Veronica Stallwood kennt die schönen alten Colleges mit ihren mittelalterlichen Bauten und malerischen Kapellen gut. Doch sie zeigt dem Leser, welche Abgründe hinter der friedlichen Fassade lauern. UNHEIL ÜBER OXFORD ist der vierte Roman einer Krimiserie um Kate Ivory. Bisher erschienen: Bd. 15138 MORD IN OXFORD und Bd. 15339 LETZTE AUSFAHRT OXFORD und Bd. 15428 MORGEN TRAUERT OXFORD. Weitere Bände folgen.

Mehr über Veronica Stallwood und ihre Romane unter:
www.veronicastallwood.com

VERONICA STALLWOOD

Unheil über Oxford

Ein Kate-Ivory-Krimi

Ins Deutsche übertragen von
Ulrike Werner-Richter

BASTEI
LÜBBE

BASTEI LÜBBE TASCHENBUCH
Band 15532

1. Auflage: August 2006

Vollständige Taschenbuchausgabe

Bastei Lübbe Taschenbücher in der Verlagsgruppe Lübbe

Deutsche Erstveröffentlichung
Titel der englischen Originalausgabe: Oxford Fall

Lektorat: Gerhard Arth/Stefan Bauer
Umschlaggestaltung: Bianca Sebastian
Titelillustration: David Hopkins
Satz: hanseatenSatz-bremen, Bremen
Druck und Verarbeitung: Nørhaven Paperback A.S., Viborg
Printed in Denmark
ISBN-13: 978-3-404-15532-3 (ab 01.01.2007)
ISBN-10: 3-404-15532-7

Sie finden uns im Internet unter
www.luebbe.de

Der Preis dieses Bandes versteht sich einschließlich
der gesetzlichen Mehrwertsteuer.

Für Carlo, in Liebe
Für die Jahre der Freundschaft

DANKSAGUNG

Mein herzlicher Dank für Ermutigung und Hilfe geht an Kate Charles, Bill Clennell, Glenys Davies, Hugh Griffith, Robert McNeil, Susan Moody, Annabel Stogdon, Cathy und Peter Wilcox und Jeremy Wilson.

KAPITEL 1

Gebrochen ist der Zweig,
Der stark noch hätte werden können,
Ein Raub der Flammen wurd' Apollos Lorbeerkranz,
Der einst in diesem weisen Mann geblüht.
Christopher Marlowe, *Doctor Faustus*

Theologie!«

»Hallo, ist dort die theologische Abteilung der Bodleian Library?«

»Sicher. Habe ich doch auch gesagt: Theologie.« Die Stimme klang hallend, als käme sie aus den Tiefen eines großen Saales mit einer hohen, bemalten Decke und einem Boden, der vor Bohnerwachs glänzte. Beinahe erwartete man einen Chor von Mönchen, die im Hintergrund das *Veni Creator* sangen. Allerdings hätte der Bibliothekar wahrscheinlich sofort jeden weltlichen oder geistlichen Sänger angewiesen, entweder aufzuhören oder zu gehen.

»Könnte ich bitte mit Andrew Grove sprechen?«

»Tut mir Leid. Mr Grove hält sich für zehn Tage in Kalifornien auf.«

»Mist!« Angesichts einer Stimme, die sich selbst als Theologie vorstellte, hatte Kate Ivory Hemmungen, sich mit ihrer üblichen Geradlinigkeit auszudrücken.

»Darf ich Ihren Namen erfahren?«, fuhr Theologie fort.

»Kate Ivory. Ich bin mit Mr Grove befreundet. Ich bin die Frau, die Romane schreibt.«

»Ach ja, ich glaube, ich habe von Ihnen gehört. Sie sind auch die Frau, die in Bars immer Pinot blanc ordert, nicht wahr? Könnte ich Ihnen vielleicht weiterhelfen?«

Im Hintergrund klapperten Absätze über das Parkett. Eine Glocke läutete.

»Wohl kaum«, sagte Kate. »Es sei denn, Sie hätten zufällig gerade einen nicht allzu schwierigen, gutbezahlten Job für mich. Einen netten, sicheren und vor allem ungefährlichen Job.«

»Ich fürchte, die Abteilung Theologie hat derzeit nichts Passendes für Autorinnen historischer Romane zu bieten. Aber vielleicht kann Ihnen unsere Sekretärin mehr dazu sagen. Übrigens bin ich der festen Überzeugung, dass die meisten Arbeitsplätze in der Bibliothek so sicher sind, wie sie dank zahlreicher Gesundheits- und Sicherheitsverordnungen nur sein können.«

»Das glauben Sie!«, entgegnete Kate Ivory. Ihre Erfahrungen mit der Bibliotheksarbeit hatten sie das Gegenteil gelehrt; unerwartete und teilweise lebensbedrohliche Vorfälle waren an der Tagesordnung gewesen. Allerdings verspürte sie keinerlei Lust, einem wichtigtuerischen Theologie-Bibliothekar die Einzelheiten zu erläutern.

»Wissen Sie was? Ich gebe Ihnen einfach die Nummer unserer Sekretärin.« So geschah es, und dann legte die Stimme der Theologie auf – vermutlich, um ihre Aufmerksamkeit einem verdienstvolleren Objekt zuzuwenden.

Kate schrieb die Nummer pflichtschuldigst mit,

betrachtete sie stirnrunzelnd, weil ihr ihre früheren Tätigkeiten in Oxfords Bibliotheken in den Sinn kamen, knüllte dann das Papier zusammen und beförderte es schwungvoll in den Papierkorb.

Wie gedankenlos von ihrem Bibliothekars-Freund Andrew, ausgerechnet dann auf Reisen zu gehen, wenn sie ihn brauchte. Genau genommen hätte sie wissen müssen, dass er wegfahren wollte. Doch irgendwie hatte sie immer, wenn er das Thema Konferenz zur Sprache brachte, nur genickt und »Ja, Andrew« gesagt, sich noch ein Glas Pinot blanc eingeschenkt und im Geiste den Beginn des nächsten Kapitels neu formuliert, während er über kooperatives Katalogisieren schwadronierte. Gerüchten zufolge traf man bei solchen Konferenzen nach Mitternacht häufig auf Zehenspitzen durch Hotelflure schleichende Teilnehmer, doch Kate glaubte nicht recht, dass so respektable Menschen wie Bibliothekare sich derart aufführten.

Und jetzt saß sie mit leeren Händen da. In einem Monat würde zwar ihr nächstes Buch erscheinen, doch jeder Penny Vorschuss war bereits verplant. Ihr neuestes Manuskript lag zur Beurteilung auf dem Schreibtisch ihres Agenten. Bis zum nächsten Honorarscheck würde sie noch vier lange Monate überbrücken müssen. Sie brauchte Geld. Nicht unbedingt viel. Es musste nur für Essen reichen und dafür, ihr Auto zu unterhalten und ab und zu mit Benzin zu füttern. Zwar hätte ihr Arbeitszimmer durchaus einen neuen Anstrich brauchen können, und oben stand ein Sessel, der neu bezogen werden müsste, doch das konnte warten – im Gegensatz zum Essen. Kate konsultierte ihr Adressbuch.

Zwei Mal wählte sie ohne Erfolg. Bei der dritten Nummer meldete sich jemand.

»Hallo?« Die Stimme am anderen Ende der Leitung schien eigene Sorgen zu haben.

»Emma? Hier ist Kate.« Da keine Antwort erfolgte, fügte sie hinzu: »Kate Ivory. Die Schriftstellerin. Ich habe letztes Jahr deinen Kurs ›Kreatives Schreiben‹ als Schwangerschaftsvertretung übernommen.«

»Ich weiß durchaus, wer du bist. Wie könnte ich es auch je vergessen! Du brauchst dir bloß anzusehen, was mit meinem Kurs passiert ist, während du ihn geleitet hast. Danach war es nie mehr wie vorher. Der freundliche Zusammenhalt, die Vertrautheit – alles weg!«

»Aber dafür kann ich doch nichts!«

»Na ja, ich weiß nicht. Ganz gleich, wohin du gehst, das Unheil scheint dir auf dem Fuß zu folgen. Was willst du überhaupt von mir?«

»Du bist doch im Komitee für diese Fortbildungs-Sache.«

»Sehr richtig. Allerdings handelt es sich nicht um eine Fortbildung, sondern um einen vierzehntägigen Workshop mit dem Titel: ›Die Auswirkung des Geschlechts auf die Gattung‹, das im Bartlemas College abgehalten wird und für das sich massenhaft höchst gebildete Amerikaner interessieren. Sie zahlen astronomische Summen dafür, elegant, aber unbequem zu leben, und wollen erfahren, was meine Kollegen und ich ihnen über Krimis, Liebesromane, SF und so weiter zu erzählen haben.«

Kate musste diesen Satz erst einmal verdauen und schwieg. Dann versuchte sie einen anderen Weg. »Wie geht es den Kindern, Emma? Der Kleine –

äh –, nun, er muss wohl inzwischen ordentlich gewachsen sein. Die anderen sicher auch.« Ihr wurde klar, dass sie besser hätte aufpassen müssen, wenn Emma die Namen der Kinder erwähnte; vor allem den der neuesten Errungenschaft. Wie viele Kinder hatte sie eigentlich inzwischen? Vier? Fünf? Jedenfalls ziemlich viele. Kate bemühte sich, ihre Stimme mitfühlend klingen zu lassen. »Es muss ganz schön anstrengend sein, einen Haushalt zu führen, die Kinder zu erziehen, Bücher zu schreiben und obendrein auch noch diesen Workshop zu organisieren.« Dabei schob sie den Gedanken beiseite, dass Emmas Haushalt mehr an eine Schutthalde erinnerte; ihre Ablage war ein Stapel eselsohriger Blätter, und die Kinderschar tollte zwar fröhlich herum, wurde aber ziemlich vernachlässigt.

»Mit anderen Worten: Du suchst Arbeit.«

»Nun ja ...«

»Wenn du bei diesem Workshop hättest mitmachen wollen, hättest du dich bewerben müssen, als ich dir zum ersten Mal davon erzählt habe. Die Referenten sind längst engagiert, und mehr werden nicht gebraucht. Das College kümmert sich um die gesamte administrative Seite; dem Komitee werden nur die direkten Ausgaben ersetzt. Ich kann dir nicht einmal einen Job als Tippse anbieten. Tut mir aufrichtig Leid, Kate, aber wenn du Geld brauchst, kann ich dir dieses Mal nicht weiterhelfen.«

»Okay, ich denke, ich finde sicher bald etwas.« Allerdings musste es wirklich bald sein, wenn sie Wert auf regelmäßige Mahlzeiten legte.

»Warum versuchst du es nicht bei deinem Freund

bei der Bodleian? Er hat dir doch schon öfter ausgeholfen.«

»Er ist im Augenblick verreist. Aber ich werde ihn fragen, wenn er zurückkommt.«

»Viel Glück«, sagte Emma. Und dann, als täte es ihr Leid, Kate nicht helfen zu können, fügte sie hinzu: »Warum kommst du nicht einfach nächste Woche mal zum Abendessen vorbei? Tom und die Kinder würden sich sicher riesig freuen!«

Almosen, dachte Kate. Jetzt bietet man mir schon eine warme Mahlzeit statt eines lukrativen Jobs an. »Danke, aber leider bin ich im Moment ziemlich ausgebucht«, erwiderte sie.

»Verstehe. Aber wenn du doch irgendwann Zeit haben solltest, brauchst du nur anzurufen.«

Der größte Teil des Bartlemas Colleges, das zur Universität Oxford gehört, stammt aus dem achtzehnten Jahrhundert. Damals verfügte eine fortschrittliche Stadtverwaltung, dass die unhygienischen, mittelalterlichen Gebäude größtenteils abgerissen und durch luftige, schön proportionierte, an drei Seiten umbaute Höfe ersetzt werden sollten; die vierte Seite blieb offen. Lediglich der Speisesaal, der Küchenbereich, eine recht nüchterne Kapelle aus dem siebzehnten Jahrhundert und ein aus dem fünfzehnten Jahrhundert stammender Turm blieben erhalten. Gemessen an den Maßstäben der Leute, die zu Emmas Workshop anreisen würden, war das College hinsichtlich des sanitären Angebots und der Schlafmöglichkeiten sicherlich unbequem. Doch es gilt als eines der schönsten neueren Universitätsgebäude von Oxford und besitzt einen weithin gerühmten, von einem Schüler Gertrude Jekylls angelegten Garten. Für die Belange der Besucher war allerdings noch interessanter, dass man den Küchenchef des Bartlemas einem der besten Londoner Hotels abgeluchst hatte; seine Desserts erweckten den Neid aller anderen Mensen der Universität.

An einem Nachmittag im Frühjahr, einige Monate vor Kates Telefonat mit Emma, unterhielten sich zwei Personen in einem Raum, dessen hohe Fenster auf den Pesant-Hof gingen.

»Wie viel nehmen Sie an einem durchschnittlichen Morgen so ein?« Die Frage klang beiläufig, doch der Angesprochene ließ sich nicht täuschen.

»Weniger als etwa dreißig bis vierzig würden wir als nicht zufrieden stellend ansehen.«

»Pfund?« Der Fragesteller schien enttäuscht.

»Tausend. Dreißig- bis vierzigtausend Pfund.«

»Ach.«

Der Frager wandte sich zum Fenster und blickte hinaus, als wäre ihm die Sache nicht weiter wichtig. Das Glas war alt und hatte sich im Lauf der Jahrhunderte verzogen. Man hatte den Eindruck, alles wie durch das grüne Wasser eines Baches zu sehen. Eine Gruppe Studenten schlenderte über den Rasen des Innenhofs. Auf der gegenüberliegenden Seite endeten zwei Gebäudekomplexe in einem alten Turm, den der Architekt des achtzehnten Jahrhunderts (man vermutete, dass es James Gibbs gewesen war, doch Beweise gab es dafür nicht) in die Gebäude integriert hatte; der hohe, viereckige, zinnenbewehrte Turm bestand aus sanft goldfarbenem Stein, der das nachmittägliche Sonnenlicht aufzusaugen schien. Auf seiner Plattform hielten sich einige Personen auf, die sich gegenseitig auf landschaftliche Besonderheiten hinwiesen. Aus der Entfernung klangen ihre Stimmen wie Vogelgezwitscher.

»Das ist der *Tower of Grace*«, erklärte der zweite Mann, der zu dem anderen getreten war und ihm über die Schulter blickte. »Er stört die Symmetrie des Pesant-Hofs und war dem klassizistischen Empfinden des Erbauers sicher ein Dorn im Auge. Trotzdem bin ich froh, dass man ihn erhalten hat. Ich persönlich finde ihn schön.«

»Warum ›Grace‹? Wurde er nach einer Frau benannt? Vermutlich nicht!«

»Wir Leute von heute bilden uns ein, dass die Menschen vergangener Zeiten weniger für ihre Frauen und Kinder empfanden, als wir es heutzutage tun. Tod und Dämonen lauerten an jeder Ecke – warum also sollten sie einem Menschenleben Wert beimessen? Warum sollte man sein Herz an ein Baby oder dessen Mutter hängen, wenn sie einem doch jeden Augenblick von einer Krankheit, einem Unfall oder einem unfähigen Quacksalber entrissen werden konnten?«

»Ich vermute, Sie werden mir gleich erklären, dass diese Auffassung nicht stimmt.«

»Wir haben Beweise in Form von Briefen, die wir im Archiv des Colleges in einer langweiligen, grauen Kiste verwahren.«

Der erste Mann seufzte. Er hätte lieber über moderne Dinge gesprochen. »Und?«

»Die Briefe berichten von einem reichen Händler,

dessen Söhne hier im Bartlemas College studierten – oder besser gesagt: in der St. Anselm's Hall, die damals an dieser Stelle stand. Nach dem Tod seiner ersten Frau heiratete der Händler ein zweites Mal. Die Frau war deutlich jünger als er, zart gebaut und von zerbrechlicher Gesundheit. Als sie schwanger wurde, fürchteten die Ärzte um ihr Leben. Auch um das ihres Kindes.«

»Dann war der Turmbau also sozusagen ein Versprechen?«

»Nicht ganz. Der Mann bat die Mönche, für seine Frau und das ungeborene Kind zu beten. Aus den Aufzeichnungen wissen wir, dass dies auch geschah. Doch die junge Frau starb trotzdem, und das Baby mit ihr. Die Trauer des Mannes war so tief, dass er sein gesamtes Vermögen ausgab, um diesen Turm zu bauen, den er nach seiner verstorbenen Frau benannte.«

»Grace?«

»Eigentlich hieß sie Gráinne, doch ihr Name wurde mit Grace übersetzt.«

»Und kaum war der letzte Stein verbaut, da starb unser Held an gebrochenem Herzen?«

»Durchaus nicht. Es gibt Beweise, dass er noch ein weiteres Mal heiratete – anscheinend eine wesentlich robustere Frau –, weitere vier Kinder zeugte und sein Vermögen zurückgewann.«

»Ehrlich gesagt verstehe ich die Moral Ihrer Geschichte nicht ganz.«

»Hatten wir von Moral gesprochen?« Der Sprecher lächelte. »Ich dachte, hier ginge es um Geld.«

»Was uns zurück zu den ehemaligen Mitgliedern und Wohltätern des Colleges bringt, die uns die beträchtlichen Summen zur Verfügung stellen, die wir heute benötigen.«

»Wieso? Haben Sie ein bestimmtes Projekt im Auge, das aus Fördergeldern finanziert werden soll?«

»Schon möglich. Ich habe da eine Idee, die ich gern mit Ihnen besprechen möchte.«

»So etwas brauche ich in schriftlicher Form, und zwar in fünffacher Ausfertigung, damit das Komitee sich ein Bild machen kann.«

»Ich dachte zunächst eher an ein zwangloses Gespräch. Nur Sie und ich.«

»Das klingt ja schon fast konspirativ.«

»Oh, ich glaube, in einen Plan müssen mehr als zwei Leute verwickelt sein, damit er konspirativ wird.«

»Möchten Sie noch Kaffee?«

»Danke, gern.«

»Diese Fenster haben Gibbs'sche Umrandungen.«

»Die allerdings vermutlich nicht von Gibbs stammen. Man täuscht sich schnell. Es ist wie mit vielen Dingen: Der Name trifft nicht unbedingt auf das zu, was sie in Wirklichkeit sind. Sie werden sicher bemerkt haben, dass es auch hier im College einen Unterschied zwischen Schein und Sein gibt.«

Die Studenten hatten den Hof verlassen, und die Besucher stiegen von der Plattform des Turms. Es war so still, dass die beiden Männer sich durchaus allein im College wähnen konnten.

»Vielleicht sollten Sie mir jetzt sagen, um was es geht.«

Es war einer jener in England seltenen Sommer gewesen, in denen die Sonne Tag für Tag mitleidlos von einem blauen Himmel brannte. Abends wurde es so schwül, dass die Menschen sich nach einem lufterfrischenden Gewitter sehnten. Wegen der Wasserknappheit durften keine Grünflächen mehr gesprengt werden. Gepflegter englischer Rasen verwandelte sich in braune Stoppeln. Die Blumen in den vertrockneten Gärten blühten, welkten und bildeten Samen in Rekordzeit, und die Ernte begann vierzehn Tage früher. Jetzt, in der zweiten Augusthälfte, sah die Landschaft golden und fast schon herbstlich aus. Unter solchen Umständen kann es leicht passieren, dass selbst die heitersten Naturen zeitweise knurrig und grantig werden und sich mit Partnern oder Herzallerliebsten streiten, wie das folgende Telefongespräch beweist:

»Wie meinst du das – du willst nicht mehr?«

»Genau wie ich es gesagt habe, Chris. Ich bin es leid!«

»Unmöglich. Ich lasse dich nicht!« Eine Faust donnert auf einen Tisch.

»Ich streite mich nicht mit dir am Telefon.«

»Wo denn sonst?«, kommt die lautstarke Antwort.

»Wir sehen uns zum Mittagessen, wie verabredet. Dann können wir reden.«

»Wiedersehen!« Der Hörer knallt auf die Gabel.

»Wiedersehen, Chris.«

Nach ihrem Gespräch mit Emma beschloss Kate, ihrer Enttäuschung dadurch Herr zu werden, dass sie in die Innenstadt von Oxford spazierte und sich nach einem neuen Notizbuch umsah. Sie fand es besänftigend, Geld für nicht unmittelbar nötige Dinge auszugeben. Außerdem war sie schon seit ihrer Kindheit verrückt nach Schreibwaren. Während andere Kinder ihre Mütter um Lutscher anbettelten, hatte sie sich immer nach Buntstiften und Notizbüchern gesehnt.

Es war noch immer brütend heiß. Sie zog ein kurzes, ärmelloses Kleid mit weitem Ausschnitt an, das in allerlei Blautönen prunkte. Nachdem sie das kürzlich erst frisch blondierte Haar durchgebürstet hatte, entschied sie sich für glänzende Ohrringe aus Titan und schlüpfte in italienische Ledersandalen.

Wenn sie keinen Job fand, würde sie sich mit dem Sammeln von Material für ihr nächstes Buch beschäftigen – und dafür brauchte sie natürlich ein Notizbuch. Es würde ihr Glücksbringer, ihr Maskottchen sein. Vor allem durfte es nicht irgendein Notizbuch aus der Schreibwarenabteilung eines Billiganbieters sein; nein, sie würde die einschlägigen Geschäfte durchforsten müssen, die dekorative Artikel an Touristen verkauften, bis sie etwas fand, das ihre Fantasie beflügelte. Dann erst konnte sie mit dem Schreiben beginnen, und zwar mit der Hand und einem richtigen Füllfederhalter. Sie würde Material zu dem geplanten Thema sammeln, bis sich der erste Schimmer eines Romans bemerkbar machte. Je nachdem, wie sie sich fühlte, würde sie sich vielleicht auch einen neuen Füller kaufen. Allerdings musste sie sich eingestehen, dass ihre Sammlung von fünf schwarzen Füllern mit Goldfeder vermutlich auch dem produktivsten Schriftsteller ausreichend erscheinen dürfte. Andererseits, so rechtfertigte sie sich, gab es Frauen, die ihr ganzes Leben damit verbrachten, nach dem einen, farblich perfekten Lippenstift zu suchen. Warum sollte sie also nicht ihre Suche nach dem ultimativen Schreibgerät fortsetzen? Dem Füller, der sich in ihre Hand schmiegte und ganz von allein tausende gut verkäuflicher Wörter produzierte?

Vor dem Haus saß Harley auf der niedrigen Mauer von Nummer 12. Harley hatte einen Strubbelkopf und war der Älteste der Nachbarskinder. Ohne Rücksicht auf den Zustand seiner teuren Turnschuhe ließ er die Füße gegen die Steine baumeln. Kate verstand sich einigermaßen gut mit den Nachbarn, obwohl sie häufig ziemlich laut waren, und trotz des unsympathischen Kleinkindes, das sie insgeheim immer nur Krötengesicht nannte.

»Was ist los, Harley?«, fragte sie. Im vergangenen Jahr hatte Harley ihr geholfen, ihre miserablen Fahrkünste zu verbessern. Er hatte ihr ein paar von seinen Kumpeln abgeschaute Tricks beigebracht; die Jungs machten gern ab und zu Spritztouren mit gestohlenen Autos.

»Nichts«, antwortete er. Vielleicht lag es nur am nahenden Ende der Ferien. Kate konnte sich nicht vorstellen, dass Harley viel für geistige Arbeit übrig hatte.

Doch ehe sie sich endgültig Richtung Innenstadt wandte, fragte sie ihn: »Ach, übrigens, Harley, wie heißt ihr eigentlich mit Nachnamen?«

»Was war das? Sie wohnen seit vier Jahren hier. Kennen Sie echt unseren Nachnamen nicht?«

Sie konnte ihm wohl kaum erklären, dass sie ihre Nachbarn bei sich immer nur Familie Krötengesicht genannt hatte. Daher schüttelte sie nur den Kopf.

»Wir heißen Venn«, sagte er. »Wie das Diagramm.«

Also doch nicht Krötengesicht. Jedenfalls hatte sie den Eindruck, in den nachbarschaftlichen Beziehungen einen Schritt weitergekommen zu sein.

»Tschüss dann«, verabschiedete sie sich und machte sich auf den Weg. Dabei fragte sie sich kurz, was Harley mit Diagramm gemeint hatte. Harley hatte den Kopf wieder auf die Brust sinken lassen und bearbeitete das Mäuerchen mit seinen Absätzen.

In der August-Schwüle herrscht immer noch gereizte Stimmung. Die Telefondrähte in Oxford glühen, weil hohe Temperaturen und übermäßige Luftfeuchtigkeit unterdrückte Gefühle zu entfesseln vermögen.

»Hör mir doch wenigstens zu, Chris! Verstehst du nicht, dass ich mich wie in einer Falle fühle? Du musst das doch begreifen. Mir ist, als liefe ich einen schmalen, auf beiden Seiten eingezäunten Pfad entlang, der geradenwegs auf eine steile Felsenkante zuführt.«

»Nein. Das ist einfach lächerlich!«

»Könnten wir nicht wenigstens darüber reden? Uns etwas einfallen lassen?«

»Hast du den Eindruck, dass ich schuld daran bin?«

»Ich mache dir keinerlei Vorwürfe, Chris.«

»Das finde ich schon!«

»Sprich nicht so mit mir. Ich weiß, am liebsten würdest du jetzt auflegen. Aber du musst mir zuhören! Wir müssen etwas tun! Wir müssen etwas verändern. So geht es nicht mehr weiter!«

»Ach ja? Warum musst du nur immer so übertreiben? Ich finde, du benimmst dich hysterisch.«

»Ich will dich nur warnen. Ich kann einfach nicht mehr.«

»Immer mit der Ruhe. Vielleicht solltest du dir erst einmal einen Kaffee machen.«

»Sei nicht so herablassend. Wir treffen uns zum Mittagessen, und dann reden wir.«

»Tut mir Leid, aber Mittagessen schaffe ich nicht. Ich habe eine Verabredung.«

»Mit wem? Könnte ich nicht dazukommen?«

»Ich treffe mich mit dem Verwalter. Es wird sicher schrecklich langweilig und würde dir bestimmt nicht gefallen. Außerdem geht es um dienstliche Angelegenheiten; für persönliche Dinge bleibt da keine Zeit, das kannst du mir glauben.«

»Dann heute Abend?«

»Ja, sicher. Natürlich!«

»Bis dann.«

»Bis heute Abend. Tschüss.«

Er findet, dass er die Sache ganz gut über die Bühne gebracht hat. Noch ein auf später vertagtes Problem, denkt er.

Doch unglücklicherweise täuscht er sich. Für ihn wird es kein ›Später‹ mehr geben.

Kate schlenderte durch den Covered Market, kaufte an einem Obststand ein Pfund Äpfel und ging dann weiter die Turl Street hinunter. Viele Blicke folgten ihr. Sie begutachtete jedes gebundene Notizbuch in der Stadt. Eines war zwar wirklich hübsch, hatte aber nicht die richtigen Maße. Eines war groß genug, und das Papier war dick und glänzend, doch leider fehlten die Linien. Kate ging die High Street entlang in Richtung Magdalen Bridge. Immer noch hatte sie nichts Passendes gefunden. Du vergeudest einen geradezu perfekten Arbeitstag, schalt sie sich. Doch der Himmel war blau, die Sonne schien warm, und es tat ihr gut, ausnahmsweise einmal einen Tag zu vertrödeln.

Unmittelbar vor der Magdalen Bridge wechselte sie die Straßenseite und blieb vor einem weiteren Schreibwarengeschäft stehen. Der Bürgersteig war an dieser Stelle sehr eng. Ständig wurde Kate von Passanten angerempelt, die entweder darauf warteten, die Straße überqueren zu können, oder in Richtung Innenstadt hasteten.

Mit Kameras behängte Touristen, die nur Augen für das schönste Oxford-Motiv hatten, traten ihr auf die Füße. Kate achtete nicht auf sie, denn sie hatte ein blaues Notizbuch mit goldenen Sonnen und Monden auf dem Einband entdeckt. Teenager lärmten herum und stießen mit ihren Rucksäcken gegen sie. Hinter ihr hupte ein entnervter Motorradfahrer eine Gruppe Radler an. Eine aggressive junge Frau in Springerstiefeln drängte sich zwischen Kate und dem Schaufenster hindurch. »Entschuldigung«, sagte Kate laut. Ihre Ohrringe klirrten bei jeder Bewegung. Sie überlegte, ob sie nicht doch das Notizbuch mit den feuerroten Mohnblumen und der schwarzen Katze schöner fand. Zwei Männer mittleren Alters in Tweedjacken und schwarzen Roben schlängelten sich gekonnt vorbei, ohne ihr angeregtes Gespräch zu unterbrechen, obwohl sie einer ziemlich lauten italienischen Jugendgruppe ausweichen mussten. Dieseldunst waberte in bläulichen Wolken über die Straße.

»Entschuldigung!«, wiederholte Kate, als ihr erneut ein Passant auf die Füße trat.

»Mein Fehler.« Die Antwort hatte sie nicht erwartet.

Kate blickte vom Schaufenster auf, wo sie einen ungewöhnlich schönen, schwarzen Füller mit vergoldeter Feder entdeckt hatte. Neben ihr war ein Mann stehen geblieben und schien sich über den Zustand ihres Fußes Sorgen zu machen. »Griechische Gottheit«, war alles, was ihr bei seinem Anblick einfiel. Er sah wirklich außergewöhnlich gut aus. Ein langes, schmales Gesicht mit hohen Wangenknochen und schwarzen Augenbrauen. Intelligent, aber kein Intellektueller, dachte sie. Schieferblaues Hemd, dunkelgrüne Krawatte, grauer Leinensakko. Er würde sich hervorragend auf ihrem Samtsofa machen, doch auf die Schnelle fiel ihr keine Möglichkeit ein, ihn dorthin zu bekommen.

»Schon gut«, sagte sie und blickte tief in seine dunkelblauen Augen. Am liebsten hätte sie ihm eine lange Geschichte aufgetischt, dass sie vor Schmerzen fast von Sinnen wäre und unbedingt eines Whiskys bedurfte, die Pein zu betäuben. »Ist nichts passiert.« Sie rieb den linken Knöchel am rechten Fuß und begutachtete sein dichtes braunes Haar, die feste Kinnlinie und die gesunde Sonnenbräune. »Wird sicher nicht lang wehtun.« Bedauernd sah sie seinen breiten Schultern und dem geraden Rücken nach. Er ging noch ein Stück die High Street in Richtung Carfax entlang, bog in eine kopfsteingepflasterte Gasse ein und verschwand aus ihrem Blickfeld. Die Bartlemas Row, dachte Kate. Ob er zum College gehört? Vielleicht kennt Emma ihn ja. Wenn er zufällig solo ist, könnte sie uns miteinander bekannt machen. Doch dann seufzte sie. Sie wusste sehr wohl, dass das Leben selten so gütig war. Und so betrat sie den Laden und bat darum, den Füller im Schaufenster ausprobieren zu dürfen. »Ja, den mattschwarzen mit der feinen Spitze bitte.«

»Hallo? Emma Dolby am Apparat.«

»Hallo Emma. Hier ist Senta Norris.«

»Was kann ich für dich tun, Senta?« Emma bemüht sich, warm und herzlich zu klingen, doch es klappt nicht ganz. Senta Norris ist ein aufstrebendes Talent auf dem Gebiet historischer Sagas und kämpft sich gerade an die Spitze der Bestsellerlisten. Doch auf ihrem Weg nach oben hat sie Emma ordentlich ihre Absätze spüren lassen.

»Weißt du noch, bei einem unserer Treffen mit dem Komitee haben wir über eine Anthologie gesprochen. Jeder der Teilnehmer könnte eine Kurzgeschichte beitragen.«

»Richtig«, bestätigte Emma. »Aber ich glaube, wir waren uns über den Herausgeber nicht einig. Hast du etwa eine Idee?«

»Ehrlich gesagt habe ich daran gedacht, die Sache selbst in die Hand zu nehmen«, säuselt Senta. »Natürlich ohne Kosten für das Komitee.«

»Und du glaubst, du könntest diese Anthologie einem Verlag verkaufen?«, fragt Emma, die den Charakter ihrer Gesprächspartnerin durchaus durchschaut.

»Nun, ehrlich gesagt …« Senta hält inne, weil ihr auffällt, dass sie sich wiederholt, und sie sich fragt, ob Emma tatsächlich so naiv ist, wie sie sich gibt. »Ich glaube, ich könnte meinen Verlag dafür interessieren, wenn wir eine gute Prise Sex hineinbringen.«

»›Geschlecht und Genre‹ – ist das nicht Sex genug?«, fragt Emma.

»Na ja, vielleicht fällt uns noch ein besserer Titel ein«, sagt Senta. Ihre Augen ruhen auf einem Brief von ihrem Verlag, in dem steht, dass das Buch mit dem Titel »Sex – Eine literarische Chronik«, herausgegeben von Senta Norris, innerhalb der nächsten zwölf Monate erscheinen wird, und dass Senta als Herausgeberin fünftausend Pfund Honorar sowie zehn Prozent vom Reingewinn erhält. Die Rechte an den Beiträgen werden jedem Autor einmalig mit fünfzig Pfund abgegolten.

»Was meinst du mit *Verrat*?«

»Du weißt sehr genau, wovon ich spreche, Chris.«

»Ich glaube, du hast da etwas falsch verstanden. Das Ganze ist nichts als ein dummes Missverständnis.«

»Oh, ich denke, ich habe sehr gut verstanden. Und jetzt begreife ich auch.«

»Nun beruhige dich erst einmal.«

Doch sein Gegenüber beruhigt sich keineswegs. Wütend, mit ausgestreckten Händen, gefletschten Zähnen und weit geöffneten Augen stürmt die Gestalt auf Chris los. »Warum hast du das getan? Was hast du dafür bekommen?«

»Nein, ehrlich! Lass mich dir alles erklären.«

»Bekommst du es jetzt endlich auch mit der Angst zu tun? Weißt du, wie sich das anfühlt? Furcht? Verzweiflung?«

»Gut, okay. Gib mir eine Minute. Ich kann dir alles erklären. Versprochen.«

Ich glaube es nicht. Was machst du da? Hör auf! Was geschieht hier?

»Du bist ein niederträchtiger und boshafter Junge. Du hast gelogen. Mit dir wird es ein böses Ende nehmen.«

»Und was ist mit mir? Hast du mich nach all den Jahren einfach vergessen?«

»Geh weg! Lass mich los!«

Ein lauter Schrei. Himmel und Wolken sausen vorbei, der Schatten von Bäumen und Steinen. Dann ist plötzlich der Boden da. Ein splitterndes Krachen, gefolgt von einer langen Stille.

Schmerzen. Überall Schmerzen.

Was ist passiert? Wo bin ich?

Hallo, ist da jemand?

Er kann die Schritte nicht hören, die von der Brüstung weglaufen, die enge Wendeltreppe hinunterpoltern und aus dem Turm fliehen. Auf dieser Welt wird er nie wieder etwas hören.

Hallo?

Als Kate Ivory wenig später mit ihren neuesten Errungenschaften das Schreibwarengeschäft verließ (sie hatte eine Flasche mit brauner Tinte, das ideale Notizbuch im Format DIN A5 mit Blättern und Blüten auf dem Einband sowie einen neuen Füllfederhalter erstanden), hörte sie die Sirene eines Krankenwagens, der die Magdalen Bridge überquerte und die High Street hinunterjagte. Ohne bestimmten Grund registrierte sie, dass die Ambulanz nach links in die Bartlemas Row einbog; sie vergaß es jedoch auf dem Heimweg sofort wieder.

Auch fiel ihr die Gestalt nicht auf, die an ihr vorüberging und sie so intensiv anstarrte, als wolle sie jedes Detail – angefangen beim kurzgeschnittenen Blondschopf über die glänzenden Ohrringe und den pfauenblauen Saum ihres Kleides bis hin zu ihren nackten, braunen Beinen – in sich aufsaugen.

Kate sah und hörte nichts mehr, denn soeben war ihr eine Idee für ihr neues Buch gekommen. Jetzt brauchte sie nur noch eine gute Handlung und ein paar interessante Charaktere.

KAPITEL 2

Denn die Schlange war schlauer als irgendein anderes Tier im Paradies. Doch der Schöpfer verfluchte die Schlange und nannte sie Teufel.

The Testimony of Truth

Hallo?

Wo bin ich?

Gerne hätte er gefragt, wer er selbst ist, doch diese Frage erscheint ihm zu wichtig, um leichtfertig gestellt zu werden; sie würde weitere, beunruhigende Fragen nach sich ziehen. Und außerdem: Wer würde sie hören? Wer würde, wenn überhaupt, antworten?

Er sitzt in der endlosen Dunkelheit und wagt kaum, sich zu wundern.

Kate sah die Zeitung drei Tage später, als sie im Kiosk von Mrs Clack Briefmarken kaufte. Zunächst sprang ihr die Schlagzeile ins Auge, dann erkannte sie den Mann auf dem Foto daneben. Kein Zweifel – es handelte sich um den griechischen Gott, jenen Mann, der ihr auf den Fuß getreten und sich dafür entschuldigt hatte.

»Haben Sie das gelesen? Schrecklich, nicht wahr?«, sagte Mrs Clack.

Kate reichte ihr die vierzig Pence, bestätigte, dass sie es ebenfalls schrecklich fand und verließ den Laden, um den Bericht draußen weiterzulesen, ohne dass ihr Mrs Clack beständig über die Schultern spähte.

Haushaltsexperte stürzt von historischem Turm in Oxford in den Tod

Am Montag stürzte der im Bartlemas College für die Beschaffung von Haushaltsmitteln zuständige Christopher Townsend von der Plattform des historischen Tower of Grace auf das Pflaster des darunter liegenden Hofes. Möglicherweise glitt er auf der Balustrade aus. Wie Kollegen berichten, hatte der Mann zuvor vermutlich Alkohol getrunken.

Der Chefportier des Bartlemas Colleges fand den bewegungslosen Körper des 37-jährigen Townsend gegen 15 Uhr. »Ich rief sofort einen Krankenwagen«, berichtete er, »und blieb bei Mr Townsend, bis die Sanitäter kamen.« Sofort eingeleitete Wiederbelebungsmaßnahmen zeigten keinen Erfolg. Christopher Townsend verstarb noch an der Unfallstelle.

Zwar hat die Polizei Ermittlungen aufgenommen, man geht jedoch davon aus, dass kein Fremdverschulden vorliegt.

Christopher Mark Townsend, wohnhaft in Eynsham Close, Botley, kümmerte sich am Bartlemas College um Zuwendungen wohlhabender ehemaliger Studenten, die Projekten wie dem Bau von Studentenwohnheimen zugute kommen. »Er war ein äußerst angesehenes Mitglied unserer Belegschaft. Wir alle werden ihn sehr vermissen«, äußerte sich Aidan Flint, Rektor des Bartlemas. Der Quästor des Colleges, Robert Grailing, erläuterte gegenüber unseren Reportern: »Der Tower of Grace ist eine der beliebtesten Touristenattraktionen Oxfords. Von der Plattform aus hat man einen Panoramablick über die gesamte Stadt. Trotz vieler tausend Besucher jährlich hat es bislang noch keinen tödlichen Unfall gegeben, jedoch werden wir selbstverständlich die Sicherheit des Daches einer genauen Überprüfung unterziehen. Chris Townsend war ein ausgesprochen beliebter Mann«, fügte er hinzu. »Wahrscheinlich hat er im Kreis von Freunden oder Kollegen in einem der benachbarten Pubs ein geselliges Mittagessen eingenommen.«

Mr Townsends Witwe Briony befand sich während unserer Recherchen noch in der Obhut von Freunden und sah sich nicht in der Lage, uns ein Interview zu geben. Eine Nachbarin des Paares, Mrs Lisa Batten, erklärte: »Ein schönes Paar! Beide sahen ausgesprochen gut aus, und sie waren glücklich miteinander. Briony hatte diesen herrlichen Garten angelegt, und auch das Haus ist sehr hübsch. Alles schien perfekt zu harmonieren. Ich kann noch gar nicht fassen, dass es zu Ende sein soll. Noch heute Morgen habe ich ihn wie gewöhnlich zur Arbeit gehen sehen. Es ist ein komisches Gefühl, sich vorzustellen, dass er nie mehr nach Hause kommen wird.«

Montagnachmittag. An dem Tag, als Kate ihren neuen Füller und das Notizbuch kaufte. Es musste kurz nach ihrem Zusammentreffen passiert sein. Wenn sie ihn doch nur vor dem Schreibwarengeschäft ein wenig länger aufgehalten hätte! Vielleicht hätte sie die Kette von Ereignissen unterbrechen können, die zu diesem Sturz geführt hatten. Warum hatte sie nicht mehr Theater um ihren geschrammten Fuß gemacht? Ihm einen ihrer Äpfel angeboten? Andererseits: Er war mit dieser Briony verheiratet und hätte Kate vermutlich nicht weiter beachtet; wahrscheinlich wäre er seiner Wege zu diesem Treffen – oder was sonst er auf dem Tower of Grace vorhatte – gegangen.

Aber warum? Was war in der Zeit zwischen ihrem Zusammenstoß auf der High Street und seinem Absturz geschehen? Sie erinnerte sich an sein lebensfrohes Gesicht und sein ansteckendes Lächeln. Vielleicht glorifizierte sie ihn im Rückblick ein wenig, doch er schien ein so gutaussehender, lebensbejahender Mann zu sein, dass es ihr Schwierigkeiten bereitete, sich das plötzliche Verlöschen dieser Energie und Fröhlichkeit vorzustellen.

»Geht es Ihnen gut, meine Liebe?«, rief Mrs Clack ihr aus dem Kiosk zu. »War es einer Ihrer Freunde? Sie haben nicht viel Glück mit Männern, nicht wahr?«

Kate drehte sich um und sah Mrs Clack durch die offene Tür an.

»Nein, ich kannte ihn nicht. Möglicherweise bin ich ihm einmal kurz begegnet. Aber sein Name war mir unbekannt, und er zählte auch nicht zu meinem Freundeskreis.«

Ob sie dem Klatschmaul so Einhalt gebieten konnte? Wahrscheinlich nicht. Es bedurfte mehr als ein paar Fakten, um Mrs Clack davon abzuhalten, pikante Gerüchte in die Welt zu setzen.

»In Ordnung, Sadie«, sagte Emma Dolby und hangelte nach einem blauen Aktenordner auf dem Tisch neben dem Telefon. »Ich habe die Stundenpläne hier. Unter den gegebenen Umständen werden wir die Arbeit mit den Gruppen wohl umdisponieren müssen.« Mit den Fingerspitzen erreichte sie den Ordner und versuchte, ihn am Deckel zu sich heranzuziehen. Der darunter liegende Aktenberg geriet ins Wanken. Eine Lawine loser Blätter ergoss sich auf den Boden. »Warte mal«, sagte Emma, legte den Hörer ab und begann, Papiere und Hefter einzusammeln.

»Bist du noch dran?«, quäkte die Stimme aus dem Hörer. »Emma? Alles in Ordnung?«

»Bestens«, erklärte Emma ein wenig außer Atem. »Alles unter Kontrolle, Sadie. Trotzdem wäre es vielleicht besser, wenn wir uns nach zusätzlicher Unterstützung umsähen. Es müsste jemand sein, der sich um den Verwaltungskram kümmert, die Studenten hätschelt, wenn ihnen danach ist, und sich möglicherweise sogar einen Workshop zutraut.«

»Wüsstest du jemanden?«

»Ich denke mal drüber nach. Vielleicht fällt mir jemand ein.«

Emma legte auf und fuhr fort, Papiere in zugehörige Hefter einzuordnen. Nach fünf Minuten gab sie es auf und machte sich eine Tasse zuckersüßen Kaffee, zu dem sie ein halbes Päckchen Schokoladenplätzchen verspeiste. Das Baby wachte auf. Sie teilte den letzten Keks mit ihm, dann packte sie eine Ladung Wäsche in die Waschmaschine. In einer Viertelstunde musste sie die älteren Kinder aus dem Hort abholen.

Faith Beeton saß auf dem altmodisch grün und weiß gestreiften Sofa in ihrem Wohnzimmer und sah sich um. Sechs Monate nach ihrem Einzug hatte sie endlich die Grundausstattung an Möbeln beisammen; an den Fenstern hingen Gardinen, auf dem Boden lagen Teppiche, und die Wohnung begann, behaglich auszusehen. Noch waren zwei Kisten Bücher auszupacken, doch in ihren Bücherregalen fand sich kein freier Platz mehr. Wahrscheinlich würde sie nie ausreichend Bücherregale haben, ganz gleich, wie viele sie noch kaufen mochte. Obwohl Faith absolut nicht singen konnte – ihre falschen Töne ließen jedem musikalischen Menschen die Haare zu Berge stehen – sang sie in ihren eigenen vier Wänden mit Begeisterung. »Home, sweet home.« Endlich war sie daheim. Es war das erste Heim, das ihr selbst gehörte, und sehr, sehr verschieden von dem Ort, an dem sie ihre Kindheit verbracht hatte.

Sie sah sich nach dem Buch um, in dem sie zuletzt gelesen hatte. Sidneys *Arcadia*. Sie wollte sich noch einige Notizen zu dem Werk machen, dessen interessantes Gemisch aus unterschiedlichen Gattungen Shakespeares Tragödien beeinflusst hatte; danach würde sie sich wieder ihren Farbmustern widmen. Faith ging die Treppe hinauf ins Schlafzimmer, das sie in den Farben eines stürmischen Sonnenuntergangs gestaltet hatte: warmes Grau, kombiniert mit einem dunklen, rauchigen Blau, aufgehellt von korallenroten und feurigen Akzenten. Vor allem die Beleuchtung gefiel ihr. Sie war ausreichend hell, ohne allzu viel zu enthüllen; genau wie sie es mochte. Sie legte einen zinnoberroten Seidenschal um ihren Hals, verknotete ihn locker und betrachtete sich im Spiegel. Ihre Haut wirkte noch fahler als gewöhnlich. Sie nahm *Arcadia* vom Nachttisch und zupfte die Tagesdecke sehr ordentlich zurecht. Jetzt war alles wieder so, wie es sein sollte. Beinahe hätte sie einen schweren Fehler gemacht. Aber sie hatte ihn gerade noch rechtzeitig wieder ausbügeln können.

Faith suchte das nächste Zimmer auf. Der Makler hatte es als zweites Schlafzimmer bezeichnet, doch sie hatte sofort gewusst, dass sie es als Arbeitszimmer einrichten würde. Der Schreibtisch mit Computer und Drucker stand am Fenster, das Telefon auf dem Fensterbrett; es gab einen kleinen Aktenschrank, ansonsten wurden sämtliche Wände von überquellenden Bücherregalen eingenommen. Sie hatte es geschafft. Ein wenig später als andere Leute vielleicht, aber schließlich hatte sie auch erst spät mit dem Studium begonnen. Zunächst hatte sie Mühe gehabt, mit den Achtzehnjährigen Schritt zu halten, doch bald schon genoss sie das Vergnügen, sie aus dem Feld zu schlagen. Und jetzt hatte sie einen dreijährigen Lehrauftrag an einem Oxforder College in der Tasche.

An den Wänden fehlten noch Bilder, doch die würde sie nach und nach erwerben – sobald sie wusste, was von ihr erwartet wurde. Vielleicht würde sie nach und nach auch ihren eigenen Geschmack kennen lernen. Nachdem ihre Persönlichkeit so viele Jahre hindurch unterdrückt worden war, würde sie ihm Raum für einen Schössling oder gar eine bescheidene Blüte gestatten. Reproduktionen oder Originale?, überlegte sie.

Das Klingeln des Telefons unterbrach ihre Tagträume.

»Hallo?«

»Hier spricht Emma Dolby. Dr. Beeton, ich brauche Ihre Hilfe.«

Ihr Tonfall war zu süßlich, um ihr zu glauben. »Tatsächlich? Wieso?«, erkundigte sich Faith und widerstand der Versuchung, sich von Emma beim Vornamen nennen zu lassen.

»Sie sind doch sicher über den vierzehntägigen Workshop ›Geschlecht und Gattung‹ informiert«, begann Emma vorsichtig.

»Ich habe davon gehört. Der Name ist ausgesprochen intelligent gewählt«, sagte Faith.

»Danke. Jetzt hat mir leider einer unserer Tutoren, Dr. Happle, ein Fax geschickt, dass er unvorhergesehenerweise in die Türkei reisen muss und sich nicht in der Lage sieht, seine Seminare abzuhalten.«

»Der gute Timothy«, säuselte Faith. »Wie schlau von ihm, unerwartete Ereignisse während seiner Abwesenheit vorauszusehen. Fragen Sie sich nicht auch, wie der unvermeidliche Aufschub in diesem Jahr aussieht? Wahrscheinlich ist es ein ungezogener junger Mann, dunkel, gut gebaut und mit Rehaugen, nicht wahr?«

»Tja«, sagte Emma. »Hm. Was ich Sie fragen wollte, Dr. Beeton: Könnten Sie seine Seminare übernehmen?«

»Ich glaube kaum«, erklärte Faith.

»Sind Sie nicht im Haus? Ist es das?«

»Nein.« Sie überlegte, ob sie hinzufügen sollte, dass sie ihr Bad streichen wollte, und zwar in einem sanften Apricot. Der Vorbesitzer hatte kühles Grau bevorzugt. Plötzlich fiel ihr ein, dass sie auch ein grelles, mit Dunkelblau und Weiß abgesetztes

Grün nehmen könnte. Toll! Ihr Vater hätte sich geschüttelt! Doch das würde sie Emma Dolby bestimmt nicht mitteilen.

»Es wäre wirklich wichtig für das College.« Emmas Stimme wurde zuversichtlicher. »Der Workshop bringt eine Menge Geld ein.«

»Nein«, sagte Faith. Sie wusste, was es für das Leben einer Frau bedeutete, in Situationen wie dieser ja zu sagen, und übte sich daher fleißig im Ablehnen.

»Oh!« Emma gab sich offensichtlich geschlagen. »Nun gut, Dr. Beeton. Lassen wir es für heute dabei.«

»Sie dürfen es endgültig dabei belassen«, versicherte Faith und hängte ein. Sie fand es herrlich, nach all den Jahren schrecklicher Fügsamkeit endlich einmal unhöflich sein zu dürfen.

Während der nächsten zehn Minuten stöberte sie in Farbproben herum, bis sie endlich das grelle Grün fand, nach dem sie suchte. Das Telefon klingelte erneut.

»Faith? Hier ist Timothy Happle.«

»Ich dachte, du hast unabkömmlich in der Türkei zu tun!«

»Ich reise morgen in aller Herrgottsfrühe ab.«

»Dann wünsche ich dir einen netten Urlaub.« Sie hoffte, dass ihre Stimme so ungezwungen klang, wie sie beabsichtigt hatte.

»Hör mal, Faith, ich weiß, es kommt ein bisschen plötzlich, aber du müsstest ein paar Seminare für den Workshop ›Geschlecht und Gattung‹ übernehmen.«

»Ich habe bereits abgelehnt.«

»Hast du einmal darüber nachgedacht, was das bedeutet? Für das College, meine ich. Aber auch für dich und deine Karriere.«

Faith hatte Übung im Erkennen unterschwelliger Drohungen. Ihr Vater war ein wahrer Meister darin gewesen, und ihre Mutter hatte jedes Mal klein beigegeben. In diesem Moment verstand sie ihre Mutter. Timothy Happle war durchaus in der Lage, ihre Karriere positiv oder negativ zu beeinflussen. Sie hatte eine auf drei Jahre befristete Dozentenstelle im Bartlemas und keine Lust, das College in zwei Jahren mit weniger als mittelmäßigen Referenzen verlassen zu müssen. Genau genommen hatte sie überhaupt keine Lust, das College zu verlassen.

»Welche Gattung soll ich denn übernehmen? Ich warne dich! Auf keinen Fall werde ich ein Buch auch nur aufklappen, das man als romantisch beschreiben könnte!«

Am anderen Ende der Leitung entstand eine Pause. Sie hörte Papier rascheln. »Wie wäre es mit Kriminalromanen?«, fragte er. »Ich glaube, einige Werke aus der Literaturliste sind wirklich gut. Na ja, schließlich stammen die Autoren häufig aus Oxford und schreiben neben ihrem Hauptberuf.«

Faith seufzte. In ein paar Wochen würde das Semester beginnen, und sie würde Studenten lehren. Darauf freute sie sich. Das letzte Jahr – ihr erstes an der Universität – war schwere Arbeit gewesen. Doch inzwischen hatte sie sich daran gewöhnt und kannte sich auch mit den Materialien besser aus. Das Letzte, was sie sich wünschte, war eine Lehrtätigkeit bei den Sommer-Workshops.

»Na gut«, gab sie sich geschlagen. »Am besten

gibst du mir die Literaturliste und die zu behandelnden Themen gleich jetzt am Telefon durch, damit ich sofort mit den Vorbereitungen anfangen kann. Wann kommst du übrigens aus der Türkei zurück?«

»In zweieinhalb Wochen. Ich werde noch ausreichend Zeit haben, deine Vorlesungen und Seminare zu überfliegen und dir zu helfen, falls du irgendwelche Probleme haben solltest.«

»Wie nett von dir«, sagte Faith. Sie wusste sehr gut, dass sich auch hinter diesem Angebot der Hinweis verbarg, möglichst keine Probleme aufkommen zu lassen.

»Dann kann ich also Emma Dolby sagen, dass du übernimmst«, resümierte er, und es klang so, als ob er nun endlich den letzten Koffer schließen und das Taxi zum Flughafen rufen könne. »Sie wird dich über alle Details informieren.«

»Gerne«, log Faith. Wart's nur ab, Timothy Happle, dachte sie. Eines Tages werde ich auf dem Weg zur Spitze über dich hinwegtrampeln, und es wird mir ein großes Vergnügen sein!

Kurz darauf ging sie wieder nach unten, um ihre Bücherkisten zu durchforsten. Sie gestattete sich eine Stunde für *Arcadia*, dann wollte sie sich mit Notizen über Dorothy L. Sayers beschäftigen. Wenigstens hatte Emma sie nicht gefragt, wie es mit ihrem Kochbuch voranging. Das war nämlich ein Scherz, dessen sie allmählich wirklich müde wurde.

Kate Ivory lag in der Sonne. Mit nackten Beinen räkelte sie sich auf der kleinen Rasenfläche hinter ihrem Haus und gab vor, sich mit der Handlung ihres nächsten Buchs zu beschäftigen. Ihre Augen waren geschlossen. Susannah, ihre rote Katze, hatte es sich auf ihrem Bauch bequem gemacht. Drinnen im Haus klingelte das Telefon. Kate dachte darüber nach, ob sie den Anruf entgegennehmen sollte. Dazu müsste sie die Augen öffnen, Susannah stören, aufstehen und ins Haus gehen. Wenn sie schon arm sein musste, wollte sie wenigstens auch verantwortungslos und glücklich sein. Das unsichere Leben als Berufsautorin hatte nur wenige Vorteile, doch sich an einem Sommertag in der Sonne zu aalen, wenn alle anderen arbeiten mussten, war auf jeden Fall einer davon.

Andererseits ist alten Gewohnheiten schwer beizukommen, und so nahm Kate beim siebten Läuten schließlich ab.

»Kate? Emma hier.«

Nach einer unbeweglich in der Sonne verbrachten Stunde und einem Glas Weißwein fühlte Kate sich ein wenig betäubt.

»Hallo Emma.« Ja, richtig, das musste Emma Dolby sein, die dutzendweise Nachkommenschaft produzierte und Geschichten schrieb, die anderer Leute Kinder ruhig halten sollten. Sie hörte sich erheblich freundlicher an als damals, als Kate sie nach Arbeit gefragt hatte.

»Bist du okay, Kate? Du klingst so komisch.«

»Mir geht es gut. Ich habe an meinem neuen Buch gearbeitet.«

»Ich dachte, du liegst in der Sonne und trinkst Weißwein.«

»Ich beschäftige mich gerade mit einer ziemlich kniffligen Stelle im Handlungsablauf. Und wie du dich erinnern wirst, kann ich mir im Augenblick keinen Weißwein leisten.«

»Gut, dann leg dein Buch mal beiseite. Ich hätte da einen Vorschlag, wie du für dich selbst Reklame machen könntest.«

»Du willst mir doch nicht etwa wieder deinen Lehrgang für Möchtegern-Schriftsteller aufs Auge drücken?«

»Ganz bestimmt nicht. Nie wieder! Nicht nach dem letzten Mal.«

Kate hatte ihr Weinglas mitgebracht und zerrte die Telefonschnur so straff es eben ging, um die Flasche zu erreichen. Emmas Anspielung auf die unangenehmen Vorfälle bei ihrem Kurs »Kreatives Schreiben« konnte nur mit einem weiteren Glas Wein bekämpft werden.

»Ich spreche von dem Workshop«, sagte Emma.

»Der, den du am Bartlemas organisierst? Der, für den ich mich nicht eingetragen habe und zu dem ich genaugenommen absolut nichts Sinnvolles beitragen kann?«

»›Geschlecht und Gattung‹«, bestätigte Emma. »Und ich glaube, du kannst sehr viel Sinnvolles dazu beitragen.«

»Erzähl mir mehr«, forderte Kate sie fröhlich auf. Irgendetwas musste bei den Planungen ziemlich schief gelaufen sein, dass Emma jetzt wieder auf sie zurückkam.

»Im Organisationskomitee ist ein Platz frei geworden, und wir dachten, das wäre etwas für dich.«

»Du meinst das ehrenamtliche Komitee, nicht wahr?«

»Außerdem sind Verwaltungsangelegenheiten zu

klären«, fuhr Emma fort, als hätte sie Kates Frage nicht gehört. »Die Studenten brauchen bei der Ankunft einen Ansprechpartner. Du würdest sie zur Bibliothek begleiten, ihnen zeigen, wo es Postkarten und Briefmarken gibt und wie man ein englisches Telefon benutzt – solche Dinge.«

»Hört sich an, als würde es meine Fähigkeiten nicht überfordern. Wie ist die Bezahlung?«

»Bescheiden. Aber du würdest vier Wochen lang etwas verdienen, und obendrein gibt es jede Menge zu essen.«

»Ich werde es mir durch den Kopf gehen lassen. Wann muss ich mich spätestens entscheiden?«

Emma seufzte. »Na schön. Ich denke, ich kann dich in einem der Gremien für historische Romane unterbringen und dir einen Kurs für Kreatives Schreiben anbieten.«

»Würde ich für beides bezahlt?«

»Ja.«

»Gut«, sagte Kate, »ich bin dabei. Wann soll ich anfangen?«

»Heute Nachmittag?« Emmas Stimme klang hoffnungsvoll.

»Montagmorgen«, erklärte Kate. Sie hatte den Wetterbericht gehört. Während der nächsten drei Tage sollte es sonnig und warm bleiben. »Übrigens, Emma, was verschafft mir eigentlich die Ehre dieses plötzlichen Bedarfs an meinen Diensten? Warum braucht ihr derart kurzfristig ein neues Mitglied für Gremium und Komitee?«

»Wir suchen weniger ein neues Mitglied als vielmehr einen Ersatz. Hast du nicht von der Sache mit Chris Townsend gelesen?«

Kate musste einen Moment nachdenken, dann dämmerte es ihr. »Der vom Tower of Grace gefallen ist?«

»Genau. War das nicht schrecklich? Ein furchtbarer Unfall. Er war Haushaltsbeauftragter im Bartlemas. Der Workshop war seine Idee. Er und der Quästor hatten überlegt, wie man das College das ganze Jahr über Gewinn bringend nutzen könnte. Quästor und Kämmerer sollten sich gemeinsam um Unterbringung und Verpflegung kümmern, aber der Kämmerer macht drei Wochen Ferien auf irgendwelchen griechischen Inseln, und jetzt, wo Chris nicht mehr organisiert, brauchen wir dringend zusätzliche Hilfe.«

Kate stellte sich vor, wie es wäre, wenn Emma selbst die Organisation einer vierzehntägigen Veranstaltung mit über zweihundert Leuten übernehmen würde, und bekam eine Gänsehaut.

»Bist du eigentlich sicher, dass es ein Unfall war?«

»Klar! Was sonst? Chris war nicht der Typ für Selbstmord, wenn du das meinst.«

»Ich habe bloß keine Lust, je wieder mit verdächtigen Todesursachen zu tun zu haben.«

»Ganz ehrlich, Kate – bei diesem Unfall gibt es absolut nichts Verdächtiges. Er hat den Weg für die Tour überprüft, die wir mit den Studenten machen wollen. Wahrscheinlich ist er ausgerutscht oder so. Das ist zwar tragisch, aber solche Dinge passieren eben. Er war ein wunderbarer Mensch. Jeder mochte ihn. Es ist für uns alle noch immer unfassbar.«

Und du versuchst mir ein bisschen zu überzeugend zu wirken, dachte Kate. Aber der Job war genau das, wonach sie gesucht hatte, und wenn das Wetter stabil blieb, konnte man sicher die eine oder andere Seminarstunde draußen auf dem Rasen verbringen und in Gesellschaft attraktiver Menschen ein kühles Glas Weißwein trinken.

»Montagmorgen um neun bin ich im Bartlemas«, sagte sie.

»Ich muss erst noch die Kinder in den Hort bringen«, wandte Emma ein. »Sagen wir lieber halb zehn.«

»Gut. Bis dann. Tschüss!«

Kate ging in den Garten, um das Buch zu holen, das sie sich unter die Nase gehalten hatte, um so zu tun, als würde sie lesen. Auch ihre Kuschelkissen sammelte sie ein. Ein Kopf erschien über dem Zaun, der ihr Grundstück von dem Matschfeld hinter Nummer 12 trennte.

»Hallo Kate«, sagte Harley.

Kate merkte sofort, dass der Junge verzweifelt um Hilfe bettelte. Harley war ungefähr so geschickt im Ausdrücken von Gefühlen wie sie selbst.

»Ich glaube, ich habe noch Cola im Kühlschrank«, sagte sie einladend. »Und in der Kühltruhe ist noch eine Schachtel Magnums. Hast du Lust, rüberzukommen?«

»Kann schon sein«, erwiderte Harley.

»Was ist los?«, erkundigte sie sich angelegentlich, als Harley es sich mit einer Cola, einem Magnum und einer Tüte Chips, die sie hinten im Küchenschrank gefunden hatte, am Küchentisch bequem gemacht hatte.

»Es ist wegen Dave«, sagte er.

Welcher von Harleys kleinkriminellen Freunden

war das noch?, überlegte sie, ehe ihr einfiel, dass es sich bei Dave um Harleys Hund handelte. Wie Harley selbst war er nach dem Lieblingsmotorrad von Harleys Vater benannt worden.

»Er ist doch nicht krank, oder?« Jetzt, wo sie darüber nachdachte, fiel ihr auf, dass sie Dave längere Zeit nicht gesehen hatte.

»Jace mag keine Hunde«, sagte Harley.

»Jace?«

»Mums neuer Freund.«

Seit Harleys Vater Trevor nach einigen lautstarken Ehekrächen ausgezogen war, hatte Tracey, die Mutter, zwei oder drei neue Freunde ins Haus gebracht. Wahrscheinlich gehörte das Haus ihr, überlegte Kate. So konnte sie nach der Trennung in der ehelichen Wohnung bleiben.

»Es ist allerdings wirklich schwierig, Dave nicht zu mögen.«

»Jace behauptet, er wäre gefährlich.«

Von der Spitze seiner langen Nase, über den fülligen, mit dichtem, fuchsrotem Teddybärenfell bedeckten Körper bis hin zu seinem ewig wedelnden Schwanz war Dave die Sanftmut in Person.

»Wieso das denn?«

»Als wir ihn geholt haben, hat man uns gesagt, er wäre ein Schäferhundmischling.«

»Mag ja sein, aber einer, den man mit einem ganz besonders frommen Schaf gekreuzt hat«, gab Kate zu bedenken.

»So dämlich ist er auch wieder nicht!«, rief Harley. »Er kann richtig scharf sein, wenn er will. Er will nur eben nicht.«

»Das einzig annähernd Scharfe an ihm ist, wenn

er den Vollmond anjault«, erklärte Kate. »Dieser Jace spinnt, wenn er sich davon beeindrucken lässt.«

»Korrekt«, sagte Harley. »Aber Mum sagt, er muss weg.«

Er stand auf und nahm die halb geleerte Coladose, um drüben in Nummer 12 weiterzutrinken.

»Vielleicht fällt mir ja etwas ein«, sagte Kate. Doch wie sollte sie dem Jungen helfen? Sie mochte Hunde auch nicht besonders, obwohl Dave die rühmliche Ausnahme bildete. Trotzdem hatte sie nicht die Absicht, ihm in Nummer 10 eine neue Heimat anzubieten.

KAPITEL 3

Sind Maler schlecht und Dichter dumm,
Dann liefern sie nichts als Dünkel der Welt.
Einer gibt's Blech, der and're schlägt's krumm;
Zwar schimmert die Münze, doch ist es kein Geld.
Philip Sidney, *The Old Arcadia*

Hallo?

Nichts.

Lange Zeit später erinnert er sich zweier nachgiebiger, rundlicher Körper und öffnet sie. Sinnesorgane. Augen.

Siehe, du bist, hatte einst jemand gesagt. Sieh dir diese Dinge an, all die warmen, beweglichen Dinge mit Flügeln und Beinen, die ich dir zeigen werde. Gib ihnen Namen, auf dass man sie von nun an so bezeichne, und du wirst sie beherrschen.

Doch wenn er jemals Macht gehabt hat über Worte und die Dinge, für die sie standen, muss er sie inzwischen verloren haben. Er kann sich weder an Erscheinungsbilder erinnern noch an die Worte, die sie bezeichneten. Alles ist neu zu entdecken und zu benennen.

Er wird bei sich selbst beginnen. Ich. Mich. Mein. Er benutzt seine wiederentdeckten Augen und betrachtet sich. Zwei rosa Fühler, zwei kleinere, gelenkige Stangen, zwei stabilere, ebenfalls gelenkige Streben. Allmählich fallen ihm die Namen wieder ein. Es handelt sich um Arme und Beine, und es sind nicht Fühler, sondern Hände und Finger. Er benutzt seine Hände, um weiterzuforschen, und findet eine große Kugel mit etwas Weichem, Faserigem auf der Oberseite. Kopf? Ja. Die Entdeckungsreise ähnelt einem Schöpfungsakt.

Aber was ist er selbst? Ein Mensch? Ein Mann? Was immer das bedeuten mag.

Er stützt sich mit den Händen am Boden ab und erhebt sich behutsam auf die Füße. Schwankend steht er da; seine Beine und Füße haben ihre Bestimmung vergessen. Langsam setzt er einen Fuß vor den anderen und bewegt sich in der dunklen Landschaft.

Der Himmel über ihm sieht aus wie eine umgestülpte, ultramarinblaue Schale. Müssten da nicht Sterne sein? Hier gibt es keine Sterne, nur den bleichen Abglanz seiner eigenen, weißen Gliedmaßen in der Bläue. Er geht weiter. Die Erde unter seinen Füßen ist hart. Er stolpert über kleine Steine. Kein Anzeichen von Vegetation. Er sieht keine anderen Lebewesen. Lange Zeit läuft er weiter.

Schließlich erreicht er ein mächtiges Tor. Es besteht aus einem dunklen, in fantastische Formen gegossenen und geformten Metall. Eiserne Vögel und gehörnte, mit Klauen und Flügeln bewehrte Ungeheuer starren ihn aus ehernem Blattwerk an. Er kann nicht erkennen, was hinter dem Tor liegt, denn die Zwischenräume zwischen den metallenen Pfosten sind zu schmal, um mehr als flüchtige Einblicke und schwache Eindrücke zuzulassen.

Licht. Er kann sehen, weil es Licht gibt. Ein emporstrebendes, flackerndes Licht, wie eine Flammensäule. Dahinter steht eine schweigende Gestalt vor dem Tor. Zwei Hände, zwei Arme, zwei Beine, ein Kopf mit einer kleinen, über der Stirn züngelnden Flamme. Mensch? Nicht wirklich. Zwei große, gefiederte Auswüchse entspringen seinen Schultern. Im Licht der Flammen schimmern sie blau und golden. Flügel.

Was?

Nein, nicht wirklich ein Mensch.

Hat es einen Namen?

Hallo?

»Das ist der Dozentengarten«, sagte Emma Dolby und ging voraus. Durch ein rustikales Tor betraten sie einen Pfad, an dessen Rändern Sträucher und Stauden wuchsen, die aussahen, als stünden sie schon seit Jahrhunderten dort.

»Sehr hübsch«, lobte Kate Ivory, bewunderte einen Busch mit grau-grünen Blättern und wünschte, es wäre nicht alles so erschreckend geschmackvoll. Ein Beet mit einfachen, bunten Blumen hätte den Garten aufheitern können. Ringelblumen vielleicht, oder Mohn.

»Die Frau des Rektors ist eine begeisterte Gärtnerin und bemüht sich, den Dozentengarten wieder so zu gestalten, wie der ursprüngliche Entwurf es vorsah.«

»Also eine Art Garten Eden?«

»Der Entwurf stammt von einer der ganz großen Garten-Architektinnen Anfang diesen Jahrhunderts«, fuhr Emma fort. »Ich glaube, es war Nancy Lancaster.«

Obwohl sich die grüne Oase nur wenige hundert Meter von der dicht befahrenen High Street entfernt befand, roch es nach aromatischen Kräutern und Lavendelblüten statt nach Dieselqualm. Vögel zwitscherten melancholische Herbstgesänge. Sicher krabbelten und krochen im Verborgenen eine Menge kleiner Tiere und vielbeiniger Insekten. Blätter, noch nicht herbstlich vergoldet, wisperten in der Morgenbrise.

»Wirklich klasse. Lassen wir die Kunden hier rein?«, erkundigte sich Kate.

»Kunden! Glaubst du, du könntest dich der immensen Anstrengung unterziehen, zu lernen, sie Studenten zu nennen?«

»Entschuldigung. Ich werde mich bemühen«, sagte Kate, die an ihren Gehaltsscheck dachte. »Also: Dürfen die Studenten in den Dozentengarten?«

»Normalerweise nicht, es sei denn, sie werden von einem der Tutoren begleitet.«

Emmas kurze, rundliche Gestalt steckte in einem übergroßen, grünen T-Shirt und einem beigen Kräuselrock. In ihren vernünftig flachen Ledersandalen schritt sie kräftig aus. Ihr von einer Freundin kostenlos geschnittenes, braunes Haar war lockig und zeigte nicht die geringste Spur künstlicher Haarfarbe. Kate hoffte, dass ihre Jeans, die weiße Batistbluse und die auffällig roten Plastikohrringe von den Veranstaltern von »Geschlecht und Gattung« als angemessen befunden wurden. Sie zupfte sich ein Blättchen von einer üppigen Kletterpflanze aus dem kurz geschnittenen Haar, ehe sie vorsichtig nachhakte: »Gelte ich als Tutor?«

»Ich denke schon.« Der Pfad führte durch einen kleinen Hain. Sonnenlicht flirrte durch hübsch geformte Blätter. »Wenn wir über die Brücke und dann nach rechts gehen, kommen wir zur Kapelle. Dort gibt es eine hübsche kleine Versuchung, die du dir unbedingt ansehen solltest.«

Gerade wollte Kate eine schnoddrige Bemerkung über hübsche Versuchungen loslassen, da wurde sie zu ihrem Glück von einer Stimme abgelenkt, die von der anderen Seite einer nahe gelegenen Hecke zu ihnen herüberdrang.

»Hier müsste etwas Helles mit fedrigen Blättern hin, finden Sie nicht, Mr Evans?« Die Stimme war weiblich, mit bemerkenswert deutlicher Aussprache. »Was würden Sie vorschlagen?«

»Mir persönlich würden ein bisschen Rasen und ein paar einjährige Pflanzen gefallen«, lautete die Antwort einer männlichen, etwas älter wirkenden Stimme. »Grünpflanzen sind zwar schön, aber die Leute wollen im Frühling und Sommer lieber Farbe sehen. Eben Blumen. Wenn Gott nicht gewollt hätte, dass wir einjährige Pflanzen züchten, hätte er uns keine Setzschalen gegeben, oder?«

»Was meinen Sie, Briony?«, fragte die herrische Frauenstimme. »Sie stimmen mir doch zu, nicht wahr?«

»Tue ich das? Ich weiß ehrlich gesagt nicht mehr so recht, was ich denke.«

»Wie wäre es mit Petunien?« Das war wieder die Männerstimme.

»Ringelblumen, Elfenspiegel, Mohn«, fiel die Stimme namens Briony ein.

»Ich könnte sie aus Samen ziehen, im Gewächshaus überwintern lassen und im kommenden April auspflanzen«, fuhr Mr Evans fort. »Wir könnten zum

Beispiel ein Beet in den Farben des Colleges anlegen. Den Leuten würde es sicher gefallen.«

»Was meinen Sie, Briony?«

»Das ist mir ziemlich egal.«

Ein junger Mann mit einer Schubkarre voller kleiner Grünpflanzen in Plastiktöpfen und dicker schwarzer Säcke kreuzte Emmas und Kates Weg und verschwand hinter einer Wand aus Pflanzen.

»Mr Evans! Wo will dieser Junge hin? Was macht er da?«

»Barry!«, rief Dave Evans. »Was machst du mit dem Zeug da?«

»Genau das, was Sie gesagt haben, Mr Evans. Ich bringe es zum M...«

»Gut mein Junge. Mach weiter.«

»Und?«, fragte die Frauenstimme.

»Er bringt die Sachen ins Gewächshaus«, erklärte Dave Evans. »Ich habe Stecklinge von den empfindlichen Pflanzen gezogen, falls wir einen harten Winter bekommen. In den Säcken sind welke Blätter, die später als Mulch dienen sollen.«

»Spielt das irgendeine Rolle?«, fragte Briony.

»Sie müssen sich ein bisschen am Riemen reißen, Briony. Geben Sie sich Mühe. Diese Apathie hilft Ihnen nicht weiter.«

»Komm weiter!«, zischte Emma. »Wir wollen doch nicht beim Lauschen erwischt werden!«

Kate, der es noch nie etwas ausgemacht hatte, den Gesprächen anderer Leute zuzuhören, spitzte weiter die Ohren.

»Wer war das?«, fragte sie, nachdem Emma sie weitergezerrt und sie ein zweites rustikales Tor passiert hatten. Hinter ihnen fuhr der immer noch unsichtbare Gärtner mit seiner Litanei bunter Blumen fort: »Geranien, Lobelien. Wir könnten auch ein Beet mit Stauden anlegen. Stockrosen. Rittersporn.«

»Die jüngere Frau ist Briony Townsend, die Witwe von Chris. Sie ist noch völlig neben der Spur, die Ärmste. Bei der anderen handelt es sich um Honor Flint, die Frau des Rektors«, antwortete Emma. »Ein Wahnsinns-Charakter. Der Mann ist der Gärtner des Colleges, Dave Evans, und der Jüngere sein Lehrjunge Barry. Die arme Mrs Flint hat ziemliche Schwierigkeiten, Mr Evans ihre Vorstellungen nahe zu bringen. Er hat sich früher um einen der großen Stadtparks gekümmert, und ich glaube nicht, dass ihm der Name Gertrude Jekyll ein Begriff ist.«

»Gertrude wie?«, fragte Kate, während sie Emma durch einen Torbogen folgte. Vor ihnen lag eines der Gebäude, die den Pesant-Hof begrenzten, zu ihrer Linken erhob sich der Tower of Grace.

»Müssen wir wirklich da hinein?« Sie standen im Schatten. Ein kühler Luftzug strich über Kates Haut. Sie mochte keine Türme. Vielleicht war es ihre Höhe, vielleicht aber auch ihre Gleichgültigkeit gegenüber dem sie umgebenden sterblichen Leben.

»Auf jeden Fall. Das darfst du nicht verpassen. Von hier aus ist es der schnellste Weg zur Kapelle. Du musst dir unbedingt unseren Adam und unsere Eva ansehen. Sie wirken so dünn und so unschuldig, und sie bedecken sich züchtig mit Feigenblättern, obwohl erst der Sündenfall ihnen die Augen für ihre Nacktheit öffnete.«

Innen im Turm war es dunkel. Einen Moment lang sah Kate überhaupt nichts, sondern nahm nur den Geruch von Staub und feuchter Luft wahr, der oft in alten Steingebäuden hängt.

Emmas Tritte klangen laut auf dem Steinboden. »Es werde Licht«, befahl sie und tastete nach dem Schalter.

Viel ist es nicht, dachte Kate. Der Schimmer verlor sich unter der hohen, dunklen Decke. Ihre Augen wurden von der schwachen Lichtquelle angezogen. Es war ein kleines, diskret von oben beleuchtetes Gemälde, das auf diese Weise sanft vor der dunklen Wand zu glühen schien.

Sie traten näher. »Das ist die Versuchung, von der ich dir eben erzählt habe.«

Eine dünne, weißhäutige Eva mit scheuem Ausdruck auf dem herzförmigen Gesicht reichte dem verblüfft dreinblickenden Adam einen perfekten Apfel. Mit der anderen Hand zog sie einen Zweig des Baumes zu sich hinunter. Eine gekrümmte Schlange hing herab. Sie schien die Tat gutzuheißen. Um das Paar herum stand und kroch eine Reihe von Tieren, denen Adam vermutlich Namen gegeben und damit Macht über sie erworben hatte.

»Adam blickt ziemlich verwundert drein«, bemerkte Kate. »Aber der arme Kerl sieht auch nicht gerade intelligent aus, oder?«

»Jedenfalls nicht im Vergleich mit Eva.«

»Noch nicht einmal im Vergleich mit diesem zahmen Rentier da. Und warum sieht der Apfel exakt aus wie Evas Brust? Warum wiederholen sich die Kurven ihres Körpers in der Krümmung der Schlange? Will der Künstler uns möglicherweise etwas über die bösartige Natur der Frauen und ihre Affinität zur Sünde schlechthin mitteilen? Schlägt sich hier etwa die frauenfeindliche Haltung eines vergangenen Jahrhunderts nieder?«

»Hör auf, dich so naiv zu geben, Kate. Du kannst von einem deutschen Maler des sechzehnten Jahrhunderts nicht erwarten, dass er mit den Augen einer Frau des zwanzigsten Jahrhunderts malt.«

»Die interessantere Frage ist eher die nach der Natur der Versuchung und der Rolle der Frau bei der ganzen Angelegenheit«, kam eine Stimme aus der Finsternis hinter ihnen. Emma und Kate drehten sich um.

»Ah«, sagte Emma. »Das ist Dr. Beeton.«

Kate konnte lediglich sehen, dass Dr. Beeton weiblichen Geschlechts, schmal gebaut und dunkelhaarig war; mehr war nicht zu erkennen.

»Haben Sie die Gnostiker gelesen?«, fragte Dr. Beeton.

»Das ist schon länger her«, sagte Kate. Dabei hoffte sie inständig, dass keine weitere Frage folgen und ihre Unwissenheit offenkundig machen würde.

»Sie sollten es zu diesem Thema mal mit Pagels versuchen.«

»Werde ich tun«, versprach Kate verwirrt.

Sie wandte dem politisch unkorrekten Gemälde den Rücken zu, um durch den Turm in die Kapelle zu gehen, als ihr Blick von einem anderen Bild auf der gegenüberliegenden Wand angezogen wurde. Es war weniger gut ausgeleuchtet, dafür aber bunter.

Im Zentrum des Gemäldes befand sich eine große Gestalt mit blauen Flügeln und goldenem Gesicht, die ein Schwert vor sich hielt, aus dem Flammen nach oben züngelten. Was mochten die weißen, fedrigen Auswüchse auf seiner – ihrer? – Stirn darstellen?, überlegte Kate. Zu seiner Linken standen zwei kleine, unbedeutende, mit Gürteln aus Feigenblättern verhüllte Menschlein, zu seiner Rechten kringelte sich eine größer und wilder aussehende Schlange als auf dem Versuchungs-Bild. Um die Gestalten herum wucherten vielfarbige Blüten, die Dave Evans sicher gefallen hätten; unter ihren Füßen lagen fantasievoll gestaltete Blätter und Gräser.

»Nach dem Sündenfall«, erklärte Emma. »Adam und Eva werden aus dem Garten Eden verstoßen.«

»Und wer ist der Typ mit dem leuchtenden Gesicht und dem Flammenschwert?«

»Gott stellte einen Cherub als Wächter vor das östliche Tor des Garten Eden, um die Menschen für immer an der Rückkehr zu hindern«, antwortete Dr. Beeton, die offenbar immer noch bei ihnen war. »Dass es ein Cherub ist, sieht man an den blauen Flügeln.«

»Ehrlich gesagt glaube ich nicht, dass der Garten Eden der Menschheit für immer verloren ist. Mit ein paar bunten Blumen würde der Dozentengarten, durch den wir eben gekommen sind, dem dort auf dem Bild durchaus ähneln – obwohl ich mir Honor Flint und Dave Evans nicht unbedingt als Adam und Eva vorstellen kann.« Missbilligend blickte der Cherub aus dem Rahmen herab.

»Manchmal frage ich mich, was Eva wirklich von der Vertreibung aus dem Paradies hielt«, ließ sich Dr. Beeton vernehmen. »Könnten Sie sich vorstellen, dass sie sich vielleicht insgeheim freute, Gott und seinen Garten hinter sich zu lassen und zusammen mit Adam ein eigenes Leben zu wagen?«

»Unter diesem Aspekt habe ich noch nie darüber

nachgedacht«, antwortete Kate. »Aber ich finde, sie wirkt durchaus wie eine kleine Ränkeschmiedin.«

»Darf ich vorstellen?«, sagte Emma ziemlich verspätet. »Dr. Beeton, das ist Kate Ivory. Sie arbeitet in der Organisation unseres Workshops mit.«

»He, ich dachte, dass ich auch ein paar Seminare leite. Und einen Kurs für Kreatives Schreiben«, zischte Kate.

»Ach, *der* Workshop!«, entfuhr es Dr. Beeton ohne sonderliche Begeisterung. »Nun, dann nehme ich an, wir sehen uns demnächst öfter.« Mit diesen Worten verschwand sie in der Dunkelheit, aus der sie aufgetaucht war.

»Könnten wir jetzt vielleicht gehen?«, fragte Kate.

»Gehen? Wir sind doch gerade erst gekommen. Und du hast die bunten Glasfenster in der Kapelle noch nicht gesehen!«

»Mir ist klar, dass ich dir für die Führung dankbar sein müsste, Emma, aber ich fühle mich hier einfach nicht wohl.« Sie spannte die rechte Schulter an, als könne sie so die kühle, abgestandene Luft loswerden, und wandte sich von dem zweiten Gemälde ab.

»Wieso?«

»Hier riecht es nach Tod.«

»Wie bitte? Ach so, du meinst Chris Townsend. Mach dich nicht lächerlich! Deshalb brauchst du wirklich keine Gänsehaut zu bekommen. Es war eben ein Unfall. Der Mann hatte zu viel getrunken und war nicht mehr sicher auf den Beinen. Natürlich ist es tragisch, aber solche Dinge geschehen jeden Tag. So, und jetzt steigen wir auf den Turm. Die Aussicht ist traumhaft!«

Emma hatte einen Schlüssel hervorgezogen und öffnete eine schwere Eichentür. Kate erblickte eine schmale Wendeltreppe aus Stein, die sich nach oben in die Dunkelheit verlor. Die Stufen waren von Generationen akademischer Füße in der Mitte ausgetreten worden. Natürlich hatte Emma Recht. Warum sollte sie sich Sorgen um einen Toten machen, der einem Unfall zum Opfer gefallen war? Dunkelblaue Augen und ein gut geschnittenes Kinn – sie erinnerte sich.

»Ich habe ein bisschen Höhenangst. Vielleicht sollte ich lieber hier unten bleiben.«

»Quatsch! Es gehört zu deinen Aufgaben, die Gruppe im College herumzuführen, und die Turmbesteigung ist nun mal der Höhepunkt der Besichtigung. Man kann von da oben ganz Oxford überblicken. Nun mach schon!«

Emma gehörte nicht zu den Menschen, denen man seine Höhenangst gestehen konnte. Selbst Emmas eigene Kinder durften weder Furcht vor Dunkelheit noch vor bösartigen Hunden oder dem Zahnarztbohrer zeigen; für Kates kleine Unzulänglichkeit würde Emma sicher kein Mitgefühl aufbringen. Also folgte sie Emma die Wendeltreppe hinauf. Die Hand immer fest an der Mauer, hielt sie sich dicht hinter ihrer Führerin. Emma war nicht besonders fit, daher hatte Kate wenigstens keine Mühe, Schritt zu halten.

Sie kamen durch einen Raum, in dem Glockenseile durch die Decke herabhingen. Triebkränze an den Wänden zeugten von den komplizierten Geläuten, die in der Vergangenheit erklungen waren. Nach kurzer Atempause ging es weiter aufwärts, bis sie eine schmale Tür erreichten, durch die sie auf das Dach traten.

»Schau mal«, sagte Emma. »Da ist die Christ Church. Und der Merton Tower.«

Kate hielt der Aussicht den Rücken zugewandt und studierte die nächstgelegene Zinne.

»Die Universitätskirche«, fuhr Emma mit ausgestrecktem Zeigefinger enthusiastisch fort. »Und da: die Radcliffe Camera.« Sie drehte sich um und sah nach, ob Kate ihr folgte. Kate hob die Augen gerade so weit, dass sie einen der Wasserspeier ins Blickfeld bekam.

»Siehst du All Souls? Und die Bodleian?« Emmas Stimme war schmeichelnder geworden.

Kate drehte sich langsam so weit um, dass sie die Baumwipfel des Dozentengartens und die drei Seiten des Pesant-Hofes erkennen konnte. Ein leichter Wind, den sie unten nicht bemerkt hatte, zerzauste ihr Haar und trieb sie in Richtung Abgrund. Sie spürte die erste leichte Herbstkühle. Herbst, Sturz, Tod – die Worte rasten durch ihren Kopf. Sie kniff die Augen zu. »Wirklich nett«, murmelte sie, während sie die Balustrade vor sich fest umklammert hielt. Sie fühlte körnigen Stein und eine unebene, moosbewachsene Oberfläche. »Balustrade!«, fuhr es ihr plötzlich durch den Sinn. Sie öffnete die Augen. Hier war der Unfall geschehen. Für einen Moment vergaß Kate ihre Angst und untersuchte die Brüstung. Sie war ziemlich breit und reichte ihr bis zur Taille. Die Säulen standen zu dicht beieinander, als dass selbst ein sehr dünner Mensch dazwischen hätte hindurchschlüpfen können. Er musste also über die Brüstung gestürzt sein. Wie groß war Chris

Townsend gewesen? War es überhaupt möglich, dass er versehentlich über die Balustrade gekippt war? Bei dem Gedanken wurde Kate sofort wieder vom Schwindel gepackt. Es war besser, sich auf die Aussicht zu konzentrieren und möglichst schnell zu vergessen, dass jemand genau von diesem Punkt aus in den Tod gestürzt war.

Vorsichtig tastete sie sich an Emma heran. Wie eine metallische Schlange drängte sich der Verkehr in der High Street. Sie blickten auf die Dächer der Geschäfte hinunter. Auf der gegenüberliegenden Seite konnten sie die Colleges und Bibliotheken sehen. Rechts unten erkannte Kate das Stückchen Bürgersteig, wo sie Füllhalter bewundert hatte und dabei immer wieder angerempelt worden war. Sie sah den Gärtnergehilfen Barry, der mit seiner inzwischen leeren Schubkarre die High Street überquerte und zum College zurückkehrte. Einen Moment lang fragte sie sich, wo sich Dave Evans' Gewächshaus befinden mochte. Es schien ziemlich weit vom Garten entfernt zu sein, aber vermutlich wusste er, was er tat.

Hier oben, fast in den Wolken, fühlte sie sich wie auf einer einsamen Insel – wie abgeschnitten vom wirklichen Leben der Stadt. Auf einer Insel mit einem Gespenst, dachte sie. Von welcher Seite des Turms war er gefallen? Sie sah eine Gestalt vor sich, die ausglitt, stürzte und sich in der Luft überschlug, ehe sie … Sie schloss die Augen, um das Bild zu verbannen.

Emma beugte sich über die Brüstung und zeigte hinunter. »Der Turm des Magdalen Colleges«, sagte sie. »Lehn dich über das Geländer, Kate. Du musst ihn aus diesem Winkel ansehen. Und du siehst ihn noch besser, wenn du die Augen aufmachst«, fügte sie hinzu.

»Ja, wirklich hübsch«, sagte Kate, beschattete ihre Augen mit der Hand und tat, als würde sie hinschauen.

»Glaubst du, du schaffst es, deine Gruppe hier hinaufzubringen?«, fragte Emma zweifelnd. »Du musst ihnen schließlich erklären können, was sie da sehen.«

»Ach, bestimmt gewöhne ich mich schnell daran.« Sie hegte die feste Absicht, ihre Angst zu besiegen. Dabei fragte sie sich, ob auch Christopher Townsend unter Höhenangst gelitten hatte. Gab es außer ihr überhaupt noch andere Menschen, denen bei Höhen über drei Metern schwindelig wurde? Wenn sie regelmäßig auf Türme stiege, würde sie möglicherweise eines Tages sogar Gefallen daran finden. Oder auch nicht.

»Könnten wir jetzt hinabsteigen? Ich schaue mir die Karte an und präge mir alle wichtigen Bauwerke ein. Versprochen.« Sie begannen mit dem Abstieg über die schmale Wendeltreppe. »Ich mache mich so schlau, dass ich alle Fragen blind beantworten kann.« Oder mit geschlossenen Augen.

»Prima. Als Nächstes zeige ich dir die Seminarräume. Wir können durch den Pesant-Hof zu den neuen Gebäuden hinübergehen.«

Natürlich hatte Emma Recht: Christopher Townsends Tod war ein Unfall unter Alkoholeinfluss gewesen. Sie wollte es nur nicht wahrhaben, weil er sie mit seinem Aussehen und seinem Lächeln bezaubert hatte. Leider musste Kate sich eingestehen, dass sie sich nicht zum ersten Mal in einem attraktiven Mann geirrt hatte. Trotzdem ließ sich die leise Stimme in ihrem Kopf nicht abstellen, die unentwegt raunte, dass der Mann nicht betrunken gewesen war, als er sie auf der High Street angerempelt hatte. In Gedanken vielleicht – aber nicht betrunken. Wie aber konnte sich das so schnell ändern? Kate hatte die Sirene des Krankenwagens unmittelbar nach Verlassen des Schreibwarengeschäfts gehört, also höchstens fünfzehn bis zwanzig Minuten später. Natürlich konnte es auch ein ganz anderer Krankenwagen gewesen sein. Vielleicht war Townsend ins College zurückgekehrt, hatte sich mit ein paar Freunden getroffen, dabei eine halbe Flasche Whisky getrunken, war auf den Turm gestiegen, möglicherweise gar mit glatten Ledersohlen, und war dann hinuntergestürzt, nachdem er irgendwie die ein Meter hohe Brüstung überwunden hatte.

Hier gab es kein Geheimnis zu lösen – sie musste nur endlich aufhören, darüber nachzugrübeln. Kate schob die unwahrscheinliche Abfolge von Ereignissen in Gedanken beiseite und konzentrierte sich auf Emmas Ausführungen.

»Gleich zeige ich dir die Büros, wo Haushalts- und Entwicklungsplanung untergebracht sind. Du solltest auch die Leute von der Finanzverwaltung kennen lernen, denn mit denen wirst du zusammenarbeiten. Ich bitte Sadie, dir Chris' Akten auszuhändigen – dann kannst du dir ein Bild von seiner Arbeit machen.«

»Wer hat eigentlich behauptet, dass er betrunken war?«, fragte Kate, ohne nachzudenken.

»Wie? Was um alles in der Welt redest du da?«

»Ach, nichts«, sagte Kate. »Tut mir Leid, mir ist da gerade etwas durch den Kopf gegangen. Los, komm, besuchen wir die Leute in der Finanzverwaltung.«

Der frühe September ist nicht gerade die ideale Zeit, um Pflanzen zu beschneiden. Dennoch stand Briony Townsend mit der Rosenschere in der Hand im Garten und machte sich über Clematis, Rosen, Duftschneeball und Säckelblume her. Sie arbeitete mit wilden, ruckartigen Bewegungen und hielt nur dann und wann inne, um ihr Haar zurückzustreichen oder sich die feuchten Hände an ihrer Jeans abzuwischen. Zuvor schon hatte sie den Rasen auf einen halben Zentimeter zurückgestutzt, schien aber nicht in der Lage zu sein, ihrer Zerstörungswut Einhalt zu gebieten. Sie attackierte die Vegetation, die noch immer üppig um sie herum wucherte. Berge von Zweigen und belaubten Ästen häuften sich zu ihren Füßen. An der langen Verwüstungsspur konnte man erkennen, dass sie auch bereits im nicht einsehbaren Teil des Gartens gehaust hatte. Im Nachbargarten, der hinter einer Pergola mit Kletterpflanzen verborgen lag, jaulte ein Hund, als verstehe er Brionys Verzweiflung.

»Oh, nein, Briony! Hören Sie auf damit, meine Liebe!«

Briony hatte nicht gehört, dass Honor Flint durch das Seitentor in den Garten gekommen war.

»Sie wollten doch, dass ich mich wieder meinem Garten widme. Nun, das habe ich getan!«

»Geben Sie mir die Rosenschere. Sie möchten doch sicher die arme Clematis nicht ruinieren! Und solange die Rosen noch blühen, dürfen Sie auf keinen Fall derart an ihnen herumschnibbeln. Die Pflanzen haben Jahre gebraucht, um so schön zu werden – und Sie metzeln sie einfach nieder!«

Briony blickte Honor Flint an und stampfte mit dem Fuß auf. Dabei zertrat sie eine Pflanze mit kleinen, grünen Blättern. Thymianduft breitete sich aus.

Sie hatte den Garten so geplant, dass einzelne Bereiche jeweils einen eigenen Charakter bekamen und gegeneinander verborgen lagen, sodass man nie das Ganze wahrnehmen konnte. Verschwenderisch über Säulen und Bogen wuchernde Pflanzen schirmten die einzelnen Bereiche ab und führten gleichzeitig das Auge zum nächsten Ausblick. Doch jetzt hackte und wütete Briony so heftig, dass die Anlage bereits sichtlich gelitten hatte und, sollte sie so weitermachen, bald nicht mehr erkennbar sein würde.

Sie hob den Trieb eines Bodendeckers auf und schnitt ihn ab.

»Was hat das jetzt noch für einen Sinn?«, weinte sie auf. »Ich habe diesen Garten für uns angelegt. Für uns beide. Jeden Tag habe ich hier gearbeitet. Ich habe die Pläne gezeichnet, habe gelernt, wie man mauert, habe umgegraben und kompostiert. Ich habe Wildfremde um Ableger angebettelt, ich habe Sämlinge ausgebracht. Und wozu das Ganze?« Blindlings schlug sie mit der flachen Hand in einen Busch. Rosmarinduft mischte sich in den des Thymians.

»Jetzt gehen wir erst einmal hinein und machen uns eine Tasse Tee.«

Briony schüttelte ungeduldig den Kopf. »Das hier war mein Lebensinhalt«, rief sie. »Aber jetzt ist alles kaputt. Warum soll ich nicht den Rest auch noch kaputtmachen?« Wütend blickte sie sich um und machte sich mit zusammengebissenen Zähnen über eine andere Pflanze her.

»Sie würden sich sicher besser fühlen, wenn Sie sich mit mir hinsetzen und sich alles von der Seele reden, anstatt es an Ihrem schönen Garten auszulassen.« Irgendwann gelang es Honor schließlich doch, Briony die Gartenschere abzunehmen und sie ins Haus zu führen. »Haben Sie schon Vorkehrungen für die Beisetzung getroffen? Ist die Verwandtschaft informiert?«

Honor war eine jener hoch gewachsenen, gut gebauten Engländerinnen mit wettergegerbter Haut, die es völlig natürlich finden, andere Leute herumzukommandieren. Zu ihren Schulzeiten war sie vermutlich Kapitän der Hockey-Mannschaft gewesen und hatte nichts als Missbilligung für Menschen übrig gehabt, die, wie Briony, lieber mit einem guten Buch in einer warmen Ecke saßen, als im peitschenden englischen Regen herumzustehen und Teamgeist heraufzubeschwören.

Briony ging in die Küche, brühte die Kanne Earl Grey Tee auf, die von ihr erwartet wurde, und reichte Honor eine Porzellantasse. Honor hatte starke, gebräunte Hände, die aussahen, als könnten sie die Tasse jeden Moment zu Staub zermalmen.

»Was setzt Ihnen so zu?«, fragte Honor ihrer Meinung nach taktvoll. »Es ist doch nicht nur Chris' Tod, oder?« Sie war sehr stolz auf ihre Scharfsichtigkeit.

»Aber nein«, antwortete Briony mit deutlichem Sarkasmus, der allerdings an Honor abprallte. »Was macht es schon aus, wenn man seinen Ehemann durch einen dämlichen Unfall im Alkoholrausch verliert? Nein, wirklich!« Sie riss ein paar Papiertaschentücher aus einer Schachtel auf dem Tisch, wischte sich heftig das Gesicht und schnäuzte sich lautstark.

»Aber da gab es doch gewisse Gerüchte«, tastete Honor sich vor. »Sicher entbehrten sie jeglicher Grundlage, trotzdem müssen sie Sie verletzt haben. So etwas nagt! Wenn Sie möchten, können wir darüber reden.«

»Über meinen Mann und diese Frau, meinen Sie?« Briony knüllte die Taschentücher zusammen und warf sie in Richtung Papierkorb.

»Tun Sie etwas Zucker in Ihren Tee und trinken Sie. Sie werden sich gleich besser fühlen.«

»Wahrscheinlich werde ich von allen bemitleidet. Ach, die arme, kleine Briony! Sie weiß nicht, dass ihr Mann eine andere Frau gebumst hat!«

»Ein schreckliches Wort aus dem Mund einer Frau. Außerdem glaube ich nicht, dass Sadie so etwas tun würde, von Chris selbst ganz zu schweigen.«

»Sadie!«

»Sie dürfen so etwas nicht denken!«, sagte Honor und blickte unbehaglich drein.

»Es ist schon ärgerlich«, sagte Briony. »Die Leute akzeptieren durchaus nicht, wenn man ausspricht, was man wirklich denkt.«

»Warum ziehen Sie sich nicht eben um? Ihre Jeans sind ziemlich schmutzig.« Honor wechselte das Thema.

»Keine Lust. Außerdem bin ich im Garten noch nicht fertig.«

»Machen Sie keine Dummheiten, Liebste. In ein paar Tagen tut es Ihnen Leid um die Pflanzen. Ich habe meinen Terminkalender dabei – wollen wir nicht gemeinsam die Trauerfeier planen? Welche Lieder mochte Christopher am liebsten?«

Es war kaum möglich, sich einen handfesten Nervenzusammenbruch zu gestatten, wenn jemand wie Honor Flint die Kontrolle übernahm. Und Briony ließ sich führen. Vor der Frau des Rektors zeigte sie ihre Trauer nur noch in geziemender, angemessener Weise.

Nachdem Honor gegangen war, stellte Briony fest, dass die Frau des Rektors offenbar die Rosenschere konfisziert hatte. Die Astsäge jedoch und die kleine Axt hingen gut gepflegt, geschliffen und frei von jeglichem Rost an ihren Haken im Gartenhaus. Wenn ihr danach war, würde sie eine Schneise der Zerstörung durch den Garten schlagen – und sich von niemandem aufhalten lassen.

KAPITEL 4

Engel verändern die Form ihrer Körper. Manchmal ziehen sie sich zu einer geringeren Masse zusammen, dann wiederum strecken sie sich in die Länge, wie wir es beim Regenwurm beobachten; doch ihre Substanz ist besser und geschmeidiger.

Michael Psellus, *De Daemonibus*

Hallo?«

Sehr viel Zeit ist vergangen. Nach seinem Marsch hat er sich unendlich schwach gefühlt und sich auf den steinigen Boden gesetzt, um wieder zu Kräften zu kommen. Mehrmals hat er sich bemüht, näher an das Tor und an das, was sich davor befindet, heranzukommen. Doch es sieht aus, als ziehe man sich vor ihm zurück, und zwar umso deutlicher, je mehr er sich anstrengt. Er schließt daraus, dass es nicht in seiner Macht liegt, das Tor und seinen Hüter zu erreichen, sondern dass er warten muss, bis man auf ihn zukommt.

Während der Zeit des Wartens hat er um Erinnerungen gerungen. Sie kamen langsam und schmerzlich. Mit dem Kopf in den Händen sitzt er da und hofft auf Hilfe gegen seine Verwirrung. Und auf ein Ende des Schweigens.

Noch einmal versucht er es. »Hallo?«

»Ja?«

Endlich eine Antwort auf seinen Ruf. »Können Sie mir sagen, wo ich bin?«

»Ja.«

Die Stimme ist leise und ihr Geschlecht schwer einzuschätzen. Er hebt den Kopf. Das Tor ist näher gekommen. Der Wächter befindet sich nur noch etwa fünf Meter entfernt.

»Und?«

»Du befindest dich vor dem östlichen Tor des Garten Eden.«

Eine Weile herrscht Schweigen, während er über die Antwort nachdenkt und sie mit den Fakten in seinem Kopf vergleicht.

»Warum?«, fragt er.

»Weil meine Gefährten und ich mit unseren Flammenschwertern hier hinbefohlen wurden, um sicherzustellen, dass du und deinesgleichen nie mehr ins Paradies zurückkehren könnt.«

»Ich weiß nicht, ob das die Antwort ist, die ich erwartet habe.«

»Die wenigsten Antworten sind befriedigend. Meist liegt es daran, dass die falschen Fragen gestellt werden.«

Er kehrt zu dem Thema zurück, das ihn beschäftigt hat. »Können Sie mir sagen, wer oder was Sie sind?«

»Ja.«

»Und?« Es ist mühsam, mit jemandem zu kommunizieren, der jede Frage wörtlich nimmt.

»Ich bin dein Aufseher. Deutlicher ausgedrückt: dein Gefängniswärter. Ich stehe auf dieser Schwelle, um dich daran zu hindern, den Garten zu betreten. Und ich bin ein Engel – ein Cherub, um es genau zu formulieren.«

»Okay, für mich geht das in Ordnung. Ich habe nicht die Absicht, in Ihren Garten einzudringen. Von Gärten habe ich genug, das reicht für ein gan-

zes Leben.« Er hält inne, weil er merkt, wie unangebracht der Satz ist. »Ich bin zufrieden damit, draußen zu bleiben und lange Zeit nicht durch das Tor zu gehen – vielleicht niemals.«

»Deine Wünsche interessieren mich nicht. Wie gesagt, ich bin lediglich der Hüter dieses Ortes.«

»Haben Sie einen Namen?«

»Den habe ich.«

»Wie lautet er?«, hakt er ungeduldig nach.

»Zophiel. Ich bin der schnellste der Cherubim Gottes.« Er schlägt ein einziges Mal mit den Flügeln – eine starke Muskelarbeit –, steigt in die Luft auf und lässt sich langsam wieder nieder.

»Möglicherweise erscheint es Ihnen lapidar, aber können Sie mir sagen, wer ich bin?« Ehe der Cherub eine seiner irritierenden Antworten geben kann, setzt er schnell hinzu: »Und falls Sie es wissen, würden Sie es mir bitte sagen?«

»Aber gern. Dein Name ist Christopher Mark Townsend, und du warst siebenunddreißig Jahre alt, als du herkamst.«

»Danke.«

Das war immerhin ein Anfang. Er ist sich allerdings noch nicht im Klaren, was hier beginnt.

»Und das ist die Finanzverwaltung oder auch Quästur«, erklärte Emma, als sie auf dem obersten Absatz einer Treppe ankamen. Sie öffnete eine Tür. Kate folgte ihr in einen großen Raum mit hoher Decke, dessen wunderschöne Proportionen durch Trennwände und das Drum und Dran eines modernen Büros verschandelt wurden.

»Sadie«, sprach Emma eine hoch gewachsene Frau an, die an einem Schreibtisch in der Nähe der Tür saß. »Das hier ist Kate Ivory. Ich habe dir von ihr erzählt. Sie übernimmt einige der Verwaltungsaufgaben im Zusammenhang mit dem Workshop. Sie wird sicher bald durchblicken, wenn du sie ein bisschen herumführst.«

Ich wünschte, sie setzte etwas mehr Vertrauen in meine Fähigkeiten, dachte Kate, doch ehe sie sich noch beschweren konnte, warf Emma einen Blick auf die Uhr, sagte: »Du liebe Zeit, ich bin spät dran!«, lächelte flüchtig alle Anwesenden an, fügte hinzu: »Ich hätte vor fünf Minuten in Headington sein müssen«, und verschwand. Im Schweigen nach ihrem Abgang konnte man ihr vernünftiges Schuhwerk die Treppen hinunterklappern hören.

»Sie erinnert mich immer an das Weiße Kaninchen«, sagte Sadie.

»Den Typ mit Ohren und Schnauzbart?«, grinste Kate. »Der immer zu spät dran ist und nie die Lage unter Kontrolle hat?« Irgendwie fühlte sie sich erleichtert. Endlich konnte sie unmittelbar selbst mit den Leuten Kontakt aufnehmen, ohne Emma als Vermittlerin.

Die andere Frau lächelte und schüttelte den Kopf, als sei sie ebenfalls erleichtert, dass Emma fort war. »Ich heiße Sadie James«, stellte sie sich vor. Wahrscheinlich hatte Emma auch hier eine Schneise der Unordnung hinter sich zurückgelassen, wie sie es in ihrem eigenen, chaotischen Zuhause tat. »Ich bin derzeit Chefin der Haushaltsabteilung«, fügte Sadie hinzu. »Mit anderen Worten, ich bin zuständig für das Gesamtprojekt dieses Workshops. Sie hingegen sind für den tagtäglichen, reibungslosen Ablauf zuständig.« Sie wartete einen Augenblick, ehe sie hinzufügte: »Unter Emmas Anleitung.«

Kate nickte. Dazu gab es nicht viel zu sagen, außer der Hoffnung, Emma möge nicht allzu oft auftauchen. Doch diesen Wunsch konnte sie wohl kaum vor Sadie James aussprechen. Dazu müsste sie sie erst besser kennen. Sadie dürfte etwa sechsundzwanzig sein, dachte Kate, und beobachtete die junge Frau, die sie zur gegenüberliegenden Tür führte. Sie besaß eine beeindruckende Menge kastanienbrauner Locken. War das alles echt? Vermutlich, entschied Kate. Auch die Haarfarbe war vermutlich sehr viel natürlicher als ihre eigene. Dunkle, grünlich graue Augen, ausdrucksvolle Augenbrauen, kleine, gerade Nase und volle Lippen, die durch den großzügigen Gebrauch von scharlachrotem Lippenstift noch üppiger wirkten. Groß, schlank, überwältigend. Einen halben Kopf größer als Kate. Doch ihr Lächeln war freundlich.

»Gut«, sagte Kate. »Sie sollten mich am besten zunächst in das einweihen, was hier so passiert. Sie wissen alles über den Workshop – machen Sie mich damit vertraut.«

»Als Erstes werde ich Sie allen Mitarbeitern vorstellen, weil Sie mit mir zusammen im Büro nebenan arbeiten.«

Hinter ihnen klingelte ein Telefon. »John!«, rief jemand. »Ich habe gerade zu tun. Könntest du mal drangehen?«

»Ich gehe nicht ans Telefon«, ließ sich eine männliche Stimme vernehmen. »Ich bin der Assistent des Quästors, nicht irgendjemandes Sekretär!«

Sadie schnitt eine Grimasse in Katies Richtung. »Tut mir Leid«, entschuldigte sie sich und nahm selbst den Hörer ab, was Kate die Möglichkeit verschaffte, sich umzuschauen.

Der Mann namens John sprach weiter, obwohl ihm offenbar niemand zuhörte. Er suchte Kates Blick und begann, auf sie einzureden. »Ich sitze nur in diesem Büro, weil meines gerade gestrichen wird«, sagte er. »Genau genommen gehöre ich gar nicht hierher. Nichts von alledem steht in meiner Job-Beschreibung.«

Aha, so einer also, dachte Kate und nickte. In jedem Büro schien es einen solchen Angestellten zu geben, der haargenau wusste, was er zu tun hatte; nie im Leben würde er sich freiwillig zu einer der Kleinigkeiten hinreißen lassen, die für eine erfreuliche Arbeitsatmosphäre sorgen. Er hatte sich in seinem Sessel vorgebeugt und starrte sie schamlos an. Ein dünner Mann mit schütterem, braunem Haar, einer auffallend großen Nase und hellgrünen Augen. Die Schultern seiner Anzugjacke waren mit Schuppen übersät. Aus den Ärmeln stachen knochige Handgelenke mit rötlich behaarten Händen hervor. Kate wäre gern so schnell wie möglich verschwunden, denn seine Art, ihre Beine zu begutachten, gefiel ihr ganz und gar nicht. Doch Sadie hing noch immer am Telefon; von ihr war keine Hilfe zu erwarten.

»Sind Sie die Nachfolgerin von Chris?«, fuhr John fort. »Haben Sie Erfahrung in dieser Art Arbeit?« Ohne eine Antwort abzuwarten, redete er weiter. »Wo haben Sie bisher gearbeitet? Merkwürdig, dass man in derart kurzer Zeit kompetenten Ersatz gefunden hat.«

»Mein Name ist Kate Ivory«, stellte sie sich vor. »Ich übernehme die Routinearbeiten im Zusammenhang mit dem Workshop und bin nur befristet hier.«

»Kate Ivory? Etwa die berühmte Autorin?« In seiner Stimme lag eine höhnische Note, die Kate nicht gefiel. »Wer weiß, vielleicht gefällt es Ihnen bei uns so gut, dass Sie nie wieder fortwollen.«

»Ich glaube kaum, dass ich hier ständig arbeiten möchte – nein danke. Außerdem habe ich ein Buch fertig zu schreiben, sobald meine Arbeit hier beendet ist.«

»Mich wundert, dass Sie sich überhaupt zu einem solchen Alltagsjob herablassen«, sagte John.

»Und was machen Sie so?«, erkundigte sich Kate, um das Thema zu wechseln.

»Ich heiße John Clay. Allerdings glaube ich kaum, dass Sie schon einmal von mir gehört haben. Ich kümmere mich um Zimmer und Reinigungspersonal, solange der Verwalter nicht da ist. Ich könnte mir vorstellen, dass wir eine Menge gemeinsamen Gesprächsstoff haben. Bestimmt werden wir prima Kumpels. Ich befasse mich gern mit den Projekten der Entwicklungsabteilung – sofern man mich lässt, versteht sich.« Er verzog das Gesicht.

»Kannten Sie Christopher Townsend gut?«, erkundigte sich Kate so naseweis wie üblich.

»Wir waren die besten Freunde«, erklärte John wenig überzeugend. »Wir alle hier vermissen ihn. Ganz besonders natürlich Sadie. Die beiden standen sich wirklich *sehr* nah.«

Kate hätte sich nicht gewundert, wenn er ihr dabei zugezwinkert hätte. Von dem sollte ich mich fern halten, dachte sie. Er ist absolut nicht mein

Fall – vor allem die abfälligen Bemerkungen über Leute, die ich noch gar nicht kenne. Immerhin war er gut gekleidet: teures Hemd, ausgesprochen hübsche Seidenkrawatte und ein hervorragend geschnittener Anzug, der nur durch die Schuppen auf den Schultern etwas an Stil einbüßte. Die Angestellten des Colleges schienen besser bezahlt zu werden, als Kate vermutet hatte.

Er warf einen Blick auf die Uhr. »Zeit für meine Kaffeepause«, verkündete er. »Die will ich nicht hier vertrödeln. Hätten Sie Lust, mich zu begleiten? Kommen Sie mit zur Elite.« Er lachte, um seinen Spruch als Witz abzutun, doch Kate hatte den Eindruck, dass er sich insgeheim seinen Kollegen überlegen fühlte.

»Ich bin gerade mitten in meinem Einführungskurs«, improvisierte sie.

»Schade. Na, vielleicht ein anderes Mal.«

Während er hinausging, begann das Telefon auf seinem Schreibtisch zu läuten. Er beachtete es nicht.

»Könntest du für mich drangehen, Annette?«, sagte er.

»Geh doch selbst dran!«, gab sie zurück.

Welch glückliche, kooperativ arbeitende Belegschaft!

»In diesen drei Räumen hier befindet sich die Finanzverwaltung«, erläuterte Sadie, nachdem sie ihr Telefonat beendet hatte. Düster betrachtete sie das Telefon auf dem Schreibtisch von John Clay, als könne sie es mit finsteren Blicken zur Ruhe bringen. »Das Büro des Quästors, Rob Grailing, liegt dort drüben. Grailing ist sehr nett. Am Schreibtisch neben seiner Bürotür sitzt seine Sekretärin Annette Paige.« Bei der Erwähnung ihres Namens hob eine hellhaarige Frau den Kopf und setzte ein verkniffenes Lächeln auf. »Es ist ein wenig schwierig, mit ihr auszukommen«, raunte Sadie Katie zu. »Wenn man etwas von ihr will, muss man sie behandeln wie ein rohes Ei. Sie wird gern ein wenig hofiert.«

Kate lächelte Annette strahlend an und erntete einen steinernen Gesichtsausdruck.

»Es gibt noch eine Teilzeitkraft. Sie heißt Becky und sitzt an dem anderen Schreibtisch, wenn sie da ist. Ein nettes Mädchen, allerdings nicht besonders helle. Durch die Tür da drüben geht es zur Entwicklungsabteilung. Der Chef war Chris Townsend, aber Sie haben sicher gehört, dass er vor kurzem tödlich verunglückt ist.«

»Ja«, sagte Kate und beließ es dabei.

»Werden Sie Chris' Nachfolgerin?«, meldete sich Annette zu Wort, stand auf und trat zu ihnen. »Soviel ich weiß, ist der Job bisher nicht ausgeschrieben worden.«

»Kate bleibt nur einen Monat, um uns bei unserem Workshop zur Hand zu gehen«, erklärte Sadie. »Sie hat einen befristeten Vertrag.«

»Dann ist es gut«, sagte Annette und kehrte zu ihrem Schreibtisch zurück. »Wir wollen nämlich nicht, dass eine unqualifizierte Kraft die Entwicklungsabteilung leitet.«

»Natürlich nicht«, pflichtete Kate ihr bei und bemühte sich, möglichst bescheiden dreinzublicken. Ob sie sich eine Plakette mit der Aufschrift »Habe keine Ambitionen« an die Kleidung heften sollte?

Sadie ging voraus ins Büro der Entwicklungsabteilung. »Machen Sie sich keine Sorgen, wenn Sie jetzt noch nicht alle Mitarbeiter auseinander halten können. Bis Sie sich richtig auskennen, stehe ich Ihnen gerne mit Rat und Tat zur Verfügung.« Sie ließ die Tür ins Schloss fallen. »Und wenn Ihnen der Klatsch und Tratsch da draußen auf die Nerven geht, dann halten Sie einfach die Tür hier fest verschlossen.«

Am Fenster stand ein Schreibtisch. »Das ist Chris' Arbeitsplatz«, fuhr Sadie fort. »Oder war es, sollte ich wohl besser sagen. Solange Sie hier sind, können Sie ihn gern benutzen. Ich zeige Ihnen, wo er seine Akten aufbewahrte.«

»Stört das die anderen nicht? Ich möchte nicht, dass es so aussieht, als wolle ich mich hier breit machen und ihn beerben.«

»Kümmern Sie sich nicht um Annette«, erwiderte Sadie. »Sie ist ein wenig besitzergreifend und steht Neulingen ziemlich kritisch gegenüber. Ich glaube, sie hat sich selbst Hoffnungen gemacht, Ihren Aufgabenbereich zu übernehmen, aber sie kommt mit ihrer eigenen Arbeit kaum zurande – mehr würde gar nicht gehen. Außerdem wäre sie nicht in der Lage, auch Seminare zu übernehmen, so wie Sie.«

Kate versuchte, so auszusehen, als ob sie mindestens einmal wöchentlich ein Seminar leitete. Sadie öffnete die Schubladen von Chris Townsends Schreibtisch.

»Hier sind Stifte und Büromaterial. In der untersten Schublade befinden sich die Ordner mit den laufenden Projekten. Wahrscheinlich wäre es am einfachsten, wenn Sie sie durchforsten und sich selbst ein Bild davon machen, was wichtig ist. Lesen Sie die Korrespondenz, schauen Sie sich das Programm des Workshops an. Ist es okay, wenn ich Sie damit allein lasse?«

»Klar«, sagte Kate. »Was ist mit dem Computer? Sind nicht die meisten seiner Briefe abgespeichert?«

»Gut, dass Sie daran denken! Ich nehme an, Sie können mit diesen Dingern umgehen.«

»Durchaus«, nickte Kate und dankte insgeheim der Universität, dass Sie ein einheitliches Textprogramm eingeführt hatte.

»Gott sei Dank, dann kann es wenigstens einer. Ich hasse Computer. Mit Notizblock und Stift arbeite ich tausendmal lieber. Was halten Sie davon, wenn wir uns jetzt einen Kaffee gönnen? Danach lasse ich Sie in den Akten stöbern.«

Sie durchquerten das Hauptbüro und betraten einen kleinen Raum, der mit Wasserkocher und einigen Stühlen ausgestattet war. Zwar gab es nur Instantkaffee, aber Kate hatte das Gefühl, sie benötige dringend eine Dosis Koffein – ganz egal wie. Die Sekretärin des Quästors saß bereits bei einer Tasse Kaffee. Das ist also Annette, dachte Kate. Besitzergreifend, Chris ergeben und nicht sehr freundlich zu Außenstehenden.

»Hast du schon den netten Polizisten gesehen, Sadie?«, fragte Annette. »Ein feiner Kerl. Rötliches Haar, hübsche, blaue Augen und tolle, breite Schultern. Er ist dabei, unsere Aussagen aufzunehmen. Wirklich nett.«

Sadie schien keine Lust zu haben, darauf einzugehen, doch Annette sprach weiter.

»Er hat nach Chris gefragt. Danach, was an dem Nachmittag los war, als er starb. Ob wir ihn unmittelbar vor dem Unfall gesehen hätten. Warum er auf den Turm gestiegen wäre. Was für ein Mensch er war. Ob er oft getrunken hätte. Und ob er deprimiert gewirkt hätte. Ich habe den Polizisten daraufhin gefragt, ob er nicht verstehen könne, dass man depressiv wird, wenn man hier arbeiten muss.« Sie lachte.

»Und was hat er darauf geantwortet?«, erkundigte sich Kate.

»Oh, anscheinend hat er keinen Sinn für Humor«, sagte Annette. »Er wollte sofort wissen, was ich damit meine. Hakte nach, ob Chris tatsächlich Probleme mit seiner Arbeit gehabt hätte – solche Dinge eben.«

»Hatte er denn Probleme?«, wollte Kate wissen.

»Nicht mehr als jeder andere auch«, antwortete Annette. »Aber deshalb springen wir noch lange nicht vom Turm.«

»Also wirklich, Annette!«, rügte Sadie. »Wie du darüber redest! Du bist der gefühlloseste Mensch, den ich kenne!« Sadie presste die vollen, roten Lippen zu einem dünnen Strich zusammen.

»Nur keine künstliche Aufregung!« Annette schien unfähig zu sein, sich anders als in Klischees auszudrücken. »Man muss es mit Humor nehmen, wenn man nicht losheulen will. Schließlich wissen wir alle, warum du besonders betroffen bist.« Sie wandte sich an Kate. »Unsere Sadie hatte eine kleine Schwäche für Chris«, erklärte sie vertraulich.

»Halt den Mund!«, fuhr Sadie sie an. »Du tratschst einfach zu viel. Vielleicht solltest du dich erst kundig machen, ehe du Gerüchte in die Welt setzt.«

Jeder Mensch mit etwas Einfühlungsvermögen hätte jetzt geschwiegen. Nicht so Annette. »Du brauchst es nicht zu leugnen. Wir alle haben gesehen, wie du ihn angeschaut hast! Und wie ihr euch immer in dein Büro zurückgezogen und uns ausgeschlossen habt!«

»Vielleicht haben wir das nur getan, um deinem Gekeife zu entkommen«, erwiderte Sadie.

»Du brauchst wirklich nicht ausfallend zu werden«, sagte Annette und knallte ihre Tasse auf das Tablett. »Ich mache doch nur Spaß. Du solltest allmählich lernen, einen Scherz zu ertragen.«

»Hatte der nette Polizist einen Namen?«, fragte Kate Annette beim Hinausgehen.

»Keine Ahnung. Haben Polizisten überhaupt Namen? Und wieso interessiert Sie das überhaupt? Das alles hat absolut nichts mit Ihnen zu tun.« Mit diesen Worten kehrte die Sekretärin in ihr Büro zurück.

»Bitte entschuldigen Sie diesen Auftritt«, sagte Sadie.

»Sie alle sind sicher noch sehr mitgenommen«, meinte Kate, wobei sie die Flecken auf Sadies Wangen registrierte und beobachtete, wie sie mit den Händen ihre Knie umklammerte. Als Sadie Kates Blick spürte, lockerte sie ihre Haltung und versuchte ein entspanntes Lächeln aufzusetzen.

»Einige von uns ganz bestimmt«, erwiderte sie leichthin. »Ich weiß, ich sollte mich von Annette nicht nerven lassen, aber wir befinden uns in einer angespannten Situation. Ohne Chris' Hilfe die finanzielle Lage zu meistern ist wirklich nicht leicht. Er war immer so optimistisch, so voller Vertrauen. Für ihn schien es ein Kinderspiel zu sein, Geld aufzutreiben, und das färbte ab.«

Schweigend tranken sie ihren Kaffee. Kate dachte

über einen großen, gutaussehenden Mann mit gewinnendem Lächeln und eine umwerfend hübsche, junge Frau mit kastanienbraunem Haar und roten Lippen nach. War es ein Wunder, dass man sich fragte, was sie hinter verschlossenen Türen taten?

Den Rest des Tages verbrachte Kate damit, die Akten zu lesen und sich in Chris' Computer die Dateien anzusehen, die ihr wichtig erschienen. Sie erfuhr, dass zweihundertvierzehn Teilnehmer registriert waren, die zwei Wochen im College verbringen sollten. Bartlemas pflegte eine Partnerschaft mit einer Universität an der amerikanischen Ostküste, die sich um den administrativen Teil in den Staaten kümmerte. Kate sah, dass sich eine beeindruckende Anzahl amerikanischer Buchhändler und Lehrer trotz bereits vorhandener akademischer Titel fortbilden wollte. Die meisten von ihnen waren zwischen vierzig und sechzig. Vielleicht hofften sie auch auf verträumte Herbstnachmittage in einem Boot oder auf ein Rendezvous unter gotischen Torbögen mit einem aufregenden Partner – doch Kate hatte eher die Befürchtung, dass sie sich um Massen höchst ernsthafter Menschen mittleren Alters würde kümmern müssen, die alles erfahren wollten, was ihnen Oxford über Gattungsromane beibringen konnte, und die Kates Auffassung von Leben und Geschlecht bestenfalls als frivol empfanden.

Oje, seufzte sie innerlich, als sie eine Akte durchlas, in der die Korrespondenz mit potenziellen Workshop-Teilnehmern abgeheftet war. Einige Briefe waren dabei, die jetzt schon nach Ärger klangen. Jede Menge Fragen über die Verfügbarkeit von Bädern oder Duschen. War Bartlemas in der Lage, ihre jeweilige Diät zu gewährleisten? Gab es Fitness-Räume? Befanden sich Jogging-Strecken in der Nähe? Ihre eigene Jogging-Strecke würde Kate bestimmt niemandem verraten. Sie bevorzugte es, allein zu laufen, auch wenn die anfragenden Studenten eher reiferen Alters waren und sich für die Art Romane interessierten, die sie selbst schrieb.

Kate griff nach dem nächsten Brief. Er war mit grüner Tinte geschrieben. Noch mehr Ärger. Kate hatte die Erfahrung gemacht, dass Menschen, die mit grüner Tinte schrieben, immer ein wenig merkwürdig waren. Der Verfasser – ein gewisser Curtis Skinner, wie sie der Unterschrift entnahm – erwähnte unter anderem, dass er Schwierigkeiten hatte, Freunde zu finden, und sich darauf freute, während seiner Zeit in Bartlemas neue soziale Kontakte zu knüpfen. Sie klappte die Akte zu und legte sie zurück in die Schublade. Es war Zeit, sich ernsthafteren Dingen zu widmen. Zum Beispiel musste sie die Unterlagen für die Druckerei überprüfen, denn sie brauchte Stadtpläne und Faltblätter, um die Begrüßungsmappen zu erstellen. Kate holte eine knallblaue Dokumentenmappe aus dem Schreibtisch, entleerte den Inhalt auf die Arbeitsfläche und suchte nach Kostenangeboten und Lieferterminen. Wie es schien, hatte Chris im letzten Augenblick den Text geändert und damit die Produktion der Faltblätter verzögert.

Komisch, dachte sie, als sie auf eine Rechnung stieß, die in Rot einen Vermerk in Chris' Handschrift trug und nichts mit den anderen Papieren zu tun zu haben schien. Und dann fand sie die an eine Ecke geheftete, mit grünem Filzstift geschriebene Notiz:

Neugier ist der Katze Tod

Sie hatte das Gefühl, als ob jemand ihr einen leichten Stromschlag versetzt hätte. Ihre Hände kribbelten. Hier handelte es sich um eine Warnung, so viel war gewiss. Vielleicht sogar um eine Drohung. Irgendetwas stimmte hier ganz und gar nicht, dachte Kate. Die Arbeitsatmosphäre in der Quästur, die Art und Weise, wie Sadie ihre wahren Gefühle verbarg, der tödliche Unfall auf dem Turm – alles hatte miteinander zu tun, dessen war sie fast sicher. Ihre mühsam zurückgedrängte Neugier gewann die Oberhand, obwohl ihr bewusst war, wie viel Ärger sie sich damit in der Vergangenheit eingehandelt hatte. Doch jetzt konnte sie nicht mehr anders. Sie riss die Notiz ab und steckte sie in die Tasche.

Die Frage war, an wen sich die Warnung richtete. Wie lange hatte sie schon in diesem Ordner gelegen? Betraf sie Christopher Townsend oder gar sie selbst? Und um was ging es bei dieser Rechnung? Soweit Kate erkennen konnte, hatte sie nichts mit der Druckerei zu tun, sondern eher mit Baumaterial.

»Haben Sie eine Ahnung, was das hier ist?«, erkundigte sie sich bei Sadie, die kurze Zeit später eintraf. Dabei reichte sie ihr die Rechnung. Von der Notiz sagte sie nichts.

»Was? Die sollte aber nicht in diesem Ordner sein!« Sadie riss ihr das Papier aus der Hand. »Wieso kümmern Sie sich um Rechnungen?«, fauchte sie. »Damit haben Sie nichts zu tun!«

»Ich wollte mich über die Kostenvoranschläge der Druckereien informieren«, protestierte Kate. »Ich bin beim Lesen darüber gestolpert. Was weiß denn ich, warum im Ordner für Korrespondenz eine Rechnung abgeheftet ist.«

Sadie hatte die Rechnung eilig so gefaltet, dass man sie nicht mehr lesen konnte. »Wahrscheinlich ist es wirklich nicht Ihre Schuld«, gab sie zu. »Chris hatte die Angewohnheit, einen geöffneten Ordner nicht wegzulegen, wenn er telefonierte. Brauchte er im Verlauf des Gesprächs dann ein Dokument, zog er es heraus und legte es vor sich auf den Ordner. Anschließend schloss er den Ordner und stellte ihn an seinen Platz. Manchmal suchten wir wochenlang nach wichtigen Unterlagen. Wahrscheinlich war es in diesem Fall ähnlich.«

»Schon klar«, sagte Kate und wunderte sich, dass Sadie derart bemüht um eine Erklärung war. »Nun ja, jetzt haben Sie Ihre Rechnung ja wieder. Ich werde in Zukunft die Augen offen halten, falls mir so etwas noch einmal begegnet, okay?«

»Ich hoffe, es kommt nicht allzu oft vor«, sagte Sadie knapp. »Sie kümmern sich jetzt besser um die Sachen, die bei der Druckerei liegen. Wir brauchen die Unterlagen rechtzeitig zurück, um die Begrüßungsmappen zusammenzustellen.«

Und dann schenkte Sadie ihr ein viel zu freundliches Lächeln, verließ das Büro und nahm die Rechnung mit.

Trotzdem komisch, dachte Kate. Aus dem Kopf versuchte sie, die Einzelheiten der Rechnung in ihrem Notizbuch festzuhalten. Wo mochte Sadie das Papier hingebracht haben? Kate gewann zunehmend den Eindruck, dass das wahre Geschäft der Quästur des Bartlemas Colleges außerhalb der Öffentlichkeit stattfand, in einem Kellerraum voller Verschwörer.

Neugier ist der Katze Tod. Nachdem Sadie gegangen war, nahm Kate den Zettel aus der Tasche und begutachtete ihn genauer. Natürlich konnte es sich einfach nur um den dummen Witz eines Kollegen handeln, einen Hinweis vielleicht, nicht den Gesprächen anderer Leute zu lauschen. Aber der Zettel hatte in Chris' Ordner gelegen. Und Chris war tot – nur der Grund dafür war noch nicht klar. Bei dem Gedanken kroch Kate ein unangenehmes Gefühl den Rücken hinauf.

Emma war am Telefon. Eines ihrer Kinder hatte Hautausschlag bekommen, und die Hortleiterin hatte sich geweigert, es am Vormittagsprogramm teilnehmen zu lassen. Emma hatte zwar argumentiert, dass der Ausschlag vermutlich auf die Heizungsluft oder etwas, das der Kleine gegessen hatte, zurückzuführen wäre, doch die Pädagogin war hart geblieben, und nun musste Emma zu Hause bleiben und das Kind hüten, bis die Pickel verschwunden waren. Sie klang, als wäre sie fix und fertig. Kate hörte im Hintergrund das Baby brüllen und den weinerlichen Dauerton, den gelangweilte Kinder von sich zu geben pflegen.

»Ich wollte dir erklären, was genau geplant ist und in welcher Form du daran beteiligt bist«, sagte Emma.

»Das würde mir sehr helfen«, bestätigte Kate. Emma klang eigentlich immer tüchtig, doch aus Erfahrung wusste Kate, dass kurz vor dem Endspurt wahrscheinlich wichtige Papiere fehlten und Kate hektisch würde improvisieren müssen, damit die Veranstaltung nicht endgültig scheiterte.

»Die ersten Studenten trudeln bald ein – du solltest dich also mit dem Programm vertraut machen. Auch um die Begrüßungsmappen solltest du dich kümmern, die bei ihrer Ankunft verteilt werden. Oh, und die Einschreiblisten der Teilnehmer sollten auf dem neuesten Stand sein.«

»Ist gut, Emma«, sagte Kate und ließ die Anweisungen über sich hinwegrauschen.

»Du solltest dich auch mit der Druckerei ins Benehmen setzen«, fuhr Emma fort. »Aus irgendeinem Grund scheinen sie meine Anweisung nicht verstanden zu haben.«

»Mach ich, Emma.« Sie würde später anrufen und nachforschen, wo es hakte.

»Die Studenten reisen im Lauf des Freitags an, schreiben sich ein und werden in ihre Quartiere gebracht. Beim Einschreiben erhalten sie ihre Begrüßungsmappen mit dem Programm, einer Liste der Tutoren und verschiedenen Vorschlägen für Freizeitgestaltung. Um halb sieben treffen wir uns alle zu einem Glas Wein. Um Viertel nach sieben findet das gemeinsame Abendessen statt. Du solltest dich bemühen, etwas Vernünftiges zu tragen, Kate. Rock oder Kleid, und zwar möglichst überknielang. Vor allem nicht diesen blauen Fummel.«

»Ja, ja«, sagte Kate. »Du klingst genau wie meine Mutter.«

»Ich wusste gar nicht, dass du eine hast«, gab Emma schnippisch zurück. »Habe ich dir eigentlich gesagt, dass ich dich für den Ausflug nach Birmingham vorgesehen habe?«

»Na toll! Herzlichen Dank, liebste Emma. Die anderen dürfen nach Stratford ins Theater, sich den Blenheim Palace von innen anschauen oder einen Ausflug zu den pittoresken Cotswold-Dörfern machen. Nur ich muss in dieses blöde Birmingham! Warum überhaupt?«

»Du begleitest die Studenten in ein Konzert in der Symphony Hall. Ganz große Sache, irgendein weltberühmter Sopran – den Namen habe ich leider vergessen. Du solltest dich freuen.«

»Sollte ich?«

»Ich denke, du interessierst dich für Musik? Im letzten Jahr bist du jedenfalls regelmäßig zu Konzerten gegangen. Das machst du doch immer noch, oder?«

»Nein.« Sie hatte keine Lust, Emma zu erklären, dass ihre Begeisterung eher dem Musiker als der Musik gegolten hatte. Damals hatte sie sich wirklich bemüht, ein paar Bücher gelesen, schwierige CDs angehört und in ihrem Radio einen Klassiksender eingestellt – alles nur, um ihm zu imponieren. Doch nachdem sie herausgefunden hatte, dass der Mistkerl sie betrog, hatte sie die Bücher in die Bibliothek zurückgebracht, die CDs einem Wohltätigkeitsbasar gestiftet und im Radio wieder einen anderen Sender gesucht. Genau genommen war es eine große Erleichterung gewesen, und in ein paar Monaten würde sie bestimmt auch aufhören, von diesem Mann zu träumen und mitten in der Nacht aufzuwachen und festzustellen, dass sie ihn vermisste.

Nachdem Emma aufgelegt hatte, ging sie zurück zu ihrem fiebrigen, ungeduldigen Kind, um ihm noch eine Geschichte vorzulesen. Während sie nach dem Buch suchte, das der Kleine sich gewünscht hatte, überlegte sie, ob sie Kate von den Rückfragen hätte erzählen sollen, die sie ihretwegen erhalten hatte. Doch Kates Reaktion auf den Birmingham-Ausflug hatte sie derart irritiert, dass es ihr einfach entschlüpft war. Die Frau sollte dankbar sein, zu einem wunderbaren Konzert in einer großartigen Halle gehen zu dürfen! Bestimmt würde sie jetzt nicht noch einmal anrufen und ihr alle Einzelheiten erzählen. Falls sie daran dachte, konnte sie ihr ja beim nächsten Treffen Bericht erstatten.

Ein wenig merkwürdig war es allerdings schon gewesen, wenn sie genauer darüber nachdachte. Der Anrufer hatte sich genau erkundigt, wer Kate war, was sie im Bartlemas zu suchen hatte und was sie ansonsten tat. Emma hatte die amüsante Geschichte zum Besten geben können, wie Kate immer wieder seltsamen Geheimnissen auf die Spur kam – fast wie ein Detektiv in einem Kriminalroman. »Sie scheint über Leichen zu stolpern, wo immer sie hingeht«, hatte sie gesagt und sich gleich anschließend gefragt, ob die Bemerkung angesichts des Vorfalls im Bartlemas nicht ein wenig geschmacklos gewesen war. »Außerdem liebt sie es, Fragen zu stellen, ihre Nase in anderer Leute Angelegenheiten zu stecken und den Verantwortlichen zu finden. Natürlich ist es lächerlich. Wir alle wissen, dass unsere Polizei durchaus in der Lage ist, Kriminalfälle ohne die Hilfe unserer Kate zu lösen. Aber das hört sie nicht gern.« Emma hatte jetzt nicht die Zeit, Kate noch einmal anzurufen, selbst wenn sie es gewollt hätte. Doch wahrscheinlich spielte es sowieso keine Rolle. Jedenfalls hatte sie dem Anrufer Kates Adresse und Telefonnummer nicht gegeben. »Das werden Sie sicher verstehen. Dabei handelt es sich schließlich um ihr Privatleben«, hatte sie gesagt. Allerdings hatte sie erwähnt, dass die entsprechenden Daten im Telefonbuch von Oxford standen.

Sie setzte sich mit ihrem Sohn auf das Sofa. »Grüner Schleim bedeckte den Waldboden …«, las sie.

KAPITEL 5

Die guten Engel kennen nicht alle Geheimnisse Gottes … manches wissen sie, weil es ihnen enthüllt wurde, anderes dank der hohen Intelligenz, mit der sie beschenkt wurden; es gibt jedoch vieles, was ihnen verborgen bleibt.

John Milton, *The Christian Doctrine*

Hallo?«

Schweigen. Das Licht des Schwertes schwankt nicht, doch die Flamme der Antwort in den goldenen Locken des Cherubs tanzt von links nach rechts.

Nicken für Ja, schütteln für Nein, denkt Christopher. Er versucht es erneut. »Könnten wir uns, nachdem wir jetzt meinen Namen festgestellt haben, vielleicht dem Grund meines Hierseins widmen?«

Das Licht flackert leise. »Du wartest.«

»Hätten Sie vielleicht einen Vorschlag, wie wir unseren Teil Ewigkeit verbringen könnten, Zophiel? Sollen wir Karten spielen? Oder Scrabble?«

»Ich fürchte, es ist meiner nicht angemessen, heitere Zeitvertreibe vorzuschlagen.«

»Gibt es denn nichts, was wir tun könnten, um die Wartezeit zu verkürzen?«

»Der Begriff Zeit ist mir, außer in der Theorie, nicht vertraut.«

»Wenn wir aber ein gemeinsames Interesse finden könnten, wäre das Leben – oder besser: der Tod – weniger langweilig.«

»Es gibt eine Möglichkeit. Du könntest mir erzählen, was dich hergebracht hat. Während der manchmal eintönigen Wachen habe ich mir angewöhnt, die Psychologie der Opfer zu studieren. Du könntest mir helfen, indem du mir die Einzelheiten deines eigenen Falls zur Vervollkommnung meiner Kenntnisse zur Verfügung stellst.«

»Aber ich bin kein Opfer.«

»Wie würdest du jemanden nennen, auf den erfolgreich ein Mordanschlag verübt wurde?«

»Tja ...«

»Wir bezeichnen ihn als Opfer«, sagt Zophiel in seinem üblichen, flachen Tonfall.

»Aber ein Opfer ist doch etwas ganz anderes: ein geduckter Knabe, der zu Kreuze kriecht und dessen Haltung allein schon seine Umgebung dazu verleitet, ihn zu züchtigen und zu unterdrücken. Sie können nicht behaupten, dass ich so bin.«

»Im Verlauf meiner Studien habe ich festgestellt, dass ein typisches Opfer nicht unbedingt deiner Beschreibung entspricht. Mir ist jedoch aufgefallen, dass sein ganzes Leben ein Verhaltensmuster aufweist, das in dem Vorfall während seiner letzten Minuten auf der Erde gipfelt.«

»Sie möchten also meine Lebensgeschichte hören?«

»Im Verlauf der Erzählung beginnst du möglicherweise, zu verstehen. Vielleicht erkennst du die kleinen, unvorhersehbaren Schritte, die dich an diesen Ort gebracht haben, und klärst auf diese Weise sowohl dich selbst als auch mich auf.«

»Und mache so die Rechte des Opfers geltend?«

»Der Standpunkt des Opfers wird nur selten ge-

hört. Vielleicht ist es an der Zeit, sich um Ausgewogenheit zu bemühen.«

»Ich habe immer schon gern über mich gesprochen. Meiner Meinung nach könnte sich der Bericht für uns beide äußerst zufrieden stellend erweisen.«

»Im Verlauf deiner Erzählung könntest du feststellen, dass die Übung keineswegs so einfach und schmerzlos ist, wie du annimmst.«

»Ich riskiere es. Wo soll ich anfangen?«

»Du solltest mit dem Anfang anfangen.«

Der Anfang. Kindheit? Geburt?

Die Geburt war, glaube ich, normal. Die Kindheit weniger.

Meine Mutter starb, als ich noch sehr klein war. Irgendwann zwischen meinem zweiten und dritten Geburtstag. Ich kann mich nicht daran erinnern. Wahrscheinlich wurde es, wie damals üblich, vor mir geheim gehalten, und irgendwann erzählte mir jemand ein frommes Märchen. »Mami ist zu den Englein gegangen«, oder irgend so einen Mist.

»Was hast du da gerade gesagt?« Die Schwingen des Cherubs erbeben. Seine goldenen Augen sprühen. Die ehernen, klauenbewehrten Ungeheuer hinter ihm knurren leise. Plötzlich kommt Wind auf und seufzt in den Bäumen.

»Tut mir Leid, Zophiel. Nehmen Sie es nicht persönlich. Ich wollte Sie nicht beleidigen – es ist mir einfach so herausgerutscht.«

Nein, ich erinnere mich nur noch an die mit meinem Vater verbrachte Kindheit. Mark Townsend war ein guter Mensch. Sozialarbeiter. Er sorgte für Kindermädchen, schickte mich auf angenehme Schulen und nahm sich Zeit für seinen Sohn. Ich erinnerte mich nicht an meine Mutter, also vermisste ich sie auch kaum. Wie sollte ich auch? Erst, als ich in die Schule kam, wurde mir bewusst, dass etwas in meinem Leben fehlte. Aber selbst damals war es nicht ungewöhnlich, obwohl weniger häufig als heutzutage, dass ein Kind nur von einem Elternteil erzogen wurde.

Den Namen des Jungen habe ich vergessen – jedenfalls war es der Bengel in der Schulbank hinter mir, ein Typ mit schwarzem Haar und kleinen, braunen Knopfaugen, der mich oft kniff und mir auf die Füße trat, der mit der Lästerei begann.

»Du hast ja keine Mutter«, sagte er.

Ich brauchte einige Zeit, ehe ich verstand. Er ließ nicht locker, und irgendwann kapierte ich.

»Deine Mutter ist tot«, sagte er. Inzwischen waren die anderen Kinder aufmerksam geworden. Eines von ihnen machte ein spöttisches Geräusch, das klang wie »Nyeah«. Andere fielen ein. Da erst bemerkte der Lehrer den Vorfall und hielt uns eine Standpauke.

»Ich habe jedenfalls eine Mutter, und die anderen auch«, zischte mein Widersacher zwischen seinen grünlichen Zähnen hindurch. »Aber du hast keine! In der Pause bekommst du eins drauf!« Gesagt, getan. Es war das erste und einzige Mal, dass ich es bedauerte, keine Mutter zu haben.

Danach begann ich, auf dem Schulweg die Mütter der anderen zu beobachten. Ich war nicht sonderlich beeindruckt. Sie schimpften und schlugen rücksichtslos auf nackte Beine ein. Ihre Gesichter wiesen grimmige Falten auf, und hätte ich damals schon auf solche Dinge geachtet, hätte ich festgestellt, dass ihre Körper an Festigkeit verloren hatten und ihre Kleider alt, hässlich und oft mit ausgespuckten Essensresten von den jüngeren Geschwistern meiner Klassenkameraden bekleckert waren.

Natürlich hatte ich nach dem Tod meiner Mutter eine Kinderfrau, die auf mich aufpasste, wenn mein Vater seinem Beruf nachging. Ich erinnere mich, dass sie zartfühlend, aber eher dumm war – eine Nachbarin mit eigenen Kindern, die das zusätzlich verdiente Geld in Urlaubsreisen ins Ausland und Katalogwaren anlegte. Sie, oder auch irgendeine andere Nachbarin, machte mir meinen Tee, als ich in die Schule kam, doch ich war zunehmend gern auch allein zu Hause. Ich war in der Lage, einfache Einkäufe zu erledigen und den Tisch zu decken; ich legte einfach Besteck auf die Wachstuchdecke und stellte die Teller mit dem blauen Rand hin. Mehr brauchten wir nicht für unsere Mahlzeiten. Nach dem Essen räumten mein Vater und ich gemeinsam ab, wischten die Tischdecke sauber und spülten die wenigen Utensilien.

Wir kamen gut miteinander aus. Er legte keinen allzu großen Wert auf Sauberkeit. Staub oder alte, graue Socken und Kaffeetassen, die unter dem Bett vor sich hin moderten, machten ihm nichts aus. Doch er versuchte immer, rechtzeitig zum Abendessen zu Hause zu sein, das oft aus Fisch und Fritten bestand und direkt aus der Tüte am Tisch verzehrt wurde. Noch heute erinnere ich mich an den Anblick des fettigen Papiers und den Geruch nach Essig und altem Öl. Wir aßen mit den Fingern, leckten sie anschließend ab und jagten uns gegenseitig die knusprigen Krümel ab, die am Papier hängen geblieben waren.

»Zum Nachtisch gibt es Erdbeereis«, pflegte er nach dem Essen zu sagen. Und zum Schluss machte er uns zwei große Tassen Tee.

Sie müssen nicht glauben, dass ich ein vernachlässigtes Kind war oder eine unglückliche Kindheit hatte. Weit gefehlt. Wenn mein Vater sich daran erinnerte, dass ein Körper Vitamine braucht, gab er mir Äpfel und Karotten zu essen. Bei uns zu Hause gab es hundert Mal mehr Bücher als bei meinen Klassenkameraden. Sonntags vergruben wir uns in Bergen von Zeitungen. An den Wochenenden besichtigten wir Schlösser und Museen und nahmen ein Picknick mit. Wir machten Fahrradausflüge und aßen unsere Schinkenbrote auf dem Rasen vor irgendeiner Prachtvilla. Und wir redeten miteinander. Wir redeten ständig miteinander. Kein Thema war tabu. Ich glaube, mein Vater genoss meine Gesellschaft. Vielleicht genoss er es auch, mit jemandem zu sprechen, dessen Ansichten ganz von ihm allein geprägt worden waren.

Sicher werden Sie verstehen, dass ich nicht sonderlich erfreut war, als Dianne Kemp in mein Leben trat.

Als sie zum ersten Mal zum Tee kam, wichen die Augen meines Vaters meinem Blick aus. Ich ahnte, dass er ein Geheimnis vor mir hütete, und war durchaus nicht erbaut. Sie schienen zu vertraut miteinander zu sein, sprachen zu vieles nicht aus, als dass sie sich erst seit kurzer Zeit kennen konnten.

Den Freitagabend und Samstagmorgen hatten wir damit verbracht, die Wohnung auf Hochglanz zu bringen, ohne dass ich eine Notwendigkeit dafür sah. Wenn ich heute zurückblicke, wird mir klar, dass mein Vater und ich auf einer Müllkippe wohnten. Nicht wirklich schmutzig, verstehen Sie, aber unsere Wohnung war schon ein ziemliches Chaos.

Nachdem wir geputzt hatten, stand mein Vater neben mir und blickte sich um.

»Ich nehme an, so ist es in Ordnung«, erklärte er zweifelnd.

»Natürlich ist es das«, sagte ich. Ich konnte nichts Gegenteiliges erkennen.

Als Dianne kam und mir vorgestellt wurde, erinnere ich mich, dass sie häufig lachte. Ein klingendes, fröhliches »Ich-werde-deine-neue-Mami«-Lachen. Sie hatte die Angewohnheit, etwas anzusehen, missbilligend die Nase zu rümpfen und dann zu versuchen, den Eindruck mit einem Lachen wieder auszubügeln. Ich gewöhnte mir an, es insgeheim DAS LACHEN zu nennen – mit Großbuchstaben geschrieben.

»Man merkt deutlich, dass ihr beiden zu lang allein gewesen seid«, sagte sie, als sie das Wohnzimmer zu Gesicht bekam. Sie rümpfte die Nase, dann lachte sie. Vater lächelte nervös, und ich starrte die gewienerten Spitzen meiner schwarzen Schnürschuhe an.

»Ihr zwei seid nicht besonders gut darin, euch selbst zu versorgen, nicht wahr?«, meinte sie, nachdem sie einen Blick in den Kühlschrank geworfen hatte. Dann lachte sie wieder, berührte die Hand meines Vaters und sah ihn an. Auf ihrem runden, milden Gesicht lag ein dümmlicher Ausdruck. »Ich denke, ihr braucht ein wenig Unterstützung.«

Ihre Augen hellten sich beim Anblick der offenen Waschmaschine und dem bunten, feuchten Wäsche-Mischmasch darin auf. Wieder ein Naserümpfen. »Hier fehlt die Hand einer Frau.« Wieder ein Lachen.

»Hast du nicht gelernt, dass eine übermäßig saubere Umgebung von mangelnder, elterlicher Kompetenz zeugt?«, fragte Vater. Wahrscheinlich handelte es sich um einen Scherz unter Sozialarbeitern und erhob keinen Anspruch auf besondere Witzigkeit. Obwohl Vater lächelte, sah ich nicht die Art Lachfältchen, die um seine Augen erstrahlten, wenn er über meine Witze lachte. Er legte den Arm um ihre Schultern und küsste sie aufs Ohr, bis ich ihn am Jackenärmel zupfen musste, damit er aufhörte und seine Aufmerksamkeit wieder mir zuwandte.

»Und was geschah dann?«

»Ich dachte, Sie wüssten es. Ich dachte, Sie wissen alles.«

»Nein. Es gibt viele Dinge in der Welt, die uns unbekannt sind.« Er klingt ein wenig verärgert, als würde er nicht gern an diese Dinge erinnert.

»Und?«, fragt Zophiel. »Wer von euch beiden hat den Kampf gewonnen?

»Den Kampf? Welchen Kampf?«

»Den Kampf um die Aufmerksamkeit deines Vaters. Um seine Liebe.«

»Ich bin müde. Den Rest erzähle ich Ihnen morgen.«

»Morgen ist ein Prinzip, das ich nicht verstehe.«

»Schwierig.«

Hier war ich schon einmal, dachte Kate, als sie die Decke der Kapelle des Bartlemas betrachtete und einen Engel entdeckte, der ein rundliches Instrument spielte. Die Orgel im Hintergrund spielte etwas Sakrales von Bach. Beim letzten Mal endete es mit Tränen, erinnerte sie sich. Ich begleitete Andrew zu einem Konzert. Liam brach einen Streit vom Zaun. Liam, der Mann mit den zwei Gesichtern. Der Treulose. Kate verbot sich den Gedanken an den großen, schlanken, schönen Liam. Die Beziehung war beendet, und sie hatte sogar munkeln hören, dass er Oxford verlassen und einen Posten an einer amerikanischen Universität annehmen wolle. Sie konzentrierte sich auf die Gegenwart, auf die Trauerfeier für Christopher Mark Townsend.

Vor einer Viertelstunde hatte es in der Finanzverwaltung eine handfeste Auseinandersetzung darüber gegeben, ob sie mitkommen dürfe.

»Sie haben ihn doch nicht einmal gekannt!«, hatte Annette Paige sich aufgeregt, als sie Kates ansichtig wurde. Kate hatte ihr strahlend blaues Kleid unter einem langen, dunkelblauen Blazer versteckt; dazu trug sie einen tief in die Stirn gezogenen, jadegrünen Hut. Ihre glänzenden Titan-Ohrringe baumelten ihr fast bis auf die Schultern.

»Ich habe ihn getroffen«, hatte Kate trotzig widersprochen. »Ein Mal. Wenn auch nur kurz. Aber immerhin wenige Minuten vor seinem Tod.«

»Sie ist erst den zweiten Tag hier!«, hatte Annette den völlig uninteressierten Mitarbeitern vorgehalten.

»Ich möchte mich gern verabschieden«, erklärte Kate und schlug in gespielter Trauer die Augen nieder. Und nachdem Annette immer noch ärgerlich prustete, fügte sie unterwürfig hinzu: »Ich setze mich auch ganz nach hinten.«

»Sie können froh sein, wenn Sie überhaupt noch einen Platz bekommen«, sagte Sadie, die ganz in Schwarz gekleidet war – einschließlich schwarzer Strümpfe und hochhackiger, schwarzer Stiefeletten. Ihr prächtiges Haar hatte sie nicht bedeckt, jedoch statt des üblichen, knallroten Lippenstifts einen sanfteren, bräunlichen Ton gewählt. »Die Kapelle ist nicht sehr groß.«

»Dann sollten wir uns sputen«, bemerkte Kate knapp und lief, dicht gefolgt von Sadie, eilig die Treppe hinunter und über den Hof. Annette blieb im Büro zurück, kämmte sich und puderte sich mit einem Wattebausch die Nase.

»Sie machen sich anscheinend gern unbeliebt«, bemerkte Sadie, während sie über Kopfsteinpflaster und Gras galoppierten.

»Wie? Oh, Sie sollten erst einmal sehen, wenn ich mir richtig Mühe gebe!«, rief Kate und stieß die Tür zur kühlen Dunkelheit der Kapelle auf.

Wie mochte Briony es wohl aufnehmen, dass die Trauerfeier so nah an der Stelle stattfand, wo ihr Mann gestorben war, überlegte sie auf dem Weg am Turmaufgang vorbei. Sie warf einen kurzen Blick auf die beiden Bilder von Adam und Eva, doch heute konnte man nur zwei braune Schatten an der grauen Wand ausmachen.

Kate ließ sich auf eine Bank unmittelbar in der Nähe der Tür gleiten, Sadie hingegen ging stolz ganz nach vorn. Sie benimmt sich, als wäre sie die Hauptleidtragende, dachte Kate.

Sie saß in der letzten von drei strahlenförmig angeordneten Bankreihen, die genau gegenüber drei identischen Reihen auf der anderen Seite des Mittelgangs standen. Um Altar und Kanzel zu sehen, musste sie den Kopf weit nach rechts beugen, die Trauergäste ihr gegenüber konnte sie jedoch mühelos erkennen. Sadie saß mit dem Gesicht zu Kate gewandt, sodass Kate ihre Miene genau beobachten konnte.

Sah so eine Frau aus, deren Herz gebrochen war? Wirkte so eine Frau, deren große Liebe gestorben war? Oder entbehrte der Büroklatsch jeglicher Grundlage? Einige Plätze rechts neben Sadie, am Ende der dem Altar nächsten Reihe, saß eine weitere Frau in Schwarz. Langes, blondes Haar, rundliches Gesicht, zierlich gewachsen: Das musste die Witwe sein – Briony. In ihrer Begleitung befand sich eine ältere, kräftige Frau mit grauem Haar und wettergegerbtem Gesicht, die einen abgrundhässlichen Hut und ein Kostüm trug, das aussah, als hätte es schon viele Generationen von Beerdigungen erlebt. Die Mutter der Witwe vielleicht? Nein, die Frau kam Kate irgendwie bekannt vor, und zwar im Zusammenhang mit dem College. Ach ja, es war die Frau des Rektors und begeisterte Gärtnerin Honor Flint.

Nachdem Kate die beiden von ihrem verborgenen Standort aus genau beobachtet hatte, wandte sie sich den anderen Leuten in der Kapelle zu. Sadie hatte Recht gehabt: Es wurde schnell voll. Nachzügler würden an der Tür zum Turm stehen müssen. Inzwischen war auch der Rektor gekommen und hatte sich neben seiner Frau niedergelassen. Aidan Flint war ein unscheinbares Männlein, bleich und hellhaarig, und sah aus, als würde er sich nur selten seiner Frau gegenüber behaupten. Andererseits, überlegte Kate, wer wusste schon, was in einer solchen Ehe ablief? Die Reihen Kate gegenüber hatten sich mit der Belegschaft der Finanzabteilung gefüllt. Annette Paiges Nase glänzte noch immer. Ihr blondes Haar sträubte sich widerspenstig unter einer hellblauen Baskenmütze. Zu ihrer Linken saß John Clay in einem himbeerrosa Leinenjackett. Er ließ seine heimtückischen Augen wandern, genau wie Kate. Eine Sekunde lang trafen sich ihre Blicke. Er grüßte spöttisch, wandte sich an Annette, sagte etwas und lächelte gehässig. Schlange, dachte Kate.

Zu ihrer Linken entstand eine leise Unruhe. Eine zierliche Person setzte sich unmittelbar neben sie. Dunkles Haar, dunkle Augen, schlanker Körperbau und ein kleines Affengesicht, stellte Kate fest, die ihre Nachbarin verstohlen beobachtete. Dunkelrote, lange Hose, ein farblich passendes Seiden-T-Shirt, cremefarbener Leinenblazer. Kein Make-up, aber ein sehr angenehmes, teuer duftendes Parfüm, das Kate irgendwie bekannt vorkam. Die Fremde saß mit geschürzten Lippen, die Hände fest im Schoß verschränkt, und nahm offenkundig keine Notiz von ihrer Umgebung. Es war der Duft, der Kate schließlich den Namen der Frau in Erinnerung brachte. Emma hatte sie als Dr. Beeton vorgestellt. Als sie sich über die »Verführung« unterhielten, hatte Kate sie nicht richtig sehen können, doch ihre Nase sagte ihr, dass es sich um die gleiche Person handelte.

Immer mehr Leute quetschten sich in die Reihen. Es wurde eng. Kate fand sich zwischen einem soliden Eichenbrett auf der einen und Dr. Beeton auf der anderen Seite eingeklemmt. In der ganzen Kapelle drängten sich Menschen dicht an dicht. Sadie wurde von einem Mann in gelbem Tweed, mit spärlichem, weißem Haar und einem krebsroten Gesicht aufgefordert, Platz zu machen.

»Wer ist denn das?«, raunte sie Dr. Beeton zu und zeigte nicht sehr ladylike mit dem Finger auf den Mann.

»Steven Charleston, Buchhalter im College«, war die Antwort.

Zwischenzeitlich wurde Charleston selbst von einem Mann um die vierzig bedrängt, dessen sonnengebleichtes, braunes Haar und gebräuntes Gesicht ganz und gar nicht zu seinem dunklen Anzug nebst Krawatte passen wollten.

»Robert Grailing, Quästor«, wurde Kate unaufgefordert von links informiert. Kate nickte dankbar und setzte ihre Beobachtungen fort. Sadie flüsterte eifrig auf den zuletzt Gekommenen ein. Wahrscheinlich erklärte sie ihm, dass nicht Platz genug für beide war, denn der Mann runzelte die Stirn. Sadies Blick wanderte zu Kate hinüber. Ihre Augen trafen sich einen winzigen Moment, ehe Sadie sofort wieder wegsah. Irgendwie fand schließlich doch die gesamte Trauergemeinde Platz, und die Feier begann.

Kates Nachbarin schien gern Kirchenlieder zu singen. Ihre Stimme war laut, klar und gut verständlich. Leider sang sie falsch, und mit jeder Strophe ein wenig schräger. Wahrscheinlich bemerkte sie, dass Kate ihr gebannt zuhörte, denn sie wandte sich leicht nach rechts und lächelte Kate zu, als wisse sie, wie sehr sie in der Tonart danebenlag. Es ist ihr egal, dachte Kate. Ihr scheint es völlig gleich zu sein, was für einen Eindruck sie auf andere Menschen macht. Dr. Beeton gefiel ihr. Trotz ihres akademischen Gehabes war sie eine Frau ganz nach Kates Geschmack.

Im Anschluss an das Lied hielt der Rektor, Aidan Flint, eine Rede. Er sprach über den Christopher Townsend, den er gekannt hatte. Obwohl Kate sich durchaus vorstellen konnte, dass ein attraktiver Mann wie Christopher auch ein wunderbarer Mensch gewesen sein mochte, glaubte sie nicht recht, dass er so perfekt war, wie der Rektor ihn darstellte. Da der Redner überdies jegliche Frage nach dem Grund für Christophers unglückseligen Sturz elegant umschiffte, fühlte Kate sich unbefriedigt. Dabei wusste sie, dass ihr Gefühl jeglicher Vernunft widersprach, denn wer erwähnte in einer Trauerfeier schon nackte Tatsachen? Doch als sie ihre neuen Bekannten betrachtete – Sadie, Briony Townsend, Annette Paige, ja, sogar Honor Flint und Robert Grailing –, wurde ihr klar, dass sie alle eine Rolle spielten und hinter einer schicklichen Fassade eine Menge Wissen über Christopher Townsend verbargen. Die einzige Person, die sich völlig natürlich verhielt, war Dr. Beeton, die sich in ihre Bank zurücklehnte und tonlos durch die Zähne pfiff.

Als Kate sich nach der Trauerfeier mit den geladenen Gästen auf den Weg zum Lamb Room machte, wo man vermutlich nichtssagenden Wein und Schnittchen aus dem Supermarkt kredenzen würde, fiel ihr die Rechnung wieder ein, die Sadie ihr so eilig weggeschnappt hatte. Ein unauffälliger Briefkopf mit einem Allerweltsnamen. Irgendetwas mit Baumaßnahmen. Außenanlagen. Ardington Außenanlagen. Oder wenigstens so ähnlich. In der Rechnung war es um eine Verkleidung gegangen. Und die Summe? Fünf Zahlen, dachte sie. Vierzehntausend Pfund? Oder vierundzwanzigtausend? Sie konzentrierte sich auf ihre Erinnerung an den weißen DIN-A4-Bogen mit dem roten Vermerk in der rechten unteren Ecke. Anderson Außenanlagen, dann kam ein Wort in Klammern. (Denton). So weit, so gut. Im Geiste las sie die Auflistung durch, doch die sagte ihr nichts. Aber die Gesamtsumme belief sich auf vierundzwanzigtausenddreihundertsiebenundzwanzig Pfund. An die Zahlen hinter dem Komma konnte sie sich nicht erinnern.

Bei einer solchen Summe konnte man durchaus ins Grübeln kommen. Vor allem, wenn es stimmte, dass Neugier der Tod der Katze war.

Kate hatte sich ihres Blazers entledigt und war sich mit den Fingern durch die Haare gefahren, bis sie so strubbelig abstanden, wie sie es mochte. Ihre Ohrringe blitzen im Licht, das durch hohe Fenster in den Raum drang, und ihr auffällig blaues Kleid sah durchaus nicht nach Beerdigung aus. Nach einem oder zwei Gläsern schmeckte der Wein gar nicht mehr so schlecht, und die Snacks waren zwar langweilig, verhalfen ihr aber zu einem kostenlosen Mittagessen.

»Hallo.«

Sie hatte nicht bemerkt, dass er zu ihr getreten

war. Er stand links neben ihr und lächelte auf sie herab. Nicht sehr groß, aber groß genug, braunes Haar, Haselnussaugen, gut gewählte Krawatte und ein freundliches Lächeln. Robert Grailing. Es war der Mann, der sich bei der Trauerfeier neben Sadie James gequetscht hatte. Er wirkte durchaus nicht uninteressant und war auf eine nette und zuverlässige Weise hübsch. Er trug einen dunklen, unauffälligen Anzug. Die Sonne hatte sein braunes Haar an den Spitzen aufgehellt. Mit seinen regelmäßigen Zügen sah er aus wie einer der Männer, die man am Samstagmorgen in Begleitung einer ebenso hübschen Frau im Supermarkt traf. Verheiratet, dachte Kate. Vermutlich. Ihr Lächeln wurde aufmerksamer.

»Ich habe diese gerollten Dinger hier gefunden. Die Füllung besteht aus Räucherlachs«, erzählte er ihr. »Sie sind zwar klein, aber recht lecker.« Mit diesen Worten hielt er ihr eine Platte mit Snacks entgegen. Kate bediente sich großzügig.

»Danke sehr«, sagte sie mit vollem Mund.

»Ich dachte, es würde Zeit, dass wir uns einmal kennen lernen«, fuhr er fort. »Mein Name ist Robert Grailing. Ich bin der Finanzverwalter.«

Kate versuchte ein »Ich weiß« und »Angenehm« unterzubringen, wurde aber von den Lachsröllchen in ihrem Mund daran gehindert.

»Offiziell bin ich Ihr Chef«, erklärte er weiter, »aber Ihre Einstellung erfolgte so schnell, dass wir uns bisher noch nicht haben treffen können.«

»Ja, richtig«, entfuhr es Kate ziemlich geistlos. »Nett, Sie kennen zu lernen, Mr Grailing.« Mist, wahrscheinlich hätte die Anrede »Doktor« lauten müssen. Aber woher sollte sie das wissen?

»Nennen Sie mich Rob. Das tun hier alle.« Nun, damit war dieses Problem aus der Welt. »Klappt so weit alles im Job?«

Kate, die sich ein weiteres Röllchen in den Mund gesteckt hatte, schluckte heftig. »Bestens. Chris hat alles gut dokumentiert, und es fällt mir nicht schwer, mich einzuarbeiten.«

»Gut«, sagte Rob Grailing, »Ich habe gerade überlegt, ob wir nicht …«

Kate sollte nicht mehr erfahren, was er vorhatte, denn ihr Gespräch wurde von der Ankunft des Rektors unterbrochen. Seine Frau, die ihm um mehrere Handbreit Körpergröße und locker hundert Pfund Gewicht überlegen war, bugsierte ihn in die kleine Gruppe. Außerdem hatten sie die bleiche und trotzig wirkende Briony im Schlepptau. Es muss bitter sein, auf der Trauerfeier für den eigenen, verstorbenen Ehemann von der Frau des Chefs in den Hintergrund gedrängt zu werden, dachte Kate.

»Ach, Sie haben also die Lachsröllchen gefunden«, sagte Honor Flint vorwurfsvoll zu Kate.

»Köstlich, nicht wahr?«, strahlte Kate sie an und reichte ihr die Platte mit dem letzten übrig gebliebenen Snack. Honor Flint nahm ihn und verschluckte ihn im Ganzen.

»Können wir kurz miteinander reden?«, fragte Aidan Flint Rob Grailing in der kurzen Pause. Kate verstand sehr wohl, dass man von ihr erwartete, sich in der Menge zu verkrümeln; sie kümmerte sich jedoch nicht darum. Ein Schriftsteller ist immer auf der Suche nach Material, rechtfertigte sie sich vor sich selbst. Dabei ließ sie bewusst außer Acht, dass sie historische Romane schrieb und nicht etwa Krimis, für die hier ausreichend Stoff geliefert zu werden schien.

»Uns ist zu Ohren gekommen, dass Sie für diesen Workshop noch Hilfe benötigen könnten«, begann der Rektor.

»Natürlich brauchen Sie Hilfe!«, unterbrach Honor, die nach dem Verzehr des letzten Lachsröllchens inzwischen wieder sprechen konnte. »Und unsere liebe Briony braucht ein wenig Beschäftigung in dieser für sie so schwierigen Zeit.«

»Sind Sie da so sicher?«, fragte Briony niemanden bestimmten.

»Auf keinen Fall darf sie vor sich hinbrüten«, insistierte Honor. »Eigentlich dachte ich, dass es ihr gefallen würde, Dave Evans im Garten zu helfen«, erklärte sie. »Sie hätte mich dabei unterstützen können, dem Gärtner auf die Finger zu schauen, denn ich weiß manchmal wirklich nicht, was der Mann so treibt. Allerdings hat sie offenbar im Augenblick kein Interesse an der Gärtnerei; außerdem reagierte Dave Evans recht unwirsch auf den Vorschlag, sie als Assistentin zu beschäftigen. Er behauptet, dass Barry sich als Lehrling ganz gut macht und er keine Lust habe, noch eine zweite Person einzuweisen.«

»Welche Art von Beschäftigung hatten Sie sich denn so vorgestellt?«, erkundigte sich Rob Grailing.

»Irgendwelche einfachen Aufgaben«, sagte Honor. »In der Finanzverwaltung muss es doch eine Menge Dinge geben, die sie erledigen könnte.«

»Immerhin hört man immer wieder, dass Ihre Mitarbeiter sich überfordert fühlen«, warf Aidan ein.

Kate zappelte ungeduldig herum und wartete auf eine Gelegenheit, etwas zu dem Thema zu sagen.

Mit ziemlicher Sicherheit würde man Briony in der Quästur unterbringen – vermutlich ohne Gehalt –, und wenn Kate sich jetzt nicht auf die Hinterbeine stellte, würde sie vermutlich gnadenlos hinausgekegelt.

»Die Arbeit erfordert aber eine gewisse Qualifikation«, rief sie schließlich.

»Was haben denn Sie damit zu tun?«, fragte Honor grob. Kate überlegte, was an einem Oxford-College wohl Besonderes sein mochte, dass jemand sich das Recht nahm, derart unhöflich zu sein.

»Keine Sorge, Kate«, sagte Rob Grailing und legte Kate die Hand auf den Arm. Die Geste mochte beruhigend gemeint sein, vielleicht aber wollte er sie auch zurückhalten. »Ihr Job ist sicher. Und für Briony werden wir auch noch etwas zu tun finden. Zum Beispiel müssen die Faltblätter sortiert und die Rundbriefe für unsere nächste Werbemaßnahme vorbereitet werden.«

Kate atmete auf. Wenn Briony solch langweilige Aufgaben bekam, sollte sie das nicht stören.

»Richtig«, stimmte sie zu. »Vielleicht könnte sie auch die Bücherei verwalten. Dazu braucht man doch sicher keine Erfahrung oder höhere Qualifikation, nicht wahr?«

»Sie sind ein recht ungezogenes Mädchen«, flüsterte Rob Grailing ihr kaum hörbar zu. »Warum versuchen Sie nicht, uns noch etwas zu essen zu organisieren, während der Rektor und ich die Einzelheiten von Brionys Einsatz besprechen?«

Der Räucherlachs war anscheinend alle. Kate schlenderte auf der Suche nach etwas Essbarem an Tischen und Fensterbänken entlang. Schließlich fand sie einen Teller mit Kräckern, die mit Frischkäse bestrichen waren, auf denen ein erbarmungswürdiger Schnitz Olive ein kümmerliches Dasein fristete. (Wer um alles in der Welt zeichnete verantwortlich für diesen Imbiss? Sicher nicht der hervorragende Küchenchef des Bartlemas!) Als sie gerade die Hand ausstreckte, um den Teller fachmännisch zu ergattern, ohne die Leute ringsum zu stören, schnappte ihr jemand die Schnittchen weg. Sie blickte auf und gab sich sofort geschlagen. Der Mann war fast zwei Meter groß, vermutlich annähernd genauso breit und hatte ein flaches Pfannkuchengesicht unter spärlichem, grauem Haar. Er trug keinen Sakko, sondern eine graue Strickjacke.

»Harry Bickerstaff«, stellte er sich vor und stopfte sich die Kräcker, ohne ihr auch nur einen anzubieten, in den Mund. »Ich glaube, wir haben beide mit dem Workshop zu tun.«

»Ich habe Ihre Bücher gelesen«, sagte Kate und hätte beinahe hinzugefügt: »vor langer Zeit«, besann sich aber eines Besseren. »Sie haben mir sehr gut gefallen.« Das entsprach durchaus der Wahrheit. Mit zwölf hatte sie seine Hau-drauf-Geschichten geradezu verschlungen. Allerdings bezweifelte sie, dass sich seine Bücher bei der anspruchsvollen Jugend von heute noch gut verkauften; die jungen Leute verbrachten inzwischen ihre Zeit lieber im Internet auf der Suche nach interaktiver Pornografie.

»Nett, dass Sie das sagen«, erwiderte er. »Von Ihnen habe ich, glaube ich, noch nichts gelesen. Schreiben Sie unter Ihrem eigenen Namen?«

»Ja«, gab Kate knapp zurück.

»Tatsächlich? Nun, mit dem modernen Zeug komme ich nicht gut zurecht. Jetzt halten Sie mich bestimmt für hoffnungslos altmodisch.«

»Aber natürlich nicht«, erklärte sie automatisch. »Vermutlich sehen wir uns in der Quästur«, fügte sie hinzu und zog sich vorsichtig aus der Ecke zurück, die er mit seinem massigen Körper versperrte.

»Schön, dass ich Sie beide hier finde!« Annette Paiges Nase glänzte immer noch rosa, und ihre hellblaue Baskenmütze saß einen Tick verwegener.

»Ich wollte ebenfalls noch ein paar wichtige Dinge mit Ihnen besprechen«, sagte Harry zu Annette. »Es geht um diese Anthologie.« Er wandte sich an Kate: »Wissen Sie, was mit der Anthologie passieren soll?«

»Tut mir Leid«, gab Kate zurück. »Was gibt es Wichtiges, Annette?«

»Das Komitee trifft sich morgen um zehn Uhr dreißig im Hörsaal Vier im Pesant-Hof«, sagte Annette. »Ich habe Kopien der Tagesordnung in Ihre Postfächer gelegt und möchte Sie bitten, sie vor dem Termin durchzulesen.« Damit ließ sie Kate und Harry stehen. Beide kramten nach ihren Kalendern, um den Termin zu notieren.

»Ich hatte vorgeschlagen, die Anthologie herauszugeben«, erzählte Harry, während er Kalender und Stift wieder einsteckte. »Doch man hat mir gesagt, dass sich bereits jemand anders darum kümmert. Wissen Sie nichts davon? Fallen diese Dinge nicht in Ihren Zuständigkeitsbereich?«

»Ich fürchte, meine Zuständigkeit reicht nicht bemerkenswert über die Anhörung einiger Klagen von Studenten und der Organisation eines Ausflugs nach Birmingham hinaus«, sagte Kate und bemühte sich, an vielen Quadratmetern wolliger Strickjacke vorbeizukommen. »Aber ich hoffe, dass wir morgen bei der Besprechung einiges klären können.« Sie schnappte sich eine Schüssel mit Krabbenchips und floh.

Als sie versuchte, ihre Beute unbeschadet durch eine Menschenansammlung zu manövrieren, erhaschte sie einen Hauch des Duftes, neben dem sie in der Kapelle gesessen hatte.

»Geben Sie mir ein paar von Ihren Krabbenchips ab?«, sagte eine Stimme hinter ihr. Kate drehte sich um und bot die Schüssel an. Ihr Gegenüber trug die weinrote Hose und den cremefarbenen Blazer, die sie schon aus dem Gottesdienst kannte: Faith Beeton. Dr. Beeton hatte eine wirklich schöne Stimme – merkwürdig, dass sie so falsch sang. Während sie sich aus der Schüssel bediente und eine Hand voll Chips knabberte, sah sie Kate aus kleinen, dunklen Augen an.

»Wir haben uns schon einmal getroffen, nicht wahr?«, sagte sie schließlich. »Noch ein Glas Wein?« Geübt griff sie sich eine halb volle Flasche vom Nebentisch und füllte ihre beiden Gläser auf. »Aber wo war das?«

»Unten im Tower of Grace«, half Kate ihr auf die Sprünge.

»Stimmt! Sie haben sich die Versuchung angeschaut und darüber nachgedacht, wer oder was die Gnostiker sind.«

»Genau. Wir wurden einander vorgestellt. Ich bin Kate Ivory.«

»Mein Name ist Faith Beeton«, sagte die andere Frau. »Ich bin hier Dozentin. Und Sie haben Chris

Townsends Aufgaben bei der Organisation des Workshops übernommen, nicht wahr?«

»Richtig. Außerdem soll ich ein paar Seminare leiten und einen Schreibkurs anbieten«, fügte Kate hinzu.

»Mit anderen Worten, Sie kennen sich mit Genreliteratur aus?«

»Ich schreibe sie«, sagte Kate. »Historische Romane.«

»Oh!« Faith' Kommentar hielt Kate davon ab, sich weiter über das Thema auszulassen. »Ich soll die Sparte Kriminalromane übernehmen.«

»Da gibt es doch angeblich durchaus Lesenswertes«, erklärte Kate großzügig. »Ich persönlich kann Krimis nicht viel abgewinnen, aber es muss Leute geben, die sie mögen.«

»Sind noch Kräcker da?«

»Ich fürchte nein. Es gibt nur noch leere Teller. Wahrscheinlich will man uns bedeuten, dass man uns loswerden möchte.«

»Dann muss ich mir wohl selbst ein Mittagessen machen. Dabei hatte ich gehofft, dank diesem Leichenschmaus darum herumzukommen. Haben Sie Lust, mitzukommen? Ich wohne nur fünf Minuten von hier.«

»Danke«, sagte Kate gelinde überrascht. Sie sah zu, wie Faith Beeton sich einer vollen Weinflasche bemächtigte, ehe der Kellner sie abräumen konnte, und warf einen sehnsüchtigen Blick zu der kleinen Gruppe um Rob Grailing hinüber. Er und der Rektor schienen sich noch immer ernsthaft zu unterhalten, während Honor auf eine lustlose Briony einredete. Die arme Frau, dachte Kate. Wahrscheinlich sehnt sie sich danach, heimzugehen, ihre Schuhe auszuziehen und in aller Ruhe unglücklich zu sein.

In einer unvermittelten Schweigesekunde, wie sie manchmal in zusammengewürfelten Gruppen entsteht, drang Annettes Stimme zu ihr herüber. »Ich fände es wirklich gut, wenn Briony bei uns mitarbeiten würde. Diese Kate brauchen wir doch nicht wirklich. Sie ist viel zu …«

Doch an dieser Stelle setzte das allgemeine Gemurmel wieder ein, und Kate konnte den Rest von Annettes sicherlich unschmeichelhafter Bemerkung nicht mehr hören. Sie fragte sich, mit wem die Sekretärin gerade sprach. Dabei hoffte sie, dass es niemand war, der die Macht hatte, zu heuern oder zu feuern.

»Ja, ja«, sagte Faith. »Sie scheinen sich ziemlich schnell unbeliebt gemacht zu haben. Was haben Sie dem Personal der Finanzverwaltung denn getan?«

Doch ehe Kate auf die Frage eingehen konnte, kam jemand auf sie zu. Ein weißhaariger Mann mit krebsrotem Gesicht und gelbem Sakko.

»Wer war das noch?«, wandte sie sich leise an Faith.

»Steven Charleston, der Buchhalter.«

»Stimmt, ich erinnere mich.«

»Dem würde ich nicht einmal mein Sparschwein anvertrauen«, raunte Faith.

»Tatsächlich? Warum nicht?«

»Vergessen Sie es«, sagte Faith. »Kommen Sie, wir gehen.« Und sie eilten zur Tür, ehe Steven Charleston sie ansprechen konnte.

KAPITEL 6

Die Schlange aber war listiger als alle Tiere, die Gott der Herr gemacht hatte ...

Genesis 3, 1

Sie sehen heute irgendwie anders aus.«

»Das hast du bemerkt?« Zophiel klingt angenehm berührt.

»Es sind Ihre Schwingen«, sagt Christopher. »Sie sind blau mit goldenen Tupfen. Fast wie ein Pfauenschwanz. Sehr hübsch.«

»Uns stehen drei Flügelpaare zur Verfügung. Dieses hier mag ich am liebsten.« Er wendet sich von rechts nach links und vollführt mit den schillernden Federn leichte Bewegungen.

An diesem Tag sieht Zophiel zweifellos hübscher aus. Irgendwie weicher und runder. Christopher ist irritiert, denn er glaubt, Zophiel inzwischen zu kennen. Mit neuen, überraschenden Facetten seines Charakters hatte er nicht mehr gerechnet. Der Cherub ist ihm ein angenehmer Gefährte geworden, ein männlicher Freund. Doch an diesem Tag erinnert Zophiel ihn eher an Dianne, Viola, Honor und Briony.

»Wenn es dir recht ist, möchte ich heute den Rest der Geschichte über deinen Vater hören.«

»Aber nur, wenn Sie aufhören, wie Dianne zu klingen. Wo waren wir stehen geblieben?«

»An dem Zeitpunkt, als sie in dein Leben trat und

entschlossen war, es radikal und für immer zu verändern.«

Ach ja, Dianne.

Rundlich, drall und munter. Irgendwie mütterlich.

Sie war ebenfalls Sozialarbeiterin, allerdings noch nicht so lang wie mein Vater. Ich glaube, ihr Idealismus war ihr noch nicht vollständig abhanden gekommen. Sie hatte noch nicht lange genug in dem Beruf gearbeitet, um den harten Panzer aus Zynismus zu entwickeln, den ihre älteren Kollegen zum Überleben brauchten. Doch sie hatte sich bereits die lästige Angewohnheit angeeignet, die Menschen in Pflegeberufen oft auszeichnet: Sie sah alle anderen als potenzielle Fälle oder mögliche Klienten an. Vor allem ich stellte einen ausgezeichneten Kandidaten für ihr berufliches Fachwissen dar: mutterlos, ohne Freunde unter Gleichaltrigen und an Dingen interessiert, die meinem Alter nicht angemessen waren, lebte ich mit einem Vater, der den größten Teil seiner Zeit mit Arbeit verbrachte.

Dabei entging ihr allerdings, dass ich mich rundum glücklich fühlte.

Wäre sie etwas gewitzter gewesen, hätte sie bemerkt, dass auch mein Vater sich glücklich fühlte. Natürlich wollte er eine Frau. Vermutlich sehnte er sich nach weiblicher Gesellschaft, nach Sex und nach jemandem, der für ihn einkaufte und ihm sein Essen kochte. Doch er vermisste weder ein elegantes Haus mit ebensolchem Garten noch schicke Klamotten oder Abende in der Gesellschaft so genannter Freunde. Dianne konnte das nicht verstehen, aber ich kannte ihn erheblich besser als sie.

»Dann hast du dich also Diannes Eindringen widersetzt?«

»Absolut nicht. Ich war ein intelligentes Kind. Dank jahrelanger Menschenbeobachtung verfügte ich über erheblich wirksamere Mittel.«

Ich lächelte sie an. Ich gestattete ihr, mein widerspenstiges Haar mit ihrer weichen, kundigen Hand zu glätten. Beim Schlafengehen ließ ich es zu, dass sie mir meinem Alter und Geschlecht angemessene Geschichten vorlas. Ihr zuliebe aß ich Gemüse und Hackfleischauflauf. Ich trank Kakao. Nach und nach gewann ich allmählich ihr Vertrauen. Ich glaube, sie hatte sogar angefangen, mich lieb zu haben. Allerdings kannte sie mich nicht wirklich. Ohne Wissen um das wahre Gesicht dessen, den man liebt, fällt Liebe sehr viel leichter, finden Sie nicht?

Wenn wir uns gemütlich in mein Schlafzimmer gekuschelt hatten, das inzwischen sauberer und aufgeräumter war als früher (ich nannte es: in der vordiannischen Zeit), vertraute sie mir an, wie sie meinen Vater verändern wollte; sie dachte an ein eleganteres Äußeres, ein hübscheres Haus, einen gepflegteren Garten. Ich machte ihr Mut. Ich schlug ihr sogar kleinere Maßnahmen vor, von denen ich wusste, dass mein Vater sie hassen würde. Unsere Vertraulichkeiten sollten unter uns bleiben, denn Dianne hatte begriffen, dass sie behutsam vorgehen musste, wenn sie ein Mitglied unserer kleinen Familie werden wollte. Eine ihrer Verbesserungsmaßnahmen bezog sich auf das Bad.

Mit unserem Bad war alles in Ordnung. Es gab eine Wanne, ein Waschbecken und eine Toilette, alle in leicht verkalktem Weiß, außerdem fließendes heißes und kaltes Wasser. Der Boden bestand aus grünem Linoleum. An der Wand befand sich ein Schränkchen mit einem fleckigen Spiegel, ein Handtuchhalter fehlte ebenso wenig wie ein Zahnputzbecher. Meistens waren sogar Seife und Zahnpasta vorhanden. Einmal im Monat wanderten unsere Handtücher gemeinsam mit der Bettwäsche in die Waschmaschine, und einmal im Jahr kochten wir unsere Waschlappen aus.

Dianne aber wünschte sich ein richtig schönes Badezimmer. Allerdings erzählte sie meinem Vater nichts von ihren Sehnsüchten.

»Ganz erstaunlich!«, hatte sie ausgerufen, als sie unser Bad zum ersten Mal zu Gesicht bekam. »Hier wurde bestimmt seit dem Bau des Hauses nie etwas verändert.«

Sie fuhr mit dem Finger über die Blasen im Lackanstrich der Wände. Sie spähte in die spinnenverseuchte Dunkelheit unter der Wanne. »Unglaublich!« Und sie lachte DAS LACHEN. Dann wurde sie still, zog sich in die Küche zurück und bereitete unser Mittagessen zu. Hackfleischauflauf. Wieder einmal.

Als sie mich an diesem Abend ins Bett packte, bat ich sie, mir von ihren Ideen zu erzählen, wie ein neues Badezimmer auszusehen hätte. »Wanne und Waschbecken müssten Avocado-Grün werden«, sagte sie. Und für den Fall, dass ich nicht richtig verstanden hätte, setzte sie hinzu: »Das ist ein blasses Graugrün. Sehr schick. Und exquisit.«

»Avocado ist zwar ganz nett, aber Paps liebt dieses leuchtende Grünblau«, wandte ich ein.

»Türkis? Pfauenblau?«, fragte sie überrascht.

»Pfauenblau«, bestätigte ich. Ich stellte mir darunter etwas Leuchtendes, Glänzendes, Grünlichblaues mit goldenen Glanzlichtern vor.

»Wie das wohl aussieht?« Ihr Gesicht entgleiste, falls bei einem frischen, runden Gesicht überhaupt die Rede davon sein kann. Dann sprach sie von dicken, weichen Handtüchern, einer Toilettengarnitur und einem Messinghalter, der das Toilettenpapier schnöden Blicken entzog. Irgendwann ging sie nach Hause, und ich lag im Bett und schmiedete Pläne.

Am nächsten Morgen beim Frühstück gab ich die Informationen an meinen Vater weiter. »Dianne möchte Wanne und Waschbecken austauschen«, vertraute ich ihm an. »Sie hat sich für Pfauenblau entschieden.«

»Ach ja?« Ich hatte gewusst, dass ihm allein schon die Vorstellung missfiel.

»Sie möchte auch eine pfauenblaue Toilette.«

»Oh!«

»Außerdem will sie den Schrank anstreichen und neue Handtücher anschaffen.«

Ich erzählte weiter von Diannes Plänen und schmückte sie aus, wo ich es für notwendig hielt. »Auf den Boden soll ein Teppich«, sagte ich. »Eine wasserfeste Tapete statt der Farbe. Badezusätze in bunten Glasflaschen. Duftseife. Und Zahnseide.«

Nach diesem Morgen wartete ich nicht mehr auf Diannes Vorschläge, sondern ließ meiner Fantasie freien Lauf. Immer begann ich mit »Dianne hat gesagt« und endete mit »aber das ist unser Geheimnis«.

Ich weiß nicht, was meinem Vater mehr missfiel – Diannes Veränderungsideen, wie ich sie von mir gab, oder die Tatsache, dass ich jeden Morgen beim Frühstück darüber schwatzte. Immerhin war er nichts anderes gewohnt, als dass seine eigenen Ansichten und Geschmacksvorstellungen wiederholt wurden.

Er begann, ab und zu launisch zu werden. Dann sagte er wenig und starrte häufig in seinen Teller. Ich bemerkte, dass ich zu diesen Zeiten mein »Dianne sagt« am besten anbringen konnte. Dianne behielt ihre Pläne nach wie vor für sich und hatte keine Ahnung, dass sie, mit viel Fantasie ausgeschmückt, hinter ihrem Rücken weitergegeben wurden. Heute glaube ich, dass sie ihn gern geheiratet hätte und danach seinen Lebensstil in ihrem Sinne verändern wollte.

Doch es gelang ihr nicht.

Haben Sie je daran gezweifelt?

Eines Abends kam mein Vater nach Hause und sprach in dieser leisen, verlegenen Art, die er immer an den Tag legte, wenn es um Gefühle ging. Er erklärte mir, dass Dianne von nun an nicht mehr kommen würde. Er wisse, dass ich sie gern gehabt hätte und dass ich in ihr vielleicht eine zweite Mutter gesehen hätte, aber solche Dinge geschähen nun einmal und ich müsse mich daran gewöhnen, dass sie in unserem Leben keine Rolle mehr spiele.

Ich nickte und setzte eine mutige Miene auf. Innerhalb einer Woche fielen wir in unsere Gewohnheiten zurück und ergötzten uns an unserer eigenen Gesellschaft. Zwar fiel mir auf, dass die stillen Launen meines Vaters häufiger wurden, doch ich wollte es nicht wahrhaben. Manchmal ertappte ich ihn, wie er mit einem Buch auf den Knien in seinem Sessel saß und ins Leere starrte. Er begann, ältlich auszusehen. Aber schließlich wurde er tatsächlich nicht jünger. Nur wenige Jahre später verlor ich als Heranwachsender jegliches Interesse am Liebesleben meines Vaters; ich musste mich auf mich selbst konzentrieren.

Merkwürdig – wenn ich jetzt daran zurückdenke, fällt mir auf, dass er damals fast genau so aussah wie ich heute. Ein paar Jahre älter vielleicht, und ein wenig pummeliger. Außerdem wusste er sich nicht anständig zu kleiden. Aber für seine Generation sah er, glaube ich, ganz gut aus. Er hätte sicher Frauen für sich begeistern können, wenn er es darauf angelegt hätte. Aber ich glaube, es interessierte ihn nicht.

»Dann hat dein Vater nie wieder geheiratet?«

»Nein, das hätte nicht funktioniert.«

»Aber ihr beiden seid euch nah geblieben?«

»Natürlich. Allerdings wurde er in den späten Sechzigern ziemlich senil. Ich habe ein wirklich nettes Pflegeheim für ihn gefunden.«

»Hast du ihn dort regelmäßig besucht?«

»Letzte Weihnachten war ich bei ihm.«

»Das war aber acht Monate, bevor du selbst abberufen wurdest.«

»Tatsächlich? Nun, es ist schwierig, solche Dinge in einem vollen Terminkalender unterzubringen.«

»Kann schon sein, dass er voll war. Aber ich fürchte, mit diesen Dingen ist es jetzt endgültig vorbei.«

»Nun, man gewöhnt sich auf Dauer an alles, glauben Sie nicht?«

»Was mich an deiner Geschichte verwundert, ist, dass ein so entschlossener Mensch wie Dianne so schnell aufgegeben hat.«

»Na ja, ich muss zugeben, dass es noch ein kleines Nachspiel gab.«

»Was ist geschehen?«

Aus irgendeinem Grund gab Dianne mir die Schuld am Scheitern der Beziehung mit meinem Vater. Ich glaube nicht, dass sie Beweise hatte, aber sie hielt mich für verantwortlich. Eines Tages kam sie zu uns nach Hause. Ich war noch in der Schule und mein Vater bei der Arbeit. Vermutlich hatte sie sich den Haustürschlüssel irgendwie »ausgeborgt«. Jedenfalls zeigte sie damals, wie kleinlich und rachsüchtig sie in Wirklichkeit war. DAS LACHEN war verschwunden; sie hatte nicht mehr das liebevolle Verständnis für ein mutterloses Kind. Die Hexe zerrte alle meine Comic-Hefte unter dem Bett hervor – damals gab es nichts Aufregenderes in meinem Zimmer als Batman – und zerschnitt sie mit einer Schere in winzige Streifen. Anschließend dekorierte sie mein gesamtes Zimmer mit Girlanden aus zerfetzten Comic-Heften. In spöttischer Feierlichkeit hingen sie von jeder Tür und aus jeder Schublade, baumelten von der Deckenlampe und schlängelten sich über mein Kopfkissen. Ich muss zugeben, dass mir bei dem Anblick die Tränen kamen, doch die Erleichterung über das Verschwinden Diannes brachte mich schnell wieder auf andere Gedanken. Mein Vater ist gerade noch einmal davongekommen, das kann ich Ihnen flüstern.

»Wieso bist du sicher, dass es Dianne war?«

»Sie hinterließ eine Nachricht auf meinem Nacht-

tisch. Zwar war sie in Großbuchstaben geschrieben und nicht unterzeichnet, aber ich erkannte ihre Schrift. Auf dem Zettel stand: DU BIST EIN NIEDERTRÄCHTIGER UND BOSHAFTER JUNGE. DU HAST GELOGEN. MIT DIR WIRD ES EIN BÖSES ENDE NEHMEN.«

»Gemessen an den Umständen finde ich das noch relativ zahm.«

»Arme Dianne, mehr Boshaftigkeit brachte sie einfach nicht zu Stande. Ich kann mir den schrecklichen Streit durchaus vorstellen, als er mit ihr Schluss gemacht hat. Sie werden sich gegenseitig beschuldigt haben. Vermutlich ist es für beide schlimm gewesen, und ich fürchte, sie hat nie richtig verstanden, was genau passiert ist.«

»Trotzdem hat sie Recht behalten.«

»Wie meinen Sie das?«

»Dein Ende kann man doch mit Fug und Recht als böse beschreiben, findest du nicht?«

»Wahrscheinlich fragen Sie sich, warum ich Sie eingeladen habe«, sagte Faith, der es offenbar ebenso leicht fiel wie Kate, ihre Gedanken ohne Umschweife auszusprechen.

»Eigentlich war ich viel zu beschäftigt damit, Sie zu bewundern, wie geschickt Sie die Flasche Wein losgeeist haben«, erwiderte Kate. »Aber wenn Sie wollen, kann ich gern fragen.«

»Sehen Sie, Sie haben keine einzige Bemerkung über meinen Namen gemacht«, erklärte Faith.

»Was ist denn Besonderes an dem Namen Faith?«

»Nein, Beeton. Die meisten Leute fragen mich sofort, ob es mit meinem Kochbuch gut vorangeht.

Und alle erwarten, dass ich ganz hervorragend koche.«

»Tun Sie es?«

»Absolut nicht. Jahrelang habe ich meinen Vater verpflegt. Er liebte völlig zerkochtes Gemüse und klein geschnittenes Fleisch. Jede noch so winzige Eskapade setzte sofort seiner Verdauung zu – zumindest behauptete er das. Eigentlich ist es wie mit dem berühmten grünen Daumen: Man hat ihn, oder man hat ihn nicht.«

»In diesem Fall sollten Sie das Kochen vielleicht lieber mir überlassen.«

»Ich finde es merkwürdig auffällig, wie häufig meine Gäste für mich kochen.«

Kate warf ihr einen kurzen Seitenblick zu: Sie nahm sich tatsächlich selbst auf die Schippe.

Sie überquerten die Magdalen Bridge Richtung Osten, gingen über die Plain und bogen links in eine schmale Seitenstraße ab, in der kleine Reihenhäuser standen.

»Das ist meins!«, rief Faith, blieb vor einer Haustür stehen und steckte den Schlüssel ins Schloss.

»Das Gefühl kenne ich sehr gut«, erklärte Kate. »Ich muss mich ganz schön krumm legen, um meine Darlehen bezahlen zu können; trotzdem ist es schön, etwas Eigenes zu besitzen.«

Faith führte Kate in die Küche im hinteren Teil des Hauses und zeigte auf den Kühlschrank. »Ich nehme Sie beim Wort. Verwenden Sie ruhig alles, was Sie da drin finden. Da drüben im Schrank sind ebenfalls Lebensmittel, die können Sie auch nehmen. Ich schenke uns inzwischen ein Glas ein.«

Kate fand ein paar Eier, hoffte, dass sie noch

nicht zu alt waren, und schlug sie behutsam in eine Schüssel. So weit, so gut. Der Käse sah zwar aus wie ein Stück Karbolseife, aber zum Überbacken taugte er noch. Also Omelett. Gab es Kräuter? Offenbar nicht. Pfeffer und Salz fand Kate nach einigem Fahnden im Wandschrank. Außerdem entdeckte sie ein paar Tomaten und zwei nicht mehr ganz frische, eingeschrumpelte Zucchini. Sogar Brot war da, das man durchaus noch genießen konnte, wenn man es anfeuchtete und kurz im Backofen röstete. Ein Töpfchen Margarine. Ein paar Dosen Bier, die sie nicht weiter interessierten. Eine kleine Flasche mit Olivenöl, das zwar schon recht dunkel aussah, aber, wie sie nach einer Geschmacksprobe feststellte, noch verwendbar war. Eine halbe Dose Sahne, die zwar sauer geworden war, dem Omelett aber Geschmack verleihen konnte. Kate fand eine große Bratpfanne, die zunächst noch geschrubbt werden musste, reinigte sie und stellte sie mit einem Esslöffel Olivenöl auf den Herd. Dann schnitt sie die Zucchini in Scheiben und briet sie leicht an. Runzlige Zucchini waren doch sicher nicht schädlich, oder?

»Danke«, sagte sie, als Faith, die sich für die Vorbereitungen nicht zu interessieren schien, ihr ein großzügig bemessenes Glas Wein reichte. Es würde den weiteren Kochvorgang sicher deutlich aufheitern.

»So gut wie Sie hätte ich das nicht fertig gebracht«, erklärte Faith.

Wahrscheinlich sagt sie das zu all ihren Gästen, dachte Kate. »Kein Problem«, wiegelte sie ab.

»Was braten Sie denn da?«

»Zucchini.«

»Würde es Ihnen etwas ausmachen, sie wegzulassen? Ich mag keine Zucchini.«

»Aber ich habe sie in Ihrem Kühlschrank gefunden.«

»Da liegen sie schon viel zu lang. Es war ein Fehler«, sagte Faith und leerte ihr Weinglas in einem Zug. »Aber diesen Fehler habe ich inzwischen bereinigt«, fügte sie zu Kates Verwirrung hinzu. Hier ging es um welk gewordenes Gemüse, oder?

Sie setzten sich auf die Terrasse in die Septembersonne. Omelett mit Tomatensalat und warmem Brot waren gar nicht so übel, vor allem, wenn man sie mit einem weiteren Glas Wein aus dem Bartlemas College begoss.

»Ich liebe es«, seufzte Faith, lehnte sich zurück und ließ sich die Sonne ins Gesicht scheinen. »Und zwar umso mehr, da ich genau weiß, dass mein Vater es gehasst hätte.«

»Kamen Sie nicht gut miteinander aus?«, erkundigte sich Kate.

»Oh, wir kamen gut miteinander aus. Der Grund dafür war, dass meine Mutter und ich ihm in allem und jedem nachgaben. Das Leben war einfach, wenn er sich wohl fühlte. Obwohl – was heißt hier ›wohl fühlen‹? Er lag in seinem Zimmer im Bett und wartete wie eine Spinne darauf, dass einer von uns etwas Falsches tat oder etwas tat, das er missbilligte. Dann verschoss er seine Giftpfeile und trieb uns in die Unterwürfigkeit zurück. Deshalb genieße ich heute alles, was ihn zur Weißglut brachte. Es ist ein Segen.«

Merkwürdige Definition von Segen, dachte Kate. »Woran litt er denn?«

»Vermutlich an gar nichts. Er schwor Stein und

Bein, dass es seine Nerven waren. Und alles, was meine Mutter und ich gern taten, verschlimmerte sein Leiden. Behauptete er wenigstens. ›Sieh zu, dass du deinen Vater nicht verärgerst‹, pflegte meine Mutter immer zu sagen. Also verkrochen wir uns in unsere Ecke und taten möglichst wenig.«

»Und wie sind Sie entkommen? Nach dem, was Sie erzählen, müssen Sie schließlich irgendwie entkommen sein.«

»Nicht wirklich. Zunächst starb meine Mutter. Nachdem sie ihr ganzes Leben lang auf Zehenspitzen um den Kerl herumscharwenzelt war, wurde sie krank, und zwar wirklich krank. Natürlich wurde ihr nicht gestattet, darüber zu reden, geschweige denn, etwas dagegen zu tun. Sie fühlte sich eines Tages nicht wohl, legte sich ins Bett und starb am darauffolgenden Wochenende.«

»Und Sie? Was haben Sie gemacht?«

»Ich habe da weitergemacht, wo sie aufgehört hatte. Kümmerte mich um das Haus und pflegte den alten Mann. Und ich träumte meine Träume. In mir gärte es. Dann starb er auch, und zwar glücklicherweise früh genug, dass ich noch etwas aus meinem Leben machen konnte. Kaum war er unter der Erde, machte ich mich auf und besuchte das College. Ich bildete mich weiter, ging zur Universität, machte meinen Abschluss und promovierte. Und alles hat mir Spaß gemacht.«

»Ja«, sagte Kate langsam. Ihr war der schreckliche Gedanke gekommen, dass sie Faith zutraute, ein Kissen auf das väterliche Gesicht zu drücken, falls er ihrem Ehrgeiz zu lang im Weg gestanden hätte. Stumm hingen beide ihren Gedanken nach.

»Und jetzt müssen Sie mir von dieser Genreliteratur erzählen«, sagte Faith, als Kate sich schon allmählich zu fragen begann, was sie hier suchte. »Immerhin sollen wir den Studenten etwas darüber beibringen.«

»Ich fürchte, über die Theorie weiß ich auch nicht sehr viel«, erklärte Kate. »Ich habe mich immer mehr auf die Praxis konzentriert.«

Faith hob die Augenbrauen, als sei die Theorie das Einzige, was zählte. Wahrscheinlich glaubt sie, dass die Literatur, die sie studiert, einfach irgendwie da ist, dachte Kate. Sie analysiert und gliedert auf, während ich mich mit dem leeren Bildschirm meines Computers herumschlagen muss. Ich überlege, wie ich eine Geschichte schreibe, die den Leser ein paar hundert Seiten lang in ihren Bann zieht, während Faith und ihresgleichen eine Gesamtheit betrachten, der sie den Stempel »Genre« aufgedrückt haben. Eine seltsame Welt!

»Es muss sonderbar sein, einfach so Geschichten zu erfinden«, sagte Faith.

»Nun ja, ich plane schon ein bisschen. Zum Beispiel schreibe ich vorher immer eine Zusammenfassung, halte mich allerdings leider nicht immer daran.«

»Denken Sie vor dem Schreiben über eine Struktur nach?«

»Struktur? Meinen Sie die Reihenfolge, in der ich meine Geschichte erzähle?«

»Ich glaube schon.«

»Ich setze mich einfach hin und schreibe. Dabei versuche ich, alles Langweilige möglichst wegzulassen.«

»Toll!«

»Nein, einfach nur eine Art, Geld zu verdienen, ohne für andere Leute zu arbeiten.«

»Was wissen Sie über Dorothy Sayers?«

»Nicht sehr viel. Ich lese selten Krimis. Sie sind für meinen Geschmack zu ausgeklügelt. Jedes Element der Geschichte hat angeblich einen Sinn. Ich finde das sehr einengend. Mir macht es Spaß, eine völlig spontane Szene – wie zum Beispiel unser gemeinsames Mittagessen jetzt – in die Handlung einzufügen. Sie muss nicht unbedingt eine Bedeutung für den Fortgang der Geschichte haben.«

»Haben Sie sich schon Gedanken darüber gemacht, ob es überhaupt eine Handlung gibt?«

»Wie meinen Sie das?«

»Manchmal habe ich den Eindruck, eine Figur in einem postmodernen Roman zu sein. Geht es Ihnen nicht ähnlich?«

»Eigentlich nicht. Möchten Sie vielleicht noch etwas Tomatensalat?«

»Danke. Wie haben Sie es eigentlich geschafft, aus den paar kümmerlichen Zutaten in meiner Küche eine solche Mahlzeit zu zaubern?«

»Das ist eine meiner Begabungen.«

»Sie müssen mir irgendwann einmal zeigen, wie so etwas geht.«

»Vielleicht in Kapitel zwölf.«

»Wie bitte?«

»In unserem Roman.«

»Ach so, verstehe.«

»Manchmal komme ich mir in letzter Zeit allerdings vor, als ob ich in einem richtig traditionellen Krimi gelandet wäre«, sagte Kate.

»Und was würden Sie als die wichtigsten Merkmale dafür bezeichnen?«

»Die Unfähigkeit, zu verstehen, was jeweils geschieht und welche Bedeutung es für das Ganze hat. Falls es überhaupt eine Bedeutung hat. Und falls ein Ganzes existiert.«

»Nehmen Sie sich noch ein Glas Wein, vielleicht verstehen Sie es dann besser.«

»Danke sehr.«

»Ihr Eindruck, in einem Krimi gelandet zu sein, interessiert mich«, sagte Faith und blickte nachdenklich über Kates Schulter hinweg. »Haben Sie ebenfalls das Gefühl, dass hier ein Verbrechen geschehen ist? Und wenn ja, was für eine Art Verbrechen?«

Die folgende Stille war so vollständig, dass wohl beide in der Erwartung von Kates Antwort den Atem angehalten hatten. Unglücklicherweise hatte der viele Wein Kate ein wenig zugesetzt; sie fühlte sich zu benommen für eine klare Antwort. »Mord vielleicht?«, sagte sie aufs Geratewohl. »Veruntreuung? Diebstahl?« Im Nachhinein erschien ihr das Wort Veruntreuung als Fehler.

»Ich verstehe Ihren Verdacht, es könne ein Mord geschehen sein, sehr gut«, nickte Faith, die sehr trinkfest zu sein schien. »Aber wie kommen Sie auf Veruntreuung?« Sie sprach das Wort bemerkenswert deutlich aus und schenkte Kate noch einen Schluck Wein nach.

»Habe ich das gesagt? Das war wohl nur eine verrückte Idee. Nichts Konkretes jedenfalls.«

»Also keine Anhaltspunkte?« Faith klang enttäuscht, als hätte Kate sie irgendwie im Stich gelassen.

»Nur ein kleiner Drohbrief«, entfuhr es Kate. »Ich habe ihn in einer Akte über Faltblätter gefunden. Er war an eine Rechnung geheftet.«

»Wirklich interessant«, sagte Faith. »Erinnern Sie sich an den Inhalt der Rechnung?«

»Kaum«, sagte Kate, die sich, um der Wahrheit die Ehre zu geben, im Augenblick an kaum etwas erinnerte.

»Und was stand in dem Drohbrief?« Wieso klang Faith Beeton plötzlich wie ein Polizist?

»So etwas wie ›Neugier ist der Katze Tod‹. Das kann natürlich alles Mögliche bedeuten, finden Sie nicht?«

»Vielleicht«, sagte Faith. »Vielleicht weist es aber auch auf etwas ganz Spezifisches hin.«

»Glauben Sie, es war auf mich gemünzt?«

»Oh, ganz bestimmt nicht.«

»Das erleichtert mich.«

Selbst in ihrem benommenen Zustand merkte Kate, dass die Atmosphäre auf der Terrasse sich wieder entspannt hatte.

»Der Gedanke an ein bestimmtes ›Genre‹ missfällt mir zutiefst«, sinnierte Faith, lehnte sich zurück und starrte in ihr Weinglas. Sie redete, als hätten sie das Thema Literatur keine Sekunde lang verlassen. Vielleicht war es ja auch so, dachte Kate. »Man sollte über Literatur im Allgemeinen oder über ein bestimmtes Werk schreiben. Mehrere Werke zu einer Gruppe zusammenzufassen, halte ich für entwertend.«

»Da haben Sie sicherlich Recht«, sagte Kate, die keine Ahnung hatte, worüber Faith redete. »Warum trinken wir nicht unseren Wein aus und gehen ins

College zurück? Ich könnte mir vorstellen, dass man es gerne sähe, wenn wir noch ein oder zwei Stündchen arbeiteten, ehe wir unseren Kram packen und nach Hause gehen.«

Offensichtlich hatte man im College nicht mehr mit ihr gerechnet. Kate bemühte sich, ihr Büro möglichst ungesehen zu erreichen. Als sie jedoch die Tür öffnete, sah sie einen breiten gelben Tweedrücken, der sich über die geöffneten Schubladen ihres Schreibtischs beugte. Sadie war nicht anwesend; der Eindringling befand sich allein im Raum. Zwar fühlte Kate sich immer noch ein wenig angesäuselt, trotzdem hatte sie den Eindruck, dass hier etwas nicht richtig war.

Sie ließ die Tür ins Schloss fallen. Der gelbe Tweed richtete sich erschrocken auf. Er drehte sich um, und Kate erkannte Steven Charleston. Sein Gesicht war röter denn je. Rötliche Augenbrauen hoben sich über blassblauen Augen.

»Ja bitte?«, sagte sie, bemüht, die Situation trotz ihres nicht ganz nüchternen Zustands unter Kontrolle zu behalten. Sie blieb in der Nähe der Tür und hoffte, dass er ihre Fahne nicht bemerkte. Falls es ihm außerdem einfallen sollte, sie anzugreifen, war die Nähe der Tür nicht der schlechteste Platz.

»Kate Ivory?«

»Richtig. Gut geraten. Schließlich handelt es sich hier um mein Büro und meinen Schreibtisch.« Sie blickte ihn forschend an.

»Mein Name ist Steven Charleston. Ich kümmere mich um die Buchführung des Colleges.«

»Ja.« Sie fand es das Beste, nicht zu viele Worte zu machen, und die nach Möglichkeit mit geschlossenem Mund.

»Ich habe mich gefragt, ob Sie vielleicht etwas gefunden haben, das nicht in Chris' Akten gehört. Etwas aus einem gänzlich anderen Bereich.«

»Nein.«

»Er war nicht der Ordentlichste. Manchmal heftete er versehentlich die Papiere von Mitarbeitern in seinen Akten ab.«

»Sie hätten wenigstens vorher fragen können …« Kate zeigte auf die immer noch offen stehende Schublade.

»Sie waren nicht da«, sagte er. »Und der Schreibtisch ist der von Chris, wenn ich mich recht entsinne.«

Kate blickte ihn finster an und wünschte sich sehnlichst, sich hinsetzen zu dürfen.

»Also, Kate – so darf ich Sie doch nennen? –, Sie haben also nichts … sagen wir Merkwürdiges oder Unpassendes gefunden?« Der Mann ließ einfach nicht locker.

»Nur eine Rechnung. Die habe ich Sadie gegeben.« Kate trat näher an den Schreibtisch heran und ließ sich in ihren Stuhl fallen.

»Tatsächlich. Das hat sie mir gar nicht gesagt!«

»Es war sicher nicht wichtig.« Kate gab es auf, ihn vor passivem Alkoholgenuss schützen zu wollen.

Da Charleston noch immer zögerte, das Büro zu verlassen, fügte sie hinzu: »Wahrscheinlich sollten Sie Sadie danach fragen. Ich habe nicht erkennen können, um was es sich genau handelte.«

»Aber Sie informieren mich, sobald Sie noch etwas finden, nicht wahr? Auch über Dinge, die sich vielleicht hinter einer Datei im Computer verbergen.«

»Sie würden mir die Aufgabe erleichtern, wenn ich wüsste, nach was ich Ausschau halten soll.«

»Listen«, sagte Charleston unbestimmt. »Namen vielleicht. Mit Zahlen beschriebenes Rechenpapier.«

Kate musste lachen. »Wenn man Ihnen zuhört, müsste man glauben, dass Chris Townsend ein Erpresser war!«

Einen Moment lang herrschte unangenehme Stille, dann fiel Steven Charleston in ihr Lachen ein. »Sehr witzig!«, prustete er. »Das müssen Sie unbedingt Sadie erzählen.«

»Also, ich muss jetzt noch etwas arbeiten«, sagte Kate in der Hoffnung, er möge endlich gehen.

»An Ihrer Stelle würde ich zuerst einmal eine große Tasse schwarzen Kaffee trinken«, stichelte er, ehe sein krebsrotes Gesicht und gelber Tweed aus ihrem Büro verschwanden.

KAPITEL 7

»... du hättest wissen müssen
Welch Unglück Evas Sündenfall
Der Menschheit bringen würde.«

John Milton, *Paradise Lost, XI*

Würde es dir etwas ausmachen, mit deiner Lebensgeschichte fortzufahren?«

Zophiel hat sein früheres Aussehen wieder angenommen: über vier Meter groß, stark und männlich. Seine Flügel sind von einem schmucklosen Dunkelblau.

»Wozu? Wollen Sie immer noch versuchen zu beweisen, dass ich das geborene Opfer bin?«

»Ich habe nicht behauptet, dass Opfer als solche geboren werden. Allerdings glaube ich, dass das Verhalten eines Menschen während seines Lebens ihn auf eine bestimmte Rolle vorbereitet. Er übt sie in kleinen, alltäglichen Situationen ein, und zwar Schritt für Schritt. In deinem Fall nehme ich an, dass dein Status als Opfer sorgfältig gepflegt und entwickelt wurde.«

»Quatsch!«

»Natürlich kann ich dessen nicht sicher sein, ehe ich nicht mehr gehört habe.«

»Sie wollen also, dass wir den Sinn meines Lebens herausfinden?«

»Wie kommst du darauf, dass ein Leben nur eine Bedeutung hat? Kann man ein Gedicht nicht auf vielfältige Weise interpretieren?«

»Ich dachte, so wäre es. Ich war der Meinung, dass ein Gedicht oder ein bestimmter Lebensabschnitt, die man einmal verstanden hat, ihre Bedeutung ein für alle Mal behielten. Und zwar für immer.«

»Nun, dann lernst du jetzt dazu.«

»Was wünschen Sie zu hören?«

»Am liebsten etwas aus der Zeit zwischen dem Abgang von Dianne und dem Auftreten Brionys. Aus der Interimsperiode sozusagen.«

»Sie sprechen von Viola.«

»Tue ich das?«

»Sie war die erste wahre Liebe meines Lebens.«

»Das hört sich nach einem geeigneten Thema für meine Aufzeichnungen an.«

»Wir haben uns auf der Universität kennen gelernt. ›In meiner Milchzeit, als mein Verstand noch grün!‹, wie es Cleopatra ausdrückt.«

»Oxford?«

»Nicht ganz.«

Wir trafen uns auf der Uni. In London, nicht in Oxford. Möblierte Zimmer und U-Bahn statt mittelalterlicher Treppenhäuser und Stakkähne auf dem Fluss. Wo wir uns kennen lernten? In der Schlange an der Essensausgabe der Mensa. Unsere Tabletts berührten sich, und der Funke sprang über. Ich hatte Steak-Pastete, Pommes frites und eine Beilage aus Mais und Paprika. Sie hatte sich für das vegetarische Essen entschieden, Tofu, ohne Lab zubereiteten Käse und grünen Salat. Dazu trank sie Apfelsaft. In der Mensa gab es nur noch zwei freie Plätze, und die waren zufällig am gleichen Tisch. Unmittelbar ehe sie das Besteck endgültig aus der Hand legte und nach ihrer Jutetasche mit dem Greenpeace-Emblem griff, lud ich sie zur Spätvorstellung im Filmclub ein. Ich weiß noch, es war *Lautlos im Weltraum*. Ich hatte den Film zwar schon zwei Mal gesehen, doch ich nahm an, dass er ihr gefallen würde. Und ich habe Recht behalten.

Danach blieben wir zusammen. Wir nannten es zwar ›miteinander ausgehen‹, aber in Wirklichkeit blieben wir ziemlich oft zu Hause. Zu Beginn des folgenden Semesters fanden wir Studentenbuden im gleichen Haus und verbrachten die Nächte und den größten Teil der Tage zusammen. Es war eine schöne Zeit. Viola hielt sich mit Bergwandern und Yoga fit und beweglich und war in sexuellen Dingen erfrischend offen, was mir nach den langweiligen Mädchen aus der Vorstadt, die ich vor ihr kannte, sehr gut gefiel.

Sie pflegte für mich zu kochen. Ich gewöhnte mich an Körner, Nüsse und viel biologisch angebautes, rohes Gemüse, während sie ihre Diät um Fisch erweiterte. Mit besonderen Messern mit schwarzem Griff zerkleinerte sie kiloweise Grünzeug, beträufelte es mit Sesamöl und würzte es mit Kräutern, die sie auf dem Fensterbrett züchtete. Ich aß Tofu, und sie zeigte sich einverstanden, ab und zu helles Fleisch zu kaufen, vorausgesetzt, es stammte aus biologisch einwandfreier Zucht und wurde so klein geschnitten, dass man es auf dem Teller nicht mehr als totes Tier erkannte.

Während der Sommerferien holte sie Obst aus Selbst-Pflück-Plantagen und machte es auf die sanfteste Weise ein. Sie kochte es so kurz wie eben möglich und erhielt so den intensiven Fruchtgeschmack. Köstlich! Noch heute erinnere ich mich an Violas Anblick, wie sie sich über Erdbeerpflanzen beugte oder Johannisbeeren pflückte, Lippen und Finger mit rotem oder dunklem Saft befleckt. Mein Schrank war voller Marmeladen und Gelees, die wir mit Toast zum Tee verzehrten. (Manchmal benutzten wir sie auch beim Sex, aber ich kann mir kaum vorstellen, dass Sie sich in dieser Hinsicht für Details interessieren.)

Unter Violas Regime bekam ich eine gesunde Gesichtsfarbe. Ich verlor die Pfunde, die ich mir mit der Entdeckung des Biertrinkens eingehandelt hatte. Ich begann, zu joggen und Squash zu spielen und begleitete sie auf Wandertouren durch die walisischen Berge. Außerdem legte ich den Grundstock für die Sonnenbräune, die in späteren Jahren einen guten Teil meiner physischen Anziehungskraft ausmachte.

»Führt diese Geschichte irgendwohin? So köstlich deine Erfahrung zur damaligen Zeit gewesen sein mag, sie ist durchaus nicht unüblich. Bisher hört es sich so an, als ob einer von euch den anderen verlassen und der übrig gebliebene Partner sich unglücklich und verraten gefühlt hätte. Sollte es tatsächlich so sein, kann ich nur gähnen.«

»Nur Geduld, die Geschichte nimmt gleich eine überraschende Wendung.«

Viola und ich schlossen uns gemeinsam der Studentengewerkschaft an, kandidierten für den Vorstand und wurden beide gewählt. Viola als Sekretärin, ich als Schatzmeister.

Haben Sie eine Vorstellung, über wie viel Kapital eine mittlere Studentengewerkschaft in London verfügt? Studentenbeiträge und die Zuschüsse des Colleges bildeten zusammen ein ordentliches Geldpolster, für das ich verantwortlich war. Natürlich gab es Kontrollen und Beschränkungen, um einer Veruntreuung vorzubeugen. Jeder Scheck musste von zwei Vorstandsmitgliedern unterzeichnet werden.

Von Viola und mir zum Beispiel.

Es ist eine allgemein bekannte Tatsache, dass sich eine Frau in einer beglückenden sexuellen Beziehung selten für charakterliche Fehler ihres Partners interessiert. Sie will an ihn glauben; vielleicht braucht sie das. Und Viola, so anspruchsvoll sie in bestimmten Dingen auch sein mochte, war manchmal ausgesprochen naiv. Sie entstammte einer unglaublich wohlhabenden Familie und konnte nicht verstehen, dass manche Leute sich abmühen mussten, um an Geld zu kommen. Sie war nicht verwöhnt oder übersättigt, aber immerhin fuhr sie einen kleinen Gebrauchtwagen. Dank ihres unreflektierten Überflusses lernte sie nie wirklich haushalten. Von ihren Eltern bekam sie eine ausreichende Unterstützung, die alle zwei Monate auf ihr Bankkonto überwiesen wurde. Gegen Ende des ersten Monats ging ihr regelmäßig das Geld aus. Ich streckte ihr etwas vor, und sie stellte mir einen Scheck aus, sobald ihre Unterstützung kam. Ihr Auto kam nicht über den TÜV – ich bezahlte die Reparatur. Sie hatte kein Geld für die Miete – ich gab es ihr in bar. Alles, was ich ihr vorstreckte, gab ich ihr in bar. Sie war zu unbewandert in finanziellen Dingen, als dass sie sich gefragt hätte, woher das Geld kam. Vielleicht wollte sie es auch nicht wissen. Allerdings war mein System inzwischen so ausgeklügelt, dass es eines weit intelligenteren Mädchens als Viola bedurft hätte, es zu durchschauen, selbst wenn sie es gewollt hätte.

»Ich glaube, ich möchte an dieser Stelle unterbrechen«, sagt Christopher.

»Warum? Jetzt wird es gerade interessant.«

»Mir gefällt das Gefühl der Macht, das ich verspüre, wenn ich das Ende der Geschichte hinauszögere. Den Rest erzähle ich Ihnen morgen. Und fangen Sie mir bloß nicht wieder damit an, dass die Vorstellung von Zeit Ihnen fremd ist. Ich bin sicher, allmählich gewöhnen Sie sich daran. Genau wie ich mich an die Vorstellung von Ewigkeit gewöhne.«

Kate saß in der Kaffeeküche hinter dem Büro und trank Kaffee, als Annette Paige und John Clay eintraten. Sadie war allein zurückgeblieben und damit beschäftigt, den Leuten für das nächste Projekt, die Erweiterung der Bibliothek, Geld aus der Tasche zu leiern. Die Kaffeeküche war so klein, dass man zwangsläufig vertraulich miteinander umgehen musste.

»Wie ich sehe, gönnen Sie sich ab und zu eine Pause von Ihrer Schriftstellerei«, begann John Clay.

Kate fühlte sich in die Defensive gedrängt und antwortete munter: »Richtig, das muss sein.« Dabei schenkte sie ihm ein strahlend unehrliches Lächeln.

»Und wie geht es mit den Vorbereitungen für die Landung des Heuschreckenschwarms voran?«, fragte er.

»Meinen Sie die Teilnehmer an unserem Workshop? Oh, ich glaube, dass alles ziemlich gut klappt«, erklärte Kate voller Vertrauen.

»Ich hoffe, Sie haben mit der Druckerei telefoniert. Die bekommen die Faltblätter nie und nimmer fertig, wenn man ihnen nicht auf die Füße tritt«, sagte John.

»Interessant, wie genau hier alle so wissen, was ich zu tun habe«, meinte Kate.

»Sie sollten das beobachten«, bemerkte John. »In dieser Abteilung ist es nicht unbedingt angebracht, sich in die Karten schauen zu lassen. Behalten Sie Ihre Arbeitsbereiche lieber für sich.«

»Ich kann mir eigentlich nicht vorstellen, dass es viel Geheimniskrämerei um unsere Studenten gibt«, gab Kate zurück.

»Studenten! Heuschrecken! Sind doch alles nur Parasiten«, knurrte Annette, nippte geziert an ihrem Kaffee und knabberte an einem fettfreien Keks.

Kate biss herzhaft in einen Schokoladenriegel. »Denken Sie doch nur an das Geld, das sie dem College einbringen!« Sie krümelte Schokoladensplitter auf ihre schwarzen Jeans und wischte sie achtlos weg. Annette starrte sie an. »Zweihundertvierzehn Studenten, die zwei Wochen lang Tag für Tag hundertfünfundneunzig Pfund abdrücken, das macht … na ja, jedenfalls eine ganze Menge.«

»Genau das gehört zu den Dingen, die ich an Ihrer Stelle besser für mich behalten würde«, sagte John. »Geld ist in diesem College eine heikle Angelegenheit.«

»Ganz davon abgesehen – wir haben schließlich auch Ausgaben. Außerdem stören die Leute den normalen Betriebsablauf«, schimpfte Annette. »Und dann die Mehrarbeit! Normalerweise ist es in der Finanzverwaltung um diese Jahreszeit eher ruhig, jetzt müssen wir das Doppelte bewältigen. Man mutet uns eine ganze Menge zu!«

Kate brachte es fertig, nicht darauf hinzuweisen, dass Annette wahrscheinlich einen festen Vertrag und damit ein normales Anrecht auf Urlaub hatte. »Die Teilnahmegebühr deckt sämtliche Ausgaben«, sagte sie stattdessen. »Und da ich mich während ihrer Anwesenheit im College um sie kümmere, dürften Sie sich in diesem Jahr nicht sonderlich gestört fühlen.«

»Seien Sie nicht zu voreilig. Die Sache ist längst nicht so leicht, wie Sie glauben«, unkte Annette. »Warten Sie nur, bis die Leute erst da sind, dann werden Sie schon sehen! Außerdem sollten Sie sich mit Ihrem Benehmen vorsehen. Einige dieser Typen sind ziemlich kleinlich. Und wenn zu viele Klagen über Sie kommen, sind Sie Ihren Job im Handumdrehen los.« Die Aussicht darauf schien ihr zu gefallen.

»Ich werde das Kind schon schaukeln«, behauptete Kate forsch. »Ich bin ziemlich anpassungsfähig. Und außerdem glaube ich, dass am Ende des Workshops ein ziemlicher Profit für das College herausspringen wird; ich rechne also eher mit einem dicken Dankeschön.«

»Es ist ja nicht so, als ob das Geld wirklich gebraucht würde«, erklärte Annette und veränderte damit den Gesprächsverlauf. »Das College ist in Wirklichkeit ungeheuer reich.«

»Ich bin sicher, auch hier muss um jeden Penny gekämpft werden – wie in allen anderen Colleges auch«, protestierte Kate.

»Schauen Sie sich doch nur an, wofür hier Geld ausgegeben wird«, warf John ein.

»Meinst du den neuen Tafelaufsatz, oder wie das Ding heißt, im Aufenthaltsraum der Professoren?«, fragte Annette.

»Es ist ein Tafelaufsatz aus dem frühen neunzehnten Jahrhundert, und zwar aus Goldbronze«, klärte John sie auf. »Dekoriert mit Cherubim, die eine Rebe halten.«

»Klingt scheußlich«, bemerkte Kate.

»War aber teuer«, sagte John. »Haben Sie sich noch nie gefragt, wie viel Gehalt unser hübscher Finanzverwalter bekommt?«

»Ich nehme an, das Übliche«, erwiderte Kate und wunderte sich über sich selbst. Seit wann verteidigte ausgerechnet sie das Establishment?

»Wieso kann er sich dann ein solches Auto leisten?«, fragte John triumphierend.

»Und die teuren Urlaubsreisen«, fügte Annette hinzu. »Ich würde auch gerne mal nach Marokko oder Neu Mexiko fliegen, aber da muss man wohl besonderes Glück haben.«

»Was wollen Sie damit andeuten?«, hakte Kate so neugierig wie immer nach.

»Der Quästor gehört in diesem College zum akademischen Personal«, sagte John. »Deshalb hat er auch einen Assistenten. Mich nämlich«, setzte er unnötigerweise hinzu. »Von Rechts wegen sollte ich ebenfalls den Titel Quästor tragen.« Er schien einen alten Missstand anzusprechen.

»Eines Tages wird es so weit sein«, besänftigte Annette. »Wenn alles aufgedeckt wird«, fügte sie geheimnisvoll hinzu.

»Es gibt hier auch noch einen Buchhalter und einen Verwalter«, fuhr John fort. »Der Quästor jedoch hat die alleinige Kontrolle über sämtliche Finanzen des Colleges, was ihm eine ziemliche Macht verleiht.«

»Wollen Sie etwa behaupten, dass der Finanzverwalter – dieser nette Robert Grailing – sich schmieren lässt?«, fragte Kate freiheraus.

»Oh, das haben wir nicht gesagt«, erklärte John, setzte seine Tasse entschlossen auf die Untertasse und stellte beides auf das Tablett.

»Wir würden nie jemanden beschuldigen«, sagte Annette, steckte das letzte Stück trockenen Keks in den Mund und kaute ausgiebig.

»Aber es gibt hier einige recht zweifelhafte Studenten, die in Promotionsstudiengänge eingeschrieben sind.« John stand auf und ging zur Tür. »Studenten aus ziemlich reichen Familien.«

»Und es gibt auch Gerüchte darüber, auf welche Weise am Bartlemas College ausgeschriebene Baumaßnahmen zugeteilt werden«, fügte Annette hinzu und folgte ihm.

»Aber darüber werden wir nicht informiert. Jeder hütet sein kleines Geheimnis. Wir schnappen nur hier und da etwas auf«, fuhr John, schon an der Tür, fort.

»Uns sagt ja keiner etwas!«, pflichtete Annette ihm bei.

»Wahrscheinlich ist es das Beste, nichts herumzutratschen«, war John noch zu hören.

»Das Komitee trifft sich in zehn Minuten«, sagte Annette. »Seien Sie bitte rechtzeitig da.«

»Ich wollte sowieso gerade wieder an die Arbeit gehen«, murmelte Kate gedankenverloren. Doch nachdem die Kaffeeküche nun endlich leer war, machte sie sich noch eine Tasse Kaffee und trank sie in glückseligem Schweigen.

Kate hatte gerade noch Zeit, ihren Kalender und die Unterlagen für die Versammlung zu holen und sich auf den Weg in Hörsaal Vier zu machen. Erfreut registrierte sie, dass Annette bereits anwesend war; sie würde wohl Protokoll führen. Kate hasste es, Protokoll zu führen, weil man sich dann weniger dem Gesagten widmen konnte.

Das Meeting stellte sich als durchaus interessant heraus.

»Erster Tagesordnungspunkt: die Anthologie«, verkündete Robert Grailing, der den Vorsitz führte. »Ich glaube, darüber gibt es nicht viel zu sagen …«

»O doch!«, meldete sich Harry Bickerstaff schnell und lautstark zu Wort.

Rob sah ihn verständnisvoll, aber gelangweilt an. »Was bereitet Ihnen daran Sorgen, Harry? Soviel ich weiß, ist alles so weit klar.«

»Ich wurde nicht um einen Beitrag gebeten«, beschwerte sich Harry. Rob wirkte leicht aus der Fassung gebracht. »Außerdem hatte ich erwartet, sie herausgeben zu dürfen. Immerhin bin ich der dienstälteste Autor hier.«

»Aber Harry …«, setzte Rob an.

»Man hat mir berichtet, dass eine gewisse Senta Norris sich darum kümmert«, fuhr Harry fort, ohne sich um Rob zu kümmern. »Ich habe noch nie von der Frau gehört. Wer ist das eigentlich?«

»Tja, Henry«, meldete sich eine Frau in den Zwanzigern mit scharlachroten Fingernägeln und passend gefärbtem Haar zu Wort, »das bin wohl ich. Sie finden mein neuestes Buch *Geißel der Leidenschaft* in jeder Buchhandlung bei den Bestsellern. Und ich werde die Zusammenstellung der Anthologie übernehmen, falls Sie verstehen, was ich meine.«

»Die Besonderheit einer Anthologie liegt aber darin, dass sie aus Beiträgen unterschiedlicher Autoren besteht«, wandte Harry ein.

»Nicht unbedingt. Mein Agent hat uns einen echt guten Vertrag mit Fergusson's in Aussicht gestellt, und da ich schon dort verlegt werde, war es nur natürlich, dass mein Name auf dem Titel steht.« Senta nahm eine lange Zigarettenschachtel aus der Handtasche und machte Anstalten, sich eine anzuzünden; nachdem sie jedoch Robs Blick auf sich ruhen fühlte, besann sie sich eines Besseren und steckte die Zigaretten wieder ein.

Harry öffnete den Mund, Rob kam ihm jedoch zuvor.

»Gut, Senta. Ich glaube, das wäre geklärt. Harry, wenn Sie wollen, können wir später noch darüber reden, aber ich glaube, wir sollten jetzt zum nächsten Tagesordnungspunkt übergehen. Angela?«

»›Presse und Werbung‹«, verkündete Angela Devitt. Kate kannte ihren Namen vom Titel vieler bunt gebundener Kriminalromane. Angela war klein, grauhaarig und trug ein Top aus beigefarbenem Jersey mit passendem Rock – beides sah ziemlich formlos aus.

»Ah, Angela, ich habe gehört, dass du dich um die Presseangelegenheiten kümmerst«, hörte man wieder Harry Bickerstaff. »Ich wurde bisher noch um kein einziges Interview gebeten. Könntest du dich vielleicht erkundigen, was für mich arrangiert ist, und mich wissen lassen, wann und wo es stattfindet?«

»Tut mir Leid, Harry. Du weißt selbst, wie schwierig es ist, Schriftsteller ins Radio oder ins Fernsehen zu bringen – außer natürlich, wenn es einen Skandal gibt.«

»Aber ich dachte, du hättest uns einiges an Berichterstattung sichergestellt«, hakte Rob nach.

»Nun, ich selbst bin für die erste Woche unseres Workshops zu *Kaleidoskop* eingeladen worden. Außerdem hat man mich beauftragt, eine fünfteilige Sendereihe zu schreiben, die Radio Vier von dieser Woche an sendet. Kriminalgeschichten scheinen derzeit das gefragteste Genre zu sein.«

»Und was ist mit der Presse?«

»Richtig. Ich habe ein Stück für den *Guardian Women* geschrieben und bin für die *Oxford Times* interviewt und fotografiert worden.«

»Mir ist aufgefallen, dass in der Zentralbibliothek deine sämtlichen Werke ausgestellt sind«, meldete sich Harry wieder zu Wort. Düster runzelte er seine dichten Augenbrauen und kratzte sich gedankenverloren den dicken Bauch.

»Ja, und was ist mit uns anderen, Angela? Du weißt schon, was ich meine!«, ließ sich Senta vernehmen.

»Ich tue, was ich kann, aber so einfach ist das auch wieder nicht, liebste Senta.« Sie kritzelte ein von einem Dolch durchbohrtes Herz auf ihr Notizpapier. Erst, nachdem sie einen besonders wohlgeformten Blutstropfen vollendet hatte, fuhr sie fort: »Ich bin mir außerdem nicht ganz sicher, ob *Geißel der Leidenschaft* unbedingt das Genre des Oxforder Literaturpublikums repräsentiert.«

»Vielen Dank, Angela«, fuhr Rob hastig dazwischen.

»Wie sieht es mit der Unterstützung durch die Oxforder Buchhändler aus? Harry? Sie sind doch mit den Kontakten zu den Buchhändlern beauftragt, nicht wahr?«

»Könntest du vielleicht bei Blackwell's anrufen und mir einen Termin zum Signieren besorgen?«, warf Angela schnell ein.

»Ich selbst signiere diese Woche bei Blackwell's. Zu viele solcher Termine wären inflationär, das verstehst du doch sicher«, erklärte Harry.

»Apropos Inflation – ich habe gesehen, dass du auch bei Dillons signierst, dann in dieser netten kleinen Buchhandlung in Summertown und im Museum of Modern Art. Findest du das nicht ein bisschen gierig, mein lieber Harry?«, bemerkte Angela spitz. Senta sah aus, als würde sie ihm am liebsten mit ihren langen, roten Fingernägeln an die Gurgel gehen. Doch Harry strahlte sie nur an und kratzte sich weiter.

»Ich scheine auch nach all den Jahren nicht an Popularität verloren zu haben«, sagte er.

»Ich habe auf jeden Fall die *Oxford Mail* für ein Foto in ihrer Zeitung gewinnen können«, verkündete Angela. »Sie wollen ein Gruppenfoto von uns allen veröffentlichen.«

»Mit allen zweihundertvierzehn Studenten samt Autoren und Tutoren?«, erkundigte sich Harry.

»Ich tue mein Bestes«, antwortete Angela. Es klang ehrlich.

»Gut. Gehen wir zum nächsten Tagesordnungspunkt über.« Rob Grailing wirkte ein wenig gehetzt.

Auf dem Weg in ihr Büro überlegte Kate, ob wirklich alle nur auf ihren eigenen Vorteil aus waren. Arbeitete hier tatsächlich niemand für die Sache an sich? Wäre es vielleicht möglich, der Leseliste ihren eigenen Namen und ihre Buchtitel hinzuzufügen? Sollte sie vielleicht in der Mittagspause eben kurz in die Buchhandlung gegenüber springen und sicherstellen, dass man dort alle ihre Bücher auf Lager hatte?

In der Entwicklungsabteilung telefonierte Sadie in schmeichelhaftestem Tonfall. Kate beschloss, sich den Faltblättern zu widmen, und holte die Akte hervor. Die knallblaue Dokumentenmappe lag in der obersten Schublade. Kate hielt inne. Hatte sie sie tatsächlich dort hingelegt? Aber wer würde schon in der Korrespondenz zwischen dem College und einer Druckerei herumschnüffeln wollen? Kate vergrub sich in die Unterlagen. Sadie telefonierte noch immer, und zwar offenbar mit der gleichen Person. Kate spitzte die Ohren.

»Sie erinnern sich doch sicher, wie schwierig es damals kurz vor Ihrem Abschluss war, in der Bibliothek ein ruhiges Plätzchen zu finden, Mr Kent«, flötete sie. »Nun, wir haben vor, einen kleinen Lesesaal anzubauen, wo es ganz ruhig ist und wo seriöse Studenten ungestört von ihren wilderen Kommilitonen arbeiten können. Nein, natürlich will das College die ausschließlich an ihren Büchern Interessierten nicht vertreiben.« Das Telefon quäkte leise. »Richtig, ich bin ebenfalls der Meinung, dass das Rudern heutzutage nicht mehr den gleichen Stellenwert hat wie zu Ihrer Zeit, aber ich kann mir nicht vorstellen, dass die Veränderung ausschließlich auf die Tatsache zurückzuführen ist, dass wir seit einiger Zeit auch weibliche Studenten ins College aufnehmen. Natürlich ist nichts gegen einen fröhlichen Spaß hier und da einzuwenden, aber ...« Sadie verzog das Gesicht und hielt den Hörer ein Stück weit von ihrem Ohr entfernt, bis das Quäken aufhörte. »Darf ich Sie für eine Spende notieren? Ich darf!« Sie klang überrascht und schrieb eine Summe auf, die ziemlich viele Nullen zu enthalten schien. »O ja, das ist wirklich großzügig. Ihr Name wird natürlich auf der Messingplakette erscheinen, auf der wir unsere Wohltäter verewigen, und selbstverständlich auch in unserer Hauszeitschrift veröffentlicht. Nein, schicken Sie mir jetzt noch keinen Scheck. Ich sende Ihnen zunächst unser Informationsmaterial zu. Darin finden Sie alle notwendigen Details sowie die Angabe des Fonds, auf den Sie den Scheck ausstellen können. Vielen Dank, Mr Kent, dass Sie mir Ihre wertvolle Zeit geopfert haben. Auf Wiederhören.« Sie pfiff durch die Zähne, hakte einen Namen aus der Liste vor ihr ab und wählte erneut.

Kate wandte ihre Aufmerksamkeit wieder ihrer eigenen Arbeit zu. Sie blätterte die Unterlagen durch, bis sie den Brief der Druckerei fand, mit dem der verbindliche Preis und das Lieferdatum vereinbart worden war. Sie stutzte, hielt den Atem an und sah noch einmal genauer hin.

Jemand hatte eine fluoreszierende Haftnotiz an das Blatt geklebt, auf der mit grünem Filzschreiber stand:

Katze ist falsch geschrieben!, hätte sie am liebsten ausgerufen. Doch sie ahnte, dass derjenige, der diesen Zettel geschrieben hatte, sehr genau wusste, was er tat.

Aber wer hatte ihn geschrieben? Wer hatte ihn dort hingeklebt? John? Annette? Sadie? Der Quästor? Der Rektor, die Frau des Rektors, der Sekretär? Jeder von ihnen hätte die Möglichkeit gehabt, für ein, zwei Minuten in ihr Büro zu kommen und die Haftnotiz auf den Brief von der Druckerei zu kleben. Selbst den Buchhalter, Faith Beeton und sogar Senta Norris könnte sie ihrer Liste ohne weiteres hinzufügen. Aber warum? Hatte John Clay etwa beabsichtigt, dass sie genau diesen Ordner öffnete, als er sie an die Faltblätter erinnerte? Hatten Annette und er sich gegen sie zusammengetan? Hatte der Mensch im gelben Tweed etwas gesucht oder vielleicht ihren Akten etwas hinzugefügt? Kate versuchte sich zu erinnern, ob die blaue Mappe nach Steven Charlestons Besuch schon in der obersten Schublade gelegen hatte, doch sie wusste es nicht mehr.

Die Notiz selbst bot nur wenige Anhaltspunkte. Die Schrift war unpersönlich und nicht zuzuordnen. Der Filzschreiber konnte aus dem Schrank mit Büromaterial stammen, und jeder im Büro verfügte über fluoreszierende Haftzettel. An jedem Bildschirm und auf allen Schränken klebten solche Zettel mit irgendwelchen Notizen oder Hinweisen. Wenn sich aber die erste Warnung an Christopher Townsend gerichtet hatte, was verband Kate und ihn? Der Text war der Gleiche wie auf dem Zettel, der auf der Rechnung mit dem roten Vermerk geklebt hatte. Nur das Wort »Katze« war anders geschrieben. Und Christopher war inzwischen tot. Kate mochte den Gedanken nicht zu Ende denken.

Aber wieso machte sie sich eigentlich solche Sorgen? Bestimmt gefiel bloß irgendwem ihr Gesicht nicht – oder ihre Stimme oder ihre eigensinnige Art. Damit konnte sie leben. Hatte nicht Sadie sie kürzlich darauf angesprochen, dass sie sich anscheinend schnell Feinde machte? Kate dachte daran, wie Sadie ihr an jenem ersten Morgen die falsch abgeheftete Rechnung weggeschnappt hatte. Jawohl, Sadie war am verdächtigsten. Kate beschloss, sich um mehr Freundlichkeit gegenüber ihren Kollegen zu bemühen und gehässige kleine Zettel nicht weiter zu beachten. Es war sicher purer Zufall, dass Chris Townsend eine ähnliche Warnung erhalten hatte und jetzt nicht mehr lebte. Kate atmete tief durch und bereitete sich innerlich darauf vor, Sadie mit den Tatsachen zu konfrontieren. Genau in diesem Moment jedoch legte Sadie den Hörer auf, schnappte sich einen Manila-Umschlag und verließ das Büro. Kate würde später mit ihr reden müssen.

Sie wählte gerade die Nummer der Druckerei, als sie hörte, wie die Tür aufging. Hastig verbarg sie den Zettel unter dem Ordner. Jemand betrat das Büro genau in dem Augenblick, als Kate mit ihrer Ansprechpartnerin verbunden wurde.

»Mrs Norton? Hier ist Kate Ivory vom Bartlemas College. Ich wollte nur gerne wissen, wie Sie mit den Faltblättern für unseren Workshop vorankommen. Ach, Sie liefern sie morgen? Ja, aber natürlich ist das noch rechtzeitig. Wunderbar! Vielen Dank!«

Es gab also gar keine Probleme mit der Druckerei! Warum aber wurde dann ein solcher Wirbel gemacht? War ihre Aufmerksamkeit bewusst auf diesen Ordner gelenkt worden?

»Hallo!«

Kate hatte völlig vergessen, dass jemand eingetreten war, während sie telefonierte. Er hatte die ganze Zeit an der Tür gestanden und sie schweigend beobachtet.

»Ich könnte wieder gehen und zurückkommen, wenn Sie besser drauf sind«, sagte er.

»Wie?« Kate bemerkte, dass sie die ganze Zeit unwirsch die Stirn gerunzelt hatte, und setzte eine freundlichere Miene auf. »Nein, nein, bleiben Sie nur. Ist schon okay.«

Rob Grailing schlenderte durch das Zimmer, nahm irgendwelche Dinge in die Hand und stellte sie wieder hin. Kate fühlte sich an einen ihrer Freunde erinnert, der sich oft ähnlich verhielt. Sie fragte sich, was Rob von ihr wollte.

»Kommen Sie gut voran?«, fragte er schließlich und ließ sich auf Sadies Stuhl fallen. »Oder haben Sie Probleme?«

»Nein«, erwiderte Kate in scharfem Ton. »Sollte ich welche haben?«

Er lächelte. Ein nettes Lächeln, dachte sie. Fast attraktiv. Auch das erinnerte sie an ihren Freund Paul Taylor. Ihren freundlichen, zuverlässigen Freund, Detective Sergeant Paul Taylor. Demnach musste Rob Grailing in Ordnung sein, oder?

»Ich glaube Ihnen aufs Wort, dass alles in Ordnung ist«, sagte er besänftigend. »Man hat Sie uns wärmstens empfohlen.« Leider ließ er sich darüber nicht weiter aus. Empfohlen? Von wem? Und als was?, überlegte Kate. »Sie haben keinerlei Grund, sich Sorgen wegen Ihres Jobs zu machen. Niemand wird Ihnen die Arbeit wegnehmen«, fuhr er fort. »Haben Sie übrigens schon Kaffeepause gemacht?«

Kate fühlte sich versucht, »Nein« zu sagen, aber das hätte ihr nur wieder Ärger mit John Clay und Annette Paige eingehandelt. Also sagte sie: »Habe ich.« Allerdings ließ sie es bedauernd klingen.

»Hätten Sie dann vielleicht Lust, mit mir zu Mittag zu essen?«, fragte er. »Wir könnten bei dieser Gelegenheit einige Dinge klären. Oben an der Straße gibt es einen netten Pub. Dort kocht man sogar vegetarisch.«

»Ich mag auch tote Tiere«, sagte Kate. »Um wie viel Uhr?«

»Viertel vor eins am Pförtnerhäuschen«, erwiderte Rob.

»Gut.«

»Bis später.«

KAPITEL 8

Oxford, du bist die Blume unter den Städten!
Juwel der Freude, Jaspis der Fröhlichkeit.

Unbekannter Verfasser

Ist jetzt Morgen?«

»Kann schon sein.«

»Erzählst du mir den Rest der Geschichte mit Viola?«

»Finden Sie sie nicht zu langweilig? Zu vorhersehbar?«

»Ich bin sicher, du baust in absehbarer Zeit eine unerwartete Wendung ein.« Zophiel ist heute sehr höflich, fast unterwürfig. Christopher stellt fest, dass seine eigene Vorstellung von Zeit zu verschwimmen beginnt. Er kann kaum noch die Tage voneinander unterscheiden. Doch er spürt, dass er weit genug entfernt von seiner letzten Erzählung ist, um gern fortzufahren.

Vielleicht sollte ich Ihnen zunächst erklären, was ich veranlasst hatte, um mir ein zusätzliches Einkommen zu verschaffen.

Ich hatte eine Gesellschaft innerhalb des Colleges erfunden. Ich weiß nicht mehr, mit was genau sie sich angeblich beschäftigte, doch der Name klang überzeugend genug, um Viola zu täuschen. Genau wie jeden anderen, der die Rechnungen und Briefe zu Gesicht bekam, die ich fabrizierte, wenn es notwendig wurde. Es war relativ problemlos, Geld aus dem Kapital des Colleges in meine fiktive Gesellschaft umzuleiten. Die Schecks, die ich für gleichermaßen fiktive Ausgaben ausstellte, wurden von Viola als Sekretärin gegengezeichnet. Ich stellte sicher, dass solche Schecks immer mit anderen, und zwar echten, zusammen auf den Tisch kamen und auf die erfundene Gesellschaft ausgestellt waren. Die Schecks löste ich grundsätzlich in bar ein, indem ich mir den Namen eines Schatzmeisters ausdachte. Natürlich landete das Geld in meiner eigenen Tasche und wurde von Viola gewaschen, wenn sie mir den Vorschuss für ihr Auto, die Miete oder ein neues Kleid für den College-Ball zurückzahlte. Leider war es Violas Name, nicht meiner, auf den das Konto der vorgeblichen Gesellschaft lief. Ich konnte ihre Unterschrift recht gut imitieren, und es war ihre nachgemachte Unterschrift, zusammen mit einem erfundenen Namen und der zugehörigen Unterschrift, mit der ich das Konto eröffnete. Als die Geschichte schließlich aufflog, war es unglücklicherweise Viola, auf die die Universitätsbehörden aufmerksam wurden.

Sie nahm es mir sehr übel. Natürlich wurde sie der Hochschule verwiesen. (Wir waren nicht in Oxford, wo Studenten »relegiert« werden; unser College bevorzugte den deutlicheren Ausdruck.) Mir wurde ein gewisses Maß an Sympathie zuteil, weil ich auf diese kleine Trickbetrügerin hereingefallen war. Ich fürchte, Viola hinterließ bei ihrer Befragung nicht den besten Eindruck. Sie errötete, stammelte herum, widersprach sich. Zunächst versuchte sie, mich zu entlasten, dann beschuldigte sie mich. Erst zu diesem Zeitpunkt wurde ihr klar, was geschehen sein musste und dass ich sie zum Narren gehalten hatte. Ihre Widersprüche und die Art und Weise, wie sie die Geschichte im Lauf der Zeit veränderte, sprachen unglücklicherweise gegen sie.

»Was wurde aus ihr?«

»Sie verließ die Uni ohne Abschluss. Wahrscheinlich kehrte sie zu ihren Eltern zurück, aber ich hatte später keinen Kontakt mehr zu ihr. Ich machte meinen Abschluss wenige Monate später und bekam ganz gute Noten. Ich bewarb mich bei einer bekannten Wohlfahrtseinrichtung als Kapitalbeschaffer. Ich glaube, ihnen gefiel die Geschichte leichtgläubiger Einfalt, die ich ihnen lieferte, zusammen mit dem Versprechen, nie wieder auf ein ehrliches, hübsches Gesicht hereinzufallen.«

»Und das war alles? Bist du tatsächlich völlig umsonst davongekommen?«

»Nein, nicht ganz.«

»Ich könnte mir vorstellen, dass Viola sehr verärgert war, als sie bemerkte, was du getan und wie du sie benutzt hast. Hat sie dir eine Szene gemacht?«

»Ja, in der Mensa. Sie wurde tätlich. Es war eine ziemlich schmutzige Angelegenheit, weil sie mich mit Spinat, Ricotta-Cannelloni und einer Schüssel Pudding mit Fruchtsoße bewarf, was mir allerdings weitere Sympathien bei meinen Freunden verschaffte. Viola wurde fortgeschafft, natürlich sehr sanft, und ich dachte, ich würde sie nie mehr wiedersehen.«

»An deiner Stimme erkenne ich, dass du mir den letzten Teil der Geschichte in unserer nächsten Sitzung erzählen wirst.«

»Ganz richtig.«

»Haben Sie das hier gesehen?«, fragte John Clay, als Kate auf dem Weg zur Pförtnerloge durch sein Büro kam. Er hielt ihr eine Zeitung hin.

Widerstrebend trat Kate zu ihm, um zu erfahren, was er meinte.

»Hier«, sagte er und warf ihr die Ausgabe zu. Mit boshaften, hellen Augen verfolgte er, wie sie las. Es war ein Bericht über die Untersuchung des Todes von Christopher Mark Townsend. Hastig überflog Kate die Zeilen, während sie sich die ganze Zeit Johns Blick bewusst war.

Todesursache waren ein Schädelbruch sowie verschiedene andere Verletzungen. Depressionen lagen nicht vor. Auch seine Gesundheit ließ nichts zu wünschen übrig. Er hatte keinerlei Geldsorgen. Seine Ehe war glücklich und gut. Er hatte ein leichtes Mittagessen zu sich genommen: Quiche, Ratatouille, Kaffee, und dabei höchstens einen Viertelliter Bier getrunken. Außer ihm hatte sich niemand auf dem Dach aufgehalten. Ein Unfall.

»Danke«, sagte Kate und gab die Zeitung zurück.

»Ich war da«, meldete sich Annette. »Bei den Verhören durch den Coroner, meine ich. Man hatte mich als Zeugin geladen. Ich sollte berichten, ob es unmittelbar vor dem Unfall irgendwelche besonderen Ereignisse gegeben hätte.«

»Wie betrüblich für Sie«, sagte Kate ihr mitten ins erregte Gesicht.

»Finden Sie es nicht merkwürdig?«, fragte John. Kate befand sich bereits auf dem Rückzug.

»Warum sollte ich?«, fragte sie zurück und schlüpfte hinaus.

Als sie jedoch die Treppe hinunter und über den

Hof ging, überlegte sie angestrengt, wer das Gerücht verbreitet haben mochte, dass Chris betrunken war und auf dem Turm herumrandaliert hatte. Von einem Viertelliter Bier wird man nicht beschwipst. Sie nahm die Abkürzung durch den Dozentengarten, stellte dann aber fest, dass sie einige Minuten zu früh dran war. Da sie nicht allzu interessiert an ihrem Treffen mit Rob Grailing erscheinen wollte, setzte sie sich auf eine Holzbank und bewunderte die Aussicht, die ein begrünter Gartenweg auf eine steinerne Nymphe in dunklem Pflanzendickicht eröffnete. Neben ihr prunkte ein rosa Hibiskus. Geißblatt-Duft lag in der Luft. Es war wunderschön in diesem kleinen Park. Honor und Briony hatten vielleicht doch einige Ahnung von der Gärtnerei.

Während Kate jedoch im flirrenden Sonnenlicht unter goldgrünem Blattwerk entspannt dasaß, drängten sich wieder düstere Gedanken in den Vordergrund. Der Notizzettel mit der geheimnisvollen Warnung kam ihr in den Sinn.

Neugier ist der Katze Tod

Kate wurde klar, wie bewusst sie die Augen vor der Tatsache verschlossen hatte, dass Christopher Townsends Tod kein Unfall und die kleinen Zettel nicht nur dumme Scherze waren. Die Version vom Hergang des Unfalls, die besagte, dass Chris zunächst fröhlich mit Freunden gezecht hatte und anschließend bei der Überprüfung der Besichtigungstour für die Studenten auf dem Turm ausgeglitten und über die Zinnen gestürzt war, hatte immer schon unwahrscheinlich geklungen. Ohne Alkoholeinfluss war ein solcher Absturz unmöglich. Damit allerdings bekamen die Warnungen einen bedrohlichen Charakter. Falls nämlich Christopher ermordet worden war, musste es an seiner Neugier gelegen haben. Neugier worauf? Dennoch war der Coroner zu dem Schluss gekommen, dass es sich bei Chris' Tod um einen Unfall gehandelt hatte. Kate musste unbedingt ein paar Worte mit dem Beamten des Coroners reden – und sie hatte eine bestimmte Ahnung, um wen es sich da handelte.

Das Mittagessen bei Faith Beeton kam ihr in den Sinn. Warum hatte Faith sie zu sich nach Hause eingeladen? Kate wusste nicht mehr genau, worüber sie gesprochen hatten. Über Genre-Romane? Über Krimis? Trotz ihrer ungenauen Erinnerung an das Mittagessen war der Eindruck geblieben, dass Faith sie nach Informationen ausgehorcht hatte. Außerdem fiel ihr ein, dass Faith von dem, was sie durch Kate erfahren hatte, enttäuscht gewesen war. Gehörte Faith etwa auch zu den Menschen, die ganz anders waren, als sie auf den ersten Blick erschienen? Aber wem sollte man überhaupt noch trauen, wenn nicht einer Dozentin für englische Literatur?, überlegte sie.

Sie warf einen Blick auf die Uhr. Zwei Minuten zu spät. Das war akzeptabel, dachte sie, und machte sich auf den Weg zur Pförtnerloge.

Der Weg führte sie an dichten Büschen vorbei. Das Geräusch ihrer Schritte wurde von der weichen Erde verschluckt. Plötzlich hörte sie Stimmen. Sie sah niemanden, doch die Stimmen befanden sich ganz in der Nähe. Kate spitzte die Ohren.

»… hat keinen Sinn, sich zu beklagen. Wir brauchten jemanden, der seine Stelle übernehmen konnte.

Die Mitarbeiter in der Finanzverwaltung können das nicht alles zusätzlich zu ihrer Arbeit bewältigen.«

»Aber warum musste es eine derart gewitzte Person sein?«

»Nun mal halblang! Diese Ivory ist keinesfalls eine Intellektuelle.«

Aha, man sprach also über sie! Kate blieb stehen, steckte ihren Kopf halb in die Büsche und lauschte.

»Nein, natürlich nicht. Aber sie ist der neugierigste Mensch, der mir je über den Weg gelaufen ist. Hast du gemerkt, wie aufmerksam sie jedes Gespräch verfolgt? Ich traue ihr durchaus zu, dass sie sich Notizen macht. Wahrscheinlich taucht die gesamte Belegschaft in ihrem nächsten Buch auf.«

»Ist doch egal. Sie schreibt romantischen, pseudohistorischen Kitsch, keine Kriminalromane.«

»Trotzdem, du solltest etwas gegen sie unternehmen. Wir dürfen sie auf keinen Fall so weitermachen lassen.«

Die Stimmen entfernten sich, und Kate konnte nichts mehr verstehen. Leider hatte sie die beiden Sprecher auch nicht identifizieren können. Beide waren männlichen Geschlechts, so viel stand fest, jedoch hatte das Gebüsch den Klang ihrer Stimmen gedämpft, sodass sie nicht sicher sein konnte, um wen es sich handelte. Allerdings hatte sie einen bestimmten Verdacht.

Plötzlich freute sie sich darauf, mit einem normalen, offenen, freundlichen Mann zum Mittagessen zu gehen. Sie brauchte jetzt Normalität, die sie verdächtige Unterhaltungen und düstere Gedanken vergessen ließ. Außerdem hatte sie den Eindruck, dass Rob Grailing ihr gefallen könnte.

Als sie gemeinsam das College verließen, hörte sie, wie einer der Pförtner mit einem verspäteten Touristen sprach.

»Tut mir Leid, aber im Augenblick ist das College für Besucher nicht zugänglich. Sollten Sie jedoch Lust haben, gegen halb zwei zurückzukommen, könnte ich eine Besichtigung für Sie arrangieren. Ganz zwanglos, versteht sich. Aber ich würde Ihnen Teile des Colleges zeigen, die Touristen normalerweise nicht zu Gesicht bekommen. Wie viel? Nur zwei Pfund pro Person. Ja. Bis halb zwei dann.«

Sie saßen mit ihren Getränken und großen, vollen Tellern unter einem Baldachin aus Baumkronen an einem Tisch im Garten des Pubs. Manchmal fielen kleine Insekten auf den Tisch und ab und zu auch auf ihre Teller, doch es machte ihnen nichts aus. Sie befanden sich in jenem angenehmen Stadium einer angehenden Bekanntschaft, in dem man feststellt, wie viel man gemeinsam hat und wie leicht es fiel, miteinander zu reden. Sie bestellten mehr Mineralwasser, saßen in der warmen Sonne, nippten an ihren beschlagenen Gläsern und genossen ihre gegenseitige Gesellschaft.

»Hier gibt es fantastische Nachspeisen«, sagte Rob Grailing. Es war bereits nach halb zwei. »Soll ich uns etwas bestellen?«

Etwas später dachte Kate, dass sie jetzt wirklich das Gespräch auf ihre Arbeit bringen müsse; schließlich waren sie deshalb zusammen essen gegangen. »Gibt es einen bestimmten Punkt, über den Sie hinsichtlich meines Jobs mit mir sprechen wollten?«, fragte sie, während sie Apfel- und Brombeerkuchen mit Bergen köstlicher Schlagsahne verspeisten.

Erstaunt blickte Rob sie an. »Nein. Wieso?«

»Ich dachte, das wäre der Grund für unser Essen hier.«

»Ehrlich gesagt sind Sie mir bei der Gedächtnisfeier für Chris aufgefallen. Ich hatte mir längst vorgenommen, Sie einmal zum Essen einzuladen. Mittagessen erschien mir dabei weniger verfänglich als Abendessen, aber ich wollte Sie gern näher kennen lernen.«

Das flirrende Licht unter dem Baum ließ sein braunes Haar warm aussehen und verstärkte die Vieldeutigkeit seines Blicks.

»Sind Sie nicht verheiratet?«, fragte sie brüsk und bereute die Frage sofort. Ihrer Meinung nach gestaltete sich das Leben viel einfacher, wenn man solche Dinge nicht wusste.

»Doch«, antwortete er. Sie schwiegen. Eine kleine Spinne glitt an ihrem Seidenfaden aus dem Geäst und blieb zwischen ihnen hängen.

»Elaine und ich leben ein ganz unterschiedliches Leben«, sagte er schließlich.

»Und gleich werden Sie mir erzählen, dass sie Sie nicht versteht.«

»Oh, ich glaube, wir verstehen einander allzu gut. Wir haben sehr jung geheiratet, und es gibt wenig, was wir nicht voneinander wissen.«

»Und warum trennen Sie sich dann nicht?«

Wenn sie getrennt lebten, wäre es doch nicht schlimm, sich ein wenig näher mit ihm zu beschäftigen, oder?

»Wahrscheinlich aus Gewohnheit. Es ist schwierig, die Fäden zu entwirren, die ein gemeinsames Leben jahrelang zusammengewebt hat.«

Sie hätte ihn gern gefragt, was er von ihr wollte und wie er eine mögliche Beziehung sah, falls er überhaupt eine Beziehung anstrebte – doch stattdessen saß sie da, beobachtete die kleine Spinne, die an ihrem Faden leise hin- und herschwang, und war ausnahmsweise einmal still.

»Aber wir können uns doch sicher von Zeit zu Zeit treffen«, sagte Rob. »In aller Freundschaft.«

Mein Gott, abgedroschener ging es kaum mehr.

»Aber sicher«, hörte Kate sich sagen. »Ich habe übrigens zurzeit selbst auch eine Beziehung«, fügte sie hinzu. Konnte man es Beziehung nennen, wenn man sich nur dann traf, wenn die jeweilige Arbeit es gestattete, wenn man kaum etwas gemeinsam zu haben schien und wenn man sich nicht traute, ihn seinen Freunden vorzustellen? Eine tolle Beziehung!, dachte sie.

Rob schien sich zu entspannen. »Ich könnte Ihnen im Hinblick auf Ihre Arbeit helfen«, erklärte er.

»Brauche ich denn Hilfe?«

»Nein. Aber manchmal ist es gut, jemanden zu haben, mit dem man seine Probleme diskutieren kann – falls Sie einmal Probleme haben sollten. Vielleicht gibt es die eine oder andere Sache, die Ihnen Kopfzerbrechen bereitet.«

Zum Beispiel der Tod von Chris Townsend, dachte Kate. Sollte ich den etwa mit Ihnen diskutieren? Haben Sie mich deshalb zum Essen eingeladen? Doch Rob blickte sie so offen an, dass sie ihm keine weiter gehenden Motive unterstellen mochte.

Die kleine Spinne krabbelte an ihrem Faden hoch und verschwand im Blattwerk des Baumes.

»Ihnen eilt ein gewisser Ruf voraus«, fuhr Rob fort.

»Das sagten Sie schon einmal. Welcher Ruf denn?«

Er lachte. »Der Ruf, Verbrechen aufzuklären. Haben Sie nicht schon einmal im Sicherheitsteam gearbeitet und den Diebstahl wertvoller Bücher aufgedeckt?«

»Na ja, ich habe einen kleinen Beitrag dazu geleistet«, sagte Kate und freute sich, dass die Geschichte offenbar bekannt war. Sie hatte sich damals zu absolutem Stillschweigen verpflichten müssen und nur ihren engsten Freunden alles erzählt. Bisher hatte sie befürchtet, dass sie sich alle an ihre Weisung gehalten und nichts weitergesagt hatten. Aber was nutzte es, wenn man intelligente Taten vollbrachte und niemand davon erfuhr?

»Glauben Sie, dass im Bartlemas etwas Ähnliches vor sich geht?«, fragte sie. Der warme Blick ihres Gegenübers verführte sie zur Indiskretion.

»Ich hoffe nicht. Es wäre schlimm, wenn unser sowieso schon bescheidenes Kapital auch noch geplündert würde. Aber wenn Sie etwas in Erfahrung bringen sollten, hoffe ich, dass Sie mir umgehend Bericht erstatten.«

Er blickte so ernst drein, hatte so arglose Augen! Arme Elaine, oder wie immer seine Frau hieß! Wenn sie tatsächlich nur aus Gewohnheit zusammenblieben und kaum noch miteinander sprachen, war es vielleicht gar nicht so schlimm, wenn sie sich ab und zu trafen. Nicht, dass sie Paul etwa untreu werden wollte!

»Mir ist aufgefallen, welch gute Zuhörerin Sie sind«, sagte Rob und blickte ihr treuherzig in die Augen. »Mit einer solchen Begabung bekommt man viel erzählt. Sicher suchen die Leute gern Ihre Nähe und reden sich ihren Kummer von der Seele.« Er lächelte sie fragend an.

»Ich fürchte, im Bartlemas bin ich nicht sonderlich beliebt«, erwiderte sie. »Bisher hat sich noch niemand bemüßigt gefühlt, mir seine Geheimnisse anzuvertrauen.«

»Falls es aber doch eines Tages so weit kommt, könnten Sie mir die Gerüchte ja weitererzählen.«

Es war längst nach zwei. Kate dachte an den Berg Arbeit auf ihrem Schreibtisch.

»Das Essen mit Ihnen war wirklich nett«, sagte sie und fragte sich, warum er so erpicht darauf war, sich ihrer Sorgen und Probleme anzunehmen. Sie griff nach ihrer Handtasche.

»Dann müssen wir es unbedingt bei Gelegenheit wiederholen«, sagte Rob. Auf genau diesen Satz hatte Kate gehofft.

Als Kate an diesem Abend nach Hause kam, blinkte der Anrufbeantworter. Zwei Nachrichten warteten. Die erste war eine höfliche Anfrage von Paul Taylor, wie es ihr ginge, die andere war eine Stimme, die sie nicht kannte oder zumindest nicht erkannte.

»Neugierige Ziege!«, sagte die Stimme. Charmant! Kate erstarrte und wandte keinen Blick von dem Gerät. »Ich habe einiges von dir gehört. Wo du hingehst, ist der Tod nicht weit. Du warst da draußen und hast mich beobachtet. Hast mir nachspioniert. Wenn du auch nur einen Funken Vernunft besitzt, hältst du dich dieses Mal raus, sonst passiert etwas sehr Unangenehmes! Und das meine ich bitterernst!« Die Nachricht endete, und der Anrufbeantworter klickte und spulte sirrend das Band zurück.

Sie hörte es ein zweites Mal ab. Zuerst die sanfte, freundliche Stimme Paul Taylors, dann die andere. Kate hörte genau hin. War die Stimme männlich oder weiblich? Jedenfalls klang sie, als ob der Sprecher sie mit etwas gedämpft hätte. Allerdings hatte er nicht durch ein Taschentuch gesprochen; die Stimme war stärker verfremdet. Auch wenn die Worte an sich nichts Besonderes ausdrückten, so ließen ihr doch die kurzen, explosiv hervorgestoßenen Sätze das Mark in den Knochen gefrieren. Kate überlegte, ob sie Paul anrufen sollte. Ein nettes, tröstliches Gespräch würde ihr jetzt gut tun. Doch was hätte sie ihm sagen sollen? Jemand hat mir ein Drohbriefchen in meine Akten gelegt und mir dann eine unfreundliche Nachricht auf Band gesprochen? Wegen solch trivialer Dinge konnte sie ihn schlecht bei der Arbeit stören. Die beiden Ereignisse erschienen ihr nur so wichtig, weil zuvor jemand gewaltsam getötet worden war. Mittlerweile war Kate sich sicher: Chris Townsends Tod war kein Unfall gewesen, auch wenn der Coroner zu einem anderen Ergebnis gekommen war.

Immer noch stand Kate da und starrte das Telefon an, als ob es ihr etwas mitteilen könnte. Und plötzlich fiel ihr ein, dass es genau das tun konnte. Die British Telecom machte seit Monaten im Fernsehen Werbung für ihre neuen Services – es war an der Zeit, einen davon auszuprobieren. Kate wählte die 1471 und lauschte.

»Keine Rufnummer verfügbar«, tönte eine Computerstimme.

Verdammt! Der Anrufer musste den anderen Service gewählt haben – eine Nummer, die Kate sich nicht merken konnte; mit dieser Nummer war es möglich, die Anzeige der eigenen Rufnummer zu unterdrücken. Das Telefon wiederholte die Ansage, als wolle es sich über sie lustig machen. »Keine Rufnummer verfügbar.«

Schließlich gab Kate ihrer Panikattacke nach und rief Paul Taylor im Büro an. Er meldete sich nicht. Daraufhin schenkte sie sich ein Glas belebenden Weißwein ein, setzte sich und ließ die Ereignisse sorgfältig Revue passieren.

Chris Townsend war aus unerfindlichen Gründen vom Tower of Grace gefallen und gestorben. Sie hatte seine Aufgaben übernommen und zwei Warnungen erhalten, ihre Nase nicht in bestimmte Angelegenheiten zu stecken, sonst würde auch ihr ein Unfall widerfahren. Aber um welche Angelegenheiten handelte es sich? Wer immer hinter dieser Sache stecken mochte, vermutete anscheinend, dass sie über Dinge gestolpert war, die nicht bekannt werden durften. Noch einmal ging Kate sämtliche Ereignisse der letzten paar Tage seit Emmas Anruf durch. Nichts. Außer natürlich dieser Rechnung, die Sadie ihr entrissen hatte. Und den auffälligen Hinweisen, die ihr von John und Annette an diesem Morgen beim Kaffee untergejubelt worden waren. Allerdings hatte Kate den Eindruck, dass die beiden eher daran interessiert waren, an eventuellen unlauteren Vorgängen beteiligt zu werden. Wahrscheinlich dachten sie, dass dabei Geld zu holen war und man sie außen vor ließ – sie wollten ihren Kollegen wohl lediglich eins auswischen. Das bedeutete im Übrigen noch lange nicht, dass sie Recht hatten oder irgendetwas Konkretes wussten. Also das Ganze noch einmal von vorn.

Nehmen wir einmal an, dass im College irgendeine Art von Betrug abläuft, bei dem jemand einen guten Teil der täglich eingehenden Spenden abzweigt, dachte Kate. Nehmen wir weiterhin an, dass Chris Townsend Wind davon bekommen und gedroht hatte, die Sache dem Rektor zu melden. Der Betreffende könnte die Nerven verloren und Chris vom Turm gestoßen haben. Die gleiche Person vermutete wahrscheinlich jetzt, dass sie, Kate Ivory, über den gleichen Betrug gestolpert war, und warnte sie. So weit machte es Sinn. Sollten allerdings John Clay und Annette Paige einen Verdacht geschöpft haben und auf der Suche nach Beweisen sein, gab es keinen Grund, Kate zum Schweigen zu bringen. Sie war nur die Letzte einer langen Reihe von Menschen, die davon erfuhren. Es sei denn, es gab noch etwas, auf das sie zufällig gestoßen war, ohne die wahre Bedeutung zu erkennen.

Wer aber war der Verantwortliche? Kates Verstand sagte ihr, dass der Quästor Rob Grailing der wahrscheinlichste Kandidat war. Der nette, freundliche, gut aussehende Rob Grailing. Der Mann, der sie zum Essen ausgeführt hatte und so charmant gewesen war, dass sie ihm vertraute. Dennoch sollte sie nicht außer Acht lassen, was John und Annette beim Kaffee ausgeplaudert hatten. Die beiden schienen geradezu mit dem Finger auf Rob zu deuten. Aber wer waren sie schließlich schon? Bösartige Klatschmäuler, die ihn um seinen Status beneideten. Konnte die Stimme auf dem Anrufbeantworter die von Rob sein? Kate ging zum Anrufbeantworter und spielte die beiden Nachrichten erneut ab. Da war zunächst Pauls sachlicher Ton. Beim Klang von Pauls Stimme fühlte Kate sich ein wenig schuldig, dass ihr Rob Grailing so gut gefiel. Dann kam der Fremde mit seiner Drohung. Kate hörte ganz genau hin. Sie spielte das Band ein viertes Mal ab. Was hatte der Anrufer wohl mit »da draußen« gemeint? Wo draußen? Und wieso »dieses Mal«? Hatte es ein voriges Mal gegeben, und wenn ja, wann und wo – und was hatte sie dabei getan? Kate hatte nicht die geringste Ahnung. Trotzdem heiterte sich ihre Stimmung etwas auf. Die Stimme gehörte nicht Rob Grailing, dessen war sie beim erneuten Abhören fast sicher.

Doch eine Sache musste Kate noch überprüfen, ehe sie in ihr Arbeitszimmer hinunterging und sich der Handlung ihres neuen Buches widmete. Sie öffnete den Ordner mit der Aufschrift »Ausgaben«, in den sie den Kassenbeleg für ihren neuen Füller und das Notizbuch eingeheftet hatte. Schnell fand sie das kleine Stück Papier mit dem blassblauen Aufdruck. Richtig, es stammte aus einer dieser modernen Kassen, die sich nicht nur freundlich für den Einkauf bedankten, sondern auch Datum und Uhrzeit des Kaufs festhielten. Das Datum war Chris' Todestag. Als Uhrzeit war 15:28 angegeben. Sie hatte Recht gehabt. Sie hatte Chris Townsend unmittelbar vor seinem Tod getroffen. Damit war sie sicher, dass er ermordet worden war. Zwar wusste sie noch nicht, von wem, aber das würde sie bestimmt noch herausfinden.

Später, vor dem Zubettgehen, ging sie durch das ganze Haus und stellte sicher, dass alle Fenster fest verriegelt waren. Außerdem verschloss sie sämtliche Türen und zog die Schlüssel von den Schlössern ab. Noch einmal versuchte sie, Paul zu erreichen. Vergeblich. Durch die Wände hörte sie die Nachbarn, die ihrem üblichen, lautstarken Lebenswandel nachgingen. Normalerweise ärgerte sie sich darüber, doch an diesem Abend fand sie es tröstlich.

Als Kate am folgenden Tag durch das Vorzimmer zur Kaffeeküche ging, sah sie, dass sich die Belegschaft vergrößert hatte. An einer Ecke von Annettes Schreibtisch saß Briony und sortierte zaghaft Papiere auf verschiedene Haufen. Für eine derart schlanke Frau hatte sie erstaunlich breite Hände mit kurz geschnittenen Fingernägeln. Gärtnerhände, dachte Kate, die selbst nicht mehr fertig brachte, als ab und zu ihren Rasen zu mähen. Offenbar hatte Honor Rob Grailing überzeugen können, eine Aufgabe für Briony zu suchen. Und sie musste Briony gut zugeredet haben, die Arbeit in der Quästur auch tatsächlich zu übernehmen. Nach der Gedenkveranstaltung hatte es nicht so ausgesehen, als ob sie große Lust dazu gehabt hätte. Es war ihr sicher nicht leicht gefallen, in dem College, in dem ihr Mann gearbeitet hatte, eine Aufgabe zu übernehmen, für die sie vermutlich nicht qualifiziert war. Wie nett von Honor, sich so um die junge Frau zu kümmern! Aber auch ein wenig gönnerhaft!

Kate lächelte Briony zu. Zunächst starrte Briony sie nur aus runden, grauen Augen ernsthaft an, doch schließlich lächelte sie zurück. Sie hatte einen kleinen Mund und eher schmale Lippen, die sich beim Lächeln auf einer Seite deutlicher kräuselten als auf der andern, was ihr ein geheimnisvolles Aussehen verlieh. Was mag wohl ihr Geheimnis sein?, überlegte Kate. Doch schnell rief sie sich zur Ordnung. Die Frau ist einfach nur schüchtern, schalt sie sich.

Und da Briony nun schon einmal da war, konnte sie ebenso gut einen Vorteil daraus ziehen. Kate nahm sich vor, die junge Frau freundlich zu behandeln. Vielleicht würde sie ab und zu mit ihr Kaffee trinken gehen oder hin und wieder mit ihr gemeinsam zu Mittag essen. Sie war sicher, dass Briony ihr viel erzählen könnte. Abgesehen von allem anderen verfügte sie auf jeden Fall über Hintergrundinformationen aus erster Hand. Zum Beispiel über Chris Townsend. Briony kannte den Klatsch der Finanzverwaltung sicher besser als jede andere.

Kate wollte gerade zu Briony hinübergehen und hatte schon ihr nettestes Lächeln aufgesetzt, als plötzlich Emma ins Büro wirbelte. Die Chance, die junge Frau unter vier Augen über den Tod ihres Ehemannes zu befragen, war dahin.

»Alles bereit für die Invasion?«, rief Emma, zog Kate hinter sich her ins Nachbarbüro und ließ sich auf einer Ecke ihres Schreibtischs nieder. Dabei gerieten Kates ordentlich gestapelte Aktenordner ins Rutschen. Emma fing sie auf und packte sie in willkürlicher Reihenfolge auf die Arbeitsfläche.

»Zumindest war alles bereit«, antwortete Kate mit einem Seitenblick auf den durcheinander gebrachten Stapel. Dabei hoffte sie inständig, dass Emma ihr während ihrer Abwesenheit nicht zu viel Hilfe hatte angedeihen lassen.

»Ich kann leider nur eine halbe Stunde bleiben«, erklärte Emma zu Kates Erleichterung, »aber ich wollte doch wenigstens nachsehen, ob du hier alles unter Kontrolle hast.«

Kate schnappte im letzten Augenblick einen Ordner mit Briefwechseln, der auf den Boden zu fallen drohte. »Aber sicher«, sagte sie, »absolut alles unter Kontrolle.«

Am selben Abend stellte Kate beim Heimkommen erleichtert fest, dass sie keine weiteren Nachrichten auf dem Anrufbeantworter hatte. Sofort rief sie Paul Taylor an.

»Was ist passiert? Du klingst so aufgeregt«, sagte er. »Hast du dich wieder in Schwierigkeiten gebracht? Soll ich vorbeikommen?«

»Keine Schwierigkeiten«, antwortete Kate. »Aber ich würde mich trotzdem freuen, wenn du kämst.«

Viel später fragte sie ihn: »Woran arbeitest du zurzeit? Ich habe schon hundert Mal angerufen, ohne dich je zu erreichen.«

»Ich habe für den Coroner die Verhöre nach dem Todesfall am Bartlemas College geführt. Wahrscheinlich hast du es in der Zeitung gelesen: Ein Mann ist vom Tower of Grace gestürzt.«

»Ich dachte mir schon, dass du das warst. Anhand von Annettes Beschreibung habe ich deine Schultern sofort wiedererkannt. Ich wüsste gern, ob du etwas herausbekommen hast?«

»Dachte ich mir!«

»Und?«

»Hast du den Bericht in der Zeitung nicht gelesen?«

»Schon, aber ich hatte gehofft, dass du mir mehr über schmutzige Hintergründe erzählst.«

»Du weißt, dass ich das nicht darf.«

»Spielverderber! Außerdem müsstest du doch längst damit fertig sein.«

»Jetzt arbeite ich an einem möglichen Betrugsfall.«

»Sind dafür nicht Spezialisten zuständig?«

»Sicher. Trotzdem brauchen sie Leute wie mich für die Routinearbeiten.«

»Wird dieser Fall auch im Bartlemas College recherchiert? Könnte er etwas mit Christopher Townsends Tod zu tun haben?«

»Leider darf ich dir beide Fragen nicht beantworten. Außerdem war Townsends Sturz ein Unfall. Das ist offiziell bestätigt; du brauchst also gar nicht erst zu versuchen, etwas anderes daraus zu machen.«

»Nein, Officer. Zu Befehl, Officer.«

»Warum hältst du nicht einfach den Mund und gehst schlafen? Soviel ich weiß, trudeln morgen zweihundert und ein paar zerquetschte Studenten bei euch ein. Die bedürfen doch sicher deiner gesamten Aufmerksamkeit und vieler Energie.«

»Ehrlich gesagt fühle ich mich zwar entspannt, aber durchaus nicht schläfrig.«

»Mit anderen Worten, du willst dich noch ein bisschen unterhalten.« Er klang, als würde er sich in sein Schicksal ergeben.

»Ich wollte dir von einem sehr netten Mittagessen erzählen, zu dem mich der Quästor des Bartlemas eingeladen hat.«

»Aha?«

»Ich dachte, er wollte mit mir über meine Arbeit reden, aber ich glaube, er versuchte zu flirten.«

»Hast du die Absicht, mich eifersüchtig zu machen?«

»Anscheinend ohne Erfolg. Aber da war noch etwas. Christopher Townsend.«

»O nein! Wie ich schon sagte – die Sache ist erledigt. Endgültig.«

»Hör mir einfach nur zu. Hatte ich dir erzählt, dass ich ihn unmittelbar vor seinem Tod gesehen habe? Er ist mir auf die Füße getreten, als ich vor dem Schreibwarenladen an der Ampel in der High Street stand.«

»Und es war ganz sicher der gleiche Tag?«

»Ich habe an diesem Tag in dem Geschäft ein paar Dinge gekauft und inzwischen den Kassenbeleg überprüft. Es war nicht nur der gleiche Tag, sondern weniger als eine halbe Stunde vor seinem Tod.«

»Ja und?«

»Er war völlig normal. Heiter und freundlich. Er wirkte überhaupt nicht so düster oder introvertiert wie jemand, der sich kurze Zeit später von einem Turm stürzt. Und er war vor allen Dingen keinesfalls betrunken.«

»Woher willst du das wissen?«

»Er ist mir nah genug gekommen, dass ich einen Geruch nach Bier oder Pfefferminz auf jeden Fall wahrgenommen hätte. Dem war aber nicht so.«

»Nun, das passt durchaus zu den Untersuchungsergebnissen.«

»Aber nicht zu den Zeitungsberichten. Jemand muss das Gerücht verbreitet haben, dass er betrunken war, glaubst du nicht?«

»Wahrscheinlich war es die bequemste Lösung, und die Leute wollten es glauben. Aber wenn du tatsächlich nur ein paar Meter vom Unglücksort entfernt warst, und obendrein noch zur Zeit des Sturzes – hast du nichts bemerkt? Ich hätte dir eigentlich zugetraut, dass du mir jetzt zehn Verdächtige für einen nicht erfolgten Mord präsentierst.«

»Es waren zu viele Leute da. Ganze Horden von Touristen, eine italienische Schulklasse und ein paar eilige Einheimische. Und fast alle sind mir auf die Füße getreten.«

»Aber du hast nichts Außergewöhnliches bemerkt? Kein bekanntes Gesicht gesehen?«

»Damals kannte ich die meisten, die damit zu tun haben könnten, doch noch gar nicht! Ausgenommen Emma, aber an der ist wirklich nichts Außergewöhnliches.«

»Hast du einmal darüber nachgedacht, dass vielleicht jemand *dich* erkannt hat? Was hattest du an? Eines deiner unverschämten T-Shirts?«

»Nein, ein durchaus geschmackvolles Kleid.«

»Ein Hingucker, wie ich dich kenne. An deiner Stelle würde ich es während der nächsten Wochen im Schrank lassen. Nur, falls jemand glaubt, dass du mehr weißt, als es tatsächlich der Fall ist.«

»Du redest, als würdest du auch nicht glauben, dass Chris Townsend durch einen Unfall umgekommen ist.«

»Ich glaube zwar, dass es ein Unfall war, aber ich könnte mich schließlich auch irren.«

»Und was ist mit den Nachrichten auf meinem Anrufbeantworter? Es macht nicht gerade Spaß, zu Hause von so etwas empfangen zu werden, weißt du?«

»Wahrscheinlich hast du dir bei deinem Job Feinde gemacht. Du musst doch zugeben, dass es sich bei deinen Kollegen um einen ziemlich merkwürdigen Verein handelt, oder? Ist dir dort irgendetwas aufgefallen? Ungereimtheiten vielleicht?«

»Du glaubst also, dass ich auf etwas gestoßen bin?«

»Zumindest erinnere ich mich daran, dass du in der Vergangenheit entgegen jeder Wahrscheinlichkeit immer Recht behalten hast. Außerdem erinnere ich mich daran, dass du dich gern in Gefahr bringst.«

»Und das würde dir etwas ausmachen, nicht wahr?«

»Denk bloß an den ganzen Papierkram!«

»Wie liebevoll!«

»Mach das Licht aus und schlaf!«

Es ging zwar schon auf den Morgen zu, doch Paul Taylor konnte nicht schlafen. Er dachte nach.

»Kate?«

»Hm.«

»Bist du wach?«

»Nein.«

»Hast du das bewusste Kleid seit Chris Townsends Tod wieder einmal getragen?«

»Ich glaube schon.«

»Zum Beispiel im Bartlemas?«

»Wie? Wie viel Uhr ist es eigentlich?«

»Ziemlich früh. Aber ich glaube, es ist wichtig.«

»Ich hatte es bei der Trauerfeier für Chris Townsend an – allerdings mit einem langen Blazer darüber. Außerdem trug ich einen Hut. Ich glaube nicht, dass jemand es wiedererkannt hat.«

»Hast du den Blazer ausgezogen?«

»Ja, beim anschließenden Empfang. Den Hut habe ich auch abgesetzt.«

»Gibt es vielleicht noch etwas, das dich unverkennbar macht für einen … für jemanden, der sich für deine Aktivitäten interessiert?«

»Meine neuen Ohrringe vielleicht.«

»Diese Dinger, die wie ein Mobile aus den sechziger Jahren aussehen? Aus poliertem Blech?«

»Die tollen, künstlerisch wertvollen Ohrringe aus Titan – genau die!«

»Ich glaube, du solltest mir eine Liste der beim Empfang anwesenden Leute geben.«

»Jetzt?«

»Morgen früh reicht. Aber gleich als Erstes.«

»Darf ich jetzt weiterschlafen?«

»Ja. Gute Nacht.«

KAPITEL 9

Noch als er sprach, der Engel Heer sich wandelt'
Zu roter Glut; gesammelt in geschloss'ner Front
Umringten sie ihn bald mit aufgepflanztem Speer ...
John Milton, *Paradise Lost, IV*

Du wolltest mir erzählen, wie das Schicksal dich einholte, nachdem du Viola so übel mitgespielt hattest. Ich bin bereit.«

»Ich glaube kaum, dass es irgendetwas mit Schicksal zu tun hat.«

»Sondern?«

»Nur Geduld. Ich erzähle es Ihnen.«

Nach der unglücklichen Unterredung mit dem Disziplinarausschuss kehrte Viola in ihre Wohnung zurück und begann zu packen. Sie leerte den Inhalt von Schränken und Schubladen in Taschen und Plastiktüten, die sie in ihrem jetzt wieder verkehrstüchtigen Auto verstaute. Dabei kam ihr ein unschöner, rachsüchtiger Gedanke. Sie war immer noch im Besitz meines Wohnungsschlüssels. Ich hatte mich mit ein paar Freunden in einer Kneipe getroffen, weil ich vermutete, dass Viola beim Packen lieber allein sein und mich nicht sehen wollte. Erst als ich spät in der Nacht müde und mit einem leichten Katzenjammer heimkehrte, entdeckte ich, was sie getan hatte.

»Ich muss gestehen, dass meine Sympathie zurzeit eher Viola gehört.«

»Wären Sie an meiner Stelle gewesen, ginge es Ihnen anders.«

»Tut sie dir überhaupt nicht Leid? Immerhin hast du ihre akademische Laufbahn ruiniert. Was wollte sie eigentlich werden?«

»Bewährungshelferin, glaube ich. Zumindest habe ich sie davor bewahrt.«

Wie schon gesagt: Nach einem geselligen Drink – es können auch mehrere gewesen sein – zur Feier des Tages kehrte ich in meine einsame Studentenbude zurück. Ich wankte ins Bad, spritzte mir kaltes Wasser ins Gesicht, machte einen Versuch, mir die Zähne zu putzen, zog mich aus und ließ mich dankbar ins Bett sinken.

Christopher hält inne, als ob er sich der Erfahrung in allen Einzelheiten entsinnen wolle.

Sie hatte ihre sämtlichen Marmeladengläser in mein Bett entleert. Und meine obendrein. Alles hatte sie fein säuberlich auf dem Betttuch verteilt: köstliche Himbeeren, duftende Aprikosen, saftige Erdbeeren – alle in leichtem Zuckersirup eingekocht. Anschließend hatte sie die ganze Bescherung fein säuberlich mit dem Oberbett zugedeckt. Als ich mich in mein Bett kuschelte, drang mir das klebrige Zeug kalt und feucht in sämtliche Körperöffnungen. Haben Sie je versucht, mitten in der Nacht mehrere Pfund Marmelade von Ihrem Körper zu waschen? Und das mit kaltem Wasser und in einem Haus, wo die Mitbewohner schon beim leisesten Geräusch aufmüpfig werden? Anschließend hätte ich das Bett frisch beziehen müssen, aber die Bettwäsche hatte sie mitgenommen. Ich musste mich auf die nackte Matratze legen und mich mit meinem Anorak zudecken. Als ich am nächsten Morgen in den Waschsalon ging und versuchte, mein Bettzeug von der schmierigen Konfitüre zu befreien, erntete ich ein paar sehr merkwürdige Blicke, das kann ich Ihnen sagen! Aber das Schlimmste war die Verschwendung! All die köstlichen Früchte in leichtem Zuckersirup! Nie wieder habe ich jemanden gefunden, der so gut Obst einmachen konnte wie Viola – ganz zu schweigen von einer Frau mit einer so beweglichen, rosa Zunge. Sie konnte lecken … aber lassen wir das! Der Gedanke passt nicht recht hierhin.

»Ich glaube, da hast du mir eine sehr aufschlussreiche Geschichte erzählt. Vielleicht merkst du selbst, dass sich ein Muster abzuzeichnen beginnt. Bald schon werden wir wissen, wie und warum es dich hierhin verschlagen hat.«

»Sie wollen doch nicht etwa behaupten, dass Viola mich von diesem Turm gestoßen hat?«

»Ich brauche noch eine weitere Fortsetzung der Geschichte, ehe ich mir ein Bild machen oder gar eine Behauptung aufstellen kann. Um aber mit deinen eigenen Worten zu sprechen: Wir sollten den nächsten Teil für morgen aufheben.«

Kate hatte sich ein abgelegenes Stückchen Rasen in der Sonne gesucht und genoss einen seltenen Augenblick der Einsamkeit. Seit der Ankunft der Studenten im College war jede Minute verplant, und Kate verbrachte ihre Zeit hauptsächlich in der Gesellschaft nicht sonderlich angenehmer Ausländer. Eine der Damen, eine gewisse Martha Hawkins, hatte bläulich getöntes Haar, schlich in roten Bootsschuhen umher und überraschte Kate immer wieder während ihrer spärlich bemessenen Freizeit. Ein anderer Teilnehmer namens Curtis Skinner war auf der Suche nach einer Lebensgefährtin und hatte Kate noch nicht von seiner Liste gestrichen. Die Leute sind potenzielle Leser und Buchkäufer, ermahnte Kate sich immer wieder – leider ohne Erfolg.

Wenigstens für diesen Moment jedoch war es ihr gelungen, ihnen allen zu entfliehen. Sie hatte die Augen geschlossen und ließ sich die Sonne ins Gesicht scheinen. Das leise Wispern einer sanften Brise in den Bäumen dämpfte sogar den Verkehrslärm.

»Ihre wunderbaren Romane haben mir wirklich gut gefallen.«

Curtis Skinner war unmittelbar hinter ihr aufgetaucht und hauchte pfefferminzigen Zahnpasta-Atem in ihr linkes Ohr. Sofort setzte Kate sich auf. Sie wollte verhindern, dass Curtis sich neben sie ins Gras legte. »Das freut mich. Ich finde es schön, wenn die Menschen meine Bücher mögen.«

»Arbeiten Sie zurzeit an einem neuen Opus?«

»Opus? Ach so, Sie sprechen von einem Roman! Nun, im Augenblick bewege ich ein paar Ideen in meinem Kopf. Ich wäge Möglichkeiten ab, wenn Sie so wollen.«

»Ihr Autoren befindet euch in einer ziemlichen Tretmühle.«

»Soweit ich mich erinnere, sagte Gott bei der Vertreibung aus dem Paradies zu Adam und Eva, dass sie von nun an im Schweiße ihres Angesichts arbeiten und ihre Kinder unter Schmerzen gebären müssten. Heutzutage gibt es zwar die Epidural-Anästhesie, doch ich glaube, vor allem wir Frauen müssen nach wie vor im Schweiß unseres Angesichts arbeiten. Aber ganz ehrlich: Würden Sie nicht lieber auch Ihre Brötchen mit dem Schreiben von Büchern verdienen, als Tag für Tag in einem Versicherungsbüro zu sitzen?«

»Das Versicherungswesen ist ein sehr befriedigender Beruf«, erklärte Curtis verschnupft.

»Aber natürlich, ganz sicher«, lenkte Kate eilig ein.

»Ich hoffe, ich störe Sie nicht.«

»Keineswegs.«

»Wissen Sie, ich bin ein sehr einsamer Mensch. Ich habe nicht viele Freunde.«

Kate fiel der mit grüner Tinte geschriebene Brief ein. Bestimmt war Curtis der Verfasser.

»Ich glaube, hier werden Sie viele neue Kontakte knüpfen können«, versicherte Kate ihm. »Ich schaue mir nachher die Sitzordnung für das heutige Abendessen noch einmal an. Ich könnte Sie neben ein paar wirklich interessante und nette Leute platzieren.«

Sie rappelte sich auf und schenkte Curtis ein warmes Lächeln. Nicht zu warm allerdings. Auf keinen Fall wollte sie auf seiner Liste vielversprechender, neuer sozialer Kontakte landen.

Kate hatte gehofft, sich für eine halbe Stunde friedlicher Einsamkeit davonstehlen zu können, doch mittlerweile war ihr klar geworden, dass die Studenten im Auffinden ruhiger Plätzchen auf dem Gelände gewitzter waren als sie. In Zukunft würde sie wohl lieber aus dem College flüchten und sich in ihrem eigenen, kleinen Haus verbergen.

Die Einschreibformalitäten waren planmäßig vonstatten gegangen. Jeder Student hatte eine Begrüßungsmappe mit Stadtplänen und Informationen über die Stadt erhalten und bekam ein Verzeichnis der verfügbaren Arbeitsgruppen und Seminare ausgehändigt. Danach zeigte man den Leuten ihre Zimmer – und damit fing der Ärger an. Innerhalb einer Stunde waren die Teilnehmer gleich dutzendweise in Kates Büro eingefallen und hatten sich nach weniger kargen Unterkünften erkundigt. Inzwischen begriff Kate, warum man ihr eine vergleichsweise respektable Aufwandsentschädigung geboten hatte.

Sie versuchte, den Leuten zu erklären, dass sie bereits auf dem Anmeldeformular die freie Wahl gehabt hatten: entweder mittelalterlich pittoreske Zimmer mit zugigen Fenstern und Türen und einem Bad auf dem Flur oder aber Unterkünfte in modernen Gebäuden aus Beton und Glas, mit eigenem Bad und bequemen Betten. Auch die Tatsache, dass die Brandverhütungsvorschriften das Rauchen auf den Zimmern nicht gestatteten, kam bei ein paar Rauch- und anderweitig Süchtigen nicht besonders gut an.

Vergeblich hatte Kate sie auf die Schönheit der Stadt aufmerksam gemacht und ihnen angeboten, sie zur Bodleian Bibliothek zu begleiten, wo sie sich hätten einschreiben und den Leser-Schwur hätten leisten können. Auch das Versprechen einer Besteigung des Tower of Grace mit seiner herrlichen Aussicht auf die grün belaubte Innenstadt von Oxford fruchtete nicht. Kate überlegte, ob sie bei einer Erwähnung des kürzlich erfolgten tödlichen Unfalls mehr Interesse gezeigt hätten. Vielleicht wären sie mitgegangen und hätten fehlende Duschen und nicht lieferbare Spezialdiäten besser verschmerzt, wenn Kate ihnen den Stein hätte zeigen können, auf dem Christopher Townsend sein Leben ausgehaucht hatte.

Und auch die gemeinsamen Mahlzeiten waren zur Feuerprobe geworden. Kate hatte die Studenten darauf vorbereitet, dass der Küchenchef des Bartlemas über die Grenzen der Universität berühmt war. Unglücklicherweise hatte er gerade jetzt einen neuen Lehrling eingestellt und nahm seine pädagogischen Pflichten ausgesprochen ernst. Der junge Ian musste jedes Gericht so lange üben, bis er es perfekt beherrschte – was bedeutete, dass die Speisenfolge der ersten Woche, milde ausgedrückt, recht eintönig war.

»Ich dachte, auf dem Gebiet der Desserts sei der Koch hier geradezu unschlagbar«, brummte Sharen Cobb, die sich zur Wortführerin in Sachen Klagen über das Essen gemacht hatte. »Bisher haben wir nichts anderes als Apfelauflauf und Milchreis bekommen. Das kann meine Mutter auch, zum Teufel!«

»Aber der junge Ian macht die beiden Gerichte inzwischen wirklich gut, finden Sie nicht?«, wiegelte Kate ab. »In ein oder zwei Tagen wird er sicher so weit sein, sich an eine Crème brûlée oder Himbeer-Bavaroise zu wagen.«

»Um Himmels willen! Das ist doch reinstes Gift für den Cholesterinspiegel!«, wandte Martha Hawkins ein.

»Ich glaube, ein paar Wochen dürften da keinen allzu großen Schaden anrichten«, meinte Kate heiter. Martha war spindeldürr und trug höchstens Größe 36. Ihrem Cholesterinspiegel würde es wahrscheinlich wenig ausmachen, wenn er – wie auch die verzehrte Kalorienmenge und der Gehalt ihrer Nahrung an gesättigten Fettsäuren – kurzfristig ein wenig anstiege.

»So, Curtis«, sagte Kate, »ich glaube, es ist Zeit, uns für den Empfang heute Abend ein wenig schön zu machen.«

»O nein, Kate«, erwiderte er ernst, »Sie brauchen sich wirklich nicht schöner zu machen, als Sie schon sind.«

Wäre Curtis ein wenig anziehender gewesen, hätte Kate sich über das Kompliment gefreut.

Als sie zu Hause ankam, um sich festlich, aber dennoch sittsam umzuziehen – eine Kombination, die ihr Kleiderschrank kaum herzugeben vermochte –, sah Kate, dass der Anrufbeantworter blinkte. Sie zögerte, ehe sie es wagte, den Knopf zu drücken, bezeichnete sich selbst als dumme Kuh und hörte die Nachricht schließlich ab. Es war Paul. Er klang kurz angebunden und forderte sie auf, ihn beim Heimkommen sofort zurückzurufen. Kate warf einen Blick auf die Uhr. Sie hatte gerade noch Zeit, zu duschen und sich umzuziehen, ehe sie eilig zu dem Empfang ins Bartlemas zurückmusste. Ihren Kollegen würde es sicher überhaupt nicht gefallen, wenn sie zu spät käme. Trotzdem wählte sie Pauls Nummer.

»Paul Taylor.«

»Ich bin es. Du hattest angerufen?«

»Ach ja. Du hast mir gestern Abend erzählt, dass du zum Mittagessen in der Turf Street warst. Mit wem?«

»Ich wusste doch, dass du eifersüchtig bist!«

»Nicht eifersüchtig, sondern besorgt um deine Sicherheit.«

»Wie meinst du das?«

»Sag mir einfach, mit wem!«

»Ich habe es dir gestern gesagt.«

»Gestern habe ich nicht auf den Namen geachtet. Hilf mir kurz auf die Sprünge!«

»Na gut. Es war Robert Grailing, der Finanzverwalter des Bartlemas.«

»Verdammt!« Das war ein für Paul Taylors Verhältnisse ausgesprochen starker Ausdruck.

»Ich vermute, dir missfällt, dass er verheiratet ist.«

»Mir ist ziemlich egal, ob er verheiratet ist oder nicht, obwohl ich der Meinung bin, dass es dir vielleicht nicht egal sein sollte. Allerdings missfällt mir, dass er ... Hör mal, Kate, versuch doch wenigstens ein Mal, mir einfach zu vertrauen! Ich kann dir leider nicht sagen, um was es geht, aber ich muss dich dringend vor diesem Mann warnen!«

War da etwa ein flehender Unterton in Pauls sonst immer sachlicher Stimme? »Keine Eifersucht, oder?«

»Tut mir Leid, ich bin nun mal nicht der eifersüchtige Typ.«

»Stimmt. Dann geht es also darum, dass du ihn wegen Betrugs im Visier hast, nicht wahr? Du vermutest, dass er das Kapital des Colleges plündert. Hast du mal sein Auto gesehen? Ist dir seine Kleidung aufgefallen? Oder frag ihn, wo er seine Ferien verbringt! Ich wusste es!«

»Nein, du täuschst …«

»Ehrlich gesagt glaube ich, dass es jetzt erst recht eine gute Idee wäre, in seiner Nähe zu bleiben. Ich könnte dir Bericht erstatten. Ich bin in der Lage, weit mehr über ihn herauszubekommen, als es dir je möglich wäre.«

»Bitte, Kate, halte dich von ihm fern. Und hüte dich vor irgendwelchen voreiligen Schlüssen. Ich kann dir jetzt noch nicht sagen, worum es geht, doch sobald es möglich ist, werde ich es tun. Bitte, vertrau mir! Bitte! Tu wenigstens ein einziges Mal das, was man dir sagt.« Er zischte geradezu ins Telefon. War etwa er die drohende Stimme am Telefon gewesen? Zumindest klang er fast ebenso wütend. »Ich kann jetzt nicht weiterreden. Wir sehen uns heute Abend.«

»Nein, das tun wir nicht. Ich muss zum Empfang anlässlich des Workshops im Bartlemas und weiß noch nicht, wann ich zurück bin.«

Auf der Gegenseite wurde wortlos aufgelegt.

Kate ging nach oben, um schnell zu duschen und weiter nach einem passenden Kleid zu suchen.

Der Empfang erinnerte Kate an die Trauerfeier für Christopher Townsend. Er fand im gleichen Raum statt, allerdings war wegen der großen Teilnehmerzahl zusätzlicher Platz geschaffen worden. Die Türen zum Nebenzimmer standen weit offen. Abgesehen von den Studenten, die sich durch lederartige, sonnengebräunte Haut, viele Falten und Haarspray-Frisuren von der Menge abhoben, entsprach die Gesellschaft mehr oder weniger der vorigen Veranstaltung, mit der Ausnahme, dass fast ausschließlich amerikanischer Slang gesprochen wurde.

Kate war der Meinung, bekleidungsmäßig ins Schwarze getroffen zu haben. Auf ihrem Weg durch den Saal folgten ihr einige vornehmlich männliche Blicke. Plötzlich hörte sie hinter sich eine Stimme.

»War das wirklich das einzige Kleid, das du auftreiben konntest?«, zischte Emma.

»Stimmt etwas nicht?«

»Man hat das Rückenteil vergessen! Von hinten siehst du geradezu nackt aus.«

»Nur keine Übertreibung«, sagte Kate kurz angebunden. »Mein Freund Curtis findet es jedenfalls sensationell.« Genau wie der Rektor, stellte sie fest. Desgleichen der Quästor und einige ihr noch unbekannte Tutoren. Kate beschloss, Pauls Warnung in den Wind zu schlagen. Wenn sie in der Lage war, mehr über Rob Grailing und all die anderen wohlhabend wirkenden Angestellten des Bartlemas Colleges herauszufinden, würde sie ihm die Fakten präsentieren und ihn die Lorbeeren einheimsen lassen. Möglicherweise konnte sie ihn damit gar in seinem beruflichen Werdegang unterstützen. Andererseits erhöhte es wahrscheinlich die Chancen auf unliebsame Nachrichten auf ihrem Anrufbeantworter. Sie musste einfach hoffen, dass es dabei blieb. Kate schob den Gedanken daran beiseite, was sonst noch passieren konnte, wenn sie weiterhin ihre Nase in die Angelegenheiten anderer Leute steckte. Sie versuchte, Pauls missbilligende Stimme zu vergessen, sah sich aufmerksam im Saal um und überlegte, wo sie anfangen sollte.

Eine Zeit lang stand sie mit einem Glas in der einen und einem Räucherlachsschnittchen in der anderen Hand einfach nur da und beobachtete die Menschenmenge. Nicht nur, dass hier offenbar eine langjährige Veruntreuung stattfand, dachte sie – einer der hier Anwesenden hat sich auch an meinen Akten zu schaffen gemacht. *Christophers Akten*, meldete sich eine Stimme in ihrem Kopf. Wer aber war es, der sie angerufen und Drohungen auf ihrem Anrufbeantworter hinterlassen hatte?

Annette hatte Curtis in die Enge getrieben und stand mit vom Wein gerötetem Gesicht und in Auflösung begriffener Frisur vor ihm. Als ihre blassen Augen über Curtis' Schulter hinweg Kate entdeckten, runzelte sie die Stirn.

»Ich bin ein sehr einsamer Mensch«, hörte Kate Curtis zu Annette sagen.

»Hallo Curtis«, rief Kate und gesellte sich zu dem Paar.

»Sollten Sie nicht herumgehen und sich allen widmen?«, fragte Annette.

»Ich bin gerade dabei«, antwortete Kate. »Worüber plaudern Sie beide denn so angeregt?«

»Halten Sie es nicht für unhöflich, andere Leute über ihre Gesprächsthemen auszuhorchen?«, fragte Annette gehässig. »Haben Sie schon einmal darüber nachgedacht, dass wir uns vielleicht privat unterhalten könnten?«

»Schon verstanden«, sagte Kate. Dabei stellte sie fest, dass Curtis sie über Annettes Schulter hinweg anstarrte wie ein kleiner Junge die Auslage beim Konditor. Nun, er würde mit Annette vorlieb nehmen müssen, dachte sie. Hier gab es nicht viel zu erfahren. Sie hielt Ausschau nach dem nächsten Opfer.

John Clay war an Martha Hawkins geraten und flüsterte ihr eifrig etwas ins Ohr. Bei seinen Worten hellte sich ihr Gesicht auf. Klatsch, dachte Kate. Vermutlich niederträchtiger Klatsch. Allzu gerne hätte sie erfahren, um was es ging. Sie drängte sich an einer Reihe im Weg stehender Körper vorbei und stellte sich neben John.

»Was gibt es Neues?«, fragte sie strahlend.

»Nichts«, sagte John. »Wir sprechen über uralte Themen.« Er wechselte einen verständnisvollen Blick mit Martha.

»Dabei fällt mir ein, ich sollte mich auf die Suche nach meinem Freund Curtis machen«, erklärte Martha und schlüpfte zwischen ihnen hindurch. Beim Anblick ihrer durchtrainierten, in Silber gehüllten Gestalt wurde Annettes Gesicht noch röter und noch glänzender, doch Curtis wandte seine Augen endlich von Kate ab. Viel Glück, dachte Kate. Vielleicht würden die beiden, wie bei vielen Workshops üblich, des Nachts über die Flure schleichen und erbauliche Dinge tun. Und vielleicht gingen sie Kate weniger auf die Nerven, wenn sie glücklich und zufrieden waren. Vielleicht würde Curtis sogar mit seinem endlosen Gejammer darüber aufhören, dass er so einsam war. Kate war es allmählich leid und vermutete, dass es anderen ähnlich ging.

Annette gab ihre Bemühungen um Curtis auf und gesellte sich zu John. Beide warfen Kate derart feindselige Blicke zu, dass sie es vorzog, sich einer anderen Gruppe zuzuwenden.

Der Rektor war seiner Frau entkommen und unterhielt sich mit den beiden hübschesten Studentinnen der Gruppe. Wie von ungefähr streifte sein

Arm über ihre glänzend gebräunten Schultern. Mit diesem Mann haben Sie es sicher nicht ganz leicht, Honor, dachte Kate.

Honor hatte sich in ein Kleid aus hellblauem Krepp gezwängt und sah erhitzt und verärgert aus. Wie üblich befand sich Briony in ihrem Schlepptau. Die junge Frau war sehr blass und trug ein schwarzes Kleid mit kleinen, weißen Streublümchen, was man ihrer Trauer zugute halten konnte. Ihre zierliche Gestalt wirkte zerbrechlich, doch ihre kräftigen Gärtner-Hände mit den kurz geschnittenen, nicht ganz sauberen Fingernägeln umklammerten ein Glas, als wolle sie jemanden damit angreifen. Vielleicht sehnte sie sich danach, Honor zu entkommen.

Der Rektor hatte weitere Gesellschaft bekommen. Kate kannte den Mann nicht. Sie schätzte ihn auf etwa eins achtzig; er hatte glattes, glänzend schwarzes Haar, die Art Sonnenbräune, die beweist, dass man gerade aus dem Urlaub zurückgekehrt ist, und kleine, dunkle Augen. Zum grauen Anzug trug er ein lavendelfarbenes Hemd. Kate pirschte sich an.

Ein wohlbekannter, teurer Duft stieg ihr in die Nase, ohne dass sie die Trägerin sah.

»Wer ist das dort drüben beim Rektor?«, erkundigte Kate sich leise.

»Timothy Happle. Englisch-Tutor und in diesem Jahr zuständiger Professor für die Bibliothek. Sozusagen mein Chef.«

»Sie mögen ihn nicht.«

»Habe ich das gesagt?«

Inzwischen hatten sie sich in Hörweite vorgearbeitet. »Ich glaube, mein Arrangement wird Ihnen gefallen«, sagte Happle gerade. »Es handelt sich um eine wirklich bedeutende Familie aus Iskenderun. Natürlich braucht der Junge ein wenig Unterstützung, aber ich bin sicher, wir bekommen ihn durch die Vorprüfungen.«

»Ist der Knabe etwa dumm?«, fragte der Rektor.

»Aber nein, ganz und gar nicht. Seine Bildung entspricht vielleicht nicht in allen Aspekten unseren englischen Standards.«

»Sicher werden Sie mir erklären, wie sich der Aufwand für uns lohnen soll.«

»Es ist gar nichts dabei. So etwas dürfen Sie nicht denken.«

Das Gespräch erschien Kate ziemlich langweilig. Sie wandte sich zu Faith um. »Sollen wir Briony erlösen? Sie sieht aus, als hätte sie von Honor Flint die Nase ziemlich voll.« Timothy Happle trat einen Schritt nach vorn und gab den Blick auf Faith frei. Sie trug ein einfaches Kleid aus rotem Seidenjersey und hatte bronzefarbenen Lidschatten aufgelegt.

»Wozu?«, fragte Faith und sah zu Briony hinüber. Auf ihrem schmalen Gesicht lag ein unfreundlicher Ausdruck.

»Ach, ich weiß nicht. Aus Freundlichkeit vielleicht. Und um die Frau des Rektors zu ärgern. Sie benimmt sich, als wäre Briony samt ihrer Trauer ihr ureigenster Besitz.«

»Honor Flint zu ärgern hätte etwas für sich. Aber Briony Townsend ist nicht ganz mein Fall.«

»Ich halte sie für eine harmlose Gärtnerin. Ich glaube, ich habe sie noch nie etwas sagen hören.«

»Stimmt. Sie redet nicht. Zumindest sehr selten. Vielleicht ist es das, was mich an ihr so langweilt.«

Faith Beeton wandte sich ab und ging auf einen jüngeren, gut aussehenden Tutor zu. Viel Erfolg, dachte Kate. Fast alle Studentinnen schienen es darauf anzulegen, für die Dauer des Workshops einen Tutor zu ergattern – eine harte Konkurrenz also. Sie beobachtete, wie die eher glanzlose Faith einen jungen, dunkelhaarigen Mann aus einer Gruppe eifernder Matronen abschleppte und ihn zu einem Tisch lotste, wo Weingläser zur Selbstbedienung standen. Gut gemacht, dachte Kate bewundernd. Dann fiel ihr ein, dass sie vielleicht die enttäuschten Matronen aufheitern sollte. Lieber hätte sie zwar dem Rektor ein paar Fragen gestellt, aber sie hatte das Gefühl, bei ihm nicht sehr weit zu kommen. Mit einem ermutigenden Lächeln auf den Lippen trat Kate auf die Gruppe würdevoller Damen zu. Doch ihr Lächeln erlosch schnell, als sie bemerkte, dass Martha Hawkins unter ihnen war. Warum hatte die Frau nicht bei Curtis Skinner bleiben können?

»Wir möchten ein Picknick veranstalten«, keifte Martha sie an.

»Wie bitte?«

»Wir haben das Programm durchgelesen, aber leider ist nirgends von einem Ausflug mit Verpflegung die Rede. Wir wollen aber ein traditionelles, englisches Picknick. Mit Booten, Wiesen mit Butterblumen, Erdbeeren mit Schlagsahne, Gurkensandwich, kaltem Schinken und Tomatensalat.«

»Und Kuhfladen«, sagte Kate. »Außerdem Wespen, Fliegen, Regen und Wind. Oder Sonnenbrand und Nesselausschlag. Dann noch wütende Bauern, die uns von ihrem Grundstück jagen. Und natürlich bumsende Pärchen im Gebüsch.«

»Was?«, ereiferte sich Martha.

»Ganz ehrlich«, fuhr Kate fort, »ein traditionelles englisches Picknick würde Ihnen bestimmt nicht gefallen. Auch die Engländer hassen es, zumindest die feinfühligeren.«

»Wir haben aber darüber gelesen«, wandte Martha ein, als ob sie damit das Argument entkräften könnte. Was in einem Buch steht, ist wahrer als das wirkliche Leben.

»Nun, ich will sehen, was ich für Sie tun kann«, sagte Kate und unterwarf sich dem stärkeren Charakter. »Wie viele würden mitkommen?«

»Dreiundzwanzig«, erklärte Martha. Kate war nicht ganz sicher, ob sie nicht bluffte, doch sie beschloss, es hinzunehmen. Gleich morgen würde sie einen Bootsverleih anrufen. Da sie selbst mit Schifferstangen nur wenig anfangen konnte, wollte sie außerdem ein paar junge Männer aus ihrem Bekanntenkreis anheuern, die Gruppe gegen freies Essen und einen kleinen Obolus herumzuchauffieren und über den Fluss zu staken. Jetzt muss ich nur noch unseren Küchenchef zu einem traditionellen englischen Picknick überreden, sagte sie sich.

»Warmes Ciabatta-Brot«, sinnierte der Koch, als Kate am nächsten Morgen ihr Anliegen vorbrachte. »Steinguttöpfe mit schwarzen Oliven und Ziegenkäse. Sonnengetrocknete Tomaten. Basilikum. Wachteleier. Für einheimische Erdbeeren ist es zu spät – wir machen ihnen einen Apfel- und Brombeerkuchen mit Schlagsahne. Vielleicht eine meiner Karamellcremes oder ein Flammeri, was halten Sie davon?«

»Wenn es um traditionelles englisches Essen geht,

sollten wir dann nicht lieber geschnittenes Weißbrot aus dem Supermarkt und rosa Schinken aus der Plastikpackung servieren?«, fragte Kate. »Außerdem schlage ich steinharte Eier aus Batteriehaltung mit winzigen Klecksen Senf und drei Blättchen Kresse vor.«

Der Koch blickte sie abschätzig an, ohne sie einer Antwort zu würdigen. »Freilaufende Hühner«, fuhr er fort. »Gedünstete Brüstchen in Butter und Zitronensaft, alle zehn Minuten begossen, damit sie nicht austrocknen, und kalt mit einer leicht mit Zitrone abgeschmeckten Mayonnaise serviert. Ein Salat aus jungem Spinat und Kopfsalatherzen mit einer Himbeervinaigrette, vielleicht etwas Rauke, sofern noch welche übrig ist.«

»Einverstanden. Sie haben mich überredet«, murmelte Kate und zog los, um Martha die gute Nachricht mitzuteilen.

»Genau wie ich gesagt habe!«, krähte Martha, ohne sich zu bedanken. »Das ist wenigstens etwas, wovon man der Familie berichten kann.«

Kate hoffte, dass bei dem Ausflug nichts zu Aufregendes oder Sensationelles passierte, das geeignet war, Marthas Korrespondenz mit ihren Lieben aufzupeppen. Sie tröstete sich mit dem Gedanken, dass bei diesem Picknick zumindest keine berühmte Sängerin unverständliche Lieder in deutscher Sprache von sich geben würde – vor dem Bootsausflug musste sie nämlich noch das Konzert in Birmingham durchstehen.

»Und was ist mit unserer College-Besichtigungstour?«, fragte Martha, als Kate sich am Abend soeben nach Hause davonschleichen wollte.

»Etwa jetzt?«, rief Kate.

»Morgen früh.« Martha war kompromissbereit.

»Aber Sie wollten sich das College nicht ansehen«, wandte Kate ein. »Ich weiß genau, dass ich es vorgeschlagen habe. Die Besichtigungstour war ein offizieller Programmpunkt, aber Sie hatten keine Lust.«

»Das war damals«, erklärte Curtis. »Aber jetzt ist jetzt«, fügte er hinzu, womit er unbestreitbar Recht hatte.

Kate konsultierte ihren Taschenkalender. »Morgen zwischen neun und Viertel nach zehn haben wir noch Zeit zur Verfügung, da würde es gehen. Eineinviertel Stunden. Wir werden eine ziemliche Wegstrecke zurücklegen, denken Sie also an bequemes Schuhwerk. Bis morgen, Punkt neun.«

Mit diesen Worten verschwand Kate in Richtung Fridesley, nach Hause. Ihr dünner, schwarzer Rock wirbelte hinter ihr her, und ihr Haar schimmerte im Licht der Straßenlaternen fast silbrig.

Pünktlich um fünf vor neun stand Kate vor der Pförtnerloge und wartete auf Curtis, Martha und wen sie sonst noch für diese Tour hatten interessieren können. Ich warte bis neun, sagte sie sich. Keine Minute länger. Wenn sie bis dahin nicht hier sind, verschwinde ich. Sie sah zu, wie der Minutenzeiger der Uhr über den gotischen Fenstern der Aula langsam vorwärts rückte. Noch vier Minuten.

Um eine Minute vor neun waren sie da. Erfreulicherweise nur Curtis und Martha, dachte Kate. Obwohl eine gewisse Auflockerung ihrer vereinten

Substanz durch ein paar andere Studenten sicher ganz angenehm gewesen wäre.

»Dies ist der Aufenthaltsraum der Professoren«, erklärte Kate und ließ die beiden einen kurzen Blick auf Balkendecke, Kerzenhalter und den scheußlichen Tafelaufsatz werfen. »Die früheren Rektoren«, sagte sie und zeigte auf die feierlichen Porträts an den Wänden. »Der alte Knabe hier hat es zum Premierminister gebracht, und der mit der weißen Perücke und der Whiskynase war Präsident des Oberhauses. Hier entlang!«, rief sie und lief mit Curtis und Martha im Galopp durch eine Reihe von Höfen. »Alter Hof! Neuer Hof! Gründer-Hof! Kapelle!«, warf sie über die Schulter hinweg den beiden hinter ihr herhastenden, schnaufenden Gestalten zu. Sie stieß die Tür auf und blieb neben dem Eingang zum Tower of Grace stehen. »Hübsche Glasfenster aus dem siebzehnten Jahrhundert«, informierte sie ihre Zuhörer. »Ein hübscher Wal und eine noch hübschere Eva.« Sie überlegte, ob sie den beiden das Versuchungs-Gemälde zeigen sollte, befürchtete jedoch, dass Curtis sie zu wörtlich nehmen könnte und ihnen beiden dann die Vertreibung aus dem Paradies bevorstünde.

»Geht es hier zu diesem Turm?«, fragte Martha, die sich kaum für die Kapelle interessierte, jedoch die Tür zum Tower of Grace anstarrte.

»Wo der Mann gestorben ist?«, fügte Curtis hinzu, für den Fall, dass Kate die Andeutung nicht verstanden hätte.

»Ich glaube schon«, sagte Kate leichthin. »Allerdings vermute ich, dass es nicht da oben passiert ist, sondern auf den Steinen draußen.« Sie hoffte, dass die beiden sich dadurch ablenken ließen.

Doch sie irrte sich. »Können wir hinaufsteigen und es uns ansehen?«, bettelten Curtis und Martha unisono.

»Bleibt uns denn noch genügend Zeit?«

»Klar«, sagte Martha. »Bis jetzt haben wir schließlich mit Ihnen Schritt gehalten. Gehen Sie voraus!«

Und Kate biss in den sauren Apfel.

Oben gefiel es Martha ausnehmend gut, stellte sie fest. Ein unangenehmer Wind zerrte an ihren Haaren.

»Was ist das dort drüben für ein Gebäude?«, wollten ihre Gäste wissen. Kaum hatte Kate geantwortet, als sie sich schon nach dem nächsten erkundigten. Kate konnte sich gut vorstellen, dass jemand, der dieser Fragerei irgendwann müde wurde, Martha liebend gern einen Schubs versetzt, sie vom Turm gestoßen und Curtis gleich hinterhergeschickt hätte. Sie erwog die praktischen Probleme. Martha war ungefähr so groß wie sie selbst, allerdings ein gutes Stück leichter und nicht sehr muskulös gebaut. Es wäre wohl nicht allzu schwierig, sie über die Brüstung zu bekommen. Man müsste sie nur ablenken. Ohne weiter nachzudenken, zeigte Kate auf ein Gebäude zu ihrer Linken und rief:

»He, Martha, könnte das da drüben nicht All Souls sein?«

»Wo? Das da drüben mit den beiden Türmen? Sind Sie sicher?« Martha beugte sich über die Brüstung.

Durchaus möglich. Man müsste sie nur an der Schulter und dem entgegengesetzten Fuß packen und sie diagonal hinüberhieven. Sie hätte nicht die geringste Chance. Und wenn die Frau ein paar Zentimeter größer und etwas korpulenter wäre? Es ginge vielleicht trotzdem. Allerdings müsste man ein gutes Stück größer und stärker sein als Kate Ivory. Hingegen fiel es ihr schwer, sich vorzustellen, dass Martha einfach Übergewicht bekommen und zufällig vom Turm stürzen könnte. Auch nicht, wenn sie oder Curtis betrunken wären und auf der Plattform herumalbern würden. Sie würden vielleicht ausgleiten und hinfallen, aber keinesfalls über die Balustrade kippen. Es musste also …

»Nein, auf keinen Fall«, stellte Martha fest. »All Souls ist da drüben, gleich neben der Radcliffe Camera.«

»Stimmt nicht«, behauptete Kate. »Leute, wenn wir um Viertel nach zehn fertig sein wollen, müssen wir jetzt hinuntersteigen.« Und so schnell es eben ging, eilte sie den beiden voraus die steinerne Wendeltreppe hinunter.

»Pesant-Hof«, sagte sie, als sie wieder festen Boden unter den Füßen hatten. »Dort drüben ist die Bibliothek. Wir haben gerade noch Zeit, einen kurzen Blick hineinzuwerfen.« Kate war selbst auch noch nicht in der Bibliothek gewesen und hielt die Besichtigungstour für eine willkommene Gelegenheit, diesem Manko abzuhelfen. Für Recherchen zu ihren Büchern gab es kaum eine bessere Quelle als eine Universitätsbibliothek, und diese hier eignete sich hervorragend. Sie musste sich nur gut mit dem Bibliothekar stellen.

»Wow!«, entfuhr es ihr beim Eintreten.

Es handelte sich durchaus nicht um eine der üblichen, schäbigen College-Bibliotheken, die von einem überarbeiteten Teilzeit-Bibliothekar geleitet wurden. In dieser Bücherei steckte eine Menge Geld;

alles sah neu und gepflegt aus und zeigte, dass hier nicht gespart werden musste. Auf den Schreibtischen standen nagelneue Computerterminals samt CD-ROM-Playern. Eine Tafel neben dem Ausgabeschalter zeigte die beeindruckende Liste der verfügbaren CD-ROMs. Das hat sicher einige tausend Pfund gekostet, dachte Kate, ganz abgesehen von der teuren Hardware. Ein langes Regal unmittelbar vor ihr trug die Aufschrift »Neuerwerbungen« und war bis oben hin mit interessant aussehenden, nagelneuen Büchern voll gestopft.

»Kann ich Ihnen helfen?« Das musste der Bibliothekar sein, auch wenn er nicht so aussah: viel zu schick, adrett geschnittenes Haar, glänzende Schuhe, Seidenkrawatte und ein rundes, sattes Gesicht.

»Ich zeige zweien unserer amerikanischen Besucher das College«, sagte Kate. »Mein Name ist Kate Ivory. Ich helfe in der Verwaltung aus und gebe ein paar Seminare.«

»Ach wirklich?«, erkundigte sich Curtis. »Ich habe noch keine Ankündigung für eines Ihrer Seminare gesehen.«

»Nächste Woche«, improvisierte Kate.

»Ich bin hier der Bibliothekar. Brian Renfrew«, stellte der Geschniegelte sich vor. »Leider habe ich keine Zeit, Sie herumzuführen, denn ich muss zu einem wichtigen Meeting ins Leicester College. Aber fühlen Sie sich ganz wie zu Hause.« Durch die Schwingtüren trat er in den Herbstsonnenschein hinaus.

»Diese Bücherei ist fast ebenso gut wie die in meinem College in den Staaten«, sagte Curtis bewundernd.

»Gut«, sagte Kate. »Wenn Sie ein Buch ausleihen wollen, müssen Sie sich einschreiben. Und bitte denken Sie daran, es vor Ihrer Abreise zurückzubringen.« Sie ließ die Amerikaner stehen und ging zu den Regalen mit den historischen Werken.

»Was ist mit dem Dozentengarten?«, fauchte Martha hinter ihr her.

»O ja, der ist wirklich sehr schön«, sagte Kate und griff nach einem Buch von Lawrence Stone, das sie noch nicht gelesen hatte.

»Wir wollen ihn sehen«, drängte Curtis. »Wir haben noch zwanzig Minuten Zeit, und den Garten dürfen wir nur in Begleitung von Lehrpersonal betreten.«

»Komme sofort«, sagte Kate, unterschrieb die im Buch befindliche Karte und warf sie in den dafür vorgesehenen Kasten. »Der Dozentengarten, richtig. Er wurde entworfen von einem Freund von Gertrude … äh …«

»Jekyll«, schlug Curtis vor.

»Vielleicht auch Hyde«, sagte Kate. »Wie auch immer. Die Frau stammte, glaube ich, aus Yorkshire. Der Garten wird sehr bewundert, und der heutige Gärtner heißt Dave«, fügte sie triumphierend hinzu. Wenn kümmerte schon eine längst verstorbene Gartenbauarchitektin, wenn man mit Dave Evans ein sinnvolles Gespräch über farbenprächtige Blumenbeete führen konnte?

Der Dozentengarten war eine wirklich gute Idee, fand Kate. In diesem heißen, schwülen September, wo sich die Luft selbst um zehn Uhr morgens schon zum Schneiden anfühlte, wirkte der Dozentengarten wie eine kühle Oase.

»Das gefällt mir«, erklärte Martha und zeigte mit dem Finger auf einen hübschen, grünen Strauch. »Wie heißt diese Pflanze?«

»Ich glaube, es ist eine *Focaccia pendula*«, sagte Kate, ohne zu erröten.

»Sicher?«, hakte Martha nach. »Der Name kommt mir recht unbekannt vor.«

»Natürlich bin ich sicher«, behauptete Kate. »Wir Engländer kennen uns in Gartendingen ausgezeichnet aus.«

»Mir gefällt an diesem Garten vor allem seine Abgeschiedenheit«, bemerkte Curtis. »Von keiner Stelle aus kann man die ganze Anlage einsehen. Man muss sie erkunden. Hinter jeder Ecke gibt es unerwartete kleine Lauben und verschwiegene Plätzchen. Selbst wenn ein Dutzend Leute hier herumliefe, würde man sie nicht unbedingt zu Gesicht bekommen.«

Wie zur Bestätigung von Curtis' Feststellung hörten sie plötzlich Stimmen, die hinter einem dichten, grünen Busch hervordrangen.

»Ich stelle fest, dass Sie bei Ihrer Reise in die Türkei wieder einmal Glück gehabt haben«, sagte die erste Stimme. Sie kam Kate zwar bekannt vor, doch sie konnte sie nicht einordnen. Eine männliche, niveauvolle Stimme ohne erkennbaren Akzent.

»Ja, der Trip hat sich als durchaus profitabel herausgestellt«, antwortete die zweite, ebenfalls männliche Stimme. Diese erkannte Kate sofort: Sie gehörte Timothy Happle, dem Mann mit dem lackschwarzen Haar und dem sarkastischen Gesichtsausdruck. »Wir werden demnächst den ältesten Sohn meiner Gastgeber im Bartlemas College begrüßen dürfen.«

»Wie schön für uns. Hatten Sie eine angenehme Reise?«

»Die Annehmlichkeiten entsprachen voll und ganz meinen Wünschen«, erwiderte Happle.

»Gut, dann lasse ich Ihnen in den nächsten Tagen ein Memo mit der neuesten Bedarfsliste der Bibliothek zukommen«, sagte der erste Sprecher. »Es ist schön, einen so kooperativen Kollegen zu haben.«

»He«, funkte Martha dazwischen, »belauschen Sie öfter die Unterhaltungen anderer Leute?«

»Meistens«, gab Kate zu. »Es sei denn, sie sind so langweilig wie diese hier.«

Auf der anderen Seite des Gebüschs entfernten sich Schritte, doch jetzt konnte Kate die andere Stimme einordnen. Vermutlich handelte es sich um den Bibliothekar des Bartlemas, Brian Renfrew. Seine Ausrede, zu einem Meeting ins Leicester College zu müssen, war wohl eine kleine Unwahrheit gewesen. Kate fragte sich, warum er sie unnötigerweise angelogen hatte.

»So«, wandte sie sich an Curtis und Martha, »höchste Zeit für den Rosen- und den Gemüsegarten. Ich fürchte zwar, dass die Rosen ihre üppigste Blüte hinter sich haben, aber der Duft ist einfach unglaublich.«

Ein junger Mann kreuzte ihren Weg. Er schob eine Schubkarre voller Stecklinge in Plastiktöpfen.

»Das ist Barry«, sagte Kate. »Der Gärtnerlehrling. Er will vermutlich zum Gewächshaus.«

Barry sah sie an und erschrak. Er schien sich zu fragen, worüber um alles in der Welt sie eigentlich redete.

KAPITEL 10

… geschwind wie unter Segeln flog er her,
Zophiel, der Cherub mit den schnellsten Schwingen …

John Milton, *Paradise Lost, IV*

»Weißt du, Psychologie hat mich schon immer interessiert«, sagt Zophiel.

»Die der Menschen oder die der Engel?«, fragt Christopher.

»Die der Menschen natürlich. Ich glaube nicht, dass man bei Engeln von Psychologie sprechen kann. Sollte es dennoch der Fall sein, verfügen sie in dieser Hinsicht über kein sehr ausgedehntes Betätigungsfeld.«

Christopher muss diese Antwort erst einmal verdauen, ehe er weiterfragt. »Sie haben also die Psychologie der Menschheit studiert. Und zu welchem Ergebnis sind Sie gekommen?«

»Ich habe mich vor allem der Psychologie von Opfern gewidmet. Genaugenommen habe ich nur aus diesem Grund die Aufgabe am östlichen Tor des Garten Eden übernommen. Normalerweise ist es nicht Sache eines Cherubs, an dieser Stelle zu wachen. Ich hoffe, du weißt die Tatsache zu schätzen. Meine Stellung ist eine viel höhere.«

»Kann ich mir denken. Es ist sicher keine Arbeit für einen so schnellen Engel wie Sie. Wie bezeichneten Sie sich noch? Gottes geschwindesten Engel?«

Zophiel lächelt. »Richtig. Ich bin mehr als nur ein hübsches Flügelpaar. Ich bin mit einem fähigen Gehirn ausgestattet und studiere daher, wie schon gesagt, die Problematik von Opfern. Wusstest du zum Beispiel, dass achtzig Prozent aller Diebstahlsdelikte an lediglich fünfundzwanzig Prozent der Menschheit ausgeübt werden? Und wie es eine Eigenart der Persönlichkeit gibt, die einen Menschen zum Verbrecher macht, muss es eine andere Eigenart geben, die ihn zum Opfer stempelt. Es ist etwas in seinem Heranwachsen, ja, in seiner gesamten Geschichte, das ihn zum Opfer eines Verbrechens prädestiniert. Und wenn dies bereits auf ein relativ häufiges Delikt wie Diebstahl zutrifft, um wie viel mehr muss es sich bei einem in deiner Heimatstadt so seltenen Verbrechen wie Mord bewahrheiten.«

»Interessant. Das ist also der Grund, warum Sie so vertraulich mit mir sprechen. Sie brauchen Fakten. Sie wollen, dass ich Ihre Theorie beweise oder widerlege.«

»Natürlich genieße ich die Annehmlichkeit deiner Gesellschaft, jedoch muss ich zugeben, dass ich mit meinem Interesse an deiner Geschichte ein weiteres Motiv verfolgt habe. Überdies scheint mir, dass sich allmählich ein Muster abzeichnet.«

»Was meinen Sie damit? Wir kennen doch die Kriecher, die irgendwann Opfer werden. Aber ich kann Ihnen versichern, dass ich ganz und gar nicht so bin – oder war. Ich war ein selbstsicherer, beliebter Mann. Wenn mich jemand ausgenutzt hätte, er hätte es nicht überlebt. Ich sehe mich nicht als Opfer – Sie etwa? Viola schon eher. Sie hatte definitiv etwas Opferhaftes. Zugegeben, sie hat bei unserem

kleinen Abenteuer ziemlich viel verloren. Und es ist durchaus möglich, dass mich ein Stück Schuld daran trifft. Aber warum war die dumme Kuh auch so vertrauensselig? Ich glaube, man muss lernen, anderen Menschen nicht allzu leicht zu vertrauen. Ich habe ihr zu einer wichtigen Lektion verholfen.«

»Trotzdem«, wendet Zophiel ein. »Da existiert ein Muster. Hast du dein Geldbeschaffungssystem bei der Wohlfahrt weiterverfolgt?«

»Merkwürdigerweise sind die Leute bei der Wohlfahrt ziemlich realistisch«, sagt Christopher. »Kaum zu glauben, oder? Jedenfalls bot sich hier nicht die geringste Möglichkeit.«

»Du bist also weitergezogen.«

»Ans Bartlemas College. Richtig.«

»Darüber würde ich gern mehr erfahren. Ich möchte sehen, ob sich das Muster weiterentwickelt. Denn ich weiche nicht davon ab, dass du wirklich ein Opfer bist. Du wurdest von einem hohen Turm gestürzt, und zwar von jemandem, den du zu kennen glaubtest. Wie erklärst du dir das?«

»Sie sind der Experte in Sachen Psychologie. Sagen Sie es mir.«

»Dann musst du mir noch mehr von deinem Leben erzählen. Erst wenn ich alles weiß, kann ich es dir erklären.«

»Würden Sie das tun?«

»Es wäre besser, wenn du selbst auf die Zusammenhänge kämst. Es ist viel befriedigender, als sich alles erklären zu lassen. Aber bitte, fahre fort!«

»Wo war ich stehen geblieben?«

»Du hast von deinem Vater gesprochen. Dass du ihm sehr ähnlich warst. Wie du seine Freundin ver-

grault hast, ihn in einem Altenheim hast vor sich hin vegetieren lassen, und wie die Freundin sich gerächt hat. Dann sprachst du von der armen, hinters Licht geführten Viola und wie sie es dir heimgezahlt hat, ohne dir allerdings in Sachen Bösartigkeit das Wasser reichen zu können.«

»Das habe ich Ihnen erzählt? Mir erschien es ganz anders.«

»Kommen wir zur nächsten Station – Bartlemas und Briony.«

»Nach einer gewissen Zeit bei der Wohlfahrt, wo ich lernte, wie man zaudernden Spekulanten Geld aus der Tasche zieht, wurde ich dieser frustrierenden Arbeit müde.«

»War es die Bürokratie der Wohlfahrt, die dir die Illusionen raubte?«

»Eher die Art, wie sie den Daumen auf ihre Finanzen hielten. Es gab keinerlei Spielraum für gewisse Manöver, nicht die geringste Möglichkeit, das eigene Einkommen auf kreative Weise aufzubessern. Auch keine Vergünstigungen. Und keinen Dienstwagen. Insgesamt ziemlich trübe Aussichten. Also orientierte ich mich anderweitig.«

»Oxford?«

»Oh, zunächst arbeitete ich noch hier und da und perfektionierte meine Kenntnisse in jeglicher Art von Kapitalbeschaffung. Allmählich wurde ich eine bekannte Größe auf meinem Arbeitsgebiet. Als ich etwa dreißig war, warb mich eine Headhunter-Firma für eines der Colleges in Oxford an. Nachdem die Regierung die Zuschüsse für Bildung gekürzt hatte, begannen die Universitäten damit, nach amerikanischem Vorbild ehemalige Absolven-

ten um Geld für ihre laufenden Ausgaben anzugeben. Sie machten mir ein Angebot, dem ich nicht widerstehen konnte.«

»Und so nahmst du deine letzte Arbeitsstelle an.«

»In der Finanzverwaltung des Bartlemas College.«

»Und dort hast du das richtige Betätigungsfeld für deine Bestrebungen gefunden?«

»Dort erkannte ich, dass Betrug eine Lebensart ist. Ich brauchte eine gewisse Zeit, bis ich die verschiedenen bereits in Benutzung befindlichen Systeme durchschaut hatte und meine eigenen Bemühungen so koordinieren konnte, dass ich niemand anderem ins Gehege geriet – gegen einen gewissen Obolus oder einen bestimmten Prozentsatz natürlich. Und dann kam Briony.«

»Ich nehme kaum an, dass sie deine Unehrenhaftigkeit guthieß.«

»Darüber weiß ich nichts. Hingegen weiß ich sehr wohl, dass sie nicht dazu erzogen wurde, ihr Leben in ehrlicher Armut zu verbringen.«

»Armut? Beim Gehalt eines Verwaltungsbeamten in Oxford? Wohl kaum!«

»An Ihren oder meinen Maßstäben gemessen vielleicht nicht, an Brionys allerdings durchaus.«

»Ich glaube, wir kommen den Gründen für dein Ableben allmählich näher. Ich bin ganz Ohr.«

»Finden Sie nicht, dass unsere heutige Sitzung längst den üblichen Rahmen sprengt? Reden wir nicht schon zu lang? Vielleicht sollten wir mit dem nächsten Teil der Geschichte bis morgen warten.«

»Ich sagte dir bereits, dass ›morgen‹ für mich keine Bedeutung hat.«

»Schön – also, das nächste Kapitel kann noch ein

wenig warten. Kommen Sie damit zurecht? Sind Sie mit diesem Begriff vertraut?«

»Voll und ganz.«

Am Donnerstag war es warm und sehr schwül. Graue Wolken hingen über der Stadt und hielten die heiße Luft unter einer bleiernen Schicht fest. Kein Lufthauch bewegte sich. Schon als sie ihre Studentengruppe zum Bus begleitete, fühlte sich Kate überhitzt und schlecht gelaunt. Um drei Uhr verließen sie Oxford und fuhren durch eine Landschaft, über deren dunklen Feldern und düsteren Hecken bläulicher Dunst lag. In der Ferne segelten Möwen wie glänzend weiße Perlen über einen braunen Acker.

Zu allem Unglück fand sich Kate überdies im Bus auch noch neben Martha Hawkins wieder, die die eineinviertelstündige Fahrt über die Autobahn für eine willkommene Gelegenheit hielt, Kate sämtliche unbeantworteten Fragen ihres Lebens zu unterbreiten. Sie begann mit: »Schreiben Sie mit einem Stift von Hand, oder benutzen Sie ein Textverarbeitungssystem?«, erkundigte sich anschließend, wie ihre Bücher veröffentlicht wurden, und wollte schließlich wissen, ob Kate auf die wahre Inspiration angewiesen war, um gute Texte schreiben zu können.

»Eher nicht«, antwortete Kate. »Wenn man von der Schriftstellerei leben will, muss man Bücher auf Nachfrage produzieren. Das hat oft wenig mit Inspiration zu tun.«

»Tatsächlich? Ich wusste nicht, dass Sie mit dem Schreiben Ihren Lebensunterhalt verdienen«, staunte Martha. »Schreiben Sie unter eigenem Namen?«

Als der Bus die ersten Hochhäuser und Vorstadtbetonwüsten passierte, wurde Martha schweigsam. Sie näherten sich dem Stadtzentrum von Birmingham. »So habe ich mir England nicht vorgestellt. Hier ist es ganz anders als in Oxford«, stellte sie schließlich fest.

»Gotische Häuser aus goldfarbenem Stein gibt es hier nicht. Auch keine Türme – mit oder ohne Zinnen – und keine weiten Wiesen am Ufer eines klaren Flusses.« Kate nickte. »Ich fürchte, Birmingham ist wirklich nicht mit Oxford zu vergleichen. Dafür gibt es hier einen ganz netten Kanal, und natürlich die Symphony Hall.«

Schließlich hielt der Bus. Kate und ihre Schützlinge stiegen aus. »Hier entlang!«, rief Kate und ging voraus. Sie folgten einer leicht ansteigenden Straße, die auf einen Betonklotz zuführte. Kate gelang es, so zu tun, als wisse sie, wo sie waren und wo sie hinmussten – glücklicherweise halfen ihr die überall in der Stadt aufgestellten Hinweisschilder.

»Und hier haben wir die Symphony Hall«, verkündete sie, als sie ein aus viel Glas bestehendes, weißes Bauwerk erreichten. Es war mit einer Art fluoreszierender Spaghetti dekoriert. Auf der Piazza vor dem Gebäude hob eine gigantische Skulptur den Arm wie zum Gruß. Kaum hatten sie das Foyer betreten, als Kate des größten Teils ihrer Gruppe verlustig ging – man strebte in Richtung Toiletten oder Snackbar. Das kleine Trüppchen Nikotinsüchtiger ließ sich auf Sesseln in einer Ecke nieder und zündete sich Zigaretten an.

Das Foyer wimmelte vor Menschen. Die berühmte Sängerin, deren Name Kate nicht behalten konnte, schien eine Menge Fans zu haben. Immer noch verspürte Kate nicht die geringste Lust auf Opernarien – vor allem nicht an einem so außergewöhnlich heißen Septembertag. Doch zumindest im Foyer war es kühl. Kate hoffte inständig, dass es auch im Konzertsaal eine Klimaanlage gab. Sie verspürte eine gewisse Erleichterung, der engen Atmosphäre Oxfords für eine Weile entkommen zu sein. Birmingham war eine moderne, weltoffene, europäisch orientierte Großstadt. Hier würde einem niemand nachschleichen und einen über die Brüstung eines gotischen Turms stürzen, geschweige denn geheimnisvolle, bedrohliche Nachrichten in Aktenordnern hinterlassen. Emma hatte Recht. Für diesen heißen, stickigen Nachmittag war Birmingham genau der richtige Ort. Hier konnte Kate sich entspannen. Hier war sie sicher. Endlich fühlte sie sich in der Lage, frohen Herzens zu den ihr anvertrauten Studenten zurückzukehren.

Nie hätte sie sich träumen lassen, wie viel Zeit und Gezänk vonnöten waren, um achtundvierzig nicht sonderlich kooperative Leute in der gleichen Anzahl völlig identischer, bunter Sitze unterzubringen. Mit Dreijährigen wäre es wahrscheinlich einfacher gewesen, dachte sie. Die konnte man sich unter den Arm klemmen, sie an den vorgesehenen Platz setzen und ihnen den Mund mit Zuckerzeug stopfen. Als endlich alle saßen, ließ Kate sich in ihren eigenen Sessel fallen. Wohlweislich hatte sie sich ans Ende einer Reihe platziert, denn dort musste sie das fade Geschwätz nur eines Sitznachbarn ertragen.

Das Konzert begann, und die Temperatur stieg. Im Programm lag ein weißer Zettel, der Kate bisher entgangen war. Die berühmte Sängerin hatte darum gebeten, die Klimaanlage abzuschalten, weil sie den Musikgenuss beeinträchtigen könnte. Schnell machte sich die Körpertemperatur der vielen Konzertbesucher in den oberen Rängen bemerkbar, wo Kate und ihre Schutzbefohlenen saßen. Schweißperlen kollerten Kates Rücken hinunter. Während unverständliche Lieder von Alban Berg über sie hinwegrauschten, versprach sie sich zur Belohnung das neueste Album von Kirsty MacColl, sobald sie nach Oxford zurückgekehrt waren. Wenigstens würde sie die Worte verstehen.

Ihr Platz am Ende der Reihe stellte sich als ausgesprochen schlaue Wahl heraus, denn als der Applaus abgeebbt war und die Lichter angingen, sah Kate sich in der besten Ausgangsposition für einen Sprint zur nächsten Bar und einem schönen, kühlen, gespritzten Wein. Hätte sie gewusst, wie heiß es im Saal werden würde, hätte sie in ihrer Handtasche eine Flasche Wasser eingeschmuggelt. Eine kleine Stimme meldete sich in ihrem Kopf: Sollte sie sich nicht um das Wohl der ihr Anvertrauten kümmern, ehe sie sich selbst versorgte? Zum Teufel mit den Studenten, antwortete eine deutlich vertrautere Stimme. Sie haben es nicht besser verdient. Kate beobachtete die zu den Bars strebende Menschenmenge.

Sie hatte es in der Tat geschafft, eine der Ersten zu sein. Schon wenige Minuten nach dem Pausenzeichen flanierte sie mit einem kühlen Getränk in der Hand über Balkone, beobachtete die Konzertbesucher und ging den Mitgliedern ihrer Gruppe tunlichst aus dem Weg. Der Ort erwies sich als einigermaßen ungeeignet für jemanden mit Höhenangst oder auch für Menschen, die lieber nicht gesehen werden wollten. Die Wände waren aus Glas, und hinter jeder Ecke warteten überraschende, manchmal Schwindel erregende Ausblicke auf Kate. Immer mit der Ruhe, mahnte sie sich. Sei froh, dass dies hier nicht der in Oxford vorherrschende, goldgelbe Stein ist, hinter dem Gefahren lauern. Und was deine Höhenangst angeht – gewöhne dich zunächst an wenige Meter, und dann erst allmählich an größere Höhen. Vorsichtig tastete sich ihr Blick zu einer der transparenten Wände. Auf der anderen Seite des Gebäudes, etwa fünfzehn Meter entfernt, lustwandelten ebenfalls Konzertbesucher. Kate hatte den Eindruck, ein Aquarium zu beobachten. Zwei Gestalten schwammen vorüber. Kate erkannte eine von ihnen. Oder? Es war ein sonnengebräunter Mann mit braunem Haar, der seinen Arm schützend um eine dunkelhaarige Frau gelegt hatte.

Kate vergaß ihre Angst. Sie flitzte durch den Korridor und eine Treppe hinunter, um einen besseren Blick auf das Paar zu haben. Ein Kleid in Schwarz und Bronze, eine wohlbekannte, auf einen Arm gelegte Hand. Robert Grailing. Er ging neben der Frau her, ohne mit ihr zu sprechen oder sie anzusehen. Sie wirkten sehr vertraut. Kate wusste sofort, dass die Dame seine Frau war. Die Frau, die seine Interessen nicht teilte und ihrer eigenen Wege ging. Die beiden waren ein schönes Paar. Einträchtig traten sie durch die Tür und verschwanden im Auditorium.

Kate vergaß Robert Grailing schnell, als sie Martha Hawkins entschlossen über den dicken Läufer des Korridors auf sich zukommen sah. Dank der Glaswände war sie gewarnt. Sie stürzte den letzten Schluck Wein hinunter, stellte ihr Glas auf dem nächstgelegenen Tisch ab, flitzte um eine Ecke und eine Treppe hinauf (wobei sie die Augen fest auf die Stufen geheftet hielt, um nicht schwindelig zu werden) und landete in einem anderen Stockwerk, wo sich ebenfalls Leute um eine Bar drängten. Vorsichtig näherte Kate sich dem blauen Geländer und spähte nach unten. Hatte sie Martha und die anderen Studenten abhängen können? Im Augenblick sah sie sich nicht in der Lage, auf Marthas endlose Fragen zu antworten. Genau unter ihr stand ein mit weißem Tischtuch und Kaffeetassen gedeckter Tisch. Kate bewegte sich ein Stückchen weiter, um mehr Leute sehen zu können. Zwar war das Geländer hier niedriger, doch Kate wollte ganz sichergehen, dass sie Martha entkommen war. Ja, da stand sie, mit gerunzelter Stirn und einem Glas mit rotem Inhalt in der Hand.

In diesem Moment spürte Kate ein Prickeln zwischen den Schulterblättern, das weder mit ihrer Höhenangst zu tun hatte, noch mit der Tatsache, dass sie sich über ein niedriges Geländer lehnte. Jemand sah sie an, dessen war sie ganz sicher. Wenn sie sich jetzt ganz schnell umdrehte, würde sie vielleicht erkennen, wer es war. Vielleicht könnte sie so die Fragen nach dem Geheimnis um Chris' Tod und den Drohanrufen auf ihrem Anrufbeantworter mit einem Schlag lösen.

Eine starke Hand drehte Kate den Arm auf den Rücken, eine zweite presste sich mitten auf ihre Wirbelsäule. Kate erstarrte. Wenn die Hand nur ein wenig stärker drückte, würde Kate ihr Gleichgewicht nicht mehr halten können.

»Keine Bewegung! Dreh dich nicht um!«, flüsterte eine Stimme. Männlich? Weiblich? Kate hätte es nicht sagen können.

»Das ist meine letzte Warnung«, fuhr die Stimme fort. Die Hände zwangen sie weiter, sich über den Abgrund zu beugen. »Sieh dort hinunter. Wie fändest du es, mitten auf diesem Tisch zu landen?« Vor ihrem inneren Auge sah Kate zertrümmertes Porzellan, verschütteten Kaffee und einen zerschmetterten Körper auf dem schneeweißen Tischtuch. Und zwar unangenehm deutlich. Blut. Gebrochene Knochen. Sie schloss die Augen. Sie würde das gleiche Ende nehmen wie Chris Townsend. Sie wusste es.

Plötzlich erklang eine Glocke, und Kate durfte sich aufrichten. Sie hörte, wie die Leute hinter ihr sich in Bewegung setzten. In einer Minute wäre sie mit ihrem Angreifer allein.

»Halt dich da raus, sonst bist du tot!«

Und mit einem Mal war sie frei. Schwankend drehte sie sich um. Wer war es, der sie bedroht hatte? Doch alles, was sie sah, waren viele Rücken, die in den Konzertsaal zurückströmten, um sich an der zweiten Hälfte des Liederabends zu ergötzen. Langsam folgte sie ihnen.

»Möchten Sie den Sitz am Gang?«, fragte sie Martha höflich. Eingerahmt von Studenten der Genreliteratur fühlte sie sich sicherer, als allein da draußen jedem vorbeikommenden Mörder ausgeliefert zu sein.

Während die Sängerin und ihr musikalischer Begleiter unter donnerndem Applaus auf die Bühne zurückkehrten, versuchte Kate, sich genau an alle Einzelheiten des Geschehens zu erinnern.

Hatte die Hand auf ihrem Rücken einem Mann oder einer Frau gehört? Sie war stark genug für einen Mann gewesen, doch auch eine gut durchtrainierte, gesunde Frau konnte durchaus so fest zupacken. Die Stimme war von einer Stelle oberhalb ihres Ohres gekommen – der Angreifer musste also größer als sie selbst gewesen sein. Allerdings gab es viele Menschen, die ihre eins fünfundsechzig überragten. Zum Klang von Wagnerarien versuchte Kate, sich an weitere Details zu erinnern, doch ihr mit Todesangst erfülltes Gedächtnis gab nichts mehr preis.

Auf dem Rückweg freute sie sich, im Bus am Fenster sitzen zu dürfen. Marthas laute Stimme nagelte sie fest.

»Sie müssen Ihre Werke in der Öffentlichkeit bekannter machen«, salbaderte sie. »Haben Sie schon einen Verlag in Amerika? Nicht? Nun, Sie sollten immer daran denken, dass die Leute es nicht mögen, wenn den Hauptpersonen unangenehme Dinge widerfahren.«

Niemand würde an Martha vorbeikommen und Kate angreifen. Wenigstens eine weitere Stunde lang wäre sie in Sicherheit. Gerne würde sie dafür sorgen, dass ihren Protagonisten keine unangenehmen Dinge widerfuhren; sie wünschte sich nur, dass jemand das Gleiche für sie tat.

Zu Hause stellte Kate fest, dass sie Hilfe brauchte. Ob Andrew schon aus Kalifornien zurück war? War

Paul daheim? Und mit wem von beiden wollte sie lieber sprechen?

Schließlich rief sie beide an, doch keiner der beiden meldete sich. Auch bei den Nachbarn rührte sich nichts. Wahrscheinlich waren sie ausgegangen. Wer sonst kam in Frage? Rob Grailing konnte sie schlecht anrufen; sie hatte jedes Vertrauen zu ihm verloren. Auch ihre Freundinnen schieden aus; sie würden sie nie und nimmer ernst nehmen. »Nicht schon wieder, Kate!« Sie konnte ihre Vorwürfe geradezu hören. »Wann bekommst du endlich deine Fantasie unter Kontrolle?«

Kate streifte durch das kleine Haus, überprüfte die Fensterschlösser und schob den Riegel der Hintertür vor. Mehr Sicherheit war nicht möglich. Sie setzte sich auf ihr rosa Sofa und suchte Trost bei ihrer rot getigerten Katze Susannah. Glücklicherweise war Susannah ihre sporadischen Kuschelanfälle gewöhnt und ließ sie sich gerne gefallen. Ob sie den Fernseher aus dem Schrank holen sollte, wo er die meiste Zeit ungenutzt herumstand? Wenn sie das Gerät schön laut aufdrehte, konnte sie vielleicht ihre Ängste vergessen, würde jedoch einen eventuellen Eindringling möglicherweise überhören.

Das Telefon klingelte. Langsam ging sie hin und wollte gerade abnehmen, als der Anrufbeantworter ansprang.

Sie hörte zunächst ihre eigene Ansage, anschließend den Piepton und dann die mittlerweile vertraute Stimme. »Kate Ivory«, zischte sie, »steck deine Nase nicht in fremde Angelegenheiten, sonst bist du dran!«

Oh, ich mische mich ganz bestimmt nicht ein,

dachte sie, während sie das blinkende Lämpchen beobachtete und zuhörte, wie das Band sich zurückspulte. Aber alles wäre viel einfacher, wenn ich wüsste, was deine Angelegenheiten sind und wo ich mich heraushalten soll. Paul hatte wahrscheinlich Recht. Wer ihr da drohte, schien zu vermuten, dass sie viel mehr wusste, als es tatsächlich der Fall war. Was könnte sie gesagt oder getan haben, um ihm diesen Eindruck zu vermitteln? Kate ließ die vergangenen Wochen Revue passieren, doch ihr fiel nichts ein.

Hatte sie vielleicht etwas gesehen oder gehört, ohne dessen Bedeutung zu erkennen? Sie wünschte, sie könnte sich erinnern. Es war paradox, aber wenn sie sich aus der besagten Angelegenheit heraushalten sollte, musste sie mehr darüber in Erfahrung bringen.

Der Ärger hatte angefangen, als sie den Job im Bartlemas College angenommen hatte – also musste es damit zu tun haben, so viel war klar. Sie würde morgen zur Arbeit gehen und richtig herumschnüffeln. Viele Leute hatten sich für den Inhalt ihrer Schreibtischschubladen interessiert. Steven Charleston zum Beispiel, vielleicht aber auch Rob Grailing. Wahrscheinlich hatte auch Sadie darin herumgewühlt, ehe Kate den Arbeitsplatz übernahm. Vielleicht hatte man auch in den Computerdateien herumgestöbert. Der Rechner verfügte nicht über einen Passwortschutz, da es sich weder um private noch vertrauliche Dokumente handelte. Sadie mit ihrer Abneigung gegen Maschinen war es wohl kaum gewesen, aber jeder andere hätte sich seelenruhig dort umsehen können, während sie in Birmingham dem Kunstgenuss frönte. Vielleicht hatte jemand angenommen, dass es etwas von Interesse aufzustöbern gab, doch Kate selbst hatte nichts als ganz normale Briefe und Memos vorgefunden, die von jedem Beliebigen geschrieben worden sein könnten. Was natürlich nicht bedeutete, dass man dort nicht auch fündig werden konnte. Hatte sie wirklich in jedem Ordner und Unterverzeichnis nachgesehen? Sie musste sich unbedingt die Zeit nehmen, das zu tun. Immerhin hatte Christopher Townsend etwas entdeckt, und irgendwer nahm wohl an, dass sie ebenfalls darüber gestolpert war. Der Betreffende hielt sie – aus welchem Grund auch immer – für eine ausgesprochen neugierige Person, die möglicherweise bewusst in die Entwicklungsabteilung eingeschleust worden war, um Unstimmigkeiten aufzudecken. Natürlich entsprach das nicht den Tatsachen, zumindest bisher nicht. Doch vielleicht sollte sie versuchen, ihrem Ruf gerecht zu werden. Die Gefahr wurde dadurch nicht größer. Schließlich bedrohte man sie schon jetzt, obwohl sie noch völlig ahnungslos herumlief. Wenn Kate genauer darüber nachdachte, hatte sie durchaus Hinweise auf verschleierte Aktivitäten zum Geldverdienen entdeckt; die meisten Fälle waren vermutlich nicht ganz legal, möglicherweise sogar kriminell. Und jeder, der in diese Machenschaften verwickelt war, musste jetzt befürchten, dass sie ihn bloßstellte.

Wer aber war wichtig genug, dass es ihm etwas ausmachen könnte? Natürlich hatte Kate die unternehmerischen Tätigkeiten im Garten bemerkt und wusste, dass die Gärtner sich darüber im Klaren waren. Doch selbst wenn Dave Evans während seiner Arbeitszeit Setzlinge züchtete und verkaufte und dabei das Material des Colleges in Anspruch nahm, konnte sie sich nicht vorstellen, dass er sie deshalb mit Drohungen und gar Handgreiflichkeiten verfolgen könnte. Hatte sie etwa jemals behauptet, ihn anschwärzen zu wollen? Warum also sollte er wütend auf sie sein? Das Gleiche galt für den Pförtner und seine kleinen Besichtigungstouren außer der Reihe. Würde sich überhaupt jemand darum kümmern, wenn sie diesbezüglich Bericht erstattete? Kate hatte eher den Eindruck, dass jeder, angefangen beim Rektor bis hin zum kleinsten Angestellten, die Schultern zucken und ihm viel Glück wünschen würde.

Völlig anders verhielt es sich hingegen mit der Frau des Rektors. Kate war sich sicher, dass Honor Flint ausgesprochen strenge Ansichten über Ehrbarkeit hatte und selbst kleinere Abweichungen keinesfalls duldete. Sollte sie die alte Schachtel tatsächlich mit der Wahrheit konfrontieren und sie fragen, ob sie ebenfalls schon bedroht worden war?

Kate klemmte sich Susannah unter den Arm, holte das Fernsehgerät aus dem Schrank, zappte sich zu einer etwas wirren amerikanischen Krimi-Serie durch und sah eine Stunde lang konzentriert zu. Anschließend rief sie ein paar Freunde an und lud sie für später in der Woche zu einem gemeinsamen Essen ein. Zumindest an einem Abend in dieser Woche wäre sie so das unangenehme Gefühl los, das ihr in den letzten Tagen das Alleinsein zu Hause vergällte. Sie schaltete den Fernseher erneut ein, trank ein Glas Wein und aß vor dem Zubettgehen eine ganze Packung Schokoladenkekse.

Am nächsten Morgen war es immer noch warm. Kate hatte Schwierigkeiten, die Augen offen zu halten und sich auf das Thema des morgendlichen Seminars zu konzentrieren. Eine träge Schmeißfliege surrte immer wieder gegen das Fenster, und Kate ertappte sich dabei, ihr mit den Augen zu folgen und ihrem Summen zu lauschen, bis ihr der Kopf auf die Brust sank. Sie riss die Augen auf und setzte sich aufrecht. Gleich würde man sie bitten, selbst einen Beitrag zu dem sinnlosen Wortsalat zu leisten. Sie versuchte, sich auf die Diskussion zu konzentrieren.

Gerade hatte Angela Devitt das Wort ergriffen. »Meiner Ansicht nach erfordert das Genre Kriminalroman wegen seiner surrealen Eigenart ein besonders farbiges Vokabular. Hier sind gerade wir Frauen gefordert, unsere eigene Sprache einzubringen, unsere spezifischen Worte, wenn Sie so wollen, um den Effekt des Geschriebenen zu steigern. Immerhin geht es um den Tod. Daher sollte die Sprache mitfühlend, aber auch ausdrucksstark sein. Sozusagen ein Sturmangriff auf die Gefühle.«

Tod und Sprache, dachte Kate. Was redet sie da eigentlich? Tod – das ist ein junger, gut aussehender Mann, der über die Brüstung eines Turmes fällt und zerschmettert auf dem Boden landet. Welcher Sprache bedarf es, um ein solches Geschehen zu beschreiben? Nichts als ungeschnörkelter Worte. Keine Effekthascherei der Welt würde die Sache realer, geschweige denn akzeptabler machen.

»Wenn wir schon über Kriminalromane sprechen, sollten wir dann nicht lieber zunächst das Genre definieren?«, fragte Sharen Cobb. »Und wo sollen wir in diesem Fall beginnen? Bei Wilkie Collins? Bei Poe? Oder sollten wir uns gleich dem so genannten Goldenen Zeitalter zwischen den beiden Weltkriegen zuwenden?«

»Eine gute Frage«, nickte Angela Devitt, die ganz und gar nicht erbaut darüber schien, ihren rhetorischen Fluss derart unterbrochen zu sehen. »Vielleicht können wir die Definition des Genres gemeinsam erarbeiten. Wer möchte anfangen? Curtis?«

Wenn ich in der Lage wäre, mein Genre zu definieren, dachte Kate, dann könnte ich möglicherweise auch mein Verbrechen lösen. Oder sollte es etwa hier so sein wie auch sonst so häufig im Leben: Je genauer man die Theorie kennt, desto schlechter ist es um die Praxis bestellt? Das Ganze erinnert an eines dieser von Psychologen erfundenen Spielchen, die beweisen sollen, dass mehr Wissen zu weniger effektivem Handeln führt.

»Zunächst sollten wir vielleicht den Dualismus definieren, der jedem Kriminalroman eigen ist. Nur so können wir ihm wirklich auf den Grund gehen«, schlug Curtis vor.

Sollten wir das tun?, überlegte Kate. Ich glaube nicht. Lieber sollten wir uns um die kleinen und großen Verbrechen kümmern, die in diesem ehrwürdigen Gemäuer begangen werden. Und darum, wer sie begeht. Ich möchte wissen, warum der oder die Betreffenden mich, ausgerechnet mich, als Bedrohung empfinden. Jemand scheint der Ansicht zu sein, dass ich drauf und dran bin, ihn – oder vielmehr sie, denn wahrscheinlich sind es mehrere – vor aller Öffentlichkeit bloßzustellen.

»Ich glaube eigentlich, dass wir hier nicht von Dualismus sprechen sollten, sondern eher von paradigmatischem Pluralismus«, sagte Sharen. »Außerdem sollten wir die eigentliche Erzählung vom Thema trennen, oder ist jemand anderer Ansicht? Ich möchte meine Art der Interpretation niemandem aufdrängen.«

Kate nickte enthusiastisch, merkte aber noch rechtzeitig, dass sie einem semiotischen Irrtum erlegen war, und wechselte rasch zu Kopfschütteln.

»Wahrscheinlich weiß jeder von uns«, sagte Curtis, »dass die nicht erzählte Geschichte – die Geschichte der Ereignisse in der Vergangenheit – die eigentlich wahre und wichtige ist. Die in der Gegenwart angesiedelte Geschichte, wie das Verbrechen aufgedeckt wird, ist im Grund insignifikant.«

Ganz und gar nicht, dachte Kate. Die gegenwärtige Geschichte ist alles andere als insignifikant. Sie hinterlässt überall Spuren und Drohbriefchen. Aber wenn ich die Botschaften nicht richtig interpretiere und den anderen, den unsichtbaren, aber immens wichtigen anderen, zu einer Lösung verhelfe, könnte ich durchaus zu einem Teil der Geschichte in der Vergangenheit werden.

KAPITEL 11

... nullus daemon suapte natura mas est, vel foemina. Compositorum enim sunt huiusmodi passiones: corpora verum daemonum simplica sunt ductu, flexuque; facilia, ad omnemque, configurationem naturaliter apta.

Michel Psellus, *De Daemonibus*

Du siehst aus, als wäre dir kalt«, sagt Zophiel. »Warum kommst du nicht hier zum Feuer?«

Es ist kein Feuer, denkt Christopher, nur ein flammendes Schwert. Aber es ist sicher wärmer.

»Setz dich und fahre mit deiner Geschichte fort.«

Ich lernte Briony Shorter während meiner ersten Wochen in Oxford kennen. Ihre Eltern wohnten in einem üppig ausgestatteten Haus in einem Dorf etwa fünfzehn Kilometer außerhalb von Oxford, Briony selbst lebte während der Woche in einer Studentenwohnung in einem hübschen Haus im Norden der Stadt. Sie war damals Anfang zwanzig und absolvierte eine kaufmännische Ausbildung.

Briony war ein ruhiges, etwas nervöses Mädchen. Ich benutze absichtlich den Ausdruck »Mädchen«, denn ihre Eltern hatten ihr nie gestattet, eigene Entscheidungen zu treffen und dadurch vom Mädchen zur jungen Frau heranzureifen.

Ihre Eltern waren sehr einflussreiche Leute – der Vater ein ambitionierter Akademiker, die Mutter eine erfolgreiche, streitbare Anwältin, die häufig feministische Angelegenheiten vertrat und sich auf das Erstreiten finanzieller Unterstützung für verlassene Ehefrauen spezialisiert hatte. Die Eltern hatten hohe Ansprüche an Briony gestellt, die von der Tochter jedoch nie erfüllt wurden. Allerdings glaube ich, dass kein Einzelkind allen Ansprüchen seiner Eltern genügen kann. Als Kind war jede Minute in Brionys Leben verplant gewesen. Sie bekam Klavier- und Tanzstunden, lernte reiten, Fahrrad fahren, schwimmen und segeln. Auf keinem der Gebiete war sie eine Leuchte. Ihre schulischen Leistungen pendelten sich im unteren Klassenviertel ein, was dazu führte, dass die Eltern sie zu noch mehr Aktivitäten drängten. Briony dachte nur noch an Flucht.

Weil Brionys Eltern ganz in ihren Berufen aufgingen, wurde das Haus von einem Mann in Ordnung gehalten, der fünf Mal in der Woche kam und auch putzte. Um den Garten kümmerte sich eine gewisse Doris Webster. Miss Webster war Künstlerin. Sie hatte eine Ausbildung in einer Londoner Kunstakademie absolviert und verfügte über einiges Talent, doch es war ihr nie gelungen, mit ihrer Malerei ihren Lebensunterhalt zu verdienen. Auch besaß sie keinerlei pädagogische Fähigkeiten und hatte überdies keine Lust, als Lehrerin zu arbeiten. Sie wechselte also zur Gärtnerei, wo sie ihre künstlerischen Eingebungen und möglicherweise auch ihren unbefriedigten Wunsch nach Mutterschaft dadurch kompensierte, gesunde, starke Pflanzen zu züchten und pittoreske Ausblicke zu kreieren.

Doris Webster stellte für Briony alles das dar, was ihre Mutter nicht sein konnte. Ihr langsam ergrauendes Haar war meist nicht sehr ordentlich und wurde von ihr selbst ab und zu mit einer Haushaltsschere auf Ohrlänge gekürzt. Sie hatte wettergegerbte Haut und immer schmutzige Fingernägel. Im Sommer trug sie Jeans, im Winter Cordhosen und zu jeder Jahreszeit Männerhemden und dicke Arbeitsschuhe. Sie redete wenig, aber wenn sie es tat, dann war ihre Stimme so leise und freundlich, als wolle sie den Garten überzeugen, von selbst und ohne Zwang in die von ihr gewünschte Form zu wachsen.

In Doris Websters Gesellschaft fühlte Briony sich wohl. Doris erwartete nichts von dem kleinen Mädchen; bei ihr bestand das Leben nicht mehr nur aus Konkurrenzkampf. Briony begann, beim Jäten zu helfen, und lernte, was sie auszupfen sollte und was nicht. Später durfte sie Gemüsebeete umgraben, Kletterpflanzen beschneiden und erfuhr, wie man Ableger schnitt und zum Wurzeln brachte. Sie lernte den Umgang mit Anzuchttöpfen, Frühbeeten und Gewächshäusern.

Nachdem Brionys Abschlussnoten nicht für eine dem Geschmack ihrer Eltern angemessene Universität ausreichten, wurde das junge Mädchen auf eine Reise durch Europa geschickt und bei den unterschiedlichsten Studienfreunden der Eltern untergebracht.

Briony studierte die Gärten ihrer Gastgeber.

Als sie nach England zurückkehrte, war ihr Interesse womöglich noch gewachsen. Man schickte sie nach Amerika, doch statt sich den vorgesehenen Vorlesungen an der Universität zu widmen, verbrachte sie ihre Zeit mit den Gärtnern in den schön angelegten Parks der Hochschule und lernte noch mehr über Pflanzen und ihre Lebensweise.

Schließlich beschlossen die Shorters, dass es für Briony höchste Zeit wäre, einen Beruf zu erlernen. Sie wurde auf eine Handelsschule geschickt, wo sie Steno, Tippen, den Umgang mit einem Computer und Buchhaltung lernte. Morgens saß sie im Klassenzimmer und übte Kurzschrift oder das Ausschneiden und Einfügen mit einem Textverarbeitungsprogramm, am Nachmittag streunte sie heimlich durch die Universitätsgärten und unterhielt sich mit den Gärtnern.

Bei einer solchen Gelegenheit lernte ich sie kennen.

Habe ich Briony schon beschrieben? Nicht?

Sie war recht groß. Ihre zarte, biegsame Gestalt täuschte, denn immerhin grub sie viel und stemmte schwere Schubkarren, ganz zu schweigen vom Umgang mit Steinen und dem Anmischen von Zement. Sie hatte lange, schlanke Arme und kräftige Arbeiterhände mit schmutzigen Fingernägeln. Ihr kleines, rundes Gesicht zeigte immer einen argwöhnischen Ausdruck, als ob sie darauf wartete, kritisiert zu werden. Sie hatte eine leise Stimme und traute sich keine eigenen Ansichten zu. Ich nehme an, sie war so sehr daran gewöhnt, dass ihre Eltern bei jeder Gelegenheit voller Selbstvertrauen ihre Überzeugungen aussprachen, dass sie es überflüssig fand, eigene Ansichten zu entwickeln, für die sich vermutlich sowieso niemand interessiert hätte.

»Deiner Beschreibung nach war sie ein armes, dummes Ding. Eigentlich völlig uninteressant.«

»Sie hatte ihre guten Seiten. So war sie zum Bei-

spiel eine ausgesprochen beruhigende Gefährtin. Nie unterbrach sie mich oder zwang mir irgendwelche Ideen auf. Sie hörte mir immer aufmerksam zu, blickte mich bewundernd an, wenn ich sprach, und lächelte ihr geheimnisvolles Lächeln.«

»Nun, wenn du meinst. Ich fürchte, sie beginnt mich zu langweilen.«

Etwas fand ich besonders attraktiv an Briony: Es war ihr langes, blondes Haar, das sich über Schultern und Rücken wellte. Da sie sich ständig draußen aufhielt, hatte die Sonne helle Glanzlichter und Strähnen hineingezaubert. Es sah aus wie blasses Schildpatt. Ich liebte den Anblick, wenn es über die ausgebleichte Schulterpartie ihres Jeanshemdes fiel.

Außerdem will ich natürlich nicht verschweigen, dass mir durchaus bewusst war, wie reich Brionys Eltern waren. Allein das Haus nebst Garten und Pferdekoppeln war mindestens eine halbe Million Pfund wert. Beide Elternteile arbeiteten zudem weiterhin in ihren lukrativen Berufen. Sie waren so beschäftigt, dass sie kaum Zeit haben würden, das verdiente Geld auch auszugeben. Wer immer Briony heiraten würde, konnte wahrscheinlich eines warmen Geldregens sicher sein.

»Willst du mir etwa jetzt erzählen, dass es nicht so war?«

»Ich werde Ihnen alles über Briony und unser Leben in Oxford erzählen – allerdings auf meine Art und zu meiner Zeit.«

»Im nächsten Kapitel?«

»Schon möglich. Warten Sie es ab.«

Kate hatte dafür gesorgt, dass Imbiss, Klapptische, Stühle, Besteck sowie Wein und Gläser mit dem Auto zum Picknickplatz gebracht wurden. Es würde ein ziemlich großartiges Picknick werden, denn sie hatte außerdem Kantinenpersonal vom College zum Servieren angeheuert. Die Amerikaner würden wahrscheinlich glauben, dass man in England immer so verfuhr. Weiterhin war Kate mit einem Bauern übereingekommen – zufälligerweise war er ein Pächter des Colleges und daher nicht in der Lage, zu verhandeln –, dass sie seine Wiese am Fluss für das Picknick benutzen durften. Der Landwirt versprach, seine Stiere in sicherer Entfernung zu halten, konnte jedoch nicht dafür garantieren, dass es keine Kuhfladen, Mücken, Wespen oder wild gewordene Radfahrer geben würde. Die Wiese war über einen befahrbaren Weg erreichbar, sodass Tische und Imbiss einigermaßen bequem an Ort und Stelle transportiert werden konnten.

Im Vorfeld hatte es einen kurzen, peinlichen Moment gegeben, als Harry Bickerstaff verkündete, er wolle an dem Picknick teilnehmen, und über Kates Antwort, es gäbe keine freien Plätze mehr, sehr verletzt zu sein schien. Dem armen Kerl wurden wirklich alle Wohltaten der Konferenz vorenthalten, dachte sie. Doch was hätte sie tun sollen? Nie und nimmer hätten sie seinen Wanst in einen der Stakkähne bekommen, allenfalls mit einem Kran (und möglicherweise zwei Ochsen, um ihn anzutreiben). Der Koch hatte es rundweg abgelehnt, ihn im Lieferwagen mit der Verpflegung mitfahren zu lassen. »Wenn dieser Mann eine halbe Stunde mit dem Picknick allein bleibt, ist hinterher nicht mal mehr ein Hühnerbein übrig«, hatte er erregt protestiert, was möglicherweise nicht ganz fair war. Doch jetzt, auf dem Fluss, war Kate ganz froh, dass Bickerstaff nicht hatte teilnehmen können.

So müsste das Leben immer sein, dachte sie, lehnte sich im Boot zurück und ließ die Hand durch das Wasser gleiten. Ein junger Mann mit starkem Bizeps und Erfahrung mit Stakkähnen verdiente sich fünf Pfund die Stunde damit, dass er sie sanft zu ihrem Picknickplatz beförderte. Ohne die Studenten wäre es geradezu perfekt, sinnierte sie und beobachtete kleine weiße Wölkchen, die langsam über einen pudrig blauen Himmel segelten. Vögel zwitscherten in den Weidenbäumen, Bläss- und Moorhühner paddelten am Ufer entlang. Auch menschliche Wasserliebhaber ruderten oder paddelten in allerlei Fahrzeugen auf dem Wasser herum. Die Stimme von Martha Hawkins war so weit voraus im ersten Boot, dass Kate sich einbilden konnte, sie wäre gar nicht da.

An den Ufern wurde gepicknickt. Familien mit Kindern lagen im Gras oder warfen einander Frisbee-Scheiben zu. Hunde tobten herum. Ab und zu tuckerte ein Boot mit Außenbordmotor flussaufwärts. Es war eine geradezu klassische englische Atmosphäre, dachte Kate. Bäume und Flussufer prunkten in allen Schattierungen von Grün, der Fluss changierte zwischen grau und braun, und an den Ufern ergingen sich Frauen in hellen Baumwollkleidern, deren Haar in der heißen Septembersonne schimmerte.

»Sagen Sie«, rief eine der Studentinnen ihr zu – hieß sie nicht Sharen Cobb? –, »wie ordnen Sie die

Entwicklung des historischen Romans im Zeitalter der Postmoderne ein?«

Kate öffnete die Augen und dachte über die Frage nach. Am Ufer saß ein Pärchen und trank Weißwein aus einer kühl beschlagenen, grünen Flasche. Die beiden kamen Kate irgendwie bekannt vor, doch sie zog es vor, den Teil ihres Gehirns, der noch wach und funktionstüchtig war, Sharens Frage zu widmen. »Ich bin der Meinung, dass der Genreroman insgesamt von den Strömungen der Moderne und Postmoderne unberührt geblieben ist und weiterhin dem Mainstream des Realismus im neunzehnten Jahrhundert folgt«, begann sie und wiederholte damit eine Aussage, die sie von Faith Beeton gehört hatte.

Die ersten Boote hatten bereits das Weidendickicht in der Nähe des Picknickplatzes erreicht und wurden an den vorgesehenen Stellen vertäut. Mit knirschenden, arthritischen Gelenken kletterten die nicht mehr ganz taufrischen Studenten von »Geschlecht und Genre« an Land und folgten einem Pfad über die mit Butterblumen übersäte Wiese zu den Klapptischen, die blütenweiß eingedeckt waren. Ihre Schritte beschleunigten sich, und ihre Augen strahlten, als sie die Ansammlung gekühlter Weinflaschen auf einem der Tische entdeckten.

Kate schenkte ihren Schutzbefohlenen ihre ganze Aufmerksamkeit. Sie hatte sich bewusst in das letzte Boot gesetzt, um sofort zur Stelle sein zu können, falls einer der Teilnehmer zufällig ins Wasser fallen sollte. Jetzt erkannte sie, dass eine erheblich größere Gefahr darin bestand, dass sie auf den rutschigen Ufern ausglitten und im seichten Matsch stecken blieben.

»Wenn wir uns vor allem auf Wilkie Collins und Charles Dickens konzentrieren«, fuhr Kate fort und hoffte, Sharen so zu langweilen, dass sie endlich den Mund hielt, »dann erkennen wir ...«

Sie achtete so ängstlich darauf, dass beim Aussteigen niemandem – noch nicht einmal Martha – etwas passierte, dass sie das kleine, schnelle Boot mit starkem Außenbordmotor nicht bemerkte, das von stromaufwärts her unmittelbar auf sie zuhielt.

Alles geschah unglaublich schnell, erzählte sie Paul später, und war im Nu wieder vorbei.

Während sie sich noch über das Thema Genreroman verbreitete und Martha beobachtete, die sich unsicher an der Bootswand entlangtastete, nach einem Weidenzweig griff und sich ans Ufer zog, wurde ihr eigener Kahn plötzlich herumgerissen und wild schaukelnd in die Strömung abgetrieben.

Zwei Sekunden später lag Kate im Wasser.

Das Wasser fühlte sich erstaunlich kalt an, vor allem im Kontrast zu dem warmen, sonnigen Tag. Kate hatte bereits eine ordentliche Portion der schlammigen Brühe geschluckt, ehe sie verstand, was da gerade geschehen war. Sie begann mit Wassertreten. Ihre Füße streiften den Kies des Flussbettes. Hinter ihr röhrte der Außenborder. Er kam näher. Plötzlich spürte sie eine starke Hand auf dem Kopf, die sie nach unten in den modrigen Grund drückte. Dieses Mal besaß Kate allerdings die Geistesgegenwart, die Luft anzuhalten, und kam schnell wieder nach oben. Das Motorboot verschwand hinter der nächsten Flussbiegung. Eine nicht identifizierbare Gestalt in dunkelblauem Trainingsanzug duckte sich tief über das Steuer. Mann? Frau? Kate war nicht in der Lage, etwas zu erkennen. Schwimmend und wassertretend half sie dem jungen Mann, der das Boot gelenkt hatte, den Kahn wieder aufzurichten, und überprüfte, ob die drei anderen Passagiere aus dem Wasser geklettert und sicher am trockenen Ufer gelandet waren.

»Wer das getan hat, kennt mich nicht«, sagte sie später zu Paul. »Ich mag ja vielleicht unter Höhenangst leiden, aber im Wasser weiß ich genau, was ich zu tun habe. Oder glaubst du, sie wollten mir nur einen Denkzettel verpassen?«

»Kann ich dir nicht sagen«, erwiderte er. »In Oxford wird es vermutlich hunderte von Menschen geben, die sich danach sehnen, Kate Ivory zu ertränken.«

»Mehr Ernst, bitte! Hast du eine Ahnung, was das sollte? Und wer könnte es gewesen sein?«

»Ich glaube, du kennst die Antwort besser als ich.«

»Wie wäre es zum Beispiel mit Harry Bickerstaff? Er war wütend, weil ich ihn nicht mit zum Picknick genommen habe. Er mietete ein kleines Boot mit einem starken Außenbordmotor und kam zum Fluss, um mich umzunieten und zu ertränken.«

»Könnte er es denn gewesen sein?«

»Nur, wenn er zwischen Frühstück und Mittagessen mindestens fünfundsechzig Kilo abgenommen hat.«

»Ich glaube, du hast Recht. Jemand will dir einen Schreck einjagen oder dir drohen. Es waren so viele Leute da, dass du schwerlich ertrunken wärest. Außerdem sind deine Studenten viel mehr erschrocken als du. Den drei eher mittelalterlichen Damen in schicken Klamotten und Hut hat es wohl kaum

Spaß gemacht, sich im kalten, braunen Wasser wiederzufinden.«

»Daran habe ich noch gar nicht gedacht! Da könnte etwas dran sein.«

»Was meinst du?«

»Nun, ich glaube, ich habe bei den Studenten nicht gerade einen Stein im Brett. Die Mitarbeiter in der Finanzverwaltung grinsen schon immer, wenn ich ins Büro komme, und sagen Sachen wie ›Na, Kate, Lust auf ein paar Runden Schwimmen?‹ oder ›Nächstes Mal würde ich mir aber lieber einen Badeanzug überziehen!‹.«

»Blöde Witze eben. Was hattest du erwartet?«

»Wahrscheinlich hast du Recht. Vermutlich war es einfach ein unfähiger Idiot, der uns über den Haufen gefahren hat, weil er nicht richtig steuern konnte. Und er hat nicht angehalten oder umgedreht, weil er dazu nicht in der Lage oder vielleicht auch zu verlegen war.«

»Zumindest ist das die plausibelste Erklärung für jemanden, der nicht über deine blühende Fantasie verfügt.«

»Und weißt du was? Ich habe noch nicht einmal von dem Picknick etwas mitbekommen! Kein warmes Ciabatta, keine schwarzen Oliven, keinen gekühlten Weißwein!«

»Warum nicht? Bist du in Ungnade gefallen?«

»Martha behauptete, dass mein Kleid schon im trockenen Zustand Aufsehen erregend genug war, aber nass wirklich unanständig geworden wäre. Sie hat mich im Lieferwagen des Colleges nach Hause geschickt und mir nicht einmal gestattet, ein Sandwich mitzunehmen.«

»Hier, trink noch ein Glas Wein. Die Oliven hast du sowieso schon alle aufgegessen – du kannst also jetzt beruhigt aufhören, dir selbst Leid zu tun.«

Als Kate am nächsten Morgen ins Büro kam, blickte John Clay von seinem Schreibtisch auf, wo er offenbar ein Hochglanzmagazin las, und grinste sie verschlagen an.

»Ich habe gehört, dass Sie gestern ziemlich blau gewesen sind.«

»Dann haben Sie etwas Falsches gehört.«

»Betrunken im Dienst, sagt man. Ich dachte immer, nur Studenten trinken so viel, dass sie in den Fluss fallen. Sind Sie nicht allmählich ein bisschen zu alt für solche Mätzchen?«

»Fällt Ihnen kein weniger abgedroschener Witz ein?«

Kate schloss sich in ihrem Büro ein. Sadie war nicht da, allerdings hing ihr Blazer über der Stuhllehne. Sie war also morgens schon einmal da gewesen und würde sicher demnächst wiederkommen.

Kate schaltete den Computer ein. Sie war eine halbe Stunde vor der vertraglich vereinbarten Anfangszeit von 9:30 Uhr gekommen, um sich noch einmal konzentriert Chris Townsends Dateien widmen zu können. Vielleicht hatte sie beim ersten Mal etwas übersehen. Der Bildschirm wurde langsam hell. Kate tippte Alt J, um ihre Notizen und Erinnerungen für den heutigen Tag zu konsultieren. Der Bildschirm füllte sich mit blauen Karteikarten; auf jeder stand eine Aufgabe. Gleich die erste Karte jedoch fesselte Kates gesamte Aufmerksamkeit.

Hat dir das Tauchbad gereicht? Ich hoffe, es hat dich abgekühlt und dir Zeit zum Nachdenken verschafft. Halte dich aus unseren Angelegenheiten heraus, denn das nächste Mal bleibt es nicht bei einer Warnung. Ist dir schon aufgefallen, dass wir immer da sind und dich immer beobachten? Wir bleiben in deiner Nähe. Du kannst uns nicht entkommen. Denke immer daran: Neugier war bereits einer Katze Tod, und es ist durchaus möglich, dass du die nächste bist.

Kate starrte den Bildschirm mehrere Minuten lang fassungslos an, als ob die Nachricht sich mit der Zeit in Luft auflösen und verschwinden könnte. Wer mochte das geschrieben haben? Irgendwann schaltete sich der Bildschirmschoner ein, und die Worte wurden durch herumschwimmende und Luftblasen fabrizierende Fische ersetzt. Zwar war sich Kate nicht ganz sicher, ob sie gern an Wasser und Fische erinnert werden wollte, aber gegenüber der Nachricht empfand sie das virtuelle Aquarium als eindeutige Verbesserung.

Sie hatte also doch Recht gehabt mit ihrer Vermutung, dass jemand in ihren Dateien herumstöberte. In Christophers Dateien, um genau zu sein. Kate drückte eine Taste, und die blaue Nachricht erschien erneut. Zwar betrachtete sie sich nicht als Expertin in diesen Dingen, aber ihr wollte scheinen, dass der Stil sich erkennbar von den Drohungen auf ihrem Anrufbeantworter unterschied, die sie als kurz, explosiv und irgendwie atemlos empfunden hatte. Hier waren die Sätze länger. Entweder war die Nachricht also von jemand anderem geschickt worden, oder hier hatte sich jemand produziert, der etwas von solchen Dingen verstand – wie zum Beispiel Faith Beeton, die etwas von solchen Dingen verstand. Genaugenommen kamen aber auch alle anderen Teilnehmer des Workshops in Frage. Die Nachricht verschwand und wurde durch blubbernde Fische ersetzt.

In diesem Augenblick wirbelte Sadie ins Büro.

»Guten Morgen. Sie sind aber heute früh dran!«

»Ich wollte das Desaster von gestern mit einem guten Anfang heute wettmachen.«

»Weil Sie aus dem Kahn gefallen sind? Oh, darüber brauchen Sie sich keine Sorgen zu machen. Das kann doch jedem passieren. In ein paar Tagen ist der Vorfall vergessen.«

Nicht, wenn John Clay weiter seine Witzchen darüber macht, dachte Kate.

»Ach übrigens«, sagte sie beiläufig, »Sie waren nicht zufällig an meinem Computer?«

»Ich? Meinen Sie die Frage ernst? Ich bin in Sachen Computer ein absoluter Blindgänger.«

»Ach ja.« Etwas Ähnliches hatte Sadie bereits bei ihrer ersten Begegnung geäußert. Es schien eine Ewigkeit her zu sein, obwohl seither höchstens ein paar Wochen ins Land gegangen waren. Stimmte es, oder bluffte sie nur? »Sie hatten davon gesprochen.«

»Stimmt etwas nicht? Haben Sie Probleme mit dem Ding? Ich glaube, John Clay ist unser Experte auf dem Gebiet. Er würde sich sicher freuen, wenn Sie ihn um Hilfe angingen.«

»Nein, nein, keine Sorge. Ich denke, ich komme selbst damit klar. Vielen Dank.« Die Möglichkeit, dass der kleine Schleimer John Clay die Nachricht in ihr Erinnerungsmenü eingeschleust hatte, gefiel ihr. Sollte sie ihn mit der Erkenntnis konfrontieren oder lieber gleich mit der Handtasche verprügeln? Wenn ihr andererseits irgendwer aus der Finanzverwaltung diese Streiche spielte – und davon ging sie aus –, durfte sie auf keinen Fall zeigen, wie verunsichert sie war. Sie beschloss, sich so heiter und ruhig zu geben, als ob alles zum Besten stünde. Sicher würde das ihren oder ihre Verfolger ärgern. Und wenn nicht, würde es zumindest Annette Paige wütend machen.

Eigentlich hätte Kate mit den Studenten zu Abend essen sollen, doch während der letzten Seminarstunde hatte sie sich heimlich davongeschlichen. In den Fluss geworfen zu werden war Aufregung genug für diese Woche; sie hatte sich einen freien Abend verdient. Kate ging zum Covered Market und besorgte die Zutaten für das Abendessen mit ihren Freunden.

Als sie ihre Haustür aufschließen wollte, entdeckte sie im Nachbargarten den jungen Harley. Er gab sich in den letzten Tagen so zahm, dass man ihn leicht übersah.

»Wie geht es Dave?«, erkundigte sich Kate.

»Er ist immer noch bei Dossa und Darren«, sagte er. »Aber ihre Mum hat allmählich die Nase voll von ihm. Ich gebe ihnen Geld für sein Futter. Bald bin ich pleite. Jetzt stehe ich morgens früh auf und trage Zeitungen aus.«

»Ich finde, das sollte er dir wert sein«, sagte Kate.

»Wenn er noch länger wegbleibt, hat er mich bald vergessen«, brummte Harley düster.

»Ganz bestimmt nicht«, tröstete Kate. »Hunde sind treue Seelen. Er wird sich sein Leben lang an dich erinnern.«

»Glauben Sie?« Harley blickte eine Spur weniger unglücklich drein.

»Ich bin mir ganz sicher!«

»Ach, Kate«, rief Harley hinter ihr her, als sie die Tür öffnete und ihre Plastiktüten in den Flur stellte. »Irgendjemand hat bei Ihnen rumgeschnüffelt.«

»Tatsächlich?« Ein Schauder rann über ihren Rücken. »Wer denn?« Sollte sie vielleicht fragen, ob sie etwas mit sich herumgetragen hatten, das wie eine Bombe aussah? Oder hatte man ihr Telefon verwanzt?

»Keine Ahnung. Hab die Typen nicht gesehen.«

»Woher weißt du dann, dass sie da waren?«

»Ich hab sie gehört. Ich war hier draußen und hab rumgesessen, da hab ich gehört, wie jemand leise um Ihr Haus rumlief. Vielleicht hat er geguckt, wie er reinkommen kann. Lassen Sie ein Fenster offen, wenn Sie weg sind?«

»Nein.«

»Haben Sie einen Videorecorder?«

»Nein.«

»Hat Ihr Computer einen Pentium-Chip und Multimedia?«

»Nein.«

»Dann sind Sie eigentlich ziemlich sicher. Ihr anderer Krempel, die Bücher und so, ist uninteressant.«

»Danke, Harley.« Kate ging ins Haus und schloss die Tür. Sie wünschte, sie könnte Harley vertrauen, dass sie in ihren eigenen vier Wänden sicher war.

In der Küche ging es ihr schon besser. Sie musste nur noch ein paar Stunden allein aushalten, bis ihre Freunde Camilla und Carey kamen. Kate packte aus. Oliven-Ciabatta, frische Butter und Ziegenkäse. Sie würde ihr Picknick bekommen, auch wenn sie es selbst zubereiten musste. Sie packte das Hühnchen aus Freilandhaltung aus und steckte es auf das Drahtgestell über der Saftpfanne. Sie würde die Brüstchen mit Butter und Zitronensaft bestreichen und den Braten alle zehn Minuten mit dem eigenen Saft begießen, um das Fleisch saftig zu halten. Während der Backofen aufheizte, suchte sie nach einem Rezept für Flammeri.

Während sie den Tisch deckte, überlegte sie, warum sie Paul und ihre anderen Freunde niemals gleichzeitig einlud. Camilla, Direktorin einer elitären Mädchenschule, und Carey, ein eher zweifelhafter ewiger Student und etwa zehn Jahre jünger als Camilla, gaben ein recht merkwürdiges Paar ab. Carey betätigte sich, wenn er Geld brauchte, als Straßen-Jongleur. Kate fand das auf jeden Fall besser, als wenn er Camilla angepumpt hätte; dennoch wäre es ihr peinlich, die beiden ihrem Freund Paul vorzustellen, der bei der Polizei arbeitete. Paul würde Carey sicher nicht mögen und sich fragen, was eine vernünftige Frau wie Camilla an ihm fand. Kate fragte sich das selbst manchmal, schob es aber auf das fantasievolle Leben der beiden.

Etwas später, als das Hühnchen schon sanft im Ofen schmurgelte, ging Kate noch einmal in den Garten. Harley saß noch immer auf der Mauer und starrte die Straße hinunter.

»Könntest du mir einen Gefallen tun?«, fragte sie.

»Nämlich?«

»Nach Fremden Ausschau zu halten, die sich auf meinem Grundstück zu schaffen machen. Wenn du jemanden siehst, lass es mich wissen. Eine Beschreibung käme ganz gut.«

»Klaro.«

»Du kriegst auch was dafür.«

»Gebongt.«

»Danke«, sagte Kate.

»Hören Sie mal«, flüsterte Harley.

Kate lauschte. Sie hörte LKWs auf der Umgehungsstraße, Autos auf der Fridesley Road und die Familie aus Nummer 16, die einen lautstarken Streit hatte.

»Was denn? Ich höre nichts.«

»Ich glaube, das ist er.«

»Wer denn?«

»Dave.«

Kate hörte genauer hin. Irgendwo jaulte ein Hund. Über dem Glockenturm der nahen Kirche stand der Mond wie eine bleiche Scheibe im milchigen Himmel. Vielleicht hatte Harley Recht, und es war Dave, den sie da den Mond anjaulen hörte.

»Schon möglich«, gab sie zu.

Dann ging sie ins Haus zurück. Harley bewachte das Grundstück, und bald schon würden Millie und Carey kommen. Zumindest bis morgen konnte sie entspannen und sich sicher fühlen. Sie wusch den Salat, pflückte ihn in eine Schüssel und machte eine Vinaigrette aus Balsamico-Essig und Olivenöl.

Als sie gerade dabei war, Basilikum zu hacken, klingelte das Telefon.

Kate ließ es lange klingeln, ehe sie den Hörer abnahm.

Nichts. Noch nicht einmal schweres Atmen. Kate begegnete dem Schweigen mit Schweigen. Schließlich klickte es, und das Freizeichen war zu hören.

Vielleicht hatte sich jemand verwählt. Vielleicht war es auch Harry Bickerstaff gewesen, der wieder einmal an einem Ausflug teilnehmen oder sich beschweren wollte, weil sein Name nicht auf den Plakaten stand. Vielleicht aber war es auch der Verrückte, der sie in den Fluss geschubst und versucht hatte, sie zu ertränken. Ehe Kate in die Küche zurückging, um ihr Hühnchen zu begießen, versicherte sie sich mit einem Blick aus dem Fenster, dass Harley immer noch draußen Wache schob.

KAPITEL 12

JAGO: Die Türen zu?
BRABANTIO: Nun, warum fragt Ihr das?
William Shakespeare, *Othello*, *1. Akt, 1. Szene*

Wie schon gesagt: Gärten und die Gärtnerei waren Brionys Leidenschaft.«

»Sehr schön«, erwidert Zophiel. »Bestimmt konnte sie wunderbare Gärten anlegen. Aber hast du überhaupt den Garten hier hinter mir schon bemerkt? In ihm stehen florierende Exemplare sämtlicher bekannten Bäume, Büsche, die das Herz jeder viktorianischen Matrone höher schlagen lassen würden, und einjährige Pflanzen, die selbst einen Dave Evans entzücken könnten. Aber vielleicht hast du ja genug davon. Es könnte schließlich sein, dass dich inzwischen selbst der herrlichste Garten langweilt.«

»Vor allem, weil es in jedem Garten eine Schlange gibt.«

»Wirklich? Wer war deine Schlange?«

»Ich erzähle einfach meine Geschichte, so wie sie abgelaufen ist. Ihnen, Zophiel, überlasse ich es, zu analysieren, Grundformen herauszuarbeiten und Schlussfolgerungen zu ziehen. Immerhin sind Sie derjenige, der seine Theorie über Opfer bewiesen sehen will.«

»Gut. Erzähl mir die Geschichte von Briony. Und

dann möchte ich erfahren, wie du im Bartlemas Geld abgezweigt hast.«

»Alles zu seiner Zeit.«

Unser erster Streit drehte sich um das Haus. Ich bestand darauf, es zu kaufen. Mit meinem Gehalt und einem Darlehen war es ohne weiteres möglich. Der Grund für die Entscheidung war durchaus nicht altruistisch, verstehen Sie? Ich wollte einfach mein Leben nicht ganz und gar von den Shorters kontrollieren lassen. Natürlich gaben sie sich zurückhaltend, aber hätte ich gleich zu Beginn meiner Ehe mit Briony Geld von ihnen angenommen, hätten sie sich langsam, aber sicher in alle Lebensbereiche eingemischt, angefangen bei der Farbe unseres Schlafzimmers bis hin zu den Orten, in die uns unsere seltenen Urlaubsreisen führten.

Briony wünschte sich die Art Haus, an die sie gewöhnt war. Das Objekt, das wir schließlich kauften, gefiel mir wirklich – ein weitläufiges, altes Haus mit großem Grundstück im Westen Oxfords. Briony bezeichnete die Gegend abfällig als Vorstadt. Für sie war der große Garten der einzige Grund, dem Kauf zuzustimmen. In der Nähe der Innenstadt hätten wir nie ein so ausgedehntes Terrain bekommen.

Überdies hatte die alte Frau, die uns das Haus verkaufte, den Garten völlig verwildern lassen. Briony konnte also ihrer Fantasie freien Lauf lassen und war daher in den ersten Jahren nach unserem Einzug glücklich und ständig beschäftigt.

Bis zu diesem Zeitpunkt hatte ich nicht gewusst, welch teures Hobby die Gärtnerei ist. Sicher, Briony war wirklich gut darin, Stecklinge von allen möglichen Freunden zu erbetteln, und zog auch selbst Pflanzen im Gewächshaus. Aber ich war derjenige, der das Gewächshaus bezahlen musste; ebenso das Gartenhaus und natürlich auch die Ziegel, Schieferplatten und Steine, die angeschafft wurden, um dem Garten eine äußere Form zu geben. Hinzu kamen Bäume und Sträucher, Lauben, eine Pergola und die Loggia. Die einschlägigen Gärtner-Clubs beneideten uns um Wert und Seltenheit vieler unserer Pflanzen, und zwar sowohl in finanzieller als auch in gärtnerischer Hinsicht. Nicht, dass Sie mich missverstehen, Zophiel: Hier ging es nicht um ein paar hundert Pfund, sondern um Tausende. Mir verursachte bereits die Rückzahlung der Darlehen einigen Kopfschmerz, ganz zu schweigen von den zusätzlichen Ausgaben.

Und so dauerte es nicht lange, bis ich Geld brauchte. Auf keinen Fall wollte ich meine Schwiegereltern um Hilfe angehen, und Bartlemas hätte mein Gehalt nicht um einen Betrag erhöht, der Brionys Wünsche auch nur annähernd zufrieden gestellt hätte.

Das Erste, was mir im Bartlemas auffiel – vor allen Dingen im Vergleich mit der Wohlfahrt –, waren die elegant gekleideten, wohlhabend wirkenden Leute. So etwas hatte ich nicht erwartet. Bei einer Bank vielleicht. Oder bei einer großen Firma. Aber nicht in einem College. Ich dachte immer, dass dort alle in Tweedjacken und staubigen alten Roben herumlaufen und ihre Hemden im Secondhand-Laden kaufen. Aber nicht im Bartlemas, das sage ich Ihnen! Und alle hatten die Art Sonnenbräune, die man nur bei häufigen Ferien im Ausland bekommt;

im Sommer mit Sonnenbädern am Pool, im Winter beim Skifahren in den Alpen.

Von dem Kuchen wollte ich ein Stück abbekommen!

Beim gemeinsamen Mittagessen hatte ich oft mehr oder weniger zufällig Klatsch zu hören bekommen. Normalerweise hätte ich gar nicht mit dem Personal zusammen gegessen, doch ich musste sparen, um Brionys neueste Laune bezahlen zu können: den Nachbau eines viktorianischen Wintergartens. Irgendwann fiel mir auf, dass es bei den Gesprächen häufig um die unterschiedlichsten Möglichkeiten ging, Geld zu machen. Die Leute im Bartlemas waren in finanziellen Dingen weit weniger anspruchsvoll als meine Freunde von der Nationalen Wohlfahrtsbehörde. Sie glaubten an die grundlegende Ehrbarkeit des gebildeten Individuums. Doch in jeder Abteilung, ganz gleich, ob groß oder klein, gab es ausgeklügelte Systeme. Angefangen beim Pförtner, der Roben von Professoren »ausborgte« und sie gegen Gebühr an Studenten verlieh, die an den Zeremonien im Sheldonian Theatre teilnahmen, bis hin zu Tutoren, die nicht ganz einwandfreie Studenten aufnahmen und im Gegenzug teure Ferien in exotischen Ländern oder Anteile an Rennpferden offeriert bekamen – alle machten mit.

Ich bin sicher, dass vom Rektor bis zum kleinsten Angestellten jeder sein Schäfchen ins Trockene brachte. Nein, das stimmt nicht ganz. Es gab jemanden, der sich von jeglicher Kleingaunerei fernhielt. Und zwar eine Person, der man es nicht zugetraut hätte. Diesen Menschen zu verkennen war einer der größten Fehler meines Lebens.

Aber ich eile meiner Geschichte voraus. Zunächst beobachtete ich nur und machte mir Notizen. Nach etwa sechs Wochen waren mir die Vorgänge am Bartlemas weitestgehend klar. Ich war nicht so naiv, zu glauben, dass irgendeiner der Vorgesetzten des Colleges über meine Entdeckungen überrascht oder schockiert gewesen wäre, aber ich glaube, niemand außer mir hat die gesamte Tragweite so genau dokumentiert.

Ich rief also jeden der Kleinunternehmer – so hatte ich sie für mich getauft – zu einem Gespräch in mein Büro. Ich drohte nicht und warnte nicht. Ich machte ihnen lediglich klar, was geschehen würde, wenn ihre Gaunereien ans Licht der Öffentlichkeit kämen; und mit Öffentlichkeit meinte ich die großen Tageszeitungen. O nein, mir war absolut nicht daran gelegen, die Geschäfte zu unterbinden. Es ging mir lediglich um einen winzigen Prozentsatz von jeder Transaktion – mehr nicht.

Sie würden sich wundern, was ein Anteil von fünf Prozent hier und da einbrachte. Briony bekam ihren Wintergarten, und zwar ein wesentlich üppiger ausgestattetes Modell, als sie sich je erträumt hatte. Vielleicht auch nicht. Ich neigte dazu, Brionys Erwartungen an mich und ihre Vorstellung davon, was ihr rechtmäßig zustand, regelmäßig zu unterschätzen. Nachdem der Wintergarten stand, fiel ihr sehr schnell ein weiterer kostspieliger Luxus ein, den ich anschaffen sollte. Allmählich wurde mir klar, dass die fünf Prozent nicht ausreichten. Ich musste ein eigenes System entwickeln.

Ich erkannte, dass es Möglichkeiten für eine ausgeklügeltere Version des Tricks gab, den ich schon als Student erfolgreich angewendet hatte. Wenn ich einen fiktiven Fonds ins Leben rief und die Leute überzeugen konnte, Geld einzubezahlen, könnte ich mit einem Schlag meine finanziellen Probleme lösen und Briony jede nur erdenkliche Gartenausstattung kaufen. Dafür brauchte ich natürlich einen Partner. Ich sah mich eine Zeit lang um, ehe ich eine Auswahl traf. Auch hier verließ ich mich auf meine in London gemachten Erfahrungen und entschied mich für eine Frau. Die Frau sollte mich körperlich anziehend finden und meine Motive nicht allzu gründlich unter die Lupe nehmen.

»Bist du sicher, dass das der einzige Grund war, einen weiblichen Partner auszusuchen?«

»Sie durchschauen mich inzwischen schon ziemlich schnell. Briony und ich waren nun etwa drei Jahre verheiratet. Ihr eher unterkühltes Temperament begann mich zu langweilen. Viola war trotz einiger Macken eine warmherzige und sexuell aufregende Frau gewesen. Briony hingegen schien an irgendeinem Punkt ihrer Entwicklung emotional eingefroren zu sein, und ich brauchte viel Zeit und Energie, um sie einigermaßen auf Touren zu bringen. Der Vorgang war ermüdend für mich. Ich gebe zu, ich wünschte mir jemanden, der freudiger und schneller auf meine Bedürfnisse einginge.«

»Mit anderen Worten: Du suchtest nicht nur ein finanzielles Abenteuer, sondern auch ein sexuelles.«

»Die Aussicht auf eine Kombination aus beidem erregte mich.«

»Selbst als Engel kann ich die Sehnsucht nach Gefahr und den Wunsch nach Extremsituationen durchaus verstehen.«

»Ich habe Sie gewarnt, dass ich nicht hinter Ihren so genannten Studenten herlaufen würde!«

Kate hatte gerade erst das Büro betreten und stand einer empörten Annette gegenüber. Sie zwang sich zu einer ruhigen, vernünftigen Haltung – positiv, aber nicht aggressiv. »Wo liegt das Problem?«, erkundigte sie sich geduldig.

»Diese Martha Hawkins hat ihr Zimmer abgeflämmt.«

Ruhe und Vernunft machten sich auf den Rückzug. »Wie konnte das passieren? Die Frau ist militante Nichtraucherin!«

»Sie hatte eine Duftkerze angezündet, um die schädlichen Abgase zu eliminieren, die durch das offene Fenster kamen.«

Das sah der Martha, die Kate nur allzu gut kannte, schon eher ähnlich. »Ist der Schaden groß?«

»Ja, und zwar nicht nur in ihrem eigenen Zimmer.«

Annettes Gesichtsausdruck veränderte sich. Nachdem sie nicht mehr allein für den Notfall verantwortlich war, suhlte sie sich mit zunehmender Begeisterung in den schrecklichen Details.

»Und sie selbst? Ist sie verletzt?« Wäre Martha ein wirklich netter Mensch gewesen, hätte Kate diese Frage sicher früher gestellt. Unglücklicherweise war ihr der Gedanke, Martha in einer Rauch- und Flammensäule aufgehen zu sehen, durchaus nicht unangenehm.

»Oh, ihr geht es bestens. Sie hatte die Kerze auf das Fensterbrett gestellt und sich zu einer Meditationsstunde in die Kapelle zurückgezogen. Die Kerze – wie sollte es anders sein? – begann zu flackern und setzte die Vorhänge in Brand. Das Bett ist hin, der Teppich auch. Außerdem ist Ms Hawkins gesamter persönlicher Besitz einschließlich aller Kleider verbrannt. Hinzu kommt der Wasserschaden von den Löscharbeiten. Da muss ordentlich renoviert werden.«

»Vermutlich.«

»Und dann hat das Feuer noch auf das Nachbarzimmer übergegriffen.«

»Du meine Güte!«

»Das Zimmer von Mr Skinner. Er ist sehr ungehalten, weil sowohl seine Kleidung als auch sämtliche Bücher verbrannt sind, und zwar die, die er mitgebracht hat, als auch die, die er hier gekauft hat.«

»Dann sollte ich mich jetzt wohl um die beiden kümmern.«

»Vor allem müssen Sie neue Unterkünfte finden.«

»Richtig. Sofort.«

»Wissen Sie, es mag ja ganz nett sein, Ausflüge zu einem Shakespeare-Stück in einem Open-Air-Theater oder zu einem Konzert nach Birmingham zu machen, aber es gibt hier Leute, die sich mit den wahren Problemen herumschlagen müssen.«

»Ich sagte doch, ich kümmere mich darum«, knurrte Kate mit zusammengebissenen Zähnen.

Das Problem war natürlich, dass alle Zimmer in den modernen Unterkünften, die über Bäder, Duschen und ausreichend Toiletten verfügten, bereits vergeben waren. Im College selbst waren zwar noch Zimmer frei, doch die konnte man nur über die alten, zwar pittoresken, jedoch unbequemen Treppenhäuser erreichen. Für junge, bewegliche Studenten mochte das angehen, wankelmütigen Personen mittleren Alters würden sie vermutlich weniger zusagen.

Kate ließ die triumphierend dreinblickende Annette stehen und stellte eine Liste der Dinge zusammen, die zu tun waren, zunächst musste sie mit dem Hausmeister sprechen und nach freien Zimmern fragen, ehe sie sich der zweifellos irritierten Martha und einem wutentbrannten Curtis widmete. Wer würde überhaupt für den Schaden aufkommen? Wahrscheinlich wies Martha jegliche Schuld weit von sich. Kate ging davon aus, dass es an ihr hängen bleiben würde, höfliche Briefe an die Versicherungsgesellschaften zu schreiben und mit dem Quästor zu reden. Nun, für diesen Tag hatte sie sowieso nichts anderes geplant. Und die Umstände hatten den großen Vorteil, dass ihr keine Zeit blieb, sich Sorgen um Leute zu machen, die sie vielleicht ermorden wollten.

Kate musste sich sputen. Am Nachmittag sollte sie einen Workshop über das Schreiben historischer Romane leiten; unmittelbar anschließend war für ihre Gruppe der Besuch eines Shakespeare-Dramas im Garten des Leicester College vorgesehen. Kate wusste nicht recht, was sie mehr fürchtete – ein Shakespeare-Stück absitzen zu müssen, das von Laiendarstellern mit übersteigertem Selbstvertrauen gespielt wurde, oder den Besuch in jenem College, wo ihr verflossener Liebhaber eine Dozentenstelle innehatte. Wenigstens spielte das Wetter mit. Immer noch war es heiß und schwül. Wenn die Mücken nicht zu angriffslustig wurden, war es sicher angenehm, den Abend draußen zu verbringen. Das für den frühen Herbst ungewöhnlich warme Wetter würde sie vermutlich kaum dazu zwingen, sich unter einen Golfschirm zu ducken und sich die Finger warm zu pusten.

Gegen halb acht war die Zimmerfrage endlich gelöst. Es hatte länger gedauert als geplant, weil Martha darauf bestanden hatte, die Duschen zu inspizieren. Anschließend bombardierte sie Kate mit Patentrezepten, wie ein Duschkopf zu reinigen war, um die erforderliche Wassermenge auszuspucken.

Curtis hatte einige unzufriedene Bemerkungen über den Gehalt an Ballaststoffen in seinem Frühstück gemacht, woraufhin Kate die Küche angewiesen hatte, ihm am nächsten Morgen seine Lieblings-Cerealien zu servieren.

Martha hatte noch einen draufgesetzt und sich über zu wenig Schrankplatz in ihrem neuen Zimmer beschwert.

Kate hätte sie am liebsten darauf hingewiesen, dass sie wohl kaum viel Schrankplatz brauchte, nachdem sie es für nötig befunden hatte, ihre gesamte Garderobe in Brand zu setzen, doch stattdessen hatte sie den Pförtner gebeten, einen Schrank aus dem Nachbarzimmer in Marthas Raum zu schieben. Beinahe hätte sie vorgeschlagen, dass Martha und Curtis doch zusammenziehen sollten: Damit hätte sie ihre beiden Hauptnörgler an einem Ort versammelt, und Curtis hätte vielleicht aufgehört, über die Einsamkeit seines Lebens zu lamentieren. Doch Kate befürchtete, dass ein solcher Vorschlag nicht allzu gut angekommen wäre.

Nachdem sie ihren hauswirtschaftlichen Pflichten

nachgekommen war, musste sie sich eilen, rechtzeitig im Seminarraum im Pesant-Hof zu erscheinen, wo sie einen recht lebhaften Workshop leitete. Ihre Studenten hatten einen Übungstext geschrieben und ihre Werke laut vorgelesen, sie als Rollenspiel dargestellt und über literarische Recherchen diskutiert. Im Anschluss waren einige Teilnehmer schüchtern auf Kate zugekommen und hatten sie gebeten, einige ihrer Bücher zu signieren. Ein erfolgreicher Nachmittag, hatte sie gedacht.

Nun war es Abend und Zeit für ihre Dosis Shakespeare. Kate war es gelungen, ein verborgenes Plätzchen unter der großen Birke in einer Ecke des Dozentengartens im Leicester College zu ergattern.

Hier habe ich Liam kennen gelernt, dachte sie. Bei Tee und Erdbeeren mit Schlagsahne. Von der Lichtlache der Bühne her deklamierte eine Frauenstimme:

Ich bin nicht fröhlich, doch verhüll ich gern
Den innern Zustand durch erborgten Schein.

Wie wahr, dachte Kate. An jenem längst vergangenen Juninachmittag fiel Regen von einem granitgrauen Himmel. Zusammen haben wir Schutz unter dem Zeltdach gesucht. Ein paar Hundert Leute drängten sich dort zusammen, und es roch nach nassen Kleidern.

Außerdem ist der Spitzbub hübsch, jung und hat alle die Eigenschaften, wonach Torheit und grüner Verstand hinschielen.

Ich hielt ihn für umwerfend. Wie habe ich mich getäuscht! Während der ganzen Zeit hatte er ein Verhältnis mit einer anderen Frau. Das ist eben das Ärgerliche an den Männern – für Monogamie sind sie nicht zu haben. Wahrscheinlich war das auch Chris Townsends Problem, dachte Kate. Und Rob Grailing scheint es ebenso zu gehen.

Verdammt sei meine Seele,
Lieb ich dich nicht; und wenn ich dich nicht liebe,
Dann kehrt das Chaos wieder.

Nur kurz durchdrang die Stimme, die den Vers deklamierte, Kates Gedanken. Schnell fiel sie in ihre Träumerei zurück. Selbst der Rektor des Bartlemas schien, zumindest mit Blicken, kein Kostverächter zu sein. Ob es Honor störte? Merkte sie es überhaupt? Wahrscheinlich bemerkte ab einem gewissen Grad jede Frau etwas. Und es störte sie vermutlich auch.

Erst einige Zeit später weckten die Worte von der Bühne Kate wieder auf.

O bewahrt Euch, Herr, vor Eifersucht,
Dem grüngeäugten Scheusal, das verhöhnt
Die Speise, die es nährt!

Jetzt sprach ein Mann, stellte sie fest. Männer sagten einem nur allzu gern, man solle nicht eifersüchtig sein. Am liebsten dann, wenn sie einen belogen und betrogen.

Kate seufzte und versuchte, sich auf die Handlung auf der Bühne zu konzentrieren. Keine besonders gelungene Aufführung, dachte sie und hoffte, dass ihr die kritischeren Studenten beim nächsten Treffen keine Vorhaltungen deshalb machen würden. Sie wusste, dass Martha und Curtis dort irgendwo in der Dunkelheit saßen. Martha würde sich sicher Notizen machen und ihr morgen haarklein auseinander setzen, was alles nicht stimmig gewesen war.

Die Pause war nur kurz; zumindest stand es so im Programmheft. »Sehen Sie das Bühnenbild?«, raunte eine Stimme hinter Kate aus der Dunkelheit. »Typisch romantische Motive. Ein schicksalhafter Ort, umgeben von einem turbulenten Meer.« Es war Faith Beeton, die sich zu ihr nach vorn lehnte.

»Ach, wirklich?« Aber Kate interessierte sich nicht für Faith' Kommentare über das Schauspiel. Sie war damit beschäftigt, ihre verflossene Liebesaffäre Revue passieren zu lassen und zu versuchen, ihre Erfahrungen an die geheimnisvolle Atmosphäre anzupassen, die sie im Bartlemas umgab.

»Ich finde es ganz spannend, Shakespeares Helden mit seinem Vorgänger Amphialus in Sidneys *Arcadia* zu vergleichen. Auch der war ein Mensch, der nur die besten Absichten hatte, es aber immer wieder schaffte, die Menschen zu verletzen, die ihn liebten.« Eine Männerstimme. Unwillkürlich fuhr Kate herum. Glattes, schwarzes Haar, dunkle Augen, die wie Basalt glänzten, eine amüsierte, etwas hämische Stimme. Timothy Happle.

»Männer wie diesen Amphialus kenne ich zur Genüge«, murmelte Kate.

»Wie bitte?«

»Ach nichts. Ich habe nur laut gedacht.«

»Ja klar«, grinste Happle, »ihr Feministinnen habt natürlich etwas gegen die arme Heldin, die tugendhafte Frau, die nicht laut aussprechen darf, was sie denkt. Aber wie sollte man zur Zeit König Jakobs Tugend auf der Bühne anders darstellen und dem Publikum vermitteln?«

»Ich bin froh, dass wir uns von der Vorstellung verabschiedet haben, dass nur eine schweigende Frau eine gute Frau ist«, sagte Faith. »Die Zeiten sind vorbei, wo ein von bedeutsamen Taten erfülltes Leben, ein Leben weiblichen Aufbegehrens, zum Schweigen gebracht werden musste. Und zwar nicht nur im übertragenen Sinne, sondern, wie im Fall unserer Heldin hier, auch ganz konkret.«

»Nun ja, liebste Faith, dir kann man gewiss nicht vorwerfen, der Tugend des Schweigens im Übermaß zu frönen«, frotzelte Happle.

»Und doch ist es so, dass man diejenigen unter uns, die aufstehen und das aussprechen, was wir als richtig erkannt haben, noch immer als Xanthippen oder alte Vetteln geißelt«, fuhr Faith fort, ohne Happle zu beachten.

»Nun übertreibst du aber maßlos«, erwiderte Happles seidenweiche Stimme. »Natürlich lauschen wir mit größter Aufmerksamkeit den Dingen, die du zu sagen hast, werte Faith, und zwar bei allen Gelegenheiten.«

Kate hätte sich nicht gewundert, wenn er am Ende des Satzes gelacht hätte.

»Treib es nicht auf die Spitze«, sagte Faith sehr leise.

Worüber sprachen die beiden? Wie eine Diskussion über ein Drama aus jakobinischer Zeit klang es für Kate nicht.

»Kate Ivory wird sich mit ihrer historischen Sicht der Dinge sicher auf meine Seite schlagen«, mutmaßte Happle. »Finden Sie nicht, dass es einer Frau schlecht ansteht, Älteren und Vorgesetzten die Leviten zu lesen, selbst wenn sie sehr religiös erzogen und zutiefst von der Rechtmäßigkeit ihres Anliegens überzeugt ist?«

Auf der Bühne versammelten sich die Schauspieler. Das Licht blendete auf. Im Hintergrund spielte jemand auf einer Laute, allerdings nicht sehr gut.

»Wenn es Ihnen nichts ausmacht, würde ich jetzt gern das Stück sehen«, sagte Kate ruppig und nicht ganz ehrlich. Sie hatte nicht die geringste Lust, sich an den Meinungsverschiedenheiten anderer Leute zu beteiligen.

»Wirklich? Auf mich wirkten Sie eher, als ob Sie sich an ein paar unglückliche Begebenheiten in Ihrem Leben erinnerten«, erklärte Faith. »Sie hatten diesen weichen, zurückhaltenden Gesichtsausdruck, an dem man erkennt, dass jemand Ihnen wehgetan hat.«

Kate wandte sich ab und tat, als interessiere sie sich für die Vorgänge auf der Bühne. Kurze Zeit später sagte einer der Schauspieler:

Ich küsste dich,
Eh ich dir Tod gab; nun sei dies der Schluss:
Mich selber tötend sterb ich so im Kuss.

Es sieht den Männern ähnlich, einen Mord und einen Selbstmord auf derart poetische Weise zu rechtfertigen, dachte Kate grimmig. Ihre Laune hellte sich jedoch auf, als sie sah, dass die Hauptpersonen inzwischen tot auf der Bühne lagen; das Spektakel dürfte also nicht mehr allzu lange dauern.

Das Leicester College lag höchstens fünf Minuten zu Fuß vom Bartlemas entfernt. Kate ging davon aus, dass selbst für Missgeschicke so anfällige Menschen wie Curtis und Martha den Weg ohne ihre Hilfe bewältigen konnten. Sicher würden sie sich nicht gleich abfackeln, wenn sie sie für kurze Zeit sich selbst überließ. Sie blieb unter der Birke sitzen, genoss eine leichte Brise, die in den trockenen Blättern raschelte, und sah zu, wie die Menschenmenge sich durch das Tor hinausdrängte und die Bühne abgeräumt wurde.

Eine der guten Seiten Oxfords war, dass im Herbst alles wieder von vorn begann. Im Oktober, und zwar in jedem Oktober, kam eine neue Generation in die Stadt – bereit, zu lernen, zu leben und sich zu verlieben. An anderen Orten der Welt galt der Frühling als Zeit der Hoffnung; hier war es der Herbst. Die Zeit der fallenden Blätter. Eine Zeit, um eine unglückliche Vergangenheit loszulassen, nach vorne zu blicken und das Leben in eine gefälligere Form zu bringen. Kate erinnerte sich an ein Gedicht von Omar Khayyam:

Ach Liebe! Könnten wir im Schicksal uns verbinden,
Das traurige Komplott der Dinge aufzufinden,
Wir würden es in tausend Scherben trümmern
Und neu es formen und ein glücklich Herz empfinden.

Allmählich schien sie sich daran zu gewöhnen, bei jeder Gelegenheit Gedichte zu zitieren. Wenn sie sich noch lange in dieser Umgebung bewegte, würde sie selbst noch zur Intellektuellen. Ja, genau das wünschte sie sich: die Vergangenheit neu zu formen und glücklicher zu werden. Aber wollte das nicht jeder?

Niemand bemerkte Kate, die in ihrem dunkelblauen Kleid im Schatten saß. Sie schloss die Augen und ließ sich die kühle Abendluft über das Gesicht streichen.

Und doch war noch jemand da. Jemand, der ihr einen Seidenschal um den Hals schlang und so fest zuzog, dass ihr Kopf nach hinten gerissen wurde. Himmel und Sterne schienen um sie herumzuwirbeln.

»Du hast wohl nicht richtig zugehört!« Kate erkannte die zischende, geschlechtslose, bedrohliche Stimme sofort. »Ich habe dir gesagt, du sollst dich raushalten. Ich habe dir gesagt, du sollst die Finger davon lassen. Du forderst geradezu heraus, dass man dir eine Lektion erteilt!«

Der Schal wurde so fest zugezogen, dass der Himmel erlosch. Kate sah nur noch rote Explosionen vor den Augen; Hals und Kopf schmerzten. Instinktiv griff sie nach dem Schal. Sie versuchte aufzustehen. Sie wollte um sich treten, sich verteidigen. Doch sie schaffte es nicht. Sie saß zu ungünstig. Noch nicht einmal um Hilfe schreien konnte sie. Ihre erstickte Stimme verwehte in den Weiten des Parks und konnte die dicken, mittelalterlichen Mauern nicht durchdringen.

Der Schmerz steigerte sich ins Unerträgliche.

Kates Kopf wurde auf den Boden gezwungen. Ein Stiefel mit dem Gewicht eines ganzen Körpers dahinter lastete auf ihrer Wange.

Ihr Bewusstsein schwand. Plötzlich ließ der Druck nach. Immer noch war Kate nicht in der Lage, zu sehen oder zu fühlen, doch ihr Gehör funktionierte. Und sie hörte, wie jemand über die Wiese aus dem Garten lief.

Kate kämpfte sich auf, setzte sich hin und betastete ihren Hals. Ihre Stimme hatte sie noch nicht wiedergefunden. Sie hatte das Gefühl, ihre Kehle brenne lichterloh und dass sie nie wieder würde sprechen können. Kate klopfte Blätter und Zweige von ihrem Kleid und stellte sich auf die Beine. Ihr schwindelte, und sie lehnte sich gegen den starken, sicheren Baumstamm.

Wer war das gewesen? Dem Angreifer jetzt noch zu folgen und ihn oder sie zu stellen, schien unmöglich. Er war längst über alle Berge. Vielleicht hatte der Pförtner etwas gesehen, doch Kate bezweifelte es. Bestimmt saß er gemütlich in seinem Häuschen und las die Abendzeitung, oder er sah im Hinterzimmer fern, was eigentlich nicht gestattet war.

Sie versuchte, ein paar Schritte zu laufen. Es ging, wenn auch nur langsam. Ihre Stimme jedoch war noch immer zu nicht mehr als einem Krächzen zu gebrauchen. Sie trat hinaus in die High Street und tat etwas, was sie unter normalen Umständen niemals machte: Sie winkte einem Taxi und ließ sich nach Hause fahren.

Nachdem sie sich zu Hause versichert hatte, dass alle Türen verschlossen und alle Fenster verriegelt waren, ging sie nach oben ins Bad und betrachtete sich im Spiegel. Um ihren Hals lief ein roter, nicht einmal besonders auffälliger Streifen, auf ihrer Wange klebte ein wenig Schmutz, und sie hatte ein, zwei welke Blätter in den Haaren – also nichts, mit dem man bei der Polizei Anzeige erstatten könnte.

Kate brühte sich eine Kanne Tee auf. Ihr Kopf schmerzte, und der Gedanke an Alkohol war ihr unangenehm, obwohl sie sich nach dem Vergessen sehnte, das er schenken konnte. Plötzlich fiel ihr etwas ein. Die ganze Geschichte erinnerte irgendwie an ein Spiel, das sie früher bei Kindergeburtstagen gespielt hatten. Den Namen wusste sie nicht mehr. Etwas wurde versteckt, und wenn man näher kam, riefen alle: »Warm! Wärmer!«, wenn man sich aber entfernte, hieß es: »Kalt! Kälter!« Genau das passierte hier auch. Je näher sie dem Geheimnis kam – oder den Geheimnissen, wie sie inzwischen vermutete –, desto heftiger wurde sie angegriffen.

Wenn ihr Kopf wieder klar wäre und nicht mehr so schmerzte, würde sie die Ereignisse des Tages noch einmal überdenken. Was immer sie getan, gesehen oder gehört haben mochte, ihre unbekannten Angreifer hielten sie offenbar für sehr gefährlich. Wenn sie nur wüsste, was es war, das ihnen so viel Sorgen bereitete! Doch in diesem Moment, mit Brummschädel und schlimmen Schluckbeschwerden, fiel ihr einfach nichts Verdächtiges ein. Martha vielleicht? Oder Curtis? Beide waren an diesem Abend unter den Zuschauern gewesen, hatten aber ziemlich sicher nichts mit der Sache zu tun. Immerhin könnte sie versuchen, herauszubekommen, wie lange sie sich schon in England aufgehalten hatten, ehe sie ins Bartlemas kamen.

Auf jeden Fall war sie auf dem richtigen Weg, dachte sie stolz. Aber was würde man ihr antun, wenn sie wirklich fündig wurde? Wahrscheinlich würde man nicht fröhlich »Gut gemacht!« rufen, ihr ein in buntes Papier gepacktes und mit Goldbändchen verschnürtes Plüschtier schenken und sie mit einem Gasballon nach Hause schicken. Wie nah würde sie der Lösung kommen müssen – und woher sollte sie wissen, wann es so weit war –, ehe jemand sie über die Brüstung eines Turms aus dem fünfzehnten Jahrhundert warf?

Kate dachte noch einmal nach. Sie wusste, dass Chris Townsend die Haftnotiz mit der Drohung **Neugier ist der Katze Tod** bekommen hatte. Aber war er auch von einem Außenborder angerempelt worden? Hatte man gedroht, ihn in Birmingham auf einen mit Kaffeetassen gedeckten Tisch zu stürzen? Oder ihn mit einem Seidenschal halb erstickt, ehe man ihm endgültig den Garaus machte? Wie oft warnten einen diese Leute vor?

Seidenschal. Der Gedanke an den Seidenschal weckte eine Erinnerung in Kate. Wo hatte sie jemanden gesehen, der einen Seidenschal trug? Faith Beeton fiel ihr ein. Faith mit einem roten Schal, der ihren blassen Teint vorteilhaft unterstrich. Faith, im schwarzen Haar einen grünen Schal, der ihre dunklen Augen zur Geltung brachte. Allerdings hatte der Angreifer im Leicester nicht nach Faith' teurem Parfüm gerochen. Leider konnte sich Kate nicht erinnern, ob Faith danach geduftet hatte, als sie am Abend miteinander sprachen.

Sie sah auf die Uhr. An diesem Abend war so viel geschehen, dass sie den Eindruck hatte, es müsse längst nach Mitternacht sein, doch es war noch nicht einmal elf Uhr und damit noch früh genug, einen Freund anzurufen. Kate brauchte den Trost einer bekannten Stimme, der sie blind vertraute. Sie wählte.

»Paul Taylor.«

Sie versuchte »Hallo, hier ist Kate« zu sagen, brachte jedoch nur ein Krächzen zu Stande.

»Hallo? Wer spricht?«

Kate räusperte sich und versuchte es erneut. Dieses Mal klappte es besser.

»Ich bin es. Kate.«

»Alles okay? Du klingst irgendwie merkwürdig.«

»Alles im grünen Bereich. Ich habe leichte Halsschmerzen.« Und damit hatte sie tatsächlich einmal die Wahrheit gesagt, dachte sie. Allerdings wäre Paul sicher wenig erbaut, wenn er erführe, wie sie an die Halsschmerzen gekommen war; lieber hielt sie den Mund.

»Hättest du vielleicht Lust, morgen zum Abendessen zu mir zu kommen?«, fragte sie. »Natürlich nur, wenn du Zeit hast.«

»Könnte klappen. Wie wäre es gegen halb acht?«

»Klar. Prima. Toll. Ich freue mich auf dich!«

Sie legte auf. Wahrscheinlich starrte Paul am anderen Ende immer noch verwundert seinen Hörer an. Eigentlich hatte sie nicht ganz so enthusiastisch klingen wollen, aber die Vorfreude darauf, nicht allein und einem eventuellen Angreifer ausgeliefert sein zu müssen, war mit ihr durchgegangen.

Kate ging zum Fenster, zog den Vorhang beiseite und blickte auf die Straße hinaus. Draußen erkannte sie Harley Venn, der auf der Mauer saß und wahrscheinlich nach Dave lauschte. Sie konnte also beruhigt zu Bett gehen und darauf vertrauen, dass kein Fremder an ihm vorbei und in ihr Haus käme.

Blieb noch das Telefon. Kate zog den Stecker aus der Buchse und ging mit dem Buch *Juda, der Unberühmte* zu Bett. Sie hatte das Bedürfnis nach guter, deprimierender Lektüre vor dem Einschlafen. Nachdem sie das Licht ausgeknipst hatte, glaubte sie, Schritte auf ihrem Gartenweg zu hören. Machte sich da jemand an ihrer Hintertür zu schaffen? Kate hoffte inständig, dass sie sich irrte.

KAPITEL 13

Denn Geister können, je nach Wunsch,
Jedes Geschlecht annehmen; Sanft und rein
Ist die Essenz, von Gliedern und Gelenken frei,
Nicht spröder Knochen hindert sie
Und auch nicht läst'ges Fleisch.
Doch welche Form sie wählen, düster oder hell
Sie bleiben ihrem Auftrag treu und tun
Der Feindschaft oder Liebe Werk.

John Milton, *Paradise Lost, I*

Wo waren wir in unserer Geschichte angekommen?«, fragt Zophiel. »Ich wüsste gern, was als Nächstes passiert.«

»Ehe wir dazu kommen«, sagt Christopher, »würde ich gern etwas Dringlicheres klären. Könnten Sie sich bitte für ein Geschlecht entscheiden?«

»Du entscheidest über das Genre, ich wähle dementsprechend mein Geschlecht.«

»Mit anderen Worten: Wir sind dabei, einen Workshop über die Auswirkung des Genres auf das Geschlecht in Angriff zu nehmen.«

»Du hast mich verstanden. Gut gemacht.«

»Habe ich Ihnen von Brionys Garten erzählt?«

Vermutlich denken Sie dabei an eine gepflegte Rasenfläche mit Blumenbeeten drumherum, vielleicht mit einer Vogeltränke und einer Sonnenuhr. Nun, Brionys Garten war ganz anders. Sie hatte die Werke der Gartenbauarchitekten aus der Zeit König Edwards studiert und Sissinghurst und Stourhead besucht. Zunächst zeichnete sie Entwürfe auf kariertem Papier und konsultierte berühmte Experten.

Zwar war unser Grundstück im Westen Oxfords für städtische Verhältnisse recht groß, dennoch verfügte Briony nicht über genügend Raum für ihre Ideen. Sie musste sie maßstabgerecht verkleinern. Sie plante eine Abfolge ineinander übergehender Räume; wenn man von einem zum nächsten ging, sollten sich Ambiente und Atmosphäre verändern. Die Veränderung des Maßstabs hatte allerdings zur Folge, dass unser Garten, so wunderbar und nachahmenswert für die Nachbarschaft er auch sein mochte, etwas – wie soll ich es ausdrücken? – Klaustrophobisches an sich hatte. Ich fühlte mich darin eingeschlossen; eingesperrt in einen Käfig aus Grünzeug. Kaum hatte ich eine der üppigen, grünen Zellen verlassen, geriet ich in eine andere. Es gab kein Entrinnen. Im Lauf der Monate und Jahre machte sich in mir die Empfindung breit, dass ich mich mit Hilfe von Speer und Lanze aus einem exquisiten Dschungel befreien müsste wie ein Märchenprinz. Vielleicht hätte ich auch eine Machete gebraucht. Ich bin sicher, Sie haben bemerkt, dass meine Bilder ständig gewalttätiger werden und zudem sexuelle Dimensionen annehmen.

»Hoffst du etwa auf Mitgefühl wegen deiner außerehelichen Affäre?«

»Ich dachte, Sie könnten meinen Standpunkt nachvollziehen.«

»Du vergisst, dass ich als Wächter bei dem angestellt bin, der die Grundlage aller Gesetze geschaffen hat. Du kannst nicht erwarten, dass ich ihrer Übertretung Beifall zolle.«

»Wie Sie meinen. Sie müssen mir keine Sympathien entgegenbringen, wenn Sie es nicht wünschen. Dafür werde ich Ihnen den Rest erst im nächsten Kapitel erzählen.«

»Aber du hast erst wenig über das Bartlemas gesprochen. Auch kaum über die Leute, die du dort kennen gelernt hast. Mir scheint, die Umgebung ist meinem geliebten Garten sehr ähnlich.«

»Morgen. Gleich zu beginn des nächsten Kapitels.«

»Amen.«

»Mensch, das war wirklich toll!«, sagte Martha.

»O ja«, stimmte Curtis zu. »Das war es. Einfach wunderbar!«

»Es freut mich, das zu hören«, erklärte Kate verblüfft. Was mochte ihre beiden schwierigsten Studenten derart begeistert haben? Waren sie in der städtischen Abdeckerei gelandet? Oder hatten sie vielleicht die Kapelle einer Sekte entdeckt, die Menschenopfer brachte?

»Ich fand es jedenfalls viel interessanter als die Besichtigungstour mit Ihnen«, fügte Martha hinzu.

»Das kann ich mir gut vorstellen«, sagte Kate. »Dazu gehört nicht viel. Aber wo waren Sie überhaupt?«

»In der Bodleian.«

»Aha«, äußerte Kate, die endlich verstand. »Sie haben die Universitätsbibliothek besichtigt.«

»Ein unglaublich charmanter Mann!«, schwärmte Martha. »So gebildet! So kultiviert!«

»Sicher sprechen Sie vom Assistenten des Bibliothekars«, riet Kate.

»Genau von dem«, säuselte Martha mit einem dümmlichen Lächeln auf ihrem scharf geschnittenen Gesicht. Sie trug das schmeichelhafteste der neuen Kleider, die sie nach dem unglückseligen Brand gekauft hatte. »Vor dem Dinner muss ich mich unbedingt noch ein wenig hinlegen und entspannen. Vor allem muss ich die Schuhe ausziehen. Mir tun die Füße weh.«

»Heißt das, Sie haben die Fünf-Sterne-Tour machen dürfen? Die Tour, die drei Stunden dauert und in jeden Winkel und jede Ritze führt?«

»In die Bibliothek von Lord Humphrey«, nickte Curtis ehrfürchtig, »die unterirdischen Magazine, die historische, motorisierte Beförderung von Büchern von einer Bibliothek zur anderen und Radcliffes Kamera.«

»Duke Humphrey und Radcliffe Camera«, korrigierte Kate, ohne nachzudenken. »Waren Sie auch auf dem Dach?«

»Aber sicher«, sagte Martha. »Und Sie sollten sich ein Beispiel am Assistenten des Bibliothekars nehmen, wie man eine solche Tour führt. Sie unterschied sich mehr als deutlich von dem Blitzdurchgang, den man uns bei unserer Ankunft im Bartlemas gegönnt hat. Und dann die herrliche Aussicht! Er konnte uns jedes einzelne Gebäude benennen.«

»Ich muss zugeben, es ist leichter, sie wiederzuerkennen, wenn man die Augen aufmacht. Tut mir Leid, wenn Sie meine Tour langweilig fanden«, sagte Kate. »Sollten Sie jedoch Lust haben, den Tower of Grace noch einmal zu besteigen, lassen Sie es mich wissen. Ich werde Sie gerne nach oben begleiten.«

»Ich glaube, damit warten wir lieber, bis Sie eine Lektion im Fach Präsentation bei diesem netten Bibliothekars-Assistenten genommen haben«, sagte Martha.

»Ich arbeite daran«, erklärte Kate. »Aber lassen Sie sich durch mich nicht von einer kühlen Dusche und Ihrer wohlverdienten Ruhe abhalten. Wir sehen uns dann beim Abendessen.«

»Ich wollte Ihnen noch schnell die Fotos zeigen, die wir gemacht haben«, sagte Martha. »Ich dachte, das würde Sie interessieren.«

»Natürlich interessieren mich die Fotos«, erklärte Kate und warf einen Blick auf das Bündel, das Martha aus ihrer großen Jutetasche zog. Auf dem Paket klebte eine grüne Haftnotiz, die mit einem blauen Filzschreiber beschriftet war und Kate sehr vertraut vorkam. *Was ist das?* Aber nein, es war unmöglich, dass Martha oder Curtis die unfreundlichen Drohbriefchen in Kates Akten geschrieben hatten. Außerdem hatten sie Chris Townsend wahrscheinlich nicht gekannt.

»Hier sehen Sie unser hübsches Grüppchen vor dem Sheldonian Theatre«, sagte Martha.

Kate beugte sich vor und versuchte, den grünen Zettel zu entziffern. Martha nahm den Ordner, an dem der Zettel klebte, verstaute ihn unter den Fotos und entzog so die Haftnotiz ihren Blicken. Mist.

»Und hier ist ein Foto von Ihnen«, fuhr Martha fort. »Sehen Sie, Sie tragen dieses blaue Kleid.«

O ja, sie sah es. Das Kleid war wirklich sehr auffällig; die Farbe wurde von einem blassen Wasserblau am Ausschnitt nach unten hin immer dunkler und lief am Saum in ein strahlendes Pfauenblau aus. Ihre Ohrringe hatten die Sonne eingefangen und blitzten in die Linse der Kamera. Auch ihr Haar schimmerte in glänzenden Gold- und Silbertönen im hellen Sonnenlicht. Sehr beeindruckend, dachte sie. Falls jemand sie an dem Nachmittag, als Chris gestorben war, so gesehen hatte, würde er sich sicher in allen Einzelheiten an sie erinnern. Vielleicht sollte sie ihr Haar in Zukunft lieber Mausgrau und Rattenbraun färben lassen und sich von Kopf bis Fuß in dezentes Beige hüllen.

Sie dachte an den Tag zurück, als sie vor dem Schaufenster auf dem Bürgersteig stand. Immer noch konnte sie sich an keine Einzelheiten der vielen Menschen erinnern, die um sie herumgeschwirrt waren oder sich zwischen ihr und dem Schaufenster vorbeigedrückt hatten. Oder nur sehr undeutlich. Vage entsann sie sich einer italienischen Schülergruppe, der merkwürdigen Akademiker in Robe und einiger Hausfrauen mittleren Alters. Doch ihre Gesichter blieben leer und sagten ihr nichts. Jeder, den sie seither im Bartlemas kennen gelernt hatte, hätte dabei sein können – sie hätte ihn nicht erkannt. Doch jeder würde sich an die Gestalt im blauen Kleid erinnern. Wer sie an diesem Tag dort gesehen hatte, würde ein präzises Bild von ihr haben, gestochen scharf, wie auf diesem Foto.

»Wenn Sie das Bild wirklich so mögen, schenke ich es Ihnen selbstverständlich gern«, erklärte Martha, während sie versuchte, Kate das Bild aus den Fingern zu zerren. »Allerdings hatte ich gehofft, die komplette Fotoserie unserer England-Reise als Erinnerung mit nach North Carolina nehmen zu können.«

»Nein, nein«, wehrte Kate ab. »Ich brauche es nicht. Nehmen Sie es ruhig mit. Aber danke, dass Sie es mir gezeigt haben.«

Martha stopfte die Fotos in ihre Tasche zurück. Kate reckte den Hals in der Hoffnung, doch noch einen Blick auf den grünen Zettel werfen zu können, wurde aber enttäuscht.

»Ach übrigens, wie lange haben Sie beide sich eigentlich dieses Mal in England aufgehalten?«, fragte sie beiläufig.

»Ich weiß nicht, wie lange Curtis hier war, aber ich bin jetzt fast drei Wochen im Land. Alles in allem wird wohl ein ganzer Monat daraus werden, ehe ich in die Staaten zurückkehre.«

Mit erhobenen Augenbrauen sah Kate Curtis an und hoffte, dass er sich ebenfalls äußern würde, doch er nahm sie nicht zur Kenntnis. Sie hatte nach wie vor den Verdacht, dass beide sich noch im Dozentengarten des Leicester aufgehalten hatten, als sie beinahe erwürgt worden war. Kate versuchte, sich an Einzelheiten des geheimnisvoller Würgers zu erinnern. Ein schwerer Stiefel hatte auf ihrem Gesicht gelastet. Martha würde wohl kaum Stiefel an ihren winzigen, schmalen Füßen tragen – aber was war mit Curtis?

Als Curtis und Martha in Richtung des Studentenheims davonschlenderten, wo Kate sie nach dem Feuer untergebracht hatte, hörte sie Martha flüstern: »Hoffentlich trägt sie heute Abend ein Kleid mit Vorder- *und* Rückenteil.« Zwar konnte sie Curtis' Antwort nicht mehr verstehen, doch sie glaubte nicht, dass ihre Abendgarderobe bei ihm auf die gleiche Ablehnung gestoßen war wie bei Martha.

Wie kam sie überhaupt darauf, dieses Pärchen zu verdächtigen? Welches Motiv hätten sie haben sollen? Wenn sie ihr Angst einjagen wollten, indem sie merkwürdige Drohungen auf ihrem Schreibtisch deponierten, hätten sie auch diejenige für Chris hinterlassen haben müssen. Doch warum hätten sie Chris töten sollen? Nun, dachte sie, nehmen wir einmal an, dass Martha – die immerhin eine reiche Witwe war – oder Curtis einen dicken Scheck für die Entwicklungsabteilung des Bartlemas ausgestellt hatten und dann feststellen mussten, dass das Geld unterschlagen worden war, zum Beispiel von Chris, und durchaus nicht dazu benutzt wurde, die geschmackvollen Studentenunterkünfte zu bauen, für die der Scheck gedacht war.

Unwahrscheinlich? Schon, aber nicht unmöglich. Jedenfalls wollte sie den Gedanken nicht ganz in Vergessenheit geraten lassen. Sie musste schließlich auf der Hut sein, falls wieder einmal jemand auf die Idee kam, sie zu würgen oder in den Fluss zu werfen.

»Schon auf dem Heimweg?«

Es war Timothy Happle. Die Abendsonne glänzte auf seinem geölten schwarzen Haar und verstärkte das warme Rot seines Seidenhemdes.

»Noch nicht ganz«, antwortete Kate. »Ich verbringe den Abend brav mit meinen Studenten. Wir werden gemeinsam im Speisesaal zu Abend essen und uns in intellektuellen Konversationen ergehen.«

»Wie schaffen Sie es eigentlich, zwischendurch auch noch zu schreiben? Das muss doch ziemlich schwierig sein.« Timothy Happle schien es mit dem eigenen Abendessen nicht sonderlich eilig zu haben.

Wieso legte der Mann eine solche Besorgnis an den Tag? Kate traute ihm nicht. »Ich befinde mich im Augenblick in der Phase zwischen zwei Büchern«, antwortete sie. »Zurzeit kann ich es mir also durchaus leisten, nach dem Heimkommen mit meiner Katze vor dem Fernseher zu kuscheln und den ganzen Abend sinnlose Sendungen anzuschauen.«

»Lockt der Computer Sie nicht? Ich dachte immer, ihr Autoren müsstet jeden Tag ein bestimmtes Pensum schreiben.«

»Mein Computer hat gar nicht die Chance, mich zu locken. Er ist in meinem Arbeitszimmer eingeschlossen, und ich werde ihn nicht anrühren, ehe ich nicht bereit bin für das erste Kapitel meines nächsten Buches. Inzwischen darf er die begrenzte Aussicht auf meinen Garten genießen und seine Batterien aufladen.«

»Welch faszinierender Einblick in einen kreativen Geist«, sagte Happle. »Herzlichen Dank.« Er strich sich mit der Hand über das glatte Haar und wandte sich den Bürogebäuden des Colleges zu.

Kate hatte das Gefühl, dass sie an diesem Abend wirklich mit den Studenten essen müsste. Am Vorabend nämlich hatte sie sich gedrückt und stattdessen für ihren Freund Paul Taylor gekocht. Der Abend war sehr zufrieden stellend verlaufen, obwohl es einen peinlichen Moment gegeben hatte, als er sie fragte, was sie unter dem Chiffonschal um ihren Hals verbarg. Kate hatte etwas von Halsweh gemurmelt und ob er sich nicht erinnere, dass sie heiser gewesen war, als sie ihn am Abend zuvor angerufen hatte? Paul jedoch hatte ihr direkt ins Gesicht geschaut und gesagt, er habe den Eindruck, dass sie etwas vor ihm verstecke, und er hoffe inständig, dass es nichts mit einem Verbrechen zu tun hätte, denn er wäre es leid, sie immer wieder aus möglicherweise lebensbedrohenden Situationen zu retten. Und ob sie es nicht allmählich an der Zeit fände, sich einen vernünftigen Job zu suchen und sesshaft zu werden?

Kate war nicht auf die Herausforderung eingegangen, weil sie sah, dass über Fridesley bereits die Dämmerung hereinbrach. Sie konnte wirklich nicht von einem knapp zwölfjährigen Kind erwarten, die ganze Nacht wie in allen anderen Nächten vor ihrem Haus Wache zu stehen, auch wenn sie ihm angeboten hatte, am nächsten Wochenende auf Dave aufzupassen. Nur dieses eine Wochenende, klar, Harley? Kate war nämlich eingefallen – und vielleicht hatte auch Harley daran gedacht –, dass ein Hund, und zwar selbst ein so dämlicher Hund wie Dave, einen gewissen Schutz vor eventuellen Eindringlingen bot. Kate wusste, dass Dave nie jemanden angreifen oder beißen würde, aber vielleicht bellte er und machte den Übeltätern damit Angst. Vielleicht. Zumindest, wenn Vollmond war und er den Drang verspürte, ihn wieder einmal anzujaulen. Sie wünschte, sie könnte den Hund dazu erziehen, auch das Telefon zu bedienen.

Sie blickte zu Paul hinüber, der es sich auf ihrem rosa Sofa gemütlich gemacht hatte und die Zeitung las. Am liebsten hätte sie ihm alles erzählt. Aber was hätte sie sagen sollen? Dass sie merkwürdige Mitteilungen auf dem Bildschirm und ebenso merkwürdige Nachrichten auf dem Anrufbeantworter gehabt hatte? Dass es Gerüchte über Leute gab, die sich bereicherten? Dass sie gewisse Verdachtsmomente bezüglich eines Todesfalls hegte, den ein unbestechlicher Coroner längst als Unfall eingestuft hatte?

»Was würdest du tun, wenn du vermutest, dass in einer privaten Institution seltsame Dinge vorgehen?« Damit würde sie wohl keinen Verdacht hervorrufen.

»Hm? Wovon sprichst du? Welche Art Institution meinst du?«

»Na ja, sagen wir einfach, eine Schule, oder ein Kaufhaus.«

»Vielleicht auch ein College?«

»Nicht unbedingt.«

»Und welche Art seltsamer Dinge? Etwa ein Kind, das seinem Freund Butterbrote klaut? Oder ein Angestellter, der sich an der Ladenkasse bedient?«

»Ich finde dich nicht besonders hilfreich!«

»Gut, also im ersten Fall würden wir erst davon erfahren, wenn die Schule Kontakt mit uns aufnähme, und das halte ich für eher unwahrscheinlich. Im zweiten Fall würden wir wahrscheinlich durch das Kaufhaus benachrichtigt und würden eine ganz normale Untersuchung einleiten.«

»Aber wenn ihr nun nicht gerufen würdet? Stell dir vor, es gäbe nur einen Verdacht, dass in dieser Institution ein Riesenbetrug abläuft. Was würdet ihr tun?«

»Wie sollten wir einen solchen Verdacht schöpfen? Wir können uns schließlich nicht hinstellen, auf irgendein Haus zeigen und sagen ›Da drin stimmt etwas nicht‹, oder? Wir brauchen schon einen verdammt guten Grund, ehe wir unsere Kampfanzüge anziehen, eine Tür aufbrechen und uns drinnen auf die Suche nach Bösewichtern machen.«

Er nahm sie nicht ernst. Genau genommen hatte niemand den Tod von Chris Townsend wirklich ernst genommen. Wäre es vielleicht anders gewesen, wenn allgemein bekannt geworden wäre, wie viele Leute im Bartlemas auf nicht ganz saubere Weise zu Geld kamen? Und was, wenn Paul sie doch ernst nähme? Was würde er tun? Würde er, wie er vorhin angedeutet hatte, mit seinen Kollegen im Kampfanzug das College stürmen, die Studenten zu Tode erschrecken, den Workshop abbrechen und sie damit um ihren Job bringen? Nein, das konnte sie sich beim besten Willen nicht leisten! Sie würde wohl oder übel so weitermachen müssen wie bisher, würde versuchen, selbst herauszufinden, um was es ging, und ihm dann eine ganze Kladde voller Beweise präsentieren. Ein aussichtsloses Unterfangen, das musste sie wohl zugeben. Aber immer noch besser, als die Papiere zu bekommen.

Sie lächelte Paul an und bot ihm die Auswahl zwischen zwei Nachtischen und einem Cognac zum Kaffee.

»Macht es dir etwas aus, wenn ich mir das Kricketspiel ansehe?«, fragte er und holte den Fernseher aus seinem Verschlag. Zwar hätte Kate leise Musik aus dem CD-Player vorgezogen, doch zumindest unterband der Fernseher jede weitere Diskussion über verdächtige Vorgänge an Oxforder Colleges.

Während Paul fernsah, klingelte das Telefon. Fast hoffte Kate, dass es ihr Drohanrufer war. Es wäre schön, endlich einen Zeugen für die Belästigungen zu haben; zumal der Zeuge obendrein auch noch Polizist war. Doch es war Faith Beeton, die sich meldete.

»Ich muss unbedingt mit Ihnen reden«, sagte sie ohne Einleitung. »Könnte ich vorbeikommen?«

»Ich glaube, im Augenblick passt es nicht so ganz – vor allem, wenn Sie meine ungeteilte Aufmerksamkeit wünschen.«

»Heißt das, Sie sind nicht allein?«

»Richtig.«

»Wie sieht es mit morgen Abend aus?«, erkundigte sich Faith, um sich sofort zu unterbrechen: »Ach nein, vergessen Sie es! Ich muss morgen mit einer Gruppe nach Stratford. Wir sind den ganzen Tag unterwegs und kommen vermutlich nicht vor Mitternacht zurück. Wie wäre es mit Samstag?«

»Könnte klappen«, sagte Kate vorsichtig. Sie hätte gerne gewusst, worauf sie sich einließ, ehe sie ihre Zeit verplante. »Aber müssten wir nicht mit unseren Schützlingen essen?«

»Wir gehen eine Stunde oder so vor dem Essen hin, unterhalten uns mit ihnen, kümmern uns um sie und verschwinden, wenn es zu Tisch geht. Zufällig weiß ich, dass der Koch am Samstag freihat und sein Lehrling sich immer noch an Steak und Kidney Pie und Reispudding versucht.«

»Bei diesem Wetter? Kaum zu fassen!«

»Es stimmt aber.«

»Schluss damit! Sie kommen zu mir zum Essen«, sagte Kate. »So gegen sieben?«

»Prima. Danke.«

»Ach übrigens, worüber wollen Sie mit mir sprechen?«

»Über ein paar merkwürdige Dinge, die passiert sind, und über Bemerkungen, die ich mitbekommen habe und in denen es um Sie geht.« Sie legte auf. Kate wurde sehr nachdenklich und freute sich, dass sie an diesem Abend, und vielleicht auch noch länger, nicht allein war.

»Wer war das?«, fragte Paul. »Einer deiner anderen Freunde?«

»Wie kommst du darauf?«

»Weil du in meiner Anwesenheit nicht sprechen wolltest und ihn für Samstag eingeladen hast, mich aber nicht.«

»Sehr scharfsichtig«, bemerkte Kate. Das zeigte wieder einmal, wie falsch selbst ein Polizist manchmal bestimmte Situationen beurteilte, dachte sie. Gut, dass sie ihre Probleme nun doch nicht zur Sprache gebracht hatte.

Später schlossen sie das Fernsehgerät wieder im Schrank ein und machten es sich zusammen auf dem rosa Sofa bequem. Gerade beschloss sie, ihm den Schlips abzubinden, als er ganz von allein auf die Idee kam.

KAPITEL 14

Auf einem königlichen Thron
Der weit die Macht von *Ormus* oder *Ind* besiegt,
Und auch die reichste Welt des Ostens
Die ihre Könige mit Gold und Perlen krönt,
Ließ sich der Satan preisen.

John Milton, *Paradise Lost, II*

Heute wollen wir also die Gärten Eden miteinander vergleichen«, sagt Christopher.

»Ich glaube, ich habe jetzt genug über Briony und ihren Garten gehört. Hat man einen Garten Eden gesehen, kennt man alle, pflege ich zu sagen. Allerdings hast du deinen Bericht über die Vorgänge am Bartlemas College nicht beendet; ich würde jedoch gern mehr über die unlauteren Geschäfte dort erfahren. Mir scheint, es hat mehr mit meinen Untersuchungen über Opfer zu tun als deine kleinen Unstimmigkeiten mit Briony.«

»Wie lautet der Titel Ihrer Untersuchung? ›Die Auswirkungen des Geschlechts auf das Opfer‹? ›Opfer und Geschlecht‹? ›Chronik eines Opfers‹ vielleicht?«

»Schluss mit den Späßen. Erzähle mir lieber vom Bartlemas. Immerhin hast du mir einen ungekürzten Bericht versprochen. Bisher sieht es so aus, als hättest du auch hier wieder voll ins Schwarze getroffen.«

»In gewisser Weise trifft das zu.«

»Aber?«

Ich war an einem Punkt angekommen, wo ich einen Partner brauchte. Mein erster Gedanke war, es mit einer Frau zu versuchen. Vielleicht haben Sie bemerkt, dass Frauen mich attraktiv finden. Es funktionierte bei Viola, und ebenso bei Briony. Ehrlich gesagt glaube ich heute noch, dass ich Brionys Mutter nur dank meiner gut geschnittenen Wangenknochen und meines jungenhaften Aussehens als Schwiegersohn überzeugen konnte.

Es gab zwei Kandidatinnen, die in Betracht kamen. Eine davon, und zwar die wahrscheinlichere, war Sadie James.

Ich mochte ihr üppiges, glänzendes, kastanienfarbenes Haar. Oft schüttelte sie ihre Mähne und warf mir aus dunklen Augen mit langen Wimpern tiefe Blicke zu. Und dann dieser sinnliche Mund mit dem roten Lippenstift! Sie wusste ganz genau, wie sie auf Männer wirkte. Wenn sie merkte, dass ich sie ansah, zuckte ihr Mundwinkel und hob sich um Millimeterbruchteile. Immer hatte man den Eindruck, sie wisse um etwas sehr Aufregendes, das sich uns anderen entzog; etwas, das sie einem nur allzu gern im Schlafzimmer, im Treppenhaus, auf dem Küchentisch oder auf dem Teppich vor dem Kamin zeigen würde. Selbst wenn sie Jeans und T-Shirt trug, hatte man das Gefühl, dass ihre Unterwäsche aus Seide war; manchmal glaubte ich gar das leise Rascheln des kostbaren Stoffes zu hören.

Entschuldigung, ich habe mich ein wenig hinreißen lassen.

Jawohl, ich war der Meinung, dass sie mich umgarnte. Und so fragte ich sie eines Tages, ob sie mit mir zu Mittag essen wolle. Es war eine freundschaftliche »Wir-sind-schließlich-nur-Kollegen«-Einladung. Ich führte sie in ein kleines, sehr hübsches Restaurant ein wenig außerhalb des Stadtzentrums, wo wir wahrscheinlich keine Bekannten treffen würden.

Die Rechnung belief sich auf eine dreistellige Zahl, das Trinkgeld nicht eingerechnet. Als ich ihr schließlich meinen Vorschlag unterbreitete, und ich rede hier nur von dem finanziellen Vorschlag – zu etwas anderem kam ich gar nicht erst –, lachte sie mir ins Gesicht. Ob ich nicht bemerkt hätte, dass sie sich intensiv mit einem ganz anderen Projekt beschäftigte? Und was den Sex anginge, so würden ihre Bedürfnisse auf das Beste befriedigt, vielen Dank.

»Warum hast du mir dann Avancen gemacht?«, fragte ich verletzt.

»Reines Ablenkungsmanöver«, gab sie zurück. »Im Büro glaubt jeder, dass wir rattenscharf aufeinander sind. Das hat den Vorteil, dass mein Partner und ich nicht mehr im Mittelpunkt des Interesses stehen.«

»Welcher Partner?«, fragte ich, griff nach der Rechnung, schluckte heftig und hoffte, dass meine Kreditkarte noch so viel hergab.

»Ich überlasse es dir, das herauszufinden«, sagte sie und hauchte mir einen Luftkuss zu. Und dann stand sie auf – dieses Mal war entschieden das Rascheln von Seide zu hören – und ging zur Tür voraus.

»Und? Hast du es herausgefunden?«

»Ja. Aber bis es dazu kam, stand ich noch viel blöder da.«

»Glaubst du wirklich immer noch, dass du nur zufällig zum Opfer wurdest?«

»Was da passiert ist, war wohl schwerlich mein Fehler, oder?«

»He, Kate!« Es war Harley, der sie beim Heimkommen begrüßte.

»Hallo Harley«, erwiderte sie und überlegte, ob »He, Harley« nicht vielleicht besser ankäme.

»Sind Sie bereit?«

»Ach.« Der Abend dämmerte. Es war Freitag, und Kate war soeben ihr voreiliges Versprechen eingefallen, Dave während des Wochenendes zu hüten. Eigentlich hatte sie gehofft, dass das Wochenende erst Samstagnachmittag anfinge, doch ein Blick in Harleys Gesicht sagte ihr, dass dieses Wochenende in etwa fünf Minuten starten würde. »Dave«, sagte sie.

»Klaro!« Harleys Gesicht bestand hauptsächlich aus Mund und Zähnen, so breit war sein Lächeln.

»Richtig! Ich habe Futter für ihn besorgt und ihm eine Decke unter den Küchentisch gelegt. Außerdem habe ich Susannah vorgewarnt, dass ein Hund kommt, aber ich glaube, der Begriff war ihr fremd.«

»Was?«

»Ich bin sicher, dass sie miteinander auskommen. Irgendwann jedenfalls. Hast du die Leine?«

»Klaro!«

»Ich gehe davon aus, dass du für Spaziergänge und solche Sachen zuständig bist.«

»Klaro!«

»Dann sollten wir ihn jetzt holen, nicht wahr?«

»Klaro!«, kam die begeisterte Antwort.

Kate hätte sich keine Sorgen machen müssen. An diesem Abend bekam sie Dave kaum zu Gesicht. Harley hatte das arme Tier von einem Ende Fridesleys zum anderen und wieder zurück geschleppt, bis seine Pfoten wund waren. Selbst zu seinen besten Zeiten war Dave nie ein besonders athletischer Hund gewesen, doch wie es aussah, hatte er bei Darren und Dossa nur vor sich hin vegetiert. Er verschlang das Hundefutter, das Kate ihm hinstellte, trollte sich auf seine Decke unter dem Küchentisch und verbrachte den restlichen Abend mit Schnarchen. Susannah versuchte zwar, ihn zu terrorisieren, doch er war viel zu müde, um auf ihr Fauchen und Knurren zu reagieren.

»Sie passen doch auf, dass Ihre Katze ihm nichts tut, oder?«, fragte Harley.

»Du brauchst dir bestimmt keine Sorgen um ihn zu machen, Harley«, beruhigte Kate den Jungen. »Ihm geht es gut. Und morgen früh kannst du rüberkommen, ihm sein Frühstück geben und ihn ausführen.«

»Mach ich«, sagte Harley. »Super. Bis denne!«

»Bis dann, Harley«, antwortete Kate.

»Ach, übrigens«, fügte er noch hinzu, als er schon fast aus der Tür war, »heute war wieder jemand da und hat bei Ihnen rumgeschnüffelt.«

»Tatsächlich? Warum hast du mir nichts gesagt?«

»Weil ich ihn nicht richtig gesehen hab. Keine Ahnung, wie er aussieht.«

»Mist!« Kate bemühte sich, in Anwesenheit des Jungen kein zu drastisches Vokabular zu benutzen, allerdings befürchtete sie, dass Harley längst mit ihrem gesamten Repertoire an Flüchen vertraut war. Und mit noch ein paar anderen mehr.

»Keine Angst! Mit Dave sind Sie sicher. Er ist ein super Wachhund. Immerhin ist er zur Hälfte Deutscher Schäferhund. Ein echter Killer!«

Durch die geöffnete Tür drang Daves seliges Schnarchen. »Schon, aber die andere Hälfte war ein besonders frommes Schaf, soviel ich weiß. Gute Nacht, Harley.«

»Nacht, Kate.«

Sie ging in die Küche und betrachtete Dave. »Wachhund!«, spottete sie. »So siehst du aus! Ich glaube, Susannah würde eher einen Eindringling in die Flucht schlagen als du!«

»Hallo Kate!«

Kate freute sich wie ein Schneekönig, als sie Andrews Stimme hörte. Erstens, weil er ihr keine Drohungen ins Ohr zischte, und zweitens, weil er so wunderbar normal klang. Und glücklich obendrein.

»Was ist denn mit dir los?«, fragte sie interessiert. »Du klingst viel heiterer als sonst!«

»Ach, weißt du, die Konferenz hat richtig Spaß gemacht. Eine wirklich produktive Zeit.«

Na ja, dachte Kate, Systeme für kooperatives Katalogisieren theologischer Literatur dürften kaum in der Lage sein, so viel Fröhlichkeit hervorzurufen. Es wird also eher am erfolgreichen Herumschleichen auf den Hotelfluren zwischen den einzelnen Sitzungen liegen.

»Hättest du nicht Lust, zum Essen zu kommen und mir alles zu erzählen?«, fragte sie.

»Wie wäre es, wenn wir zwei stattdessen schön auswärts essen gingen?«

Du liebe Zeit, er war wirklich guter Laune! »Eine ganz tolle Idee, Andrew. Allerdings geht es dieses Wochenende nicht. Ich spiele Babysitter.«

Andrew machte ein Geräusch, das nach tiefster Ungläubigkeit klang.

»Nein, nein, es geht nicht um ein echtes Baby!«

»Gott sei Dank. Ich wage kaum, mir vorzustellen, was du einem hilflosen Baby alles antun könntest!«

»Ist dir schon einmal in den Sinn gekommen, dass ich einen hochentwickelten Sinn für Mütterlichkeit besitzen könnte?«

»Kann ich mir nicht vorstellen.«

»Wie dem auch sei, ich beaufsichtige kein Baby, sondern einen Hund. Es ist dieses pummelige, rote Fellknäuel, das früher nebenan bei den Krötengesichtern gelebt hat.«

»Der Hund, der so schreckliche Angst vor deiner Katze hatte?«

»Genau der.«

»Klar. Ich verstehe sehr gut, dass du den armen, wehrlosen Kerl nicht sich selbst überlassen kannst. Nicht, dass er dir noch an einer Panikattacke eingeht! Gut, ich komme Montagabend vorbei und bringe eine Flasche Wein mit. Und einen sehr leckeren Single Malt Whisky aus dem Duty-Free-Shop.«

»Wären dir warme Ciabatta, kaltes Hühnchen und grüner Salat recht?«, erkundigte sich Kate.

»Vielleicht noch ein paar neue Kartöffelchen mit Zitronenmayonnaise. Ist es schon zu spät im Jahr für einen Sommer-Pudding?«

»Ich fürchte ja. Aber mir fällt sicher etwas anderes ein. Isst du immer noch so gern Schlagsahne?«

»O ja, am liebsten ganze Berge davon. Ich bin so gegen halb acht bei dir. Ach, und Kate …«

»Ja?«

»Ich freue mich, dass du endlich einmal einer vernünftigen Arbeit nachgehst und dich nicht mit kriminellem Pöbel umgibst, wie sonst so oft.«

»Und wer, bitte schön, war schuld daran, dass ich mit unerfreulichem Gesindel in Kontakt kam?«

»Ich bestimmt nicht! *A lundi!*«

Sehr schön, dachte Kate beim Auflegen, noch ein Abend, den ich nicht allein verbringen muss. Ehe sie zu Bett ging, überprüfte sie nochmals Fenster und Türen. Sie sah auch nach Dave, aber der war völlig hinüber und schnarchte selig. Susannah begleitete Kate ins Schlafzimmer und rollte sich mit empörter Miene auf dem Bett zusammen. An diesem Abend verscheuchte Kate sie nicht. Sie war froh, Gesellschaft zu haben.

Am nächsten Morgen stand Harley zu bemerkenswert früher Stunde vor Kates Tür. Ein immer noch müder Dave ließ sich von dem Jungen durch die Straßen von Fridesley und über den Kirchhof schleppen; danach gab es Frühstück bei Kate.

»Sie sind doch früher morgens immer zum Joggen gegangen«, sagte Harley. »Machen Sie das nicht mehr?«

»Manchmal schon. Wenn der Job im Bartlemas vorbei ist, fange ich wieder an.«

»Sie könnten Dave doch dabei mitnehmen.«

»Vergiss bitte nicht, dass er nur über das Wochenende hier ist.«

»Sie würden sich sicher an ihn gewöhnen.«

»Du weißt doch, dass ich arbeiten gehe. Zum Beispiel muss ich heute Morgen ins Bartlemas.«

»Das geht schon in Ordnung. Wenn Sie nicht da sind, kümmere ich mich um ihn.«

»Gut, aber ermüde ihn nicht zu sehr. Er ist ja jetzt schon völlig erschöpft.«

Sie öffnete die Schublade ihres Küchentischs, »Hier, Harley, den solltest du an dich nehmen.« Und sie reichte ihm ihren Ersatzhaustürschlüssel. »Cola kannst du trinken, so viel du willst. Aber iss mir nicht alle weißen Magnums auf. Manchmal ist mir nach Trost zumute, und die Magnums sind dann das Einzige, was hilft.«

»Okay«, sagte Harley, und Kate wusste, dass sie sich auf ihn verlassen konnte. »Sie sollten sich einen Hund anschaffen«, fügte er hinzu.

Dank Harleys frühzeitigem Auftauchen war Kate an diesem Morgen sehr pünktlich im Büro. Das war auch gut so, denn kaum zehn Minuten nach ihrem Eintreffen sprachen ihre beiden Lieblingsstudenten bei ihr vor.

»Setzen Sie sich«, forderte Kate die beiden auf. »Was kann ich für Sie tun?« Das würde ihnen hoffentlich den Wind aus den Segeln nehmen.

»Hier gehen seltsame Dinge vor sich«, begann Martha.

»Ach ja?« Natürlich wusste sie, dass hier seltsame Dinge vorgingen, und zwar einige, doch es interessierte sie, zu erfahren, worüber Martha und Curtis gestolpert waren.

»Also, zunächst wollten wir Ihnen sagen«, begann Martha, »dass es offenbar Leute gibt, die Sie nicht mögen, Kate Ivory.«

Kate bemühte sich, verwundert dreinzublicken.

»Im Hinblick auf uns Studenten können wir uns das wenigstens ansatzweise erklären«, fuhr Curtis fort. »Sie sind manchmal ziemlich scharfzüngig und recht abweisend, wenn Ihnen etwas nicht in den Kram passt. Außerdem haben wir beobachtet, wie Sie sich verdrückt und im Dozentengarten versteckt haben, als Sharen Cobb mit Ihnen über die Genre-Theorie diskutieren wollte. Und Sie nehmen nicht am gemeinsamen Abendessen teil, wenn wir wieder einmal Steak und Kidney Pie und Reispudding vorgesetzt bekommen.«

»Tut mir wirklich Leid«, sagte Kate. »Ich versuche, mich zu bessern.«

»Und dann sind da noch die Leute, die wie Sie zum College gehören. Auch unter denen gibt es einige, die Sie nicht leiden können. Zum Beispiel gehen ein paar unfreundliche Gerüchte um, die manchmal nicht einmal wahr sind. Uns hat das wirklich erstaunt, denn Sie scheinen uns nicht deutlich weniger nett als die restliche Belegschaft zu sein.«

»Danke«, sagte Kate und überlegte, ob sie die Bemerkung als Kompliment auslegen sollte oder nicht.

»Aber es gibt hier auch Leute, die ganz heftig gegen Sie sind«, fuhr Martha fort.

»Diese Leute wollen, dass Sie verschwinden«, fügte Curtis hinzu.

»Das haben Sie auch bemerkt?«, wunderte sich Kate.

»Ehrlich gesagt finde ich«, sagte Martha, »dass Sie sich bei dem Zwischenfall am Fluss ein wenig kindisch verhalten haben. Vor allem, als Sie unbedingt bei uns bleiben und mit uns picknicken wollten, obwohl Sie bis auf die Haut durchnässt waren. Aber irgendwer im College hat das Gerücht in die Welt gesetzt, dass Sie betrunken gewesen wären und deshalb ins Wasser gefallen sind. Also, wir waren schließlich dabei. Der Wein stand auf den Tischen bereit, und ich bin sicher, Sie waren auf dem Sprung dorthin, aber im Boot hat niemand getrunken.«

»Es war ein Stakkahn«, korrigierte Kate. »Nein, Sie haben Recht – während des Dienstes zu trinken wäre nicht besonders schlau.«

»Wer aber hat diese Geschichte unters Volk gebracht?«, fragte Curtis. »Und warum?«

»Gute Frage«, sagte Kate. »Doch ich fürchte, die Antwort kenne ich ebenso wenig wie Sie.«

»Und dann gab es noch eine merkwürdige Begebenheit während unseres Ausflugs nach Birmingham«, setzte Martha ihren Bericht fort. »Wären die anderen Vorfälle nicht gewesen, hätte ich es vielleicht gar nicht bemerkt. Nach der Pause wirkten Sie so bleich und mitgenommen, dass ich mir sofort dachte, dass jemand Sie vielleicht unmittelbar vor der Pausenglocke drangsaliert haben könnte. Ganz ehrlich, Kate – sind Sie angegriffen worden?«

»Haben Sie vielleicht jemanden bemerkt?«, fragte Kate.

»Dann stimmt es also! Sie wurden angegriffen!«, trumpfte Curtis auf.

»Schon«, gab Kate zu. »Ich glaube allerdings nicht, dass man mir wirklich wehtun wollte. Man wollte mir wohl eher Angst einjagen. Genau wie bei dem Zwischenfall am Fluss, wenn ich es recht bedenke. Ich glaube, jemand fühlt sich von mir getäuscht, weil ich mich anders verhalte, als er es von mir erwartet.« Kate sagte nicht, dass sie in Birmingham vor Martha davongelaufen war; sie hätte es für undankbar gehalten. Schließlich zeigte die Frau Interesse an ihr und ihren Problemen.

»Es gibt also ein Komplott«, mutmaßte Curtis. »Und dabei dachte ich, ich wäre einsam und hätte nur wenige Freunde. Aber Sie sind noch um einiges schlimmer dran!«

»Jemand will Ihnen Ihren Job wegnehmen«, erklärte Martha.

»Das glaube ich eigentlich nicht«, entgegnete Kate. »Die Arbeit ist weder sonderlich attraktiv, noch wird sie gut bezahlt, und außerdem ist in zehn Tagen sowieso Schluss damit. Wo läge da der Sinn?«

»Darüber müssen wir noch einmal nachdenken, Martha«, sagte Curtis.

»Ach, noch etwas«, hakte Kate nach. »Als Sie mir dieser Tage freundlicherweise Ihre Fotos gezeigt haben, war in Ihrer Tasche eine grüne Haftnotiz, auf der mit blauem Filzschreiber etwas stand. Würde es Ihnen etwas ausmachen, mir den Zettel zu zeigen?«

Martha wurde puterrot. »Lieber nicht.«

»Warum nicht? Habe Sie etwas zu verbergen?«

»Es handelt sich um eine Privatangelegenheit«, stotterte Martha. »Warum wollen Sie den Zettel überhaupt sehen?«

»Weil ich auf exakt einem solchen Zettel Drohungen bekommen habe. Und Chris Townsend ebenfalls.«

»Zeig ihn ihr ruhig, Martha«, sagte Curtis. »Nicht, dass sie noch annimmt, wir hätten ihr etwas tun wollen.«

»Na schön«, lenkte Martha mit verkniffenem Mund ein, holte den grünen Zettel aus der Tasche und zeigte ihn Kate.

Letzte Nacht war ein Traum, meine Prinzessin. Darf ich dich heute Abend wiedersehen?
Dein Curtis

»Wahrscheinlich will sie auch deine Antwort darauf sehen«, sagte Curtis.

»Du wirst sie ihr auf keinen Fall zeigen«, befahl Martha in einem Ton, der keinen Widerspruch duldete.

»Nein, nein, das ist wirklich nicht nötig. Ich wollte mich keinesfalls in Ihr Privatleben einmischen«, wehrte Kate ab.

»Würden Sie uns denn bitte wenigstens erklären, was los ist?«, fragte Martha.

»Liebend gern«, antwortete Kate. »Nur weiß ich es leider selbst nicht. Es scheint sich um zwei, vielleicht auch drei unterschiedliche Vorgänge zu handeln, von denen jeder mit der Person zu tun haben kann, die hinter mir her ist.«

»Und was wollten Sie damit sagen, dass auch Chris Townsend Drohbriefe bekommen hat? Was hat denn der damit zu tun?«, wollte Martha wissen. »Die ersten Kontakte, ehe wir herkamen, liefen über ihn. Aber soviel ich weiß, ist er tot – hatte er nicht diesen Unfall und ist vom Turm gestürzt?«

»Auch bei ihm gab es Gerüchte, er sei betrunken gewesen«, erwiderte Kate. »Ehrlich gesagt gibt es in dieser Angelegenheit für meinen Geschmack zu viele Ungereimtheiten; ich glaube nicht, dass sein Tod ein Unfall war.«

»Sind Sie etwa der Meinung, dass sein Tod etwas mit den Unannehmlichkeiten zu tun hat, die Ihnen in letzter Zeit widerfahren sind?«, fragte Curtis.

»Es kommt einem fast unwahrscheinlich vor, dass es hier mehr als ein großes Geheimnis geben sollte, finden Sie nicht? Ach, übrigens, ist Ihnen bei der Shakespeare-Aufführung im Leicester etwas aufgefallen?«

»He«, unterbrach Curtis, »hast du gesehen, wie spät es ist, Martha? Kate, wir müssen weg. Aber wir müssen unbedingt noch einmal über diese Angelegenheit sprechen.«

»Kommen Sie doch einfach am Dienstag zu mir zum Abendessen, sagen wir: halb acht. Ich verspreche Ihnen, es gibt weder Pastete noch Reispudding.«

»Vielen Dank«, sagte Martha. »Wir kommen gern, nicht wahr, Chris?«

Kate hörte noch, wie Martha im Weggehen sagte: »Eigentlich ist sie gar nicht so übel. Sie hat Probleme mit ihrer Einstellung, so viel ist sicher. Aber mit ein wenig Zeit und Unterstützung kann sie sicher etwas dagegen tun.«

Probleme mit der Einstellung? Welche Probleme mit der Einstellung?, überlegte Kate. Sie fuhr sich mit den Fingern durch das Haar und ging über den

Pesant-Hof zu dem Seminarraum hinüber, wo sie einen Workshop für Kreatives Schreiben leiten sollte. Wie kamen diese Leute überhaupt darauf, schreiben zu können? Man brauchte schließlich mehr als nur ein bisschen Talent. Mut und Ausdauer waren gefragt. Die richtige Einstellung eben.

KAPITEL 15

… und der darauf saß, war seinem Aussehen nach gleich einem Jaspis- und Karneolstein, und ein Regenbogen war rings um den Thron, seinem Aussehen nach gleich einem Smaragd.

Offenbarung 3, 4

Mir will scheinen, dass wir allmählich das Ende unserer Geschichte erreichen«, sagt Zophiel. »Es ist nur noch eine Frage der Zeit, falls ich diesen Begriff richtig verstanden habe, bis wir zu dem Punkt kommen, wo dich jemand vom Tower of Grace stieß und dich damit in die Warteposition vor den Toren des Garten Eden schickte.«

»Mein Problem ist, dass ich mich immer weniger daran erinnern kann, was Zeit eigentlich ist, je mehr davon ich in Ihrer Gesellschaft verbringe. Doch ich vermute, es ist so, wie Sie sagen. Es gibt nicht mehr viel zu erzählen.«

»Und wer war nun die zweite Wahl in Sachen romantischer und finanzieller Partnerschaft?«

»Ich dachte, das wäre inzwischen klar.«

Faith Beeton. Sie war gerade für eine auf drei Jahre befristete Dozentur ans College gekommen. Sie war nur ein Jahr jünger als ich und damit älter, als man es bei einer solchen Stellung eigentlich erwartet. In Dingen des täglichen Lebens zeigte sie sich ausgesprochen unkundig, verfügte jedoch über einen scharfen Intellekt, den ich zu nutzen gedachte. Ich erkannte, dass sie soeben erst begann, die schönen Seiten des Lebens zu entdecken. Mir kam es vor, als ob sie bis zu diesem Zeitpunkt noch keine größeren Erfahrungen damit gemacht hatte.

Da war zum Beispiel die Kleidung. Sie liebte es, Seide in satten Edelsteinfarben zu tragen: ein rotes Kleid, strahlend bunte Schals, üppig gefärbte Blusen. Auch Leder mochte sie. Sie besaß kastanienbraune Schaftstiefel, eine Jacke aus violettem Ziegenleder und geräumige Handtaschen. Die farbige Kleidung hob ihre etwas langweiligen Züge positiv hervor und ließ ihre blasse Haut geradezu erglühen. Man fühlte sich beinahe versucht, zu glauben, dass sie eine schöne Frau war. In normalen Kleidern, ohne edelsteinfarbene Seide und glänzendes Leder, hätte man sie vielleicht übersehen – es sei denn, man hätte die Intelligenz in ihren Augen bemerkt. Sie hatte eine Art Affengesicht. Ihr dunkles, gewelltes Haar setzte tief in der Stirn an. Von Gestalt war sie schlank und drahtig und so mit sexueller Spannung aufgeladen, dass sie zu knistern und in der Dunkelheit Funken zu sprühen schien. Finden Sie, dass ich Unsinn rede? Nun, Faith brachte mich dazu, dass ich Unsinn dachte, redete und tat. Zum ersten Mal im Leben liebte ich jemanden mehr als mich selbst. Ich dachte ununterbrochen an sie. Wenn ich ihren Duft in die Nase bekam, geriet ich in Ekstase. Nie habe ich diesen Duft bei einer anderen Frau gerochen. Bis heute weiß ich nicht, wie er heißt, doch ich würde ihn sofort und jederzeit wieder erkennen. Ich würde »Faith« rufen, sie genau so vor mir sehen, wie sie am letzten Tag meines Lebens ausgesehen hat, und ich würde zu ihr laufen.

Natürlich kosten solche Kleider Geld, und sie

liebte es, einzukaufen. Manchmal fuhr sie mit dem ersten Bus nach London, nahm die U-Bahn nach Knightsbridge und kaufte ein, sobald die Läden öffneten. Und am Abend kehrte sie mit so vielen Taschen und Tüten nach Oxford zurück, dass niemand mehr sein Gepäck in der Ablage verstauen konnte.

Ich überlegte lange, wie ich mich ihr nähern könnte. Sie war ganz anders als Sadie. Wenn ich es falsch anging, würde ich mich ihrer scharfen Zunge ausliefern und möglicherweise zum Gespött des gesamten Colleges werden, was ich natürlich unbedingt vermeiden wollte. Zunächst dachte ich daran, sie zu einem teuren Essen auszuführen, doch auf diese Weise war ich schon einmal abgeblitzt. Das sollte mir kein zweites Mal passieren.

Es war auf einer dieser Stehpartys, die der Rektor zu Beginn eines Semesters zu geben pflegt, um sowohl Belegschaft als auch Studenten auf die warme, behütete Gemeinschaft des Colleges einzuschwören. Briony war nicht anwesend, und ich glaube nicht, dass Faith überhaupt wusste, dass ich verheiratet war. Aber vielleicht wusste sie es auch, und es war ihr nur egal. Wir unterhielten uns eine Zeit lang, tranken drei oder vier Gläser vom australischen Chardonnay des Rektors und spazierten schließlich aus dem College hinaus und die High Street entlang.

Es war ein warmer, duftiger Abend. Langsam erlosch der letzte Lichtstreifen hinter dem Carfax Tower. Ich dachte fieberhaft darüber nach, wie ich vorgehen sollte. Natürlich konnte ich sie nicht zu mir nach Hause einladen, wo Briony auf mich wartete.

Ich überlegte, ob ich ein Pub oder ein Weinlokal vorschlagen sollte, obwohl die Atmosphäre in beidem nicht dem entsprach, was ich für uns suchte. Ein Restaurant vielleicht? Wir waren nicht mehr weit von dem entfernt, wo ich mit Sadie gewesen war, und meine Demütigung dort ging mir noch zu nah. Vielleicht sollten wir in eines der Thai-Restaurants gehen, die kürzlich in der Gegend eröffnet worden waren.

Am Ende der Straße hatte ich mich automatisch nach links in Richtung Carfax gewandt, doch Faith ergriff meine Hand und zog mich sanft in die entgegengesetzte Richtung.

»Wir gehen zu mir«, sagte sie einfach. »Es sind höchstens fünf Minuten.«

»Und was wurde aus deinem Plan, Geld abzuzweigen?«

»Ach der? Was schon? Er spielte keine Rolle mehr. Nichts außer Faith spielte mehr eine Rolle.«

»Aber du hast ihn nicht vergessen?«

»O nein. Ich sprach mit ihr darüber.«

»Dann erzähl mir davon.«

»Habe ich Ihnen von Faith' Herkunft berichtet?«

»Zum Teufel mit Faith' Herkunft. Erzähl einfach, was geschehen ist.«

»Wie schon gesagt, die Zeit hat keine Bedeutung mehr für mich. Sie müssen sich in Geduld üben.«

»Dann fasse dich kurz. Ich will wissen, was passiert ist. Ich will wissen, wer dich getötet hat. Und ich will wissen, warum.«

»Gut, ich werde es so knapp wie möglich machen. Aber wenn Sie verstehen wollen, was geschehen ist, und Ihr kleines, schwarzes Notizbuch mit nützlichen Fakten zu füllen gedenken, dann werden Sie

auch ihre Geschichte zur Kenntnis nehmen müssen. Zumindest einen Teil davon.«

»Schön, aber mach es kurz.«

Ihre Eltern waren sehr religiös. Sie konnte mir nie sagen, um welche Religion es sich handelte, doch sie schien nur aus Pflichten zu bestehen. Pflichten gegenüber Gott, gegenüber Kirche und Staat und gegenüber jeglicher Autorität. Aber vor allem Pflichten gegenüber den Eltern. Keinerlei Pflichten allerdings von Eltern gegenüber ihren Kindern. Meiner Meinung nach benutzten sie Faith eher als eine Art Dienstmädchen. Sie wusch, sie putzte, sie kaufte ein. Ich bezweifele allerdings, dass sie auch kochen musste. Falls doch, waren ihre Eltern sicher keine Feinschmecker. Die liebe Faith – sie war ein so intelligentes Mädchen, aber um ihren Kopf kümmerten sie sich absolut nicht. Ihr scharfer Geist war in den Augen der Eltern ein Zeichen von intellektuellem Stolz und musste daher unterdrückt werden. Faith brachte die besten Noten nach Hause und musste sich von ihren Eltern sagen lassen, dass es selbstsüchtig sei, sich auf die eigenen Wünsche und Bedürfnisse zu konzentrieren.

Den Vater könnte man als professionellen Invaliden und die Mutter als Märtyrerin für seine Sache bezeichnen. Natürlich starb ihre Mutter als Erste. Sie erlosch einfach. Und von diesem Zeitpunkt an kümmerte sich Faith um ihren Vater. Sie gab jede Hoffnung auf, jemals die Universität besuchen zu können, ein Traum, der ohnehin schon unrealistisch erschien.

Erst nach dem Tod ihres Vaters konnte Faith sich ihren sehnlichsten Lebenswunsch erfüllen. Sie ging zunächst zum College, dann zur Universität. Erwarb einen Titel nach dem anderen. Und schließlich bekam sie die Dozentur in Oxford.

Sie erbte das Haus und ein paar magere Ersparnisse. Doch für jemanden mit einem derart anspruchsvollen Geschmack war es wenig.

Ich legte ihr dar, dass sie sich alle Bücher, Bilder, Möbel, Kleider und CDs kaufen könnte, nach denen ihr der Sinn stand. Sie brauchte sich lediglich mit mir zusammenzutun. Gemeinsam könnten wir die ganze Welt zum Narren halten. Und wenn schon nicht die ganze Welt, so doch wenigstens das Bartlemas College. Mit meinem System und ihrer Intelligenz wären wir unschlagbar. Und wir würden reich. Die Entwicklungsabteilung nahm jeden Tag zwischen dreißig- und vierzigtausend Pfund ein. Wenn wir nur die Einkünfte eines einzigen Tages pro Woche abzweigten, wären wir schon bald richtig fein raus. Man würde uns sicher lange Zeit nicht auf die Schliche kommen. Ich war felsenfest davon überzeugt, dass sie die Gelegenheit sofort beim Schopf ergreifen würde.

Wissen Sie, was sie sagte?

Gar nichts! Sie hat mich ausgelacht.

»Du scheinst mich zu verkennen«, erklärte sie. »Verstehst du mich denn nicht? Sieh mich an. Ich bin die Tochter meines Vaters und meiner Mutter. Vielleicht verdiene ich jetzt Geld. Vielleicht gebe ich es auch für mich ganz allein aus. Aber Diebstahl?«

»Diebstahl? Wie kommst du darauf, es so zu nennen?«

»Genau da liegt der Unterschied zwischen dir

und mir, liebster Christopher. Ich weiß um die Bedeutung der Worte Diebstahl und Unredlichkeit. Ich wurde in der Gewissheit erzogen, dass es gute und schlechte Dinge gibt und dass der Unterschied zwischen ihnen unüberbrückbar ist.«

»Aber alle tun es!«

»Du solltest verstanden haben, dass Rechtschaffenheit nicht teilbar ist. Du kannst nicht nur ein bisschen unredlich sein, Chris.«

»Wie lautet also deine Antwort?«

»Sie lautet Nein. Ich dachte, du wüsstest es bereits.«

»Aber ist nicht Ehebruch ebenfalls eine Form der Unredlichkeit?«

»Doch, sicher. Sie wusste das auch. Sie kannte den Unterschied zwischen Gut und Böse. Doch in diesem Fall zog sie das Böse vor, versuchte aber nie, sich selbst davon zu überzeugen, dass sie nichts Falsches tat oder dass es keine Rolle spielte. Sie war fähig, eine moralische Wahl zu treffen, die jedoch nicht immer so ausfiel, wie man es erwartete.«

»Eine ungewöhnliche Frau.«

»Eine Frau zum Verlieben.«

»War sie es, die dich getötet hat?«

»Ist Ihnen die Antwort nicht bekannt?«

»Noch nicht.«

»Ich glaube, das nächste Mal dürfte unser letztes sein.«

»Um wie viel Uhr willst du ihn zu Darren und Dossa zurückbringen?«, fragte Kate.

»Wie lange können Sie ihn behalten?«, lautete Harleys Gegenfrage.

»Ich denke, bis heute Abend. Ich erwarte jemanden zum Abendessen.«

»Einen von Ihren Männern?«

»Aber nein! In meinem Leben gibt es übrigens nur einen – *den* – Mann. Wusstest du das nicht?«

»Wenn Sie es sagen.«

»Ich würde vorschlagen, dass Dave heute Abend noch hier bleibt und dass du, Faith und ich ihn nach dem Essen zurückbringen. Glaubst du, halb elf wäre zu spät?«

»Nee«, sagte Harley. »Das Schuljahr hat gerade erst angefangen. Das ist fast noch wie Ferien. Mum ist es egal, wann ich ins Bett gehe.«

Kate hatte den Eindruck, dass es Trace auch sonst egal war, wann ihre Kinder zu Bett gingen.

Harley hatte sich nicht von der Stelle bewegt, und Kate sagte: »Du kannst dich gerne in der Küche mit Dave unterhalten. Nur steh mir nicht im Weg herum, in Ordnung?«

»Logo.«

»Hast du Hunger?«

»Nee. Hab eben gegessen.«

»Na, falls du Hunger bekommen solltest, kannst du etwas von unserem Nachtisch haben.«

»Okidok.«

»Und wenn meine Bekannte kommt, machst du bitte die Tür zu. Wir haben unter vier Augen miteinander zu reden.«

»Ich könnte ja schon mal spülen.«

»Ich entdecke völlig neue Aspekte in deiner Persönlichkeit, Harley!«

»Sie was?«

»Ich meine: Vielen Dank.«

»Wissen Sie«, sagte Faith etwa eine Stunde später, während sie das saftige, zarte Hühnerfleisch, Kräuterkartoffeln mit frischer Butter und Salat in Angriff nahm, »im Grund hat alles mit meiner Erziehung zu tun. Zwar diktierte mein Vater uns die Art, wie wir zu leben hatten – oder wie wir im wahrsten Wortsinn am Leben vorbeilebten –, doch genau genommen war er immer abwesend. Er nahm nicht an unserem Alltag teil. Er lag oben in seinem Zimmer im Bett und manipulierte uns mit seinem Gesundheitszustand. Doch alles Wichtige, alles, was wirklich stattfand, wurde von Frauen erledigt. Für mich sah es so aus, als ob allein die Frauen die Welt am Weiterdrehen hielten. Meine Mutter, meine Tanten und sogar ich selbst. Ich *tat* Dinge, ich vollbrachte sie. Ich ging einkaufen, ich kochte, ich putzte und ich erledigte die Wäsche. Alles reale Dinge. Mein Vater hingegen lag immer im Bett. Nur zu besonderen Gelegenheiten, zu Weihnachten zum Beispiel, oder an seinem Geburtstag, kam er nach unten. Daher habe ich vermutlich Männer immer nur als schmückendes Beiwerk erlebt. Als etwas, dessen man sich an einem langweiligen Tag bedient, wenn es nichts Besseres zu tun gibt – ungefähr wie einen Fernseher.« Sie hielt einen Augenblick inne und betrachtete das Essen auf ihrem Teller. »Haben Sie Salatsoße für diesen Salat?«

»Sicher«, antwortete Kate. »Wenn Sie mögen – ich habe da eine Himbeervinaigrette.«

»Danke.« Faith griff herzhaft zu. »Ich vermute, Sie haben keine fertige Salatcreme in der Flasche, oder? Nein?« Sie gehörte offenbar zu jenen dünnen Menschen, die in regelmäßigen Abständen Berge von Nahrung verzehren konnten, ohne jemals zuzunehmen. »Verstehen Sie mich bitte nicht falsch«, kam sie auf ihr voriges Thema zurück. »Ich bin durchaus nicht gegen Männer. Für mich stellen sie allerdings lediglich einen Zeitvertreib dar und nichts, was ich ernst nehmen könnte. Nein, das stimmt nicht ganz. Ich nehme sie immerhin so ernst, dass ich mich hüte, mir von einem Mann mein Leben durcheinander bringen oder mich von Dingen, die ich eigentlich will, abhalten zu lassen. Wenn man die Männer lässt, packen sie einem das Leben voll mit Bagatellen wie Kindern, Hausarbeit und Kochen. Außerdem muss man ständig ihre unausgegorenen Ideen über sich ergehen lassen.«

Kate hob die Hand, um Faith zu unterbrechen.

»Haben Sie das gehört?«

»Was? Nein. Sie bilden sich etwas ein. Danke, ich nehme gern noch ein Glas Wein. Ist Ihnen schon einmal aufgefallen, wie häufig Männer sich voller Autorität über Themen verbreiten, von denen sie nicht die geringste Ahnung haben? Frauen sind da viel zurückhaltender.«

»Ich finde Ihren Standpunkt zwar interessant, aber was hat er mit Ihrer Geschichte zu tun? Ach, und könnten Sie mir bitte die Mayonnaise reichen?«

»Chris erwartete von mir, dass ich ihn ernst nähme. Er erwartete, zum Dreh- und Angelpunkt meines Lebens zu werden, zu meinem hauptsächlichen, ja, meinem einzigen Interesse. Aber wie sollte das gehen? Immerhin war er mit einer anderen Frau verheiratet. Ich mochte ihn ganz gern, obwohl ich ihn nicht bewundern konnte. Was mich anging, so war er ein netter Zeitvertreib für untätige Nachmittage. Ich mag Sex; er macht mir Spaß. Aber ich verspüre nicht die geringste Lust, mich allzu sehr auf meinen Partner einzulassen.«

»Chris? Wollen Sie sagen, Sie hatten ein Verhältnis mit ihm? Ich dachte, er hätte etwas mit Sadie gehabt.«

»Das dachte jeder. Ach übrigens, ist da jemand in Ihrer Küche?«

»Ja, ein junger Freund von mir. Er heißt Harley. Beachten Sie ihn nicht weiter. Er hat sich angeboten, den Abwasch zu machen.«

»Sehr löblich. Ich hasse es, zu spülen. Wo war ich stehen geblieben?«

»Beim Thema Männer.«

»Ich schätze es nicht, Fremde in einem Pub oder einer Bar anzusprechen und mit nach Hause zu nehmen. Mir ist an einer gewissen Kontinuität gelegen, und ich habe gern einige gemeinsame Interessen mit meinem Partner. Doch im Grunde war Chris mir nicht wichtiger als mein Frisör oder die Bilder, die ich mir an die Wand hänge. Ich habe Freude daran, und sie erfüllen ihren Zweck, aber sie sind nicht Mittelpunkt meines Lebens.«

»Ich wünschte, ich könnte so sein wie Sie. Ich lasse Männer immer gleich ins Zentrum meines Lebens, und dann zerstören sie alles, was mir wichtig ist. Ich hole mal eben den Nachtisch.«

»Wunderbar. Aber Sie machen einen großen Fehler. Wenn Sie Schriftstellerin sein wollen, dann müssen Sie lernen, allein zu leben und nicht emotional von anderen abhängig zu sein.«

»Aber ich *bin* Schriftstellerin. Immerhin habe ich inzwischen acht Bücher veröffentlicht. Qualifiziert mich das etwa nicht, mich Schriftstellerin nennen zu dürfen?«

»Stellen Sie sich einmal vor, wie viel besser Sie sein könnten, würden Sie nicht dieses ganzes emotionale Durcheinander mit sich herumschleppen!«

»Ich weiß nicht recht. Ich glaube, über emotionales Durcheinander schreibe ich gerade am besten.«

»Nun, wenn Sie meinen.«

»Aber ich wüsste gern, was als Nächstes geschah. Haben Sie sich mit Chris gestritten? *Haben Sie ihn getötet?*« Oje, warum stellte sie nur so dumme Fragen, während sie allein mit einer möglichen Mörderin an ihrem Esstisch saß und Schoko-Mandelkuchen in Stücke schnitt? War vielleicht das emotionale Durcheinander in ihrem Leben schuld daran? Sollte sie möglicherweise eine rationalere Denkweise einüben? Sie häufte einen Berg Sahne über Faith' Portion und reichte ihr den Teller.

Faith lachte ihr ins Gesicht. Lachten Mörder? Und noch viel wichtiger: Lachten Mörder ihre Opfer an, ehe sie sie über eine Brüstung stießen? Wie gut, dass sie sich hier im Erdgeschoss befanden.

»Natürlich habe ich ihn nicht umgebracht! Haben Sie das etwa die ganze Zeit geargwöhnt?«

»Es wäre immerhin eine Möglichkeit gewesen.«

»An jenem Tag war Chris bei mir zu Hause zum Mittagessen. Er hatte vom Italiener eine Quiche mitgebracht und sie zum Aufwärmen in den Backofen gestellt. Dazu bereitete er eine Art Gemüseeintopf aus komischem Grünzeug …«

»Ratatouille?«

»Kann schon sein.«

»Als ich vor ein paar Tagen bei Ihnen gekocht habe, fand ich einige Zucchini in Ihrem Kühlschrank. Ich nehme an, er hat sie übrig gelassen. Damals dachte ich nicht an Ratatouille.«

»Ich denke auch eher selten an Ratatouille.«

»Erzählen Sie weiter.«

»Da gibt es nicht mehr viel zu erzählen. Der arme Mann fühlte sich von Briony geradezu gehetzt. Sie gab immer mehr Geld für teuren Garten-Schnickschnack aus. Extrem teuren Schnickschnack, wie zum Beispiel einen viktorianischen Wintergarten. Ich könnte mir vorstellen, dass Chris nicht in die Kriminalität abgeglitten wäre, wenn sie nicht derartig überzogene Forderungen gestellt hätte. Ich glaube, sie hat sich nie gefragt, wo er das Geld für ihre extravaganten Pläne herbekommen sollte.«

»Da wäre ich mir nicht so sicher. Ich glaube eher, dass ihn schon sein früheres Leben auf einen unehrenhaften Weg geführt hat.«

»Sie können ganz schön hart sein! Wie dem auch sei, er war um die Mittagszeit bei mir. Wir hatten viel Spaß miteinander im Schlafzimmer – die Details interessieren Sie sicher nicht besonders, oder? Nein? Dachte ich mir. Wir aßen unsere Quiche und das Gemüse, das Chris zubereitet hatte. Chris trank eine halbe Dose Lager. Danach küssten wir uns leidenschaftlich, und ich sagte ihm, dass zwischen uns alles aus wäre. Er rannte in Richtung Magdalen Bridge davon. Danach habe ich ihn nie mehr gesehen.«

»Wie bitte?«

»Oh, hatte ich Ihnen das noch nicht gesagt? Ich hatte genug von ihm. Er wurde mir zu fordernd. Ich hatte ihn schon früher gewarnt, dass ich Schluss machen wollte. Aber Männer glauben solche Dinge einfach nicht, finden Sie nicht?«

»Was hat er dazu gesagt?«

»Er hat ein wenig Theater gemacht, aber letztendlich musste er meine Entscheidung akzeptieren.«

»Was haben Sie gemacht, nachdem er fort war?«

»Ich habe etwa fünf Minuten lang aufgeräumt, das dreckige Geschirr für später stehen lassen und bin ihm ins Bartlemas gefolgt. Wir kamen ungern gemeinsam aus der Mittagspause zurück – Sie verstehen.«

»Vielleicht habe ich Sie bei dieser Gelegenheit sogar gesehen! Möglicherweise war ich aber auch gerade im Laden.«

»Wahrscheinlich waren Sie drinnen, denn ich würde mich sicher an Sie erinnern, wenn ich Sie gesehen hätte. Sie haben ein Gesicht, das man nicht leicht vergisst.«

»Ich dachte eher, dass mein strahlend blaues Kleid und die aufgehellten Haare im Gedächtnis der Leute blieben.«

»Das auch. Tja, und das war es dann. Sein Anblick, wie er in Richtung des Bartlemas lief, war das Letzte, was ich von ihm gesehen habe.«

»Im College haben Sie ihn also nicht mehr zu Gesicht bekommen?«

»Nein, ich ging sofort in mein Büro. Nicht, dass ich ihm aus dem Weg gehen wollte, aber ich musste mich noch um ein paar Unterlagen für ein Seminar kümmern, das ich im nächsten Semester gebe. Kennen Sie *Arcadia?*«

»Ich fürchte nein. Haben Sie vielleicht jemanden gesehen, der …«

»Der ihn getötet haben könnte? Meinen Sie das? Ich dachte, es wäre ein Unfall gewesen.«

»Glauben Sie das ernsthaft?«

»Nein. Nicht wirklich.«

»Also?«

»Tut mir Leid. Mir fällt kein Verdächtiger ein. Genau genommen fällt mir überhaupt niemand ein. Außerdem ist die ganze Sache mittlerweile drei Wochen her – die Zeit vergeht wie im Flug.«

»Wenn Ihnen doch noch etwas einfällt, würden Sie es mir bitte mitteilen?«

»Warum? Wer sind Sie? Etwa eine Amateurdetektivin?«

»Möglicherweise bewegen wir uns gerade im falschen Genre, und ich bin nur die Autorin historischer Romane – aber ich möchte Sie trotzdem bitten, mich zu informieren.«

»Ist noch Wein da?«

»Ich mache noch eine Flasche auf. Wir brauchen beide heute nicht mehr zu fahren.«

»Leider sind wir ganz schön weit von dem Thema abgekommen, über das ich mit Ihnen reden wollte.«

»Ich dachte, Sie wären gekommen, um mit mir über Chris zu reden; darüber, wie er für Sie gekocht hat und dass Sie eine Affäre miteinander hatten, die Sie beendet haben.«

»Eigentlich bin ich gekommen, weil ich rein zufällig Zeugin eines höchst merkwürdigen Gespräches geworden bin.«

»Wann und wo?«

»Vor ein paar Tagen. Ich habe Sie unmittelbar danach angerufen und wollte Ihnen alles erzählen, aber Sie sagten, Sie hätten Besuch.«

»Mein Freund Paul war da.« Mein Freund Paul, der Polizist. Aber das konnte sie noch nicht einmal Faith Beeton sagen. »Erzählen Sie!«

»Ich spazierte im Dozentengarten herum. Sie kennen ihn ja – man kann fast alles hören, ohne die Leute zu sehen oder zu erkennen. Natürlich könnte man um die Büsche spähen, aber dann würde man wahrscheinlich entdeckt und als Lauscher entlarvt.«

»Jedenfalls würde es der Sache die Würze nehmen und viel weniger Spaß machen. Und was haben unsere Unbekannten gesagt?«

»Sie waren ziemlich indiskret. Habe ich Ihnen eigentlich erzählt, dass Chris und ich uns so ...«

»Pst! Ganz kurze Pause!«

»Was ist denn?«, flüsterte Faith.

»Hören Sie! Was mag das sein?«

»Was?«

»Das da!«

Jetzt hörten es beide. Über den Gartenweg näherten sich Schritte. Das seitliche Gartentor wurde geöffnet, und jemand schlich sich an die Hintertür.

»Wie viele mögen es sein? Was glauben Sie?«

»Einer, höchstens zwei«, flüsterte Faith. »Aber vielleicht ist es nur der Junge, der den Gemeindebrief austrägt.«

»Quatsch!«

»Unter normalen Umständen würde ich eine ganz alltägliche Erklärung vermuten, aber ich glaube,

Sie haben da mehr Ahnung. Was sollen wir jetzt tun?«

»Uns leise in die Küche schleichen.«

Harley blickte auf, sagte aber nichts, als sie auf Zehenspitzen die Küche betraten und sich ihm gegenüber an den Tisch setzten. Dave lag auf seiner Decke unter dem Tisch. Susannah war in eigenen Angelegenheiten unterwegs.

»Da ist er wieder! Der Typ, der hier rumspioniert«, raunte Harley plötzlich.

»Na toll«, sagte Kate, »und was sollen wir jetzt tun?«

»Vielleicht umbringen?«, schlug Harley hoffnungsvoll vor.

»Lieber nicht«, widersprach Kate. »Lass uns das Licht ausknipsen.«

»Warum das denn?«, wollte Faith wissen.

»Möglicherweise traut er sich dann, einzubrechen, und wir schnappen ihn.«

»Meiner Meinung nach eine ganz miserable Idee«, erklärte Faith.

Doch Kate hatte bereits das Licht gelöscht und sagte laut: »Der Abwasch kann bis morgen warten, findet ihr nicht? Ich hasse es, in die Küche zurückzugehen, nachdem ich gekocht habe.«

»Niemand, der Sie einigermaßen kennt, wird Ihnen das abnehmen«, wisperte Faith.

»Pst!«, machte Kate.

Sie saßen ein paar Minuten im Dunkeln. Plötzlich hörten sie ein knirschendes Geräusch. Jemand machte sich am Türknauf zu schaffen.

Der Knauf drehte sich.

Habe ich tatsächlich die Hintertür offen gelassen?,

überlegte Kate. Wenn ja, dann wahrscheinlich, weil Harley hier ist. War es möglich, Dave zu aktivieren, Harley zu beschützen und Faith als Sturmbock zu benutzen?

Jemand betrat das Haus durch die Hintertür. Sein stabiler Umriss hob sich gegen die Dunkelheit des Gartens ab. Ein zweiter Schatten folgte.

In diesem Augenblick stand Dave auf. Durch die offene Hintertür hatte er den Mond gesehen und trabte in Richtung Garten. Dave war ein ziemlich dicker Hund. Er fraß zu viel und bewegte sich zu wenig – vor allem, seit er bei Darren und Dossa untergebracht war.

Der erste Eindringling, dessen Augen sich offenbar noch nicht an die Dunkelheit gewöhnt hatten, tastete sich in die Mitte der Küche vor. Dabei fiel er über Dave. Er schimpfte und fluchte, und Dave bellte ein bisschen.

Faith knipste das Licht an. Harley stand mit dem Rücken zur Tür, bereit, seinen Hund zu verteidigen. So blieb es Kate überlassen, den beiden Eindringlingen gegenüberzutreten. Einer der beiden saß noch immer auf dem Boden, hielt seinen Fuß und fluchte. Der andere stand da und blickte auf Dave hinunter, der sich mitten im Raum aufgepflanzt hatte und heftig wedelte. Kate griff nach der schweren Taschenlampe auf dem Regal hinter ihr und hob sie hoch über ihren Kopf.

Doch dann hielt sie inne. »So, so, Dr. Happle und Mr Charleston«, sagte sie empört. »Eigentlich hätte ich es mir denken sollen. Was haben Sie hier zu suchen?«

»Hallo Timothy«, sagte Faith. »Setz dich doch, und

kläre uns auf. Hi, Steven. Wie aufregend, euch hier zu treffen. Warum habt ihr nicht einfach geklingelt, wenn ihr zu Besuch kommen wolltet?«

»Halt den Mund, Faith«, schnauzte Timothy Happle sie an. Er und Steven Charleston trugen dunkle Trainingsanzüge und Sportschuhe. Bei Happle wirkte beides, als seien die Kleidungsstücke von einem dickeren Mann geborgt. Er strich sich das schwarze Haar zurecht, setzte sich auf einen Stuhl und rieb sich das Kinn. »Ich habe die Nase voll von deinen Späßen, vielen Dank.«

»Und ich habe die Nase voll von Leuten, die in mein Haus einbrechen, mir Nachrichten auf dem Anrufbeantworter hinterlassen und mir unfreundliche Briefchen in die Schreibtischschublade legen«, schimpfte Kate.

»Vergessen Sie nicht die Drohungen auf dem Bildschirm«, fügte Faith hinzu.

»Ich habe keine Ahnung, wovon Sie reden«, sagte Happle. »Außerdem sind wir nicht eingebrochen. Die Tür war offen.«

»Aber ihr habt weder geklopft noch geklingelt«, widersprach Faith. »Ich finde, Kate sollte ihren Bekannten, diesen netten Sergeant, anrufen.«

»Woher wissen Sie von ihm?«

»Das weiß doch jeder!«

»Nun, ich glaube, das ist keine so gute Idee«, erwiderte Kate. »Vermutlich käme er gleich mit einer ganzen Kompanie Polizisten hier angerauscht, und wir alle müssten ihm Rede und Antwort stehen.«

»Gut, dann rufen Sie die *Oxford Times* an«, sagte Faith. »Dort liebt man solche Geschichten. Vor allem interessieren sie sich natürlich für Kungeleien an der Universität.«

»Schon gut, Faith«, sagte Timothy Happle. »Wir haben verstanden.«

»Wir wollten eigentlich klingeln«, meldete sich Charleston zu Wort. »Wenn die Hintertür nicht offen gewesen wäre, hätten wir es sicher auch getan.« In seinem Trainingsanzug sah er ziemlich lächerlich aus. Sein rotes Gesicht quoll unter einer dunkelblauen Kappe hervor.

»In diesem Aufzug? Genau das Richtige für einen abendlichen Besuch!«, grinste Faith.

»Was wollt ihr? Wenn es einigermaßen vernünftig ist, geben wir euch, was ihr wollt, und verschwinden, okay?«, schlug Happle vor.

»Ich finde, wir sollten sie fesseln«, ließ sich Harley vernehmen. »Und knebeln, und ...«

»Nein, Harley«, widersprach Kate. »Wir begnügen uns damit, zu hören, was sie hier zu suchen haben und warum ich seit meinem ersten Tag im Bartlemas verfolgt werde.«

»Wer von euch beiden will anfangen?«, fragte Faith. »Timothy?«

»Was wollen Sie in meinem Haus, und was suchen Sie hier?«, fragte Kate.

»Wir suchen nach Christophers Notizbuch«, antwortete Happle.

»Es hätte auf seinem Schreibtisch liegen müssen«, erklärte Charleston. »Ich habe danach gesucht, aber diese Frau« – er gestikulierte zu Kate hinüber – »hat mich dabei gestört. Er muss es mitgenommen haben.«

»Du solltest ein wenig mehr Höflichkeit an den

Tag legen, Steven«, mischte sich Faith ein. »Ich bin sicher, dass man dir Kate Ivory vorgestellt hat. Sei ein guter Junge – nenn sie bei ihrem Namen.«

Charleston sah drein, als würde er sie am liebsten erwürgen, doch Faith schüttelte nur den Kopf und lächelte ihn mit ihrem strahlendsten Affenlächeln an.

»Haben Sie erwartet, das Notizbuch in meiner Küche zu finden?«, fragte Kate, der die Machtspielchen am Bartlemas inzwischen zum Hals heraushingen.

»Vor allem haben wir erwartet, Sie allein und vor dem Fernseher anzutreffen«, antwortete Charleston. »Sie sagten, Sie wollten heute Abend fernsehen.« Er schien geradezu entrüstet, dass Kate ihnen ihr abendliches Programm nicht wahrheitsgemäß mitgeteilt hatte.

»Jeder weiß, dass Sie im Untergeschoss ein Arbeitszimmer mit Blick auf den Garten haben«, fuhr Happle fort. »Wir dachten uns, dass das Notizbuch vielleicht dort liegt, falls Sie es an sich genommen haben.«

»Und warum haben Sie dafür nicht einen Zeitpunkt gewählt, an dem ich nicht zu Hause war?«, wollte Kate wissen. »Schließlich arbeite ich den ganzen Tag im College. Warum sind Sie nicht tagsüber gekommen?«

»Das habe ich vor ein paar Tagen versucht«, sagte Charleston. »Ich habe mich ein bisschen umgesehen, weil ich wissen wollte, ob es schwierig wäre, ins Haus zu kommen. Aber da trieb sich die ganze Zeit ein Junge herum …«

»Das war ich«, platzte Harley heraus.

»Ehrlich gesagt wüsste ich allzu gern, was in diesem Notizbuch steht, auf das Timothy und Steven so scharf sind«, sagte Faith.

»Ich glaube, jetzt haben wir die einmalige Chance, einige Ungereimtheiten aufzuklären«, meldete sich Kate zu Wort. »Wie wäre es, wenn wir ein Abkommen träfen? Dr. Happle und Mr Charleston werden unsere Fragen so wahrheitsgemäß wie möglich beantworten, und im Gegenzug bleibt dafür unter uns, dass sie mitten in der Nacht wie Einbrecher gekleidet in meine Küche eingedrungen sind.«

»So können Sie das nicht sagen«, wandte Steven Charleston ein.

»O doch, das könnte ich sehr wohl«, erwiderte Kate. »Ich habe sogar zwei Zeugen dafür. Und ich könnte Beweisfotos machen«, fuhr sie fort, öffnete eine Schublade und nahm eine Kamera heraus. »Wissen Sie eigentlich, wie dämlich Sie jetzt gerade aussehen?« Das Blitzlicht flammte auf. Die beiden Ertappten machten große Augen. »Noch eines für das Titelbild der *Gazette*, okay?« Es blitzte ein zweites Mal.

»Schon gut«, sagte Timothy Happle. »Wir stimmen Ihrem Vorschlag zu. Lassen Sie es uns hinter uns bringen, damit wir heimgehen können.«

»Ist unsere zweite Weinflasche schon leer, Faith? Noch nicht? Gut, dann laden wir unsere Gäste auf ein Glas ein. Nein, Harley, du nicht. Du würdest den Wein auch sicher nicht mögen. Nimm dir eine Cola, und ruf Darren und Dossa an, dass Dave heute noch nicht zurückkommt. Dann kannst du nach Hause gehen. Dave bleibt bei mir. Nachdem wir unsere Einbrecher gestellt haben, ist er hier in Sicherheit. Und vielen Dank für deine Hilfe.«

Nach einer kurzen Unterbrechung durch Harleys liebevolle Verabschiedung von Dave setzten sich alle um den Tisch. Kate schenkte Wein ein. Happle blickte noch immer ein wenig mürrisch drein, doch Charleston schien bereit, alles auszuplaudern, was er wusste, wenn nur sein Foto nicht in der Zeitung erschiene.

»Nachdem wir nun also wissen, dass Sie beide es waren, die Tag und Nacht um mein Haus herumgeschlichen sind, möchte ich auch erfahren, für was Sie sonst noch verantwortlich sind«, begann Kate.

»Ich bin nur ein einziges Mal hier gewesen, und zwar tagsüber, als Sie bei Ihren Studenten waren«, sagte Charleston.

»Harley hat aber mehrfach von herumlungernden Gestalten berichtet«, wandte Kate ein. »Das kann ich aber morgen mit ihm klären. Was ist mit den Notizzetteln in meinen Korrespondenzordnern?«, fuhr sie fort. »Auf einem stand **Neugier ist der Kate Tod**. Es sah aus wie ein Schreibfehler, war aber sicher beabsichtigt, denn Christopher hat einen ganz ähnlichen Zettel bekommen. Er war mit **Neugier ist der Katze Tod** beschriftet.«

»Das war Brian Renfrew«, sagte Charleston. »Er hat mir ganz begeistert davon berichtet. Aus irgendeinem Grund kann er Sie nicht ausstehen. Haben Sie früher einmal für die Sicherheitsabteilung der Universität gearbeitet? Vor einem Jahr oder so?«

»Schon, aber ich erinnere mich nicht, etwas mit Brian Renfrew zu tun gehabt zu haben.«

»Ich glaube, Sie haben unabsichtlich eine seiner Geldquellen zum Versiegen gebracht. Jedenfalls war er es, der die Notizzettel in die Schublade gelegt hat. Wahrscheinlich wollte er Ihnen Angst einjagen.«

»Aber warum klebte die Notiz an dieser merkwürdigen Rechnung? Sadie hat sie mir so schnell aus der Hand gerissen, dass ich sicher bin, dass wir es hier mit einem Diebstahl zu tun haben.«

»Vermeiden Sie bitte dieses Wort«, flehte Charleston. »Ich glaube kaum, dass Renfrew wusste, um was es bei dieser Rechnung ging. Weil aber alle über die Schwierigkeiten mit der Druckerei Bescheid wussten, hat er den Zettel in den entsprechenden Ordner geklebt, weil er wusste, dass Sie ihn bald brauchen würden.«

»War er es auch, der die Nachricht auf dem Bildschirm hinterlassen hat?«

»Ich glaube nicht. Weißt du etwas darüber, Timothy?«

»Das muss Rob Grailing gewesen sein. Er und Sadie schöpften gerade saftige Gewinne aus den Entwicklungsfonds ab und fürchteten, dass Sie es bemerkt hätten. Sie wollten auch nicht, dass Sie von ihrer Affäre erführen. Das ist auch der Grund, warum Sadie immer so getan hat, als sei sie an Chris interessiert. Den beiden war wichtig, dass Sie sich Sorgen um den Tod von Chris und um Ihre eigene Sicherheit machten. Es scheint uns vielleicht jetzt kindisch, aber die beiden waren sehr mit sich selbst beschäftigt.«

»In Birmingham wurde ich angegriffen. Wer war dafür zuständig? Und der Unfall mit dem Stakkahn? Außerdem hat mich jemand im Park des Leicester fast erwürgt. Wer zum Teufel ist das gewesen?«

»Brian zog uns ins Vertrauen. Er wollte Sie loswerden. Sie müssen ihm ziemlich auf die Füße getreten haben. Natürlich sitzt er in der Bibliothek im gemachten Nest. Er kommt und geht, wie es ihm gerade passt. Er nimmt sich Urlaub, wann es ihm gefällt. Seine Mittagspausen sind berüchtigt. Einen solchen Job findet man kein zweites Mal, und so legt er ausgesprochen viel Wert darauf, seinen zu behalten.«

»Und er sprach davon, mich umzubringen?«

»Nicht umbringen! Er wollte Sie nur loswerden. Wir dachten, wenn wir Sie nur oft genug vor den Studenten lächerlich machen, bekämen Sie vielleicht die Papiere.«

»Wirklich nett von Ihnen. Wahrscheinlich sollte ich Ihnen noch dankbar sein, dass Sie nicht etwa Pläne geschmiedet haben, mich vom Tower of Grace zu schubsen.«

»Haben Sie Brian bei diesem Konzert in Birmingham nicht bemerkt?«

»Ich glaube, da kannte ich ihn noch nicht. Außerdem galt meine Aufmerksamkeit anderen Mitgliedern des Bartlemas, die ich kurz zuvor entdeckt hatte.«

»Jedenfalls kannte er Sie.«

»Ja, alle scheinen mich hier zu kennen.«

»Sie sind recht einfach zu beschreiben und wiederzuerkennen, Kate«, warf Faith ein.

»Allerdings weiß ich nichts von einem Angriff im Park des Leicester Colleges. Was geschah dort?«

»Ich habe mir ein Stück von Shakespeare angesehen. Als es vorüber war, versuchte jemand, mich zu strangulieren.«

»Das Stück war übrigens *Othello*«, sagte Faith.

»Wie passend«, grinste Happle.

»Wissen Sie etwas darüber?«, hakte Kate nach.

»So etwas tun wir nicht. Viel zu barbarisch!«, erklärte Happle. »Ganz ehrlich – so wichtig sind Sie nun auch wieder nicht, als dass man Sie gleich umbringen sollte. Und gewalttätig sind wir sowieso nicht. Außerdem ist uns aufgefallen, dass wir Ihnen nur einen Köder hinwerfen mussten, um Sie von uns abzulenken. Sie waren ja hinter jedem Detail her, das Sie für ein mögliches Motiv hielten.«

»Warum haben Sie es nicht dabei belassen?«

»Weil wir das Notizbuch wiederhaben müssen.«

»Wir müssen noch über die Nachrichten auf meinem Anrufbeantworter reden.«

»Welche Nachrichten?« Happle und Charleston sahen sich verständnislos an. Kate nahm ihnen ab, dass keiner von beiden für die Drohungen verantwortlich war.

»Was ist mit Ihnen, Faith? Haben Sie auf meinen Anrufbeantworter gesprochen?«

»Natürlich nicht!«

»Obwohl ich jetzt schon vieles erheblich besser verstehe, fehlt eine Erklärung für die Anrufe, für einen möglichen zweiten Beobachter meines Hauses, für einen ziemlich unangenehmen Angriff auf mein Leben und für Chris Townsends Tod. Meiner Ansicht nach hat sein Tod mit den Unehrlichkeiten im Bartlemas zu tun – also erzählen Sie mir mehr darüber!«

»Wie viel wissen Sie denn schon?«, erkundigte sich Happle.

»Eine ganze Menge«, erwiderte Kate. »Während der letzten paar Wochen bin ich ständig über die

Tatsache gestolpert, dass sich eigentlich fast das gesamte Personal des Colleges in irgendeiner Weise widerrechtlich bereichert.«

»Das ist zwar ein unfreundlicher Ausdruck, doch ich glaube, so könnte man es bezeichnen«, sagte Happle.

»Ich bin der Überzeugung, dass Christopher Townsend solche Unregelmäßigkeiten entdeckt hat und vielleicht getötet wurde, weil er androhte, es an die Öffentlichkeit zu bringen.«

Happle prustete los. Es war das erste ehrliche Lachen, das Kate von ihm zu hören bekam. »Haben Sie Chris je kennen gelernt?«

»Nur ganz kurz.«

»Dann sind Sie voreingenommen. Er hatte eine ganz besondere Wirkung auf Frauen – ausgenommen natürlich unsere liebe Faith.«

»Erklären Sie mir das genauer!« Sie glaubte ihm nicht.

Happle hatte offenkundig die Rolle als Sprecher für beide übernommen und sagte: »Chris Townsend war der Schlimmste von allen. Genau wie Sie hat er schon kurz nach seiner Einstellung im Bartlemas bemerkt, was dort vor sich ging. Doch er verhielt sich ganz ruhig, beobachtete und machte sich Notizen. Irgendwann sprach er jeden von uns einzeln an, erzählte uns, was er wusste, und verlangte einen bestimmten Prozentsatz für sich. Anschließend entwickelte er einige Systeme weiter, erfand neue und setzte auch einige davon für sich in die Tat um. Verglichen mit ihm waren wir blutige Amateure. Der Profi war er.«

»Sicher?«

»Er hat Recht«, sagte Faith. »Chris hat mich ebenfalls angesprochen. Er konnte nie verstehen, dass da jemand nicht mitmachen wollte.«

»Das heißt also, Sie suchen nach dem Notizbuch, in dem Chris die Einzelheiten über die Tricks notiert hat«, stellte Kate fest.

»Einschließlich der Summen, die dabei geflossen sind«, fügte Charleston hinzu.

»Nun«, erklärte Kate, »ich habe das Buch nicht. Ich habe es auch nie zu Gesicht bekommen. Wenn Sie nicht danach gefragt hätten, hätte ich nie von seiner Existenz erfahren.«

»Aber wer hat es dann?«, fragte Charleston.

»Interessante Frage«, bemerkte Faith. »Ich fürchte, das erfahren Sie erst, wenn Sie jemand um ein Treffen unter vier Augen bittet und Ihnen androht, alles an die Öffentlichkeit zu bringen, sollten Sie ihm nicht einen bestimmten Prozentsatz abtreten.«

»Entweder so oder durch einen Besuch von der Polizei«, sagte Charleston düster. »Sie vernichten doch diese Fotos, die Sie vorhin gemacht haben, oder? Wenn sie in der Zeitung erscheinen, hilft uns das sicher nicht weiter.«

»Nun gut«, gestand Kate zu. »Ich vernichte sie. Schließlich waren Sie wirklich kooperativ.« Insgeheim beschloss sie jedoch, einen Abzug für ihre private Sammlung zu verwahren.

»Und das ist der Grund, warum wir das Notizbuch zurückhaben wollten. Wir haben befürchtet, dass Kate es ihrem Polizisten-Freund in die Hände spielen wollte.«

»Falls ein ehrbarer Bürger es entdeckt haben sollte, hättet ihr es wahrscheinlich längst erfahren«, mutmaßte Faith. »Wenn es aber jemand nicht herausrückt, dann sicher, weil er noch Profit davon erwartet. Ich glaube, euch steht demnächst ein eindeutiger Anruf nebst Zahlungsaufforderung ins Haus – in ein paar Wochen vielleicht.«

»War es das?«, fragte Happle. »Ich glaube, wir haben alles gesagt, was wir wissen.«

»Leider haben wir jetzt noch immer keine Ahnung, wer Chris Townsend umgebracht hat und warum«, sagte Kate. »Ich war der Meinung, es hätte mit den Betrügereien im College zu tun, aber jetzt bin ich mir da nicht mehr so sicher.«

»Vielleicht sollten Sie die Erklärung akzeptieren, dass es ein Unfall war«, meinte Happle.

»Warum hätte dann jemand der Presse stecken sollen, dass er betrunken war?«

»Groll vielleicht? Vergessen Sie nicht, er war nicht sonderlich beliebt.«

Happle und Charleston standen auf. Sie hatten ihr übliches Selbstbewusstsein wiedergefunden und ahnten nicht, wie lächerlich sie in ihrer Einbrecher-Kleidung wirkten.

»Wir gehen dann mal«, sagte Charleston.

»Ich schließe mich an«, erklärte Faith.

Kate stand an der Tür und sah ihnen nach, wie sie zu Fuß in Richtung Stadtzentrum davonstrebten. Wer mochte sie nur angerufen haben? Wer hatte sie im Leicester College angegriffen?

Und wer hatte Chris Townsend getötet?

KAPITEL 16

Denkst du, der Himmel sei solch glorreich Ding?
Ich sag, er ist nicht halb so schön wie du,
noch wie ein andrer Mensch, der wandelt auf der Erd'.
Christopher Marlowe, *Doctor Faustus*

Die Frau war ebenfalls so«, sagt Zophiel.

»Welche Frau?«

»Die erste. Ihr nennt sie Eva. Ich hörte sie sprechen, als sie und Adam durch das Tor gingen und den Hügel hinunterwanderten. Er wollte den Garten Eden nicht verlassen, blieb immer wieder stehen und sah sich um, als wolle er sich auch das kleinste Detail für immer einprägen.«

»Und Eva?«

»Sie erklärte ihm, dass es so das Beste wäre. Es sei Zeit, etwas Neues zu beginnen. Ich weiß, wie mein Leben aussehen wird, doch du wirst einige Entscheidungen treffen müssen.«

»Ich dachte, die Frauen wären früher eher demütig und unterwürfig gewesen. Und schweigsam.«

»So steht es in den Geschichten. Aber Geschichten werden von Menschen geschrieben.«

»Ich dachte, Sie wären ein Mann, doch Sie klingen, als sympathisierten Sie mit den Frauen.«

»Engel können jede beliebige Gestalt annehmen. Wir können männlich oder weiblich sein. Und ebenso können wir jeden beliebigen Standpunkt ein-

nehmen. ›Flüssig‹ wäre der Begriff, der am ehesten auf uns zutrifft.«

»Kehren wir zu unseren Gärten zurück. Ich wollte Ihnen erzählen, wie alles zu zerfallen begann.«

»Was haben die Gärten damit zu tun?«

»Alles!«

Briony hatte sich eng an Honor Flint angeschlossen. Ich glaube kaum, dass es echte Freundschaft war – Honor Flint ins Herz zu schließen, stelle ich mir wirklich schwierig vor, obwohl es dem Rektor vor vielen Jahren gelungen sein muss. Nein, es war wohl die Leidenschaft für Gärten und die Gärtnerei, die beide verband.

Honor kümmerte sich um die Planung und Gestaltung des zum Bartlemas gehörigen Parks. Mit besonderer Hingabe widmete sie sich dem Dozentengarten. Ich weiß nicht, ob Dave Evans ihre Einmischung schätzte, doch er war so beschäftigt damit, Profit aus den Anlagen zu ziehen, dass er sich vielleicht nicht darum scherte. Und Honor hatte viel zu snobistische Allüren, um auch nur zu ahnen, dass jemand wie Dave oder sein Lehrling Barry sie hinters Licht führen könnte. Die beiden machten also ordentlich Reibach.

Wie dem auch sei, Briony verbrachte viel Zeit im Bartlemas, wo sie und Honor ihrer Leidenschaft frönten. Sie tauschten Setzlinge und Ideen aus, besuchten Ausstellungen in Garten-Centern und solche Dinge. Und natürlich redeten sie.

Kennen Sie den Dozentengarten im Bartlemas? Es ist ein wenig verwirrend, wie viele Leute sich gleichzeitig in ihm aufhalten können, ohne sich zu begegnen. Das bedeutet aber auch, dass man häufig nur glaubt, eine private Unterhaltung mit seinem Gesprächspartner inmitten grüner Natur zu führen; in Wirklichkeit aber hören vielleicht zehn andere mit.

Und genau das passierte uns dreien. Honor rief mich zu sich, als ich eine Abkürzung zum Pesant-Hof nehmen wollte. Sie stellte mich zur Rede, weil ihr zu Ohren gekommen war, dass ich etwas mit Sadie hätte. Ausgerechnet Sadie! Ich fand es ganz schön unfair! Natürlich leugnete ich alles, aber Honor konfrontierte mich mit genauen Daten und Uhrzeiten und der Tatsache, dass Sadie selbst alles zugegeben hätte. Das schlaue Biest wollte wahrscheinlich ihre Beziehung zu Grailing vertuschen und mich gleichzeitig bei der Frau des Rektors anschwärzen. Ich sagte zu Honor, dass sie das alles überhaupt nichts angehe und dass sie vor allem Briony gegenüber nichts davon erwähnen solle. Honor trompetete heraus, sie habe keinesfalls die Absicht, die Gefühle der armen, lieben Briony zu verletzen und ihr eine so schreckliche Geschichte aufzutischen. Was wir allerdings beide nicht wussten, war, dass sich die arme, liebe Briony hinter dem benachbarten Grünzeug aufhielt und jedes Wort mithörte.

Sie schäumte vor Wut. Kennen Sie dieses Phänomen? Leute wie Briony geben sich jahrelang süß und friedlich, und plötzlich sprudelt alles aus ihnen heraus, was sie im Lauf der Zeit in sich hineingefressen haben. Sie hatte keine einzige meiner kleinen Sünden vergessen. Auch die winzigste Verfehlung wurde aus der Versenkung geholt, genauestens begutachtet, gezählt und gewogen. Was macht man mit einer solchen Frau?

»Seitdem du hier bist, habe ich versucht, dir ver-

ständlich zu machen, dass man genau so zum Opfer wird.«

»Genau wie?«

»Indem sich über die Jahre hinweg Groll aufbaut. Dianne, Mark, Viola, Faith, Briony und fast die gesamte Belegschaft des Bartlemas Colleges. Irgendwann musste das Fass einfach überlaufen. Du hättest es wissen müssen.«

»Na, vielen Dank. Ich muss schon sagen, Sie sind wirklich mitfühlend. Und so verständnisvoll!«

»Nun, du hast mich gefragt. Aber jetzt berichte weiter!«

Ich kann nicht. Ich kann mich nicht mehr erinnern. Vielleicht bekomme ich noch ein paar Dinge von jenem Tag zusammen, dem letzten Tag. Um die Mittagszeit ging ich Faith besuchen. Weil sie eine erbärmliche Köchin ist, kochte ich eine Kleinigkeit. Etwas, das schnell ging, um möglichst viel Zeit für unseren Spaß zu haben. Aber ich nehme an, davon wollen Sie nichts hören.

Nachdem wir fertig waren, erklärte sie mir, sie wolle mich niemals mehr wiedersehen. Oder etwas in der Art. Zwar versuchte ich, einzulenken, doch sie blieb hart. Aber Sie kennen ja die Frauen – in ein, zwei Tagen wäre sie wieder angekrochen gekommen. Es war nicht vorbei, und wir wussten es beide. Sie spielte ein Spielchen, damit mein Interesse nicht erlahmte. Nun, jedenfalls winkte ich ihr zum Abschied und ging zurück ins Bartlemas.

Von diesem Zeitpunkt an werden meine Erinnerungen bruchstückhaft. Die High Street wimmelte von Touristen. Ich entsinne mich einer Gruppe ausländischer Schüler und einiger mit Kameras behängter Japaner. Und dann sah ich an der Ampel, wo der Bürgersteig sehr eng ist, eine Frau. Sie trug ein strahlend blaues Kleid und glänzende Ohrringe, und ihr Haar schimmerte golden und silbern. Jemand trat ihr auf den Fuß, und ich tat, als wäre ich es gewesen, um mit ihr ins Gespräch zu kommen.

Ich weiß noch, dass Brian Renfrew vorüberkam. Auch Timothy Happle habe ich gesehen, doch ich beachtete beide nicht. Ich suchte nach irgendeinem Vorwand, um die Frau wiedersehen zu können. Ich hätte Faith schließlich beim Wort nehmen können, nicht wahr? Sie hätte es sich selbst zuzuschreiben gehabt. Wenn ich bei der Frau im blauen Kleid hätte landen können, wäre ich vielleicht noch da unten, statt hier vor dem Tor zu sitzen und mit einem von Gottes Cherubim zu sprechen.

Danach wird alles nebelhaft. Ich sah noch ein paar andere Bekannte die Bartlemas Row hinaufgehen. Aber ich weiß nicht mehr, wer es war und auch nicht, ob es eine Rolle spielte. Und dann kam jemand, der mir zuzischte, ich solle ihm folgen. Jemand in Stiefeln. Er ging voraus in Richtung College. Ich erinnere mich an Ärger. Das war's, dachte ich. Ich sollte wohl besser mitgehen.

Und dann der Turm. Ich stand mit dem Rücken zur Brüstung. Ich argumentierte. Als ich schon dachte, ich hätte gewonnen, wurde ich mit einem Mal heftig angegriffen und taumelte rückwärts gegen die Mauer. Wahrscheinlich lag es an meiner Überraschung, dass ich stürzte. Ich hatte es einfach nicht erwartet.

»An mehr kannst du dich nicht erinnern?«

»Im Moment jedenfalls nicht.«

Die Hitze dieses Septembers ist unnatürlich und belastend. Sie hängt über der Stadt und drückt auf Gebäude und Menschen, bis sich jeder nur noch nach dem Lufthauch sehnt, der sie davontreibt. Die heißen Monate mit wenig Regen haben zu einer verfrühten Ernte geführt, sodass es im August bereits wie September aussah. Blumen haben geblüht und Samen produziert, als hätten sie es eilig, sich zu verschwenden. Schon im August welkten die Blätter an den Bäumen; jetzt im September werden sie, Wochen vor der üblichen Zeit, bunt und golden.

Und immer noch regnet es nicht. Die Luft ist schwül. Es sieht nach Gewitter aus, doch nichts geschieht. Es scheint, als seien die Uhren Ende August zum Zeitpunkt von Chris Townsends Tod stehen geblieben und könnten sich nicht weiter bewegen, ehe sein Tod nicht gesühnt ist. Die Jahreszeit wartet auf eine Lösung. Erst wenn der Mörder gefunden ist, wird das Gewitter losbrechen und der Regen heranrauschen. Dann erst wird sich das Jahr dem Winter zuneigen können.

Kate spürt, dass der Zeitpunkt der Lösung sich dennoch nähert. Die ersten warmen Regentropfen fallen vom Himmel. Es ist nicht das Gewitter, auf das alle hoffen, nur ein Vorbote anrückender Bataillone. Runde Tropfen schlagen auf das Pflaster, zerplatzen zu dunklen Kreisen und verdunsten innerhalb weniger Minuten. Die Menschen laufen mit großen Regenschirmen durch die Straßen, riesigen Baldachinen in Schwarz, Weiß oder Smaragdgrün. Es scheint, als wollten sie das Gewitter anlocken, nach dem sich alle sehnen. Die Schirme verhelfen den Menschen zur Anonymität, denkt Kate. Jeder könnte sich unter den Halbkugeln verbergen, die Haar, Gesicht und Schultern unsichtbar machen.

Sie überquerte den Cornmarket. Wieder fielen einige Tropfen aus den dunklen Wolken, und wieder wurden Schirme über Köpfe und Schultern gespannt.

Kate ging allein. Ihr helles Haar war nicht bedeckt. Sie trug ein kurzes, ärmelloses Kleid, und ihre nackten Füße steckten in Ledersandalen. Schimmernde Ohrringe blitzten und glitzerten vom Ohrläppchen bis zur Schulter. Genau so habe ich an jenem Montag ausgesehen, dachte sie. Und genau hier bin ich entlanggegangen. Sie bog in die Market Street ab. Genau wie damals blieb sie an einem Stand stehen, kaufte Äpfel und verstaute sie in der Jutetasche, die über ihre Schulter hing. Sie fühlte sich wie eine Schauspielerin, die bei einer dieser Rekonstruktionen mitmacht, die manchmal im Fernsehen ausgestrahlt wurden, um die Erinnerung von Zeugen aufzufrischen. Das reicht, dachte sie und wandte sich in Richtung Golden Cross und der hell erleuchteten Durchgangsstraße Cornmarket zu.

Jemand folgte ihr. Sie spürte es, als würde ein Finger ihr Rückgrat berühren. Sie beschleunigte ihren Schritt. Der Mörder hatte, ebenso wie sie, die Idee gehabt, jenen Montagnachmittag noch einmal nachzustellen. Es gab nur einen Unterschied: Dieses Mal sollte sie das Opfer sein. Kate blickte sich um, sah jedoch nur Regenschirme. Aber ihr Verfolger war hinter ihr, das fühlte sie. Sie wandte sich nach rechts, dann bog sie links ab. Durch die schmalen Gässchen des Covered Market rannte sie bereits.

Vielleicht wäre es das Beste, einfach stehen zu bleiben und ihrem Verfolger die Stirn zu bieten. Hier waren Menschen, die sie schützen konnten. Doch eine Angst, die tiefer saß als jede Vernunft, zwang Kate, weiterzufliehen.

Sie lief an den Metzgereien vorbei und schlug einen Haken nach links in die nächste Gasse. Hastig warf sie einen Blick hinter sich. Hier, auf dem durch ein gewölbtes Dach geschützten Markt, waren alle Regenschirme geschlossen. Kate erhaschte einen Blick auf ein Paar Jeans, auf kastanienbraune Stiefel, auf einen unter einer voluminösen Tweedkappe versteckten Kopf. Das konnte jeder Beliebige sein. Eilig ging sie an den Blumenständen vorüber und fiel erneut in ihren Laufschritt.

Nachdem sie die High Street wieder erreicht hatte, wandte sie sich zur Magdalen Brücke. Sie überquerte die High Street, blieb vor dem Schreibwarengeschäft stehen, genau wie an dem bewussten Tag, und wartete. Die Auslage im Schaufenster war inzwischen verändert worden. Kate registrierte neue Muster auf Einbänden und neue Füllfederhalter auf schwarzer Samtunterlage. Sie hörte ihr Herz pochen und atmete flach. Es gab noch einen anderen Unterschied zu jenem Montag: Heute würde Chris Townsend nicht über ihre Füße stolpern.

»Kommen Sie mit!«, zischte ihr eine Stimme ins Ohr. »Mir nach!«

Und Kate folgte der Gestalt in Jeans, Stiefeln und Kappe die Straße hinauf auf das Bartlemas College zu.

»Wo gehen wir hin?«, rief sie, erhielt jedoch keine Antwort.

Sie gingen an der Pförtnerloge vorbei, überquerten den Haupthof, passierten einen Torbogen, wandten sich nach rechts und standen vor dem Tor zum Dozentengarten.

»Kommen Sie?«

Und Kate folgte. Es ging grüne Gartenpfade entlang, vorbei an hohen Bäumen, von deren Zweigen Kletterpflanzen baumelten, und durch das Tor am anderen Ende des Gartens. Schließlich blieben Sie vor dem Tower of Grace stehen.

»Sie werden mich doch nicht etwa zwingen, da hinaufzuklettern?«, fragte Kate. »Das würde ich nämlich gar nicht gern tun.«

»Nein. Aber dort drinnen ist es schön kühl. Und wir haben ein Dach über dem Kopf, falls das Gewitter losbricht. Außerdem sind wir hier ungestört.«

Sie setzten sich auf eine Bank gegenüber dem Gemälde, das die Versuchung darstellte.

»Ich fürchtete schon, Sie hätten eine Pistole und würden mich zwingen, auf den Turm zu steigen«, sagte Kate.

»Wo um alles in der Welt sollte ich eine Pistole herbekommen?«

»Leute in Krimis haben immer Schusswaffen.«

»Könnte es sein, dass Sie Ihre Seminare ein wenig zu wörtlich nehmen?«

»Mir ist schon beim ersten Mal aufgefallen, dass diese Eva Ihnen ähnlich sieht«, wechselte Kate das Thema. »Dieses lange, blonde, gewellte Haar, das kleine, herzförmige Gesicht, genau genommen sogar der Gesichtsausdruck.«

»Haben Sie geraten?«

»Ich glaube, das meiste habe ich mir erarbeitet.«

»Haben Sie keine Angst, mit mir hier allein zu sein?«

»Sie sagten ja bereits, dass Sie keine Pistole bei sich haben. Als Sie die Möglichkeit hatten, mich zu erwürgen, haben Sie aufgehört und sind weggelaufen. Ihre Wut gegen Christopher hat sich über Jahre hinweg aufgestaut, aber Sie hatten nicht genügend Zeit, gegen mich einen ebensolchen Zorn zu entwickeln. Wir kennen uns erst zu kurz.«

»Er war sehr überrascht«, sagte Briony. »Er glaubte, mich zu kennen. Er glaubte, ich würde immer der Fußabtreter bleiben, den er meinen Eltern weggenommen und geheiratet hat. Doch im Lauf der Jahre habe ich mich verändert. Ich wurde immer wütender. Er war nicht treu. Er hat mich erniedrigt. Und mit Faith Beeton brachte er das Fass zum Überlaufen.«

»Wieso ausgerechnet mit Faith Beeton?«

»Sie ist so schlicht. So normal. Sie ist weder eine bezaubernde Schönheit noch sonst die Art Frau, bei der man einem Mann verzeihen kann, wenn er ihr verfällt. Wenn es Sadie gewesen wäre, hätte ich vielleicht Verständnis gehabt, denn mit ihr konnte ich nicht konkurrieren. Aber Faith? Warum sie?, fragte ich mich immer wieder. Ich weiß, dass ich besser aussehe, attraktiver und wahrscheinlich auch eine bessere Gesellschaft bin. Und ganz sicher bin ich eine bessere Köchin und Hausfrau.«

»In diesem Punkt muss ich Ihnen Recht geben«, sagte Kate. »Aber dazu gehört wirklich nicht viel.«

»Ich war die durchsichtigen Ausflüchte einfach satt. Und als ich im Dozentengarten zufällig mithörte, wie Honor ihn wegen Sadie zur Rede stellte, bin ich ausgeflippt. Natürlich wusste ich längst von Faith. Die Frau ist so arrogant, dass sie nicht einmal versuchte, ihre Gefühle für Chris zu verbergen. Jedes Mal, wenn ich sie bei einer von Honors kleinen Gesellschaften miteinander reden sah, strahlte sie sie geradezu aus. Aber auch den Gedanken, dass Honor glaubte, er schlafe mit Sadie, konnte ich nicht ertragen, obwohl ich wusste, dass er es nicht tat. Jeder glaubt es, dachte ich. Alle sahen mich so mitleidig an. Die arme, kleine Briony! Sie ist mit einem so attraktiven Mann verheiratet, der jede Frau um den Finger wickeln kann, und sie versteht ihn nicht zu halten.«

»Warum haben Sie ihn nicht einfach verlassen?«

»Weil ich dann auch meinen Garten hätte verlassen müssen.«

»Sie hätten einen neuen anlegen können. Irgendwo anders. In ganz England gibt es Leute, die Ihnen viel Geld dafür bezahlen würden, schöne Gärten für sie anzulegen.«

»Nein, das verstehen Sie nicht. Ich meine etwas anderes. Ich konnte den Garten nicht verlassen, weil er ein Gefängnis war, aus dem ich nicht ausbrechen konnte. Die Hecken wuchsen jedes Jahr ein Stück höher. Die Pflanzen wucherten und übernahmen mein Leben. Manchmal hatte ich das Gefühl, dass ich eine Machete brauchte, um in den Supermarkt zu kommen.«

Die beiden Frauen saßen da und starrten das Gemälde an der Wand gegenüber an. Ein anderes Paar, ein anderer Garten, ein anderer Versucher.

»Wahrscheinlich hat sie es absichtlich getan«, sagte Briony.

»Was getan?«

»Den Apfel gepflückt. Er verschaffte ihr Weisheit, die Möglichkeit, Kinder zu bekommen und die wunderbare Freiheit, den Garten verlassen zu dürfen und weit wegzugehen. Das muss die wahre Versuchung gewesen sein: die Anziehungskraft des Gartens. Hätte Eva noch mehr Zeit dort verbracht, hätte sie gesät, gepflanzt, Setzlinge gezogen, ein Treibhaus gebaut und Gartenwege gelegt, sie wäre nie entkommen. Sie musste den Apfel einfach nehmen. Er war der Schlüssel zum wirklichen Leben. Zu Schmerz. Zu Liebe. Zu Tod. Zu einem Dasein, das in jedem Fall besser war als die Fantasiewelt, in der sie zuvor gelebt hatten, wo Gott allgegenwärtig war, ihnen über die Schulter blickte und ihnen sagte, was sie zu denken hätten.«

»Ich dachte eigentlich immer, dass es in einer Ehe genau darum geht«, sagte Kate. »War es denn nicht so?«

»Alles sollte ganz wunderschön werden«, erwiderte Briony. »Ich hatte schon lange meine Pläne. Ein Haus, ein Garten, die warme, sichere Geborgenheit unserer Beziehung. Ich dachte, dass Chris es sich so wünschte. Und ich glaubte, dass ich es mir ebenfalls so wünschte.«

»Warum haben Sie sich keine Arbeit gesucht?«, fragte Kate. »Sie können so viele Dinge. Haben Sie keinen Beruf?«

»Beruf?«, wiederholte Briony versonnen. »Aus Ihrem Mund klingt es, als könne ich mich durchsetzen und wäre ehrgeizig. Beides bin ich nicht. Irgendwann hätte ich mir sicher einen Job gesucht, wenn ich keine Kinder hätte bekommen können.

Ehemann, Haus, Garten, Kinder. Sehen Sie sie? Sehen Sie die Blondschöpfe über dem blauen Rittersporn?«

»Ich sehe, wie sie den Osterglocken die Köpfe abknipsen, in den Saatbeeten nach Würmern graben, auf Fahrrädern durch die Azaleenbüsche rasen und um einen Sandkasten und eine Schaukel betteln.«

»Ich glaube kaum, dass meine Kinder ein Klettergerüst hätten haben wollen«, entgegnete Briony.

»Seien Sie da nicht so sicher. Es fängt an mit Legosteinen und Playmobilfiguren, die überall im Wohnzimmer herumfliegen. Gruselige Gummitiere im Bad. Ein kleines Mädchen verlangt eine kitschige Pony-Tapete in ihrem Zimmer und rosa Kinkerlitzchen auf dem Nachttisch.«

»Das glaube ich nicht. Wenn man Kindern von Anfang an guten Geschmack beibringt, wählen sie automatisch das Richtige.«

»Von wegen guter Geschmack!«, erwiderte Kate. »Versuchen Sie es, und die lieben Kleinen werden sich nach Disneyworld sehnen, glauben Sie mir. Geben Sie ihnen Bücher, und sie quengeln um Comics.«

»Was wissen Sie schon darüber? Waren Sie etwa einmal verheiratet? Haben Sie Kinder?«

»Das nicht, aber ich bin eine akribische Beobachterin menschlicher Lebensumstände. Sind Sie jemals bei Emma Dolby zu Hause gewesen?«

»Nein.«

»Nun, versuchen Sie es, und Sie bekommen einen Schnellkurs darin, wie ein Kind in kürzester Zeit eine zivilisierte Wohnung verändern kann.«

»Verstehen Sie, was er an ihr gefunden hat?«

»Bitte?«

»Ich rede von Faith. Sie fragen sich doch sicher auch, was er an ihr gefunden hat.«

»Tja, sie kann ausgesprochen amüsant sein, wenn man scharfen Humor mag.«

»Das war es nicht. Ich glaube, es war, weil sie es getan hatte. Wie Eva. Sie ist davongelaufen. Sie wurde in eine nur auf sich konzentrierte, geradezu klaustrophobische Familie hineingeboren. Ihre Eltern zwangen sie, so zu werden wie sie; sie sollte ihre Art des Lebens fortsetzen. Eine Zeit lang tat sie das auch. Doch insgeheim schmiedete sie Pläne, und als ihre Chance kam, ihre allererste Chance, griff sie mit beiden Händen zu. Sie verließ das kalte Vorstadthaus mit seinem allgegenwärtigen Alten Testament und den billigen Drucken an den Wänden und ging zur Universität. Es wird ihr nicht leicht gefallen sein, oder?«

»Bestimmt nicht«, sagte Kate, die selbst ihre Möglichkeit zur Flucht verpasst hatte und es immer noch bereute. »Trotzdem verstehe ich nicht, dass ein Mann wie Christopher einen solchen Narren an ihr fressen konnte.«

»Ich hasse sie!«, erklärte Briony. »Sie hat ihre Chance wahrgenommen. Ich nicht. Ich kann es ihm nicht verzeihen, dass er sie mir vorgezogen hat. Ich habe alles für ihn aufgegeben – konnte er mich nicht im Gegenzug dafür lieben?«

Das Leben funktioniert nicht auf diese Weise, hätte Kate am liebsten gesagt. Doch sie saß nur da, nickte, sah mitfühlend drein und blickte zu Eva mit ihrem scheuen Gesichtchen auf dem Gemälde hinauf.

»Und warum waren Sie hinter mir her?«

»Weil Sie dort waren. Unmittelbar, bevor ich ihn tötete. Er hat mit Ihnen gesprochen. Sie schauten ihn an, und er schlug Sie in seinen Bann, wie alle anderen auch. Ich konnte sehen, wie er nach einer Möglichkeit suchte, Ihren Namen und Ihre Telefonnummer zu bekommen, um Sie wiederzusehen. Sie müssten mich übrigens auch gesehen haben.«

»Nicht, dass ich wüsste. Ich war damit beschäftigt, meine Wahl zwischen einem Parker-Füller und einem von Sheaffer zu treffen.«

»Etwa eine Woche später sah ich Sie im Bartlemas wieder. Sie konnten mich nicht sehen, aber Emma Dolby führte Sie im Dozentengarten herum. Dann waren Sie bei der Trauerfeier und auch danach beim Empfang. Sie trugen das gleiche Kleid und die gleichen Ohrringe.«

»Ich dachte mir längst, dass es eine Frau gewesen sein musste«, sagte Kate nachdenklich. »Männer nehmen nie wirklich wahr, was man anhat. Haben Sie auch die Nachrichten auf meinem Anrufbeantworter hinterlassen?«

»Emma hat sich geweigert, mir Ihre Telefonnummer und Ihre Adresse zu geben. Aber sie nannte mir Ihren Namen und schlug vor, im Telefonbuch nachzusehen. Ich wollte nur, dass Sie verschwinden und mir nicht weiter auf die Nerven gehen.«

»Aber ich habe Sie doch in keiner Weise belästigt! Wenn Sie nicht angefangen hätten, in der Quästur zu arbeiten, hätte ich Sie wahrscheinlich völlig vergessen.«

»Das weiß ich inzwischen auch, aber damals

wirkte es anders. Wo immer ich auftauchte, waren Sie ebenfalls. Ich wollte Ihnen einfach einen Schrecken einjagen.«

»Sie hätten es beinahe geschafft. Aber ich brauchte das Geld.«

»Heute verstehe ich es. Ich hätte wahrscheinlich früher mit Ihnen reden sollen, aber ich hatte wirklich nicht den Nerv dazu.«

»Kann ich mir vorstellen.«

»Die Sache bei der Othello-Aufführung tut mir ehrlich Leid. Honor hatte mir vorgeschlagen, dort hinzugehen, um auf andere Gedanken zu kommen. Ich glaube, sie wusste nicht, welches Stück gegeben wurde. Jedenfalls hat mich jedes Wort tief getroffen und alles nur noch schlimmer gemacht. Als ich Sie dann dort sah, konnte ich es nicht ertragen. Ich dachte an Chris, der sich nur zwanzig Minuten vor seinem Tod mit Ihnen unterhalten hatte, und wollte Sie nur noch umbringen.«

»Was Ihnen auch beinahe gelungen wäre. Glücklicherweise änderten Sie gerade noch rechtzeitig Ihre Meinung.«

»O nein. Ich konnte es einfach nicht tun. Es war anders als bei Chris, dem ich Jahre der Enttäuschung und Erniedrigung zu verdanken hatte. Es tut mir wirklich Leid, und ich hoffe, ich habe Ihnen nicht allzu wehgetan.«

»Es ging schnell vorbei.«

»Gut. Ich bin froh, dass wir diese Gelegenheit hatten, miteinander zu reden. Ich wollte mit Ihnen ins Reine kommen.«

»Aber was wollen Sie jetzt tun?«, fragte Kate schließlich.

»Unerwartete oder mutige Lösungen sind nicht mein Ding, also werde ich der Vernunft gehorchen«, sagte Briony. »Ich habe heute Nachmittag einen Termin bei meinem Anwalt und werde ihm erzählen, was geschehen ist und was ich getan habe. Und dann werde ich tun, was er mir rät.«

»Sie haben Recht. Das klingt sehr vernünftig.«

»Ich bin der Überzeugung, dass Honor zu mir hält.«

»Davon können Sie wahrscheinlich ausgehen.« Kate vermutete, dass Honor nur allzu gut wusste, was es bedeutet, mit einem unzuverlässigen Mann verheiratet zu sein.

Sie saßen noch immer auf der Bank und betrachteten das Bild, als Curtis und Martha eintraten.

»Geht es Ihnen gut, Kate?«, rief Martha schon von der Tür aus.

»Ja, natürlich.«

»Wir haben uns Sorgen um Sie gemacht«, sagte Curtis.

»Wir haben Sie in diesem blauen Kleid durch Oxford laufen sehen. In dem Kleid erkennt Sie jeder«, fügte Martha hinzu.

»Und dann haben wir bemerkt, dass Ihnen jemand folgte«, fuhr Curtis fort. »Wir konnten die Person nicht erkennen, aber Martha sagte …«

»Ich sagte, dass sie der Person ähnelte, die Kate am Abend der Othello-Aufführung im Park des Leicester Colleges angegriffen hat.«

»Warum haben Sie an dem Abend nichts getan? Warum haben Sie mir nicht geholfen?«

»Der Täter rannte fort, als er uns sah. Aber wir haben ihn verfolgt.«

»Einer von uns hätte bei ihr bleiben sollen«, murmelte Martha.

»Auf keinen Fall hätte ich dich ganz allein hinter einem Räuber herrennen lassen«, wandte Curtis ein.

»Jedenfalls haben wir ihn am Radcliffe Square aus den Augen verloren«, berichtete Martha.

»Und als wir ins Leicester zurückkehrten, waren Sie nicht mehr da.«

»Wir haben uns Sorgen um Sie gemacht. Geht es Ihnen wirklich gut?«, erkundigte sich Martha.

»Bestens«, sagte Kate.

»Ist das eine Freundin von Ihnen?«, fragte Curtis mit einem argwöhnischen Blick auf Briony.

»Ja«, antwortete Briony. »Aber ich habe gleich einen Termin mit meinem Anwalt und muss jetzt gehen.«

»Gut. Auf Wiedersehen, Briony.« Briony verließ den Turm. Kate blickte ihr nach. Sollte sie sie begleiten und sicherstellen, dass sie tatsächlich zu ihrem Anwalt ging? Doch es war zu spät. Briony war verschwunden.

»Hätten Sie Lust, mit mir Tee trinken zu gehen? Ich kenne da ein Café, wo es herrliche, selbstgemachte Kuchen gibt. Sehr englisch und sehr traditionell. Ich würde Sie gerne einladen.«

Gemeinsam verließen sie den Turm. Es regnete in Strömen. Irgendwo über Headington grollte ein Donner.

Als Kate an diesem Abend heimkam, fiel ihr mit einiger Verspätung ein, dass sie Andrew zum Essen eingeladen hatte. Sie sah im Kühlschrank nach und fand die Reste von zwei verschiedenen Nachtischen sowie die weniger interessanten Teile eines Hühnchens. Sie hatte Knoblauch und Öl und ein halbes Dutzend verschiedener Gemüsesorten im Haus. Damit konnte man etwas anfangen. Sie machte sich an die Arbeit.

An der Hintertür klopfte es. Es war Harley. Kate hatte ihn am Morgen gesehen, als er kam, um Dave abzuholen. Immerhin hatte er verstanden, dass sie keinen Hund mit ins College nehmen konnte. Dave folgte ihm auf dem Fuß und schnüffelte mit seiner spitzen Nase anerkennend an Kates Vorbereitungen.

»Ich dachte, Sie freuen sich vielleicht, wenn er diese Nacht noch einmal auf sie aufpasst«, sagte Harley.

Kate war drauf und dran, ihm zu erklären, dass es nicht mehr nötig wäre, doch sie besann sich. »Das ist wirklich nett von dir, Harley. Hast du etwas zu fressen für ihn mitgebracht? Ich fürchte, ich bin etwas knapp mit Hundefutter.«

Harley ließ den Kopf hängen.

»Hier«, sagte Kate, griff nach ihrer Geldbörse und entnahm ihr den letzten Fünfer. »Wenn du dich beeilst, schaffst du es noch zu Mrs Clack. Sie hat immer ein paar Dosen Hundefutter da.«

Harley verschwand. Dave blieb da und verzog sich an seinen Lieblingsplatz unter dem Küchentisch.

»Du wirst mit Susannah die Hackordnung abklären müssen«, sagte Kate zu ihm. »Und solange ich noch im Bartlemas arbeite, wird Harley sich tagsüber um dich kümmern. Aber das dauert nur noch eine Woche, also nichts Ernstes.«

Sie nahm eine nicht mehr ganz neue blaue Schüssel vom Regal. Die könnte er benutzen, dachte sie. Aber was tue ich da bloß? Erst eine Katze, dann ein Hund. Und manchmal sogar ein elfjähriges Kind. Andererseits waren Katzen sehr unabhängige Geschöpfe, außerdem war abzusehen, dass Trace sich spätestens bis Weihnachten von ihrem neuen Freund trennen würde und Dave in sein angestammtes Zuhause zurückkehren könnte. Und Harley wirkte manchmal so altklug, dass er als Kind kaum zählte.

Wie Faith vorhergesehen hatte, erhielten Timothy Happle, Brian Renfrew, Steven Charleston, Rob Grailing und Sadie James etwa zwei Wochen später den gefürchteten Anruf. Die Botschaft war in etwa immer die Gleiche:

»Mir sind ein ausgesprochen interessantes Notizbuch sowie einige mit den unterschiedlichsten Zahlen bedruckte Blätter in die Hände gefallen. Es scheint um Aktivitäten im College zu gehen, von denen ich bisher wenig ahnte. Wären Sie bitte so freundlich, mir für ein Gespräch darüber zur Verfügung zu stehen? Verstehen Sie mich nicht falsch – ich möchte auf keinen Fall Ihren unternehmerischen Aktivitäten im Wege stehen. Allerdings glaube ich, dass wir die finanziellen Arrangements etwas mehr in meinem Sinne gestalten sollten.«

Der Hauptpförtner, Dave Evans und einige andere Angestellte erhielten ähnliche Anrufe. Ihre Verträge waren allerdings anders konzipiert, und der Anrufer hielt es auch nicht für nötig, ein Gespräch mit ihnen zu führen.

Annette Paige und John Clay wurden ebenfalls aufgefordert, dem Syndikat beizutreten, und erfuhren, wie auch die anderen, erst einige Zeit später, wer dort ihr Boss war.

»Sehen Sie mich einfach als eine Art Steuereinnehmer«, sagte er, als alle sich in seinem Büro versammelt hatten, und strich über den schwarzen Ledereinband des Notizbuchs. »Sie zahlen mir zehn Prozent vom Reingewinn, und im Gegenzug helfe ich ihnen, mit Ihrem jeweiligen Geschäft zu expandieren.«

Bei seinen Worten entstand eine gewisse Unruhe.

»Zehn Prozent? Früher waren es nur fünf.«

»Aber jetzt arbeiten Sie unter neuer Leitung.«

»Und welche Art von Expansion schwebt Ihnen vor?«, fragte jemand.

»Zu Ihnen, Mr Happle – oder darf ich Sie Timothy nennen? Ich könnte mir vorstellen, dass das Institut einen neuen Fonds ins Leben ruft, um denjenigen finanziell unter die Arme zu greifen, die Reisen unternehmen, um dem College neue Geschäftsmöglichkeiten zu eröffnen. Wir werden sehr großzügig jede Art von Unterhaltung und Freizeitgestaltung unterstützen, sofern sie zu wesentlichen Spenden führt. Ich weiß, dass Sie über gute Kontakte in die Türkei verfügen – was halten Sie davon, Ihre Reisetätigkeit auf Nordafrika auszudehnen? Marokko und Tunesien könnten sich als durchaus fruchtbare Möglichkeit erweisen; dort gibt es viele reiche Familien, die ihre Söhne liebend gern zum Studium nach Oxford schicken würden.«

Timothy Happle konnte nur nicken.

»Mr Renfrew – Brian. Soweit ich weiß, haben Sie und unsere schöne Bibliothek in der Vergangenheit häufig von Dr. Happles Bemühungen profitiert. In Zukunft werden Sie eigene Projekte ins Leben rufen. Denken Sie bitte über Gelegenheiten für neue Einnahmen nach. Ich erwarte Ihre schriftlichen Vorschläge bis zum Ende dieser Woche. Vielen Dank.«

Er sah sich um. »Robert Grailing und Sadie James. Bisher wirklich gute Arbeit! Aber haben Sie Ihre Fantasie einmal richtig spielen lassen? So vermieten Sie zum Beispiel während der Ferien Studentenunterkünfte an Touristen. Haben Sie schon einmal daran gedacht, ob man den Herrschaften nicht weitere Annehmlichkeiten anbieten könnte? Theaterkarten, Konzerte, Mitgliedschaft in bestimmten Clubs, Videoverleih. Eine Partnervermittlung für einsame Einzelreisende. Ich bin sicher, dass Sie noch etwas in dieser Richtung organisieren könnten, Sadie. Und Robert. Rob. Ich wünsche eine schriftliche Aufstellung darüber, wie wir den inoffiziellen Fonds der Entwicklungsabteilung im kommenden Jahr um mindestens fünfzig Prozent steigern können.«

Alle schwiegen. Steven Charleston starrte auf seine Schuhspitzen.

»Steven, Sie sind ein wahrlich talentierter Buchhalter. Ich möchte, dass Sie alle bereits vorhandenen Systeme auf Wasserfestigkeit hin prüfen. Möglicherweise müssen wir ein oder zwei neue Gesellschaften gründen, um Geld zwischen den einzelnen Unternehmen transferieren zu können, ohne Spuren zu hinterlassen. Ich erwarte Sie in einer Woche zur Überprüfung der eingegangenen Neuvorschläge.«

Sein Blick wanderte von einem Gesicht zum anderen.

»Gut«, schloss er, »ich glaube, das ist im Augenblick alles. Zu gegebener Zeit werden wir uns zu Einzelgesprächen treffen und die Einzelheiten Ihrer jeweiligen prozentualen Abgabe an den Steuereinnehmer klären.« Sein kleiner Scherz brachte ihn selbst zum Lächeln.

Einige Tage später trafen sich Timothy Happle und Steven Charleston im Dozentengarten und verglichen die ihnen von ihrem neuen Boss vorgegebenen Fristen.

»Er ist noch schlimmer als Chris«, schimpfte Charleston.

»Verständlich. Sieh dir doch an, mit wem er sich all die Jahre hat auseinander setzen müssen.«

»Meinst du Honor Flint? Kann schon sein. Wer so lange mit ihr verheiratet ist, wird entweder zäh wie Leder, oder er geht kaputt.«

»Genau. Und immerhin ist er unser Rektor.«

Eines Abends gegen Ende Oktober rief Kate Paul Taylor an.

»Findest du nicht, dass es allmählich Zeit wird, dass ich dich wieder einmal zum Essen einlade?«, fragte sie. »Mir scheint, es ist Ewigkeiten her, seit wir uns zuletzt gesehen haben.«

»Diese Betrugsgeschichte, von der ich dir erzählt

habe, spitzt sich gerade zu«, erwiderte er. »Darf ich dich noch bis Samstag vertrösten? Dann sollte alles vorbei sein.«

»Bis Samstag dann!«

»Nun?«, fragte sie. »Erzählst du mir, was los war?«

»Was soll los gewesen sein?«

»Das weißt du sehr genau. Hatte dein Betrugsfall mit dem Bartlemas zu tun?«

»Sagen wir mal so: Wenn du morgen die Zeitung liest, bekommst du alles auf dem Silbertablett serviert. Schock, Entsetzen, Skandal – die ganze Palette.«

»Aber ich hatte Recht, nicht wahr?«

»Ich glaube, die einzig Unbeteiligte an der ganzen Geschichte war deine Freundin Faith Beeton. Wahrscheinlich wird sie sich als Rektorin wiederfinden. Sie ist die Einzige, deren Namen nicht in den Zeitungen auftaucht.«

»Die meisten werden sich aber sicher herauswinden können.«

»Vermutlich.«

Er hob die Katze von seinem Schoß und ging in die Küche, um Daves Leine zu holen.

»Während du dich um das Essen kümmerst, gehe ich mal eben mit dem Hund um den Block«, verkündete er.

Kate sah ihm nach, wie er in Gesellschaft eines glücklich wedelnden Dave durch die Tür verschwand. Was habe ich mir da bloß eingebrockt?, dachte sie. Bin ich wirklich bereit für so viel Häuslichkeit?

»Also wer hat es schließlich getan? Mein Vater? Dianne? Viola? Vielleicht Sadie oder Faith? Oder war es einer der Männer im Bartlemas?«, fragt Chris ängstlich.

»Was ist mit deiner Frau? Verdächtigst du sie nicht?«

»Sie werden doch nicht etwa behaupten, dass Briony eine Mörderin ist? Sie doch nicht! Nie im Leben hätte sie mich über die Brüstung gestoßen. Ich weiß zwar, dass sie dank des ewigen Grabens und Mauerns ziemlich stark ist, aber in ihr war nie auch nur der leiseste Anflug von Aggression.«

»Ich habe diese Frau natürlich nicht gekannt«, sagt Zophiel.

»Außerdem war sie eine ganz süße, kleine Hausfrau«, fährt Chris fort. »Ich konnte jederzeit jemanden mit nach Hause bringen – ich wusste, alles war blitzblank.«

»Mag sein. Dennoch ...«

»Briony war ein grundguter Mensch. Nicht besonders intelligent und auch nicht ehrgeizig, aber sie hatte ein gutes Herz.«

»Ich kenne nicht einmal einen absolut guten Engel«, entgegnet Zophiel, »ganz zu schweigen von einem absolut guten Menschen. Erinnerst du dich wirklich noch immer nicht an den Ablauf?«

»Langsam kehren einzelne Bilder zurück, als würde man Fotos aus einer Schachtel nehmen. Das letzte Gefühl, dessen ich mich entsinne, war Ungläubigkeit. Ich spüre es auch jetzt noch.«

»Bist du inzwischen eher geneigt, meiner Theorie des Opfers Glauben zu schenken? Verstehst du jetzt, wie dein Verhalten im Lauf der Jahre zu diesem

letzten, unvermeidlichen Zusammentreffen geführt hat?«

»Ich will verdammt sein, wenn ich es kapiere!«

»Ganz im Gegenteil: Du wirst verdammt, wenn du es nicht verstehst. Oder nennen wir es lieber verurteilt. Verurteilt dazu, den Rest der Ewigkeit hier zu sitzen und darüber nachzudenken, warum es so ist.«

Den Rest des Tages verbringt Christopher in düsterer Betrachtung der Aussicht.

»Haben Sie einen Vorschlag, wie wir den Rest der Zeit verbringen sollen?«, fragt er schließlich.

»Ich fürchte, das ist dein Problem. Nicht meines. Meine Dienstzeit ist vorüber. Bald wird ein anderer Cherub die Wache übernehmen. Ich war geneigt, von ›morgen‹ zu sprechen, doch das ist eine von dir übernommene Angewohnheit, die ich nun wieder ablegen muss. Ich werde mich daran erinnern, dass ›heute‹ und ›morgen‹ inhaltsleere Begriffe sind.«

Einige inhaltsleere »Zeit« später schlägt Zophiel probeweise mit den Flügeln, erhebt sich über den Garten und fliegt in den strahlend kupferfarbenen Himmel davon. Ein anderer Cherub nimmt seinen Platz ein, doch der ist ein verdrießlicher Geselle, der seinen Namen nicht preisgibt und dessen Flügel einfach und alltäglich aussehen. Er hat weder Interesse an Opfern noch an deren Psychologie.

Christopher Townsend sitzt auf seinem Stein, den Kopf in den Händen. Manchmal sieht er zu dem verzierten Tor und den üppigen Pflanzen dahinter empor.

»Briony kann es nicht gewesen sein. Ich glaube es einfach nicht. Aber wer von euch hat es getan? Ich

versuche, mir dein Gesicht vorzustellen, als du an diesem Tag auf mich zukamst, schreiend, wütend. Du wolltest meinen Tod. Wessen Hände haben mich gestoßen? Waren es die von Dianne – rundlich, weiß und sorgfältig manikürt? Oder Violas Hände, die immer ein wenig klebrig waren und nach Erdbeeren dufteten? Waren die Nägel lackiert? Oder mit dunkler Erde beschmutzt?

Was habe ich falsch gemacht? Wenn ich es nicht herausfinde, werde ich eine Ewigkeit lang vor diesem Garten sitzen müssen. Bitte, gib mir eine Säge, eine Gartenschere oder eine Machete. Ich will mich hinauskämpfen! Bitte!

Sag es mir! Ich will endlich verstehen. Was habe ich falsch gemacht? Warum hast du mich töten müssen?«

Ein gewaltiges Abenteuer: Die Helden von Sir Arthur Conan Doyle und Rudyard Kipling versuchen das Leben des Dalai Lama zu retten

Bombay, 1891: Eine blutüberströmte Leiche versetzt die Gäste des Taj-Mahal-Hotels in Angst und Schrecken. Doch der feige Mordanschlag galt eigentlich jemand ganz anderem: dem mysteriösen Norweger Sigerson – niemand anderes als Sherlock Holmes. Zusammen mit Hurree Chunder Mookerjee vom indischen Geheimdienst macht Holmes sich auf die Jagd nach dem Mörder, die ihn bis hinauf zum Dach der Welt nach Tibet führt. Hier kommen die beiden einer Verschwörung auf die Spur, deren Ziel kein Geringerer als der junge Dalai Lama selbst ist. Wer sind die Drahtzieher dieser Verschwörung, und welches Geheimnis verbirgt sich hinter dem gestohlenen Mandala des Dalai Lama? Die Lösung des Rätsels verbirgt sich im geheimnisvollen Eispalast von Shambala ...

ISBN 3-404-15128-3

BASTEI
LÜBBE